dtv
premium

Ausführliche Informationen über
unsere Autoren und Bücher
finden Sie auf unserer Website
www.dtv.de

HELEN CROSS

Ohne mich

Roman

Aus dem Englischen
von Henning Ahrens

Deutscher Taschenbuch Verlag

MIX
Papier aus verantwortungsvollen Quellen
FSC® C013736
FSC
www.fsc.org

Deutsche Erstausgabe
2011 Deutscher Taschenbuch Verlag GmbH & Co. KG,
München

Die englischsprachige Originalausgabe
erschien 2009 unter dem Titel
›Spilt Milk, Black Coffee‹ bei Bloomsbury Publishing, London
Für die deutschsprachige Ausgabe:

Umschlagkonzept: Balk & Brumshagen
Umschlaggestaltung: Lisa Helm unter Verwendung
eines Fotos von gettyimages/Joe Mikos
Gesetzt aus Berling 10/14˙
Satz: Greiner & Reichel, Köln
Druck und Bindung: Kösel, Krugzell
Gedruckt auf säurefreiem, chlorfrei gebleichtem Papier
Printed in Germany · ISBN 978-3-423-24859-4

Für Cleo

TEIL EINS

Amir

Ein eiskalter Heiliger Abend im Stadtzentrum – sechs Wochen nachdem Jackie einem Kerl nach Griechenland hinterhergereist ist und ihre Tochter allein zurückgelassen hat.

Jetzt schneit es wie durch Zauberhand. Die schneebedeckten Löwen haben Halsbänder aus Flittergold, und die Steinsäulen sind von goldenen Lichtschleiern umhüllt. Ich kann die Schlittenglocken auf dem Weihnachtsmarkt hören. Ein Duft nach Zucker und Fett weht herüber; vielleicht dreht Jackie gerade ein paar Runden im Karussell, eine Bratwurst im ewig kichernden Mund. Ein Chor versammelt sich auf der Treppe des Rathauses, um Weihnachtslieder zu singen. Allen Menschen ein Wohlgefallen. Dieser Satz beschreibt Jackie ziemlich gut.

An diesem Vormittag heiratet Jackie. Nicht den Mann, dem sie hinterhergefahren ist, sondern einen Kerl, den sie neulich in The Bar kennengelernt hat. »Wein? Welcher Wein soll es sein?«, hatte Tony, der dümmlich grinsende Fremde, gefragt. »Egal«, hatte Jackie gesagt. »Hauptsache, er passt zu Gin, Schätzchen.« Und als wollte sie mir beweisen, dass sie trotz all der Katastrophen des letzten Jahres unverändert fröhlich und unbekümmert war, erzählte sie mir, dass sie dem Säufer ihr abgründigstes Lächeln geschenkt habe, ein Lächeln, das – so beschrieb ich es ihr einmal – wie Rauch in der Luft schwebte.

Nach einer Begegnung mit Jackie hängt dieses Lächeln in deinen Kleidern, es durchdringt dein Haar.

Irgendein falscher Fuffziger macht Fotos. Vielleicht nur ein Ekelpaket aus der Verwandtschaft, aber ich befürchte, dass es ein Paparazzo ist.

Ich spinne langsam – meine Fantasie läuft Amok. Vielleicht hat Jackie einfach vergessen, dass sie heute den Bund fürs Leben schließen wollte. Eine der Schlagzeilen, auf die mich Ashfaq hinwies, nicht nur ein Zeitungshändler, sondern auch mein achtundvierzigjähriger Bruder, lautete: AUWEIA, WO IST MEINE TOCHTER? Darunter ein Bild, das sich bestens als Wörterbuchdefinition von »verwirrt« geeignet hätte: Jackie, die mit knallroter Rübe und eiscremigem Haar an ihrem kleinen Finger lutscht, als wäre sie dumm wie Bohnenstroh. Obwohl sie in Wahrheit ziemlich klug ist.

Und sie sah gut aus, richtig sympathisch, sogar in dem BEDUSELTE-BLONDINE-MIT-EINZELKIND-Artikel, obwohl sie eine zähe Yorkshiregöre ist, die rasant auf die vierzig zusteuert. Zarte Linien, die an Haarrisse in Gips erinnern, gehen von ihrer Nase zu den Mundwinkeln, und wenn sie gleichzeitig weint und lacht, bildet sich ein glitzernder, regenbogenfarbiger Schleier über dem, was sie ihre »Visage« nennt.

»Kennen wir uns nicht schon?«, fragte Tony am Abend ihrer ersten Begegnung zu später Stunde.

»Vielleicht hast du meine Visage in den Zeitungen gesehen, Schätzchen«, sagte sie und tippte auf eine rosige, weinwarme Wange. Und Tony, der nicht im Traum daran dachte, dass sie es ernst meinen könnte, musste lachen.

Weil sie immer die Wahrheit sagt, ist sie eine Frau, der die Leute nicht über den Weg trauen.

Eine Lokalgazette lancierte die Schlagzeile: TRINKFESTE MAMI TIEF IN DER TINTE. Und eine andere: DUMME BLONDINE ›VERGISST‹ ZWÖLFJÄHRIGE TOCHTER. Zum Zeitpunkt der Begegnung von Jackie und Tony war all das schon Wochen her. Außerdem war der alte Perversling wahrscheinlich erst mal höllisch scharf auf sie und vielleicht in dem Zustand gar nicht fähig, Zeitung zu lesen.

Falls er überhaupt lesen kann.

Wer hätte es ihm auch stecken sollen? Nur ein Bruchteil von Jackies Freunden ist ihm begegnet, und wirklich kennengelernt hat ihn sowieso fast keiner. Tony Shoe kennt man nur als einen der vielen Schuhvertreter unseres Ladens. Niemand weiß, wie er mit Nachnamen heißt. Und die Zeit war zu knapp für anständige Einladungen.

Aber Jackie hat sich durch Nachdenken nie den Spaß vermasseln lassen. Ich kenne die Geschichten über ihre Punk-Phase, ihre Acid-House-Epoche, ihre Disco-Ära, ihre Beziehungskatastrophen. Sie verarscht die Männer gern, sehnt sich aber zugleich nach Liebe und Anerkennung. Das ist der Grund für ihr chaotisches Privatleben.

Also erfuhren die meisten zuerst durch Jackies SMS von dieser Sache: Tony & Jackie bitten zur Winterhochzeit – Samstag, 24. Dez., städt. Standesamt. Anschl. Getränke und Tanz. Ort wird noch bekanntgegeben.

Orla meinte, dass dieser Tag – der wichtigste Tag im Jahr für den Einzelhandel – absichtlich ausgesucht worden sei. Doch zur allgemeinen Überraschung hatte sie die Schichten wie bei einer wichtigen Beerdigung so eingeteilt, dass fast alle Freunde an der Hochzeit teilnehmen konnten, obwohl sie das Ganze für ein »fettes Ärgernis« hielt.

Immer noch keine Limousine. Ich setze die Sonnenbrille auf, weil ich befürchte, gleich losheulen zu müssen. Ich gucke hoch zu den Überwachungskameras mit ihren wollig-weißen Schneekappen. Der Verkehr stockt. Autos schlängeln sich vorsichtig durch die Straße, gefolgt von Bussen. Vereinzelte Regenböen treffen auf Windschutzscheiben, kurz darauf werden Wischer eingeschaltet. Irgendjemand zerrt an meinem Ellbogen. »Wo steckt sie?«, will Tony Shoe, der Verlobte, hochnervös wissen. Dieser Typ ist ein echter Trottel. Aber. Aber wenn sie glücklich ist …

»Keine Ahnung, Mann. Sie ist einfach noch nicht da.«

»Ist das normal, Kumpel?«, flüstert Tony. Er scheint auf mein männliches Verständnis zu setzen und presst die Wörter aus einem Winkel seiner schmalen, rissigen Lippen. »Wir kennen uns noch nicht besonders lange. Ist das nur typisch weibliches Zuspätkommen?«

»Nein«, antworte ich. »Das passt überhaupt nicht zu ihr.«

Freut mich, dass sie diese Schnapsnase ins Schwitzen bringt. Was Tony in der »gutgebauten, quirligen Blondine« Jackie Jackson gesehen hat, liegt auf der Hand. Aber was, fragten sich die anderen Frauen, sieht sie in ihm? Es ist immer das Gleiche. Vielleicht ist Tony Shoe, wie Leo vermutet, ein heimlicher Lottogewinner.

Leo. Nach Leo ging alles den Bach runter. Gestern sagte er, dass er Jackie ein einfacheres Leben wünschen würde – aber nur, wenn er nicht selbst dafür sorgen müsste. Denn Leo hatte Frauen, »scharfe Bienen, Feger aus der Region«, die von ihm ausgehalten werden wollten, nachdem sie ein paar Mal mit ihm gevögelt hatten, obwohl sie wussten, dass er eine Familie ernähren und einen Kredit abstottern muss.

Ich glaube, dass Marilyn recht hat: Kaum ein Mann setzt für Jackie viel aufs Spiel.

Jackie erzählte mir nach dem Ende ihrer Affäre mit Leo, dass sie nicht mehr ausgehen würde, weil sie immer Ärger am Hals hätte, wenn sie einen draufmachen wollte. Sie klang wie meine Mutter, die im April vor einem Jahr stündlich ihre Lesebrille verlegte und mich in aller Unschuld immer wieder das Gleiche fragte. »Ist doch sicher sterbenslangweilig, so hartnäckig auf dem Pfad der Tugend zu wandeln, oder?«, fragte ich Jackie damals. Und sie erwiderte: »Ach, weißt du, Amir, ich stelle mir einfach vor, dass ich dies Leben gar nicht führe, sondern in einem Buch über mich lese.«

Ich musste lachen, weil sie das Wort »Buch« so komisch betonte. »Und das hilft wirklich?«, wollte ich wissen. »Tja, es lässt mich jedenfalls gut einschlafen, Schätzchen«, sagte sie. »Du wärst ganz bestimmt kein Buch, über dem man einschläft«, erwiderte ich gedankenlos. »Ich war ein paar Jahre lang eine dieser *Stories to Be Read With the Lights On*, Amir«, flüsterte sie, ihre Lippen dicht an meinem Ohr. »Unsinn«, sagte ich heiser. »Du wärst ein Buch, das man in einem Rutsch verschlingt. Eines mit einem grandiosen Plot, packend und aufregend.« »Eins, das man nach der Lektüre wegwirft?«, fragte sie. »Ein Buch für den Strand?« Sie seufzte tief, aber aufgesetzt, und sie lag zum Teil richtig: Im letzten April, als die ganze Sache anfing, war ich von der Haltung meiner Mutter und meines Bruders zu den weißen Schnapsdrosseln angesteckt worden, obwohl ich mich nach Kräften dagegen gewehrt hatte.

AUSBRUCH AUS ALLTAG: VERFÜHRERISCHE VERKÄUFERIN VERLÄSST TOCHTER – das war Ashfaqs Lieblingsschlagzeile. Normalerweise liest er die Nachrichten online, er hasst Zeitungen und Journalisten und sagt immer, dass er keinen Blick in die Blätter wirft, die er verkauft, weil sie so viel Mist über uns schreiben. Doch für Jackie vergaß er diese Regel und las alle Artikel, brütete über jedem Foto, das ihren üppigen Busen zeigte, und schnupperte sogar am Zeitungspapier, sodass er Druckerschwärze an der Nasenspitze hatte. Jackie wäre selbst dann nicht vor Ashfaq sicher gewesen, wenn ich alle Zeitungen aufgekauft und verbrannt hätte, denn mein Bruder ist der stolze Inhaber von Lullen & Stullen, und ihm schwebt ein Lullen-&-Stullen-Imperium vor. Erst in ganz Yorkshire, dann auf der ganzen Welt.

»Du bist der Nächste«, stichelt Leo grinsend. Er sieht auf die Uhr, hält Ausschau nach der Limousine, denn in ein paar Stunden muss er wieder im Laden sein. Ich bluffe und sage, dass er absolut falschliegt, obwohl ich vermutlich genau das tun werde, was meine Ma sich erhofft und worauf Ashfaq seit Langem besteht: Ich werde Harpreet an Neujahr einen Antrag machen, denn Ma wird nicht mehr lange da sein. Gut möglich, dass das ihr letzter Winter in England ist.

Tja. Harpreet. Und nur noch eine Woche.

Jackie hatte alle möglichen Jobs: Briefträgerin, Barfrau, Zimmermädchen, Kellnerin, Putzfrau, Erzieherin im Kindergarten, Telefonistin bei einem Teleshopping-Kanal. Eben die Jobs für gescheiterte Weiße, die sie laut Ashfaq fröhlich verrichten, weil sie keinen Unternehmergeist haben. Darum stehen sie ganz unten auf der sozialen Leiter, deshalb beneiden sie uns, und darum besprühen sie Ashfaqs Laden mit falsch geschriebenen Parolen.

Meine Gedanken kreisen idiotischerweise und gegen meinen Willen immer wieder um Ashfaq und Jackie. Die beiden, die mir den meisten Ärger eingehandelt haben.

Vor allem diese klaren, kühlen Kreise – diese himmelblauen Magneten, die einen nach einer halben Flasche Whisky immer noch hartnäckig fixieren können. Das fiel sogar meinem Bruder auf, der kein Auge für solche Frauen hat, wie man weiß. Er bemerkte es schon, als sie zum ersten Mal in unseren Laden schlenderte und ihre silberne Mähne nach hinten warf. »Bete zu Allah, Bruder«, sagte er mit einem Kopfschütteln, nachdem er in diese beiden in den Schnee gefallenen Saphire geblickt hatte. Das tat ich. Ich versuchte es – und mir kommt nicht zum ersten Mal der Gedanke, dass das, was meine Ma während der vergangenen sechs Monate hat erleiden müssen, eine Strafe für die Worte und Taten war, zu denen mich Jackie Jackson veranlasst hatte. Aber ich konnte nicht anders. Wirklich nicht.

Immerhin bin ich davongekommen. Und hier bin ich also – ein freier Mann. Regen und Eis prasseln wie spitze Nägel auf mein Gesicht herab, und ich muss nur die Augen öffnen und die Ohren spitzen. »Sie ist eine tolle Frau«, sagt Leo zu Tony. »Ich war früher ihr Boss, und ich versichere dir, dass man sich auf sie verlassen kann.«

»Sie hat erzählt, dass man sie gefeuert hat. Und dass sie von der Polizei verhört worden ist«, erwidert der Trottel.

»Ja, stimmt schon, aber …«, sagt Leo.

»Ich weiß nicht, warum. Sie hat nur eine Prügelei erwähnt. Eine Prügelei?«

Noch so ein alter Knabe, dem sie den Kopf nach nur einem Monat vollkommen verdreht hat.

Ich zupfe an meinem Anzug herum, den Harpreet gebügelt hat. Ich finde, dass ich ein bisschen zu aufgemotzt aussehe, vor allem, weil ich nichts mehr mit Mode zu tun habe. Während meiner Zeit als Modeverkäufer bei Orla hatte ich mich daran gewöhnt, so geleckt herumzulaufen, doch inzwischen bemerkt Ma nicht mehr, was ich anhabe, und ich frage mich, ob ich bald einen steifen Kunstfaseranzug und alberne Manschettenknöpfe tragen werde – sobald ich Ehemann und Zeitungshändler bin.

»Hat sie sich wirklich geprügelt?«, fragt Tony.

Ich hoffe inständig, dass Leo den Mund hält und nichts von Jackies Sauferei und Entlassung erzählt, aber Tony, der Trottel, schaut verwirrt drein und will noch mehr wissen, und deshalb wende ich mich dem Schneeregen zu, verschließe die Ohren und denke daran, dass Harpreet bald Tag und Nacht an meiner Seite sein wird.

Außer Danuta kenne ich fast keinen der in Mäntel gehüllten Hochzeitsgäste, die, unter Regenschirme geduckt, die breite Rathaustreppe hinaufeilen. Trotz Orlas schuldbewusster Großzügigkeit bei den Schichten weigerten sich manche Mitarbeiter, Jackies Einladung zu folgen. Einige hassen sie, vor allem gleichaltrige weiße Frauen, die, seit bekannt geworden war, dass Elle allein zu Hause zurückgelassen wurde, über sie lästern, auch darüber, dass sie mit Rentnern abhängt. Sie behaupten, dass sie ihre Tochter schon vor ihrem Egotrip verloren hätte, dass sie Depressionen hatte, weil sie zu viel saufe, dass sie – Vorwurf Nummer eins – eine Schlampe sei, und einige ihrer besten Freundinnen waren gemeiner als meine Mutter, wenn sie über Frauen wie Jackie spricht. Das sind die halbnackten Wochenendweiber mit solariumgebräunter Haut, die Ashfaq immer nur »die Vanilleschnittchen« nennt.

Das ist natürlich nicht die wahre Jackie, obwohl sie viel Energie aufgewandt und ein ziemliches Chaos angerichtet hat, um genau das zu beweisen. Leo erzählte mir, dass er sie Mitte letzten Jahres, als sein Interesse an ihr erwacht war, gefragt hatte: »Vielleicht sollten wir einander helfen? Vielleicht können wir uns gegenseitig einen Gefallen tun?« »Spricht da ein Sexsüchtiger zu einer Sexsüchtigen?«, hatte sie erwidert. Und auf die Frage von Danuta, ob zwischen ihr und mir was läuft, hatte sie lachend geantwortet: »Da könnte ich ja gleich mit meinem eigenen Kind gehen.« »Du solltest es mit Jackie versuchen, Amir«, hatte Danuta daraufhin zu mir gesagt. »Sie würde dir den Hintern heißmachen.« »Wäre sicher amüsant, Schätzchen«, hatte Jackie erwidert, »aber dafür würde ich im Knast landen.«

Das war ungefähr ein Jahr, bevor sie tatsächlich im Knast gelandet ist.

Mittlerweile fallen dicke, puderige Schneeflocken. Immer mehr Leute werden ungeduldig, verlassen das Standesamt, tigern zwischen den hohen Säulen hin und her, halten auf der vereisten Straße Ausschau nach der Beduselten Blondine mit Einzelkind. Aber sie lässt sich nicht blicken. Vielleicht haben Frauen etwas, das uns Männern fehlt: das Bedürfnis und die Gabe, sich zu verstecken. So wie meine Mutter, die vor ein paar Monaten mehrere Male verschwand. Die halbe Straße suchte nach ihr, die Polizei war alarmiert worden, und Ashfaq kurvte im offenen Auto mit quäkendem Lautsprecher herum wie ein Politiker im Wahlkampf – nur dass er ein Goldkettchen trägt und Fitnessstudiomuskeln hat.

Vielleicht ist Verstecken das Richtige, denn in Wahrheit ist Jackie verdammt klug. »Der Rabatt für die Mitarbeiter ist super!«, hatte Danuta einmal verkündet, und Jackie, die damals noch zum Inventar des Ladens zu gehören schien, hatte erwidert: »O nein, Schätzchen, wir bekommen den Rabatt nur, damit wir uns unsere Arbeitskluft selbst kaufen.« Und als Danuta ihr Erspartes, von dem sie sich nach ihrer Rückkehr nach Polen ein Haus kaufen wollte, für verbilligte Designerklamotten verpulvert hatte, sagte Jackie seufzend: »Und was jetzt, Schätzchen? Vermietest du deine Stirn als Werbefläche?«

Man schaue sich Tony an: Es müsste verboten sein, dass ein Opa um die Hand eines Mädchens anhält. Vor allem, wenn das Mädchen betrunken ist. Vor allem, wenn das Mädchen einsam ist und nur so tut, als wäre es ein Luder.

»Ihr Handy ist aus. Armer Kerl«, ruft Orla und kommt über die Straße auf uns zu. »Ihr solltet ihn sehen. Der arme Tony Shoe. Wo ist ihr Vater?«

Inzwischen türmt sich schwärzlicher, von Bussen zerfahrener Schnee in der Gosse. Ich denke an meine Ma, die vor ein paar Wochen barfuß im eiskalten Garten stand, und an Harpreets Füßchen in den goldenen High Heels, die sie gekauft hatte, um mich zu beeindrucken. »Ihr Vater ist tot. Er ist Anfang des Jahres gestorben«, antworte ich.

»Vielleicht wächst ihr alles über den Kopf. Hört sich an, als wäre es ein endlos langes Jahr gewesen. Mit dem Tod ihres Vaters und dieser Knastgeschichte.«

»Und du hast sie auch noch gefeuert«, sage ich leise. Orla hat im angetrunkenen Zustand mehrmals versucht, mich in den Arm zu nehmen. Sie ist in etwa so anschmiegsam wie ein Besenstiel, aber da ich nicht mehr für sie arbeite, muss ich sie nicht mehr fürchten.

»Wenn es meine Hochzeit wäre …«, seufzt sie. »Dann würde schon jemand dafür sorgen, dass ich komme.« Keine

Ahnung, ob die Zweideutigkeit beabsichtigt war. Orla erlaubt sich solche riskanten Bemerkungen eigentlich nur, wenn sie angesäuselt ist. »Und ihre Mutter? Hast du sie angerufen?«

»Ihre Mutter ist nicht hier. Sie verstehen sich nicht«, sage ich und sehe die Doppelhaushälfte vor mir, gestochen scharf wie ein Foto, die trägen Wolken über der fahnenflatternden, grellweißen Sozialsiedlung, das teewarme, vollgekrümelte Haus, Mutter und Tochter, die sich anbrüllen, während sie ein mageres Hühnchen in hauchdünne Scheiben schneiden.

Ich hätte nie mitkommen dürfen. Denn dort nahm die Sache ihren Anfang. Die Lust war kein Problem, aber die Art, wie sie mit ihrer alten Mutter umging, gab mir den Rest.

»Ich habe gehört, dass die Mutter auch mit diesem alten Busfahrer gegangen ist«, ruft Orla. »Stell dir vor – Mutter und Tochter vögeln mit demselben Kerl. Das ist ja fast eine dieser klassischen Tragödien der weißen Unterschicht, Amir. Stoff für eine Klatschkolumne.«

Ich schweige ausdauernd. Der Schnee fällt immer noch wie Konfetti. Und er wird das einzige Konfetti dieses Tages bleiben. Denn ich sehe weder eine weiße Limousine noch eine Braut in Karmesinrot oder eine Brautjungfer, deren rosiges Gesicht aus einem Pelzkragen ragt.

»Na, wahrscheinlich ist eine Mutter nicht besonders scharf darauf, die dritte Hochzeit ihrer gerade mal vierzig Jahre alten Tochter zu feiern.« Orla stampft mit den Füßen auf und lässt den jungfräulichen Schnee wirbeln.

Das erinnert mich an einen anderen Morgen, an dem Jackie in unserem Laden stand. Sie starrte erst Ashfaq an, dann ihre Brüste, dann wieder Ashfaq und sagte schließlich: »Die Dinger sind wie Schuhe, Schätzchen, es gibt sie in allen Größen und Formen.« Ashfaq sah aus, als hätte er einen Backstein ins Gesicht bekommen.

Aber Orla weiß nichts über Jackie und mich. Nur meine Ma weiß davon, zum ersten Mal in meinem Leben kann ich ihr absolut alles erzählen – weil sie jetzt absolut alles wieder vergisst. Ich streiche mein Haar nach hinten und spüre das Gel, das Harpreet heute Morgen mit sanfter Hand aufgetragen hat und das inzwischen hart wie Klebstoff ist. Jackie hat auch Harpreet zur Hochzeit gebeten, aber ich habe ihr die Einladung vorenthalten. Unvorstellbar, mich mit ihr in der Öffentlichkeit zu zeigen. Das wäre ungefähr so, als würde ich total aufgebrezelt durch die Straßen laufen.

Aber ich schätze, ich werde mich daran gewöhnen.

Jackie hat sogar meine alte Ma eingeladen. Als wären die beiden Busenfreundinnen.

»Sie ist neununddreißig«, sage ich gereizt, denn es ärgert mich, von Orla in ein Gespräch verwickelt zu werden, obwohl sie mich nicht mehr dafür bezahlt.

»Tja – keine Braut, keine Brautjungfer, keine Brautmutter. Nur ein bis zur Gleichgültigkeit angesoffener Bräutigam. Echt verrückt, was?«, sagt Orla. Trotz des Personalengpasses, für den die Hochzeit gesorgt hat, scheint sie froh zu sein, etwas so Grauenhaftes miterleben zu dürfen. Tony stößt wieder zu uns, und wir blicken zu der hohen Steintreppe, die in der vielhundertjährigen Geschichte Englands von Tausenden hoffnungsfroher Bräute aus Yorkshire erklommen worden ist. Ich starre die alten, hohen Fenster an und erwarte halb, dass Jackie wie eine Prinzessin an einem auftaucht, grinsend, winkend und mit einem Lächeln, das die Herzen der steinernen Löwen zum Schmelzen bringen würde. »Ob Ellie zickt?«, fragt Tony. »Wir waren gestern mit ihr essen. Sie hat es faustdick hinter den Ohren. Hat mich ziemlich viele Nerven gekostet.«

»Elle«, sage ich. »Sie heißt Elle.«

»Diese Weiber! Wie legt man ihnen Zügel an?«

»Wir sind doch keine bockenden Ponys«, schnaubt Orla.

Aber genau das sind Frauen wie Jackie und meine Ma. Man hat das Gefühl, dass sie einen abschütteln wollen: Man fällt runter und steigt gleich wieder auf. Harpreet ist allerdings ein anderer Fall – mit ihr wird es ein sicherer, ruhiger Ritt, eine gemütliche, lebenslange Reise. Eine weise Entscheidung. Außerdem sind meine drei Schwestern, Samirah, Wahida und Yasmin, und auch meine herrische Schwägerin, Halima, mit ihr einverstanden – also werde ich dafür sorgen, dass alle glücklich und zufrieden bleiben.

»Elle hat sich auf die Hochzeit gefreut«, sage ich. Wenn Jackie in den letzten Tagen von der teuren Hochzeit erzählte, ging es immer nur darum, was Elle sich wünschte. Was Elle anziehen würde. Wie Elle beim Empfang, in der Disco, am Büfett aussehen würde. Sie liebt ihre Tochter über alles, und das Mädchen liebt seine Mutter. Ich weiß noch, wie Elle damals sagte: »Mum ist bestimmt nicht lange weg.« Denn ich war der Erste, der die Kleine entdeckte. Sie kampierte mit einer unbezogenen Matratze, ein paar Zigaretten und vielen Kerzen im Wohnzimmer. Das brummende Aquarium tauchte den Raum in ein bläuliches Licht.

Tony unterbricht die verschneite Stille und sagt: »Wenn sie in zehn Minuten nicht kommt, werde ich eine andere über die Schwelle tragen. Im Ernst. Gibt es hier eine zuverlässige Lady, die mich heiraten möchte?«

Bilde ich es mir nur ein, oder errötet Orla tatsächlich?

Dann erzählt sie Tony, dass sie Jackie einmal in der Lapdancing-Bar mit dem Slogan »Wir haben die dicksten Dinger der Stadt« gesehen hat. Zum Glück kommt Marilyn rüber, bevor Orla ihre Lapdancing-Story beenden kann. Marilyn ist Jackies beste Freundin, und wenn sie nicht weiß, wo sie steckt, weiß es niemand. Ich erinnere mich ungut an einen Tag im letzten April, nicht lange nachdem Jackie betrunken zur Arbeit gekommen war und den ganzen Vormittag in einem Vorratsschrank auf Luftpolsterfolie gepennt hatte. Marilyn hielt ihre weinende Freundin im Personalraum in den Armen. Die beiden schmiegten sich eng aneinander, warme Wange an tränennasser Wange. Als ich eintrat, drehte sich Jackie zu mir um, lächelte, wischte sich die roten Augen und sagte: »Amir, mein Schätzchen, es ist nicht das, was du hoffst.«

Dieses Mundwerk.

Ich hebe den Kopf, und Schnee verdampft zischend auf meinen überhitzten Wangen. Die bloße Erinnerung an Jackie droht mich zu verbrennen, und nur der Gedanke an Harpreet, die zu Hause die Haare meiner Ma bürstet, kühlt mich wieder ab.

»Ich war gerade im Hotel, aber es gibt keine Spur von ihr, und die Rezeptionistin meint, dass die Limousine vor einer halben Stunde abgefahren ist«, keucht Marilyn. Sie ist eine kräftig gebaute, nicht besonders sportliche Frau, der es anscheinend egal ist, ob ihr Körper anderen gefällt oder nicht, eine Seltenheit im Laden. Sie verkündet alle paar Monate, dass sie kündigen wird, weil sie lieber auf Menschen als auf tausend Pfund teure Handtaschen aufpassen will, und wer könnte ihr das verübeln? Es grenzt an ein Wunder, dass überhaupt jemand von uns diesen Laden überlebt hat.

»Ich hoffe, sie hat keinen Unfall gehabt«, flüstert Marilyn.

»Oh, das wäre aber gut möglich«, erwidert Orla. »Das würde zu Jackie Jackson passen wie die Faust aufs Auge.«

»Sie weiß schon, wie man allein über die Straße geht«, sagt Marilyn.

»O ja. Aber die Frage ist, ob sie nicht doch vor einen Bus läuft, um den Fahrer auf sich aufmerksam zu machen«, sagt Orla. »Wir wissen ja, dass sie was für Busfahrer übrig hat.« Dann regt sie sich über den Dienstplan auf und schreit, dass sie ihn nie, nie, nie mehr ändern wird.

»Wahrscheinlich hilft sie Elle beim Anziehen«, sagt Marilyn. »Ich glaube, sie macht das hier nur für ihre Tochter.«

Ich versuche, mich an weitere zügellose, unmoralische und schlampenhafte Momente aus Jackies sogenanntem Leben zu erinnern.

Es schneit immer noch, und wenn man aufschaut, fühlt man sich hochgehoben in ein Gewirbel aus Federn.

»Außer sie hat ihre Tochter im Hotel zurückgelassen und ist allein in die Flitterwochen gedüst«, sagt Orla lachend und stapft davon.

Ich fummele an der teuren Armbanduhr herum, die mir Harpreet neulich geschenkt hat. Ich kann sie beim Einpacken vor mir sehen: Sie faltet und streichelt das silberglänzende Papier wie ein aufgeregtes Mädchen, die Zunge auf der dünnen Oberlippe. Die schwere Uhr passt hervorragend zu einem Geschäftsmann. Sie scheuert an meinem Handgelenk wie die Handschellen, die Jackie angeblich trug, als man sie im Flugzeug nach Hause verfrachtete. »Eine echte Drama-Queen«, schnaubte Halima, als sie von den Handschellen las. Und ich dachte: eine Göttin in Ketten.

Eine andere Braut gleitet die Stufen zum Rathaus hinauf.

Ihr langes, kantiges, beigefarbenes Gesicht erinnert an den Stiel einer Portion Zuckerwatte. Neben Jackie wirken alle anderen Frauen albern.

»Wisst ihr was?«, sagt der Ehegatte in spe, der dicht neben Marilyn und mich tritt. »Am Abend unserer ersten Begegnung habe ich geglaubt, sie wäre bei der … Arbeit. Versteht ihr? Arbeit.«

Wir starren ihn an. Mir fällt nur ein Wort ein: ekelhaft. »Im Ernst?«, frage ich, und Marilyn, die eine Träne im Auge zu haben scheint, wendet den Blick ab. Sie hat mir zu Anfang der Woche ihre Befürchtung anvertraut, dass das Management sie aus den Verkaufsräumen in das Kabuff mit den Überwachungskameras versetzen will. Ich schlug vor, sie solle versuchen, das als Beförderung zu verstehen. »Aber dieser Überwachungsmist ist etwas für Perverse, Amir«, sagte sie. »Du landest dort, wenn du anfängst, die Kunden durch deinen Anblick zu vergraulen.« Sie hatte recht.

»Und der Drink war irgendwie puderig. Er hatte so einen kalkigen Nachgeschmack, wisst ihr? Das gibt mir immer noch zu denken. Ist sie wirklich eine …?«

»Das hat mein Bruder auch geglaubt«, sage ich, bevor er das Wort aussprechen kann, und bedenke diesen erbärmlichen Trottel von Vertreter mit einem Blick, den ich aus Ashfaqs Kung-Fu-Filmen kenne und der besagt: Ich bin euer aller Herr, größer und jünger und stärker. »Allerdings hasst mein Bruder Frauen wie sie.«

»Du sprichst von deiner zukünftigen Frau, du Arschloch«, sagt Marilyn zu Tony und geht die Treppe hinauf.

Sie hat mir einmal erzählt, dass Jackie sie fest in die Arme nahm, nachdem sie von ihrer Brustkrebserkrankung erzählt hatte, und zu ihr sagte: »Wir merken erst, wie vollkommen unser Körper ist, wenn irgendwas faul ist. Schon schlimm – wir sind netter zu unseren miesen Lebensabschnittsgefährten als zu unseren makellosen Körpern. Entschuldige bitte, Körper.« Im späteren Verlauf der Krankheit improvisierte Jackie diverse Gerichte, Lasagne, Suppen und Chilis, stellte sie bei Marilyn in den Kühlschrank und besorgte ihr heitere Romane aus dem Wohltätigkeitsladen. Genau die richtigen Bücher offenbar, genau die richtigen Gespräche.

Im Standesamt ist es kalt, es hat hohe Decken und stinkt wegen der Blumen wie eine Leichenhalle – wie ein Seniorenheim am Montagmorgen, nachdem die Angehörigen am Sonntag billige Blumensträuße von der Tanke angeschleppt haben. Ich bringe Ma nie Trauben oder Blumen, sondern Zeitschriften, Bücher und ein bisschen von dem mit, was alle Frauen laut meinen Schwestern in Wahrheit haben wollen – Gespräche und Verständnis. Ich frage mich, ob man diese von Herzen kommenden Geschenke einer Frau machen kann, die man weder liebt noch wirklich kennt. Ob ich sie Harpreet machen kann.

Ich sehe durch die hohen Fenster, dass der Schnee immer dichter fällt. Er tut sein Bestes, um die Katastrophen dieses Jahres zu verhüllen und zu dämpfen.

Nur die Hälfte der blankpolierten Stühle ist besetzt – von stirnrunzelnden Gästen. Hinten werfen Angehörige einer anderen Hochzeitsgesellschaft einen Blick durch die Tür. Sie sind angespannt und schauen ständig auf die Uhr. Dann erscheint ein Beamter im dunklen Anzug und spricht mit dem Vater des Bräutigams, der erst lacht und dann eifrig nickt. »Wir warten noch zehn Minuten«, sagt der Beamte verdrossen. Er kennt solche Situationen bestimmt. Es passiert immer wieder, dass die Braut nicht auftaucht. Wie oft mag es passieren? Vielleicht ein oder zwei Mal im Monat. Vielleicht öfter. Ich wüsste es gern. Heutzutage geschieht es vermutlich jede Woche: Mädchen ändern ihre Meinung, folgen dem Ruf ihres Herzens und lassen, wie meine Ma immer sagte, als sie noch gut genug beieinander war, um wütend auf die Welt zu sein, »alle anderen in einem Scherbenhaufen zurück«. Ja, Mama, ich kann es mir vorstellen: Jackie, die in der verwarzten Kochecke ihrer Sozialwohnung kniet und die zerbrechlichsten Teile ihres Lebenswracks dick in Zeitungen verpackt, die sie bei Lullen & Stullen gekauft hat.

Armes Ding.

»Tut mir leid, Leute, aber die Sache scheint sich etwas zu verzögern. Wäre nett, wenn ihr sitzen bleibt«, sagt der Vater des Bräutigams und fügt hinzu: »Wenn ich gewusst hätte, dass ich heute für die Unterhaltung sorgen muss, hätte ich meine Ukulele mitgebracht.«

Tony steht in Nadelstreifen zwischen seinen Nadelstreifen-Freunden. Marilyn berührt mich an der Schulter und flüstert mir ins Ohr: »Ich glaube, sie kommt nicht mehr, Amir. Ich glaube, sie hat es sich anders überlegt.«

Ich muss mich an ihren Unterarm klammern, um nicht in die Luft zu boxen. Bei meiner Ankunft habe ich mich wie ein Vollidiot gefühlt. Aber wenn ich gehe, fühle ich mich vielleicht wie ein Samurai.

Elle

»Du darfst in der Liebe nie verzagen«, sagt meine Mum, und als ich etwas Schlagfertiges erwidern will, legt sie ihre Finger auf meinen Mund und sagt: »Im Ernst, Elle. Nie.« Und sie tippt auf die Stelle, wo ich mir die Lippe blutig gebissen habe.

»Selbst wenn ich so ende wie du?«, frage ich, denn sie ist totalsentimental.com, weil sie einen Kater hat und einen Drink braucht, und ich pfeife eine fröhliche Melodie, weil es ziemlich nervig ist, wenn jemand pfeift.

»Ja. Selbst wenn du so endest wie ich.«

Ich schlucke laut und ziehe eine schielende Grimasse. Dann schaue ich aus den Fenstern der Limousine auf die verschneite Stadt. Eigentlich bin ich froh, bei Mum zu sein, auch wenn mir hier hinten im Auto ein bisschen schlecht ist. Dad setzt mich nach vorn, obwohl ich noch so jung bin. Meine Stiefschwestern, Cherub und Caprice, waren grün vor Neid, als sie hörten, dass ich Brautjungfer werde. Der Berater im Amt hat mich zwar beruhigt, aber ich finde trotzdem, dass wir Schuld haben – der Paki und ich. Wir haben Mum als Beduselte Blondine mit Einzelkind in die Schlagzeilen gebracht, wir haben für ihre Verhaftung gesorgt. »Nicht auf die Lippen beißen, mein Schatz«, sagt Mum. Weil ich nicht gehorche, gibt sie mir mit ihrer paillettenbesetzten Hochzeitshandtasche eins auf die blutige Schnute.

»Und? Wohin willst du jetzt?«, frage ich, und als sie nicht antwortet, hebe ich ihren Spitzenschleier und stelle – Überraschung! – fest, dass sie weint, nicht unbedingt, weil sie unglücklich wäre. Ihre Augenlider sehen wegen der Glitzerschminke aus, als hätte sich über Nacht Frost darauf gebildet, und von Nahem duftet sie so blumig und feucht, als wäre sie gerade aus dem Bad gestiegen. Ich will, dass sie mich weiter anlächelt. »Du erinnerst mich an eine lebende Tote«, maule ich, »an ein Gespenst. Hat man dir nie gesagt, dass du nicht heulen darfst, wenn du dir die Wimpern wie für eine Pantomime mit Mascara eingeschmiert hast?«

»Ist irgendwie fies, ihn sitzenzulassen«, sagt sie seufzend, zieht ein zerknülltes, vollgeschnoddertes Papiertaschentuch aus dem weiten Ärmelaufschlag und wischt über ihre blauen, geröteten Augen. »Der arme Tony.«

Tony roch beißend und verschwitzt und rauchte fingerdünne Zigarren aus einer flachen, quadratischen Blechschachtel. Die Erinnerung an diesen Geruch und der Kreisverkehr drehen mir den Magen um. Cherub ahnt nicht, dass ich ihren nagelneuen Tanga trage, und ich würde Mum gern bitten, mit mir Riesenrad zu fahren oder Schlittschuh zu laufen. Weil ich weiß, dass das nicht geht, starre ich sie wütend an. Jeder ist sauer auf Mum. Nicht nur ihre Familie, die vorher auch schon sauer wegen Marcel war, sondern das ganze Land. Alle haben meine Mum wegen dieses Pakis auf dem Kieker. Ich sehe sie grimmig an und sage: »Es wäre fies, wenn du ihn heiraten würdest.« Sie streichelt meine roten Wangen, und ich möchte, dass sie nie damit aufhört, weil ihre Finger so zart und sauber sind. Dann schiebe ich sie weg und sage: »Jede Heirat wäre fies, Mum, egal mit wem. Jedenfalls solange du in diesem Zustand bist.«

»Meinst du wirklich?«, fragt sie, aber ich verkneife mir eine Antwort, weil ich ihr nicht jede Entscheidung abnehmen will. Wir sind immer noch auf der Ringstraße, nicht weit vom Rathaus, und der Fahrer beäugt meine Mum im Rückspiegel. Plötzlich schreit sie: »So ein Mist!« Ich reagiere nicht sofort. Immerhin kenne ich diese Frau mein ganzes Leben. »So. Ein. Mist. Nein. Elle! Nein!«

Sie muss immer im Mittelpunkt stehen.

»Hmm«, sage ich schließlich, kämme meine Haare mit zwei Fingern und wünsche mir, Locken zu haben. Ich winke einem kleinen Typen, der auf der Überholspur an uns vorbeizieht; er winkt zurück und gibt dann Gas. Mum keucht entsetzt, und ich muss an Igel denken. Ashanti bestreitet, dass es wirklich Igel gibt, und sie hat mich aufgefordert, bis zum Ende der Weihnachtsferien einen aufzutreiben. Ich muss einen Igel finden, tot oder lebendig. Echt verrückt. Unser Lehrer wird das Stachelvieh bestimmen, und damit wäre die Sache ein für alle Mal erledigt.

»Elle, mir ist gerade eingefallen, dass ich meinen Schminkkoffer im Hotelzimmer vergessen habe.«

»O Gott, dann halt das Taxi an und ruf die Bullen.«

Ich habe blaue Mascara aufgelegt. Wenn man nicht super aussieht und total schlank ist, erweckt man damit vermutlich den Eindruck, man käme aus Freaksville. Deshalb fühle ich mich plötzlich absolut einsam und verlassen.

»Wirklich, mein Schatz. Ich habe nur einen Lippenstift dabei. Ich dachte, wir würden noch einmal zum Hotel fahren. Was ist mit deiner Ausrüstung?«

»Ich bin nicht alt genug, Mum. Ich nehme kein Make-up.«

»Ich habe mich schon mit zehn geschminkt und einen BH getragen.«

»Die Info haut mich wirklich um.«

»Ich hatte gehofft, meine Ma würde mich dann nicht mehr erkennen.«

Ich lecke die wunde Stelle auf meiner Lippe, bis sie brennt. Mum sagt immer, dass sie mich nur ungern zurückbringt. Dass ich wie ein Video bin, das sie sofort nach dem Anschauen abgeben muss, weil ihr sonst ein Bußgeld droht. Als hätte ich eine Wahl!

»Als ich jünger war, älter als du, aber noch irgendwie jung, war ich ein großer Fan von Madonna. Kennst du sie?«

Ich antworte nicht, sondern starre ihr fleckiges Gesicht an und wünschte, wir könnten irgendwo anhalten und Pommes frites kaufen. Dann blinzele ich drei Mal und sage: »Dann hast du Olivia also mit Madonna betrogen?«

»Ach, das war lange nach Olivia. Ich mochte Olivia, als ich in deinem Alter war. Madonna kam erst viel später.«

»Ist trotzdem total grottig, Mum.«

»Sag nicht ›grottig‹, Elle! Du klingst wie einer dieser schrecklichen Teenager.«

»Du musst es ja wissen«, erwidere ich, denn Marcel hängt immer noch zwischen uns wie ein unangenehmer Geruch, bei dem man sich am liebsten die Nase zuhalten oder aus dem Zimmer rennen würde.

Weil mir übel zu werden droht, konzentriere ich mich auf den Horizont. Die Wohntürme erinnern an riesige Grabsteine, und dahinter kann ich die Hügel und Felder und das weite, offene Yorkshire sehen. Ob sie mich anblafft, weil ich Marcel erwähnt habe? Nein, sie redet einfach weiter:

»Angeblich hat sich Madonna bis nach New York durchgeschlagen. Dort hat sie sich in ein Taxi gesetzt und gesagt: ›Bringen Sie mich zum Mittelpunkt von allem.‹«

»Verständlich, dass dir das gefällt, Mum«, sage ich seufzend. Und ich verenge die Augen, recke den Arm und forme meine Finger zur Pistole. Mein rosa Brautjungfernkleid passt so gar nicht zu mir, sitzt aber selbst dann wie angegossen, wenn ich die Arme hebe. Ich mag die Farben und Pailletten, obwohl ich in der Schule als halber Junge gelte. Sie nennen mich Elle-Boy.

Claire, die neue Frau meines Vaters, meint, dass ich später eine Lesbe werde, weil meine Mutter so eine Schlampe ist. Dad verteidigt mich immer. Er hat nichts dagegen, dass ich auf kurze Haare, Hosen und blaue Sweatshirts stehe, sagt er. Und Claire erwidert dann: »Wenn sie mit siebzehn am Steuer eines Trucks sitzt, siehst du die Sache vielleicht anders, Paul.«

Eigentlich fände ich es super, auf einem dieser endlos langen, staubigen amerikanischen Highways vor einer Gebirgskulisse dahinzubrausen. Entweder allein oder mit Mum.

Der Fahrer beäugt Mum immer noch, und mein Herz unter dem peinlich flachen Busen klopft so laut wie ein Stock auf eine Trommel. Ich hasse es, wenn sie von Männern angeglotzt wird. Mum sagte mehrmals, dass sie bereut, was passiert ist, aber ich hätte ja jederzeit meinen Dad anrufen und ihn bitten können, mich abzuholen. Der Berater meinte allerdings, dass ich mich nicht schuldig fühlen muss. Ich sollte Mum besser daran erinnern, dass sie in Handschellen und mit einem Sonnenbrand heimgekehrt und dann wegen Vernachlässigung ihrer Tochter angeklagt worden ist. Nicht ich.

Und ich habe sie daran erinnert.

Mum schweigt sich immer noch über den Pakistani aus, obwohl ihr klar ist, dass ich Bescheid weiß. Sie sagt: »Er hat nichts damit zu tun, Elle.« Aber Claire hat recht, Mum liegt meist falsch, wenn es um die Frage geht, was womit etwas zu tun hat.

Claire will, dass ich *sie* Mum nenne, aber ich weigere mich. Ich werde sie nie so nennen.

»Amir wollte bloß nachsehen, ob ich heil angekommen bin, mein Schatz«, sagt sie, aber eines ihrer Probleme besteht darin, dass sie den Typen immer vertraut. Wahrscheinlich darf ich die Klappe nicht zu weit aufreißen. Ich wünschte, ich hätte auch Cherubs BH-Oberteil mitgehen lassen. Wenn ich heute Abend wieder zu Hause bin, werde ich genau das tun, und ich werde gleich noch schriller pfeifen, damit sich Mum auf die Lippe beißt und in die Nasenwurzel kneift. So wie damals, als ich Geige geübt habe.

Wenn ich abends allein bei ihr war, hoffte ich immer, dass sie bald heimkommen würde, und ich horchte auf das gedehnte, leise Ploppen, mit dem sie den Korken aus der Flasche zog – eine vertraute Melodie, seit ich ein Baby war. Jetzt pfeife ich *A Spoonful of Sugar*, obwohl man die Melodie vermutlich nicht erkennt, wenn man sie nie gehört hat, und Mum reitet weiter auf der Frage herum, warum ich damals nicht bei Dad angerufen habe. Ich pfeife weiter und schreie dann plötzlich: »Ich habe nicht bei Dad angerufen, weil er sich zu viele Sorgen macht. Verständlicherweise.«

»Hmm«, sagt Mum, und ich weiß, dass sie sich eine gemeine Bemerkung verkneift.

»Er ist ein guter Dad, Mum. Er macht sich Sorgen um mich«, sage ich, um ihr die Gemeinheit zu entlocken.

»Armer Tony«, seufzt sie stattdessen.

»Hast du nicht gesagt, er ist stinkreich?«

»Er hat einen ziemlichen Ehrgeiz, was das betrifft«, sagt sie.

»Aha. Dann ist er also noch so ein geiziger Idiot, der bis über beide Ohren verschuldet ist und sich wie ein Mädchen um seinen Körper sorgt.« Damit spiele ich indirekt auf Marcel, den gut gebauten Teenager an – manchmal kann ich die Klappe doch nicht halten. Vielleicht haben Dad und Claire und der Berater ja recht, wenn sie meinen, dass ich einen schweren Schaden davongetragen habe.

»Vielleicht hätte ich nie Ja zu Tony sagen dürfen«, murmelt sie seufzend.

»Ich frage nur aus Neugier, Mum, aber hast du jemals Nein zu irgendeinem Typen gesagt?«

Ich hänge tief auf dem Sitz, und ich möchte, dass sie mich wieder hochzieht, aber sie tut es nicht, und ich sitze reglos da, weil ich stinkig bin und an Tony denke. Gestern, am Vorabend der Hochzeit, mussten wir mit ihm im Hotel essen. Er sprach kaum ein Wort, aber wenn er kaute, konnte man das dumpfe Sappschen seiner dritten Zähne hören. Mum riss sich fast ein Bein aus, um das Gespräch anzukurbeln. Tony und ich sahen uns zum ersten Mal. Als er um die Weinkarte bat, lehnte ich mich zu Mum rüber und sagte laut: »Oh! Kann der Mann allen Ernstes lesen?«

Um ehrlich zu sein, bin ich nur gern bei Mum, wenn wir zu zweit sind. Sobald ein Typ mit im Spiel ist, werde ich unruhig. Keine Ahnung, warum. Ihr geht es ähnlich, was vielleicht daran liegt, dass sie im Beisein ihrer Tochter nicht mehr so tun kann, als wäre sie siebzehn. »Warte, bis du deinen ersten Freund hast«, flüsterte sie und kitzelte mich, und da wusste ich, dass sie sich wegen mir vor Tony in Grund und Boden schämte.

»Der Mann ist ein Greis, Mum!«, sagte ich so laut, dass er es hören konnte. »Du heiratest einen Opa.« Und als sie nichts erwiderte, fügte ich hinzu: »Es ist genau wie mit Marcel, nur umgekehrt.«

»Du hättest George sehen sollen«, sagte sie.

Ich fand das nicht komisch, denn ich kannte die Bilder vom kahlen George aus der Zeitung: Durchgebrannte Mum und ihr Rentner-Lover. Ich knallte die Stirn auf den Tisch und begrub den Kopf unter den Armen. Das lächerlichste Foto zeigte George in seinem Schrebergarten, wo er sich versteckt hatte, nachdem er vor Mum aus Griechenland nach England geflohen war. Ein Foto zum Schlapplachen – und das ganze Land lachte mit.

Tony verbarg sich hinter der Weinkarte und tat so, als würde er unseren Streit nicht mitbekommen. Er blendete uns beide aus und hob nicht einmal eine schuppige Augenbraue, und ich hätte Mum am liebsten gesagt, dass das ein Omen für die Ehe mit Tony war: dreißig Jahre lang Verstecken hinter der Weinkarte.

Falls Tony wusste, dass ich allein zu Hause zurückgelassen worden war, schwieg er sich darüber aus. »Die Nachrichten interessieren ihn nicht«, versicherte mir Mum, als wir uns für das Essen fertig machten.

»Ja, weil er nicht lesen kann«, sagte ich, und sie erwiderte leise, dass ich gemein sei. Außerdem würde sie gar nicht wollen, dass er etwas davon erfährt, weil es ihn vielleicht verletzen würde. Jedenfalls nicht vor der Hochzeit. Danach würde sie ihm alles beichten. »Armes Schwein«, sagte ich.

»Für Tony ist es eine Märchenhochzeit, mein Schatz«,

sagte sie aufgesetzt streng, »und ich will sie nicht im letzten Moment verderben, indem ich ihm Sachen erzähle, die keine Bedeutung mehr haben.«

»Ja, klar, wie im Märchen: der Wolf als flippige Großmutter. Der arme Tony wird sein ganzes restliches Leben das Gefühl haben, Rotkäppchen zu sein. Und am Ende frisst ihn ein Sexwolf, der sich als blonde, beduselte Hausfrau verkleidet hat.«

»Benutz solche Wörter nicht!«

»Welche?«

»Hausfrau«, antwortete sie, und ich hätte beinahe gelacht, denn obwohl es verrückt klingt, hasst sie Claire vor allem deshalb, weil sie so eine gute Ehefrau ist und ein hübsches Haus hat.

Aber jetzt, während ich vor mich hinpfeife, aus dem Fenster der Limousine schaue und das Gefühl habe, dass mir gleich schlecht wird, denke ich, dass Mum irgendwie recht hat – Tony muss nicht alles wissen. Rascher Ruhm verblasst auch rasch. Das ist einerseits schade und andererseits gut so. In der Schule reden nur noch wenige Mädchen über Mum, und in sechs Wochen werden auch die Jungs sie vergessen haben. Vielleicht tratscht man im Lehrerzimmer noch ein bisschen über sie, aber nicht mehr vor mir. Ich werde mich allerdings noch lange an das Foto auf der ersten Seite erinnern: Mum im glitzernden Teenie-Top und mit einem Grinsen, als hätte sie zu viel Rum von den karibischen Inseln intus: PARTYGIRL MACHT UNERLAUBTE SAUSE.

Als ich das zum ersten Mal sah, schämte ich mich so sehr, dass ich mich auf dem Klo übergab.

»Was soll ich deiner Meinung nach tun?«, fragt sie wieder.

Sie wollte heute vor dem Frühstück zwei Mal wissen, was ich wirklich über Tony denke. Sie hofft offenbar, dass ich ihr alle Entscheidungen abnehme.

»Denken und Tony sind zwei Wörter, die du in deiner Ehe nicht oft hören wirst, Mum«, antwortete ich. Tony qualmte seine Zigarillos sogar beim Essen. Deshalb brachte ich trotz des üppigen Frühstücksbüfetts und meines Hungers keinen Bissen hinunter.

»Ja, er ist sicher keine große Leuchte, Elle«, sagte Mum, runzelte besorgt die Stirn und legte ihre Hände um die Tasse mit schwarzem Kaffee. Wenn ich sie beunruhige, habe ich immer das Gefühl, geliebt zu werden, obwohl ich weiß, dass es kindisch und falsch ist.

»Er ist gar keine Leuchte, Mum«, rief ich, »sondern eine alte, qualmende Tranfunzel!«

»Als ich ihm vor ein paar Monaten zum ersten Mal in der Bar unseres Ladens begegnet bin …«

»Wochen, Mum«, schluchzte ich und war selbst überrascht, dass ich plötzlich so losheulen musste. »Du kennst ihn erst seit ein paar Wochen, und davor warst du bis über beide Ohren in einen anderen verknallt. Wenn wir dieses Hotel verlassen, wirst du wahrscheinlich mit dem Portier verlobt sein.«

Sie schnaubte und schloss die Augen. Ich hätte sie gern gebeten, am Wochenende mit mir ins Kino zu gehen, aber das ging natürlich nicht, weil dann Flitterwochen waren. Was mich wieder an Tony erinnerte. »Ich wollte ja nur sagen, Elle, dass er mich an irgendjemanden aus dem Fernsehen erinnert hat.«

»Klar, an jemanden aus der Familie Feuerstein«, erwiderte ich, floh an den hintersten Tisch im Frühstücksraum und dachte darüber nach, wie ich mir heimlich das komplette englische Frühstück reinpfeifen konnte.

»Ich hatte getrunken, als ich ihm begegnet bin«, gestand sie später, als wir unsere Kleider anziehen wollten.

»Echt? Wie schrecklich!«, sagte ich und zog die Augenbrauen bis zu meinem wirren Pony hoch. »Du? Getrunken? Ist ja unvorstellbar!«

Sie streichelte meine Wange, aber ich schlug ihre Hand weg. Sie schaute verletzt und sagte: »Er ist einer der besten Vertreter in ganz Yorkshire.«

»Irre faszinierend.«

»Er ist nett.«

»Wenn du etwas Nettes willst, besorg dir eine Katze.«

»Katzen bringen keinen Lohn mit nach Hause, mein Schatz.«

»Die aus der Werbung aber schon.«

»Willst du mir sagen, dass ich mit einem hübschen Haustier besser dran wäre als mit Tony?«

»Du wärst mit einem Hirnschaden besser dran, Mum«, schrie ich, vergrub mein Gesicht hochdramatisch im Kissen und heulte – nicht zuletzt wegen des verpassten Frühstücks. »Hast du nicht gemerkt, wie viel Zeit er vor dem Spiegel verbringt?«

»Das ist bei Männern keine Unart, meine Süße.«

»Doch, Mum – jedenfalls wenn man wie Tony aussieht.«

»Er sieht besser aus als George.«

»Jedes Autounfallopfer sieht besser aus als George.«

»Ich fand George sehr süß.«

»Ja, für jemanden, den man um Mitternacht auf dem Friedhof ausgegraben hat, war er nicht übel.« Dann fragte ich: »Warum bist du jetzt hinter diesen Greisen her, Mum?« Ich konnte die Antwort an ihrem traurigen Lächeln ablesen.

»Eines Tages wirst du das verstehen«, sagte sie.

In der Schule meinte ein Junge, ich sollte meine Geschichte mit Mum an eine Zeitung verkaufen. Ich sollte anrufen und erzählen, dass sie erst in einen Teenager und dann in einen Opa verknallt gewesen ist. HURENTOCHTER PACKT AUS, hatte er als Schlagzeile vorgeschlagen.

»Wenn du ihn nicht magst, heirate ich ihn nicht«, sagt Mum mit erstickter Stimme, als die Limousine noch einmal scharf um eine Kurve biegt. Ich hebe den Kopf und erwidere: »Gut, ich mag ihn nicht.«

»Dann hat sich die Sache erledigt.«

»Oh, sicher. Und das soll ich dir glauben? Vergiss nicht, dass ich das verlassene, verängstigte Kind bin, das ohne einen Penny für Essen dasaß ...«

»Der Kühlschrank war voller Pizzen. Das weißt du ...«

»... und zwar eine ganze Woche!«

Die beste Zeitungsüberschrift lautete: HELDIN DER NACHT – TREUE TOCHTER WILL ÜBERLEBEN. Am liebsten mochte ich: ZÄHE KLEINE GÖRE GIBT NICHT AUF. Ich werde die Zeitungsausschnitte bald in ein Album kleben, und vielleicht lasse ich meine Lieblingsschlagzeile vergrößern und hänge sie über dem Bett auf, oder ich höre auf Ashantis Vorschlag und lasse sie für die Ewigkeit auf meinen Hintern tätowieren. Ashanti ist eigentlich meine beste Freundin, aber sie sagt alle paar Wochen: »Ich rede nicht mit dir. Ich bin nicht deine Freundin.« Dann geht sie und würdigt mich keines Blickes mehr, und manchmal macht sie sich auch über das von Claire eingepackte Pausenbrot lustig. Trotzdem näht Ashanti die besten Kleider für Barbiepuppen, und es freute mich, dass sie neidisch auf meine Schlagzeilen war. »Zähe kleine Göre gibt nicht auf – das müsste auf deinem Hintern stehen«, sagte Ashanti. »Ich wünschte, ich würde auch solche Schlagzeilen bekommen.«

»Ich war wegen dir in den Schlagzeilen«, sage ich und drücke die Daumen auf meine Augen, sodass in meinem Kopf ein Schmerz aufflammt und ich aufschreie.

»Wegen dir hatte ich drei Mal Läuse«, erwidert Mum. Ich weiß noch, wie sie kreischte, als sie die Läuse aus unseren Haaren kämmte und in Wassergläsern ertränkte, die sie dann auf den Badewannenrand stellte, um sie zu zählen wie einen Fang von Haifischen. Claire macht es anders: Sie streift sich energisch Gummihandschuhe über und setzt eine chemische Keule ein, die einem die Kopfhaut wegätzt.

Wir drehen immer noch Runden auf der Ringstraße, und ich pfeife weiter Melodien aus ›Mary Poppins‹, weil ich nicht diejenige sein will, die entscheidet, ob Mum nun heiratet oder nicht. Sie muss lernen, selbst Ja oder Nein zu sagen. Ich habe ihr schon meine weisesten Ratschläge gegeben. Ich will, dass sie Nein sagt. Weil ich sonst nie wieder allein mit ihr sein werde. Und das ist nicht einmal reiner Egoismus, dieser Trottel ist ganz bestimmt nichts für sie. Heute Vormittag, als wir schon in den Hochzeitskleidern mit den pelzbesetzten Ärmelaufschlägen dastanden, sah ich uns beide im Spiegel an und sagte ernst: »Du darfst dich nicht immer Hals über Kopf in etwas hineinstürzen, Mum.«

»Ich bin im Leben immer gern gestürzt, mein Schatz.«

»Darum mache ich mir ja auch Sorgen um dich.«

»Claire und dein Dad sorgen sich um mich, wie man sich wegen eines UFOs sorgt. Weil sie nach außen hin die perfekte Familie geben, haben sie keine anderen Sorgen.« Dann überraschte sie mich mit den Worten: »Darum habe ich so viel Wirbel um Marcel gemacht.«

Weil ich gerade daran denke, sage ich: »Sie glauben, dass ich wegen dir hätte sterben können.«

»Meinst du an Pizza?«

»Nein, an Vernachlässigung«, antworte ich düster und spreche die Worte aus wie der Polizist damals. Dabei bebt meine blutende Unterlippe. »Ich bin das vernachlässigte Kind. Wenn dieser Pakistani nicht …«

Sie seufzt und lässt ihren Kopf schwer gegen die Scheibe knallen. »Er heißt Amir, Elle. Und ich habe schon gesagt, dass es mir sehr leid tut. Ich war damals wie von Sinnen. Ich kann es nicht erklären. Ich war verliebt. Wie oft muss ich es noch sagen: Ich dachte, du wärst bei deinem Dad!«

Ich schaue verletzt und betrübt und so drein, als hätte es mir das Herz gebrochen, hüte mich aber davor, sie zum Weinen zu bringen oder ausrasten zu lassen. »Meiner Meinung nach setzt du mit deiner Impulsivität sowohl dein Leben als auch das Leben anderer aufs Spiel«, sage ich und wiederhole damit, was Claire zu Dad sagte, als die beiden den Stapel von Zeitungen durchsahen. Claire bewahrt sie alle auf. Sie wird die Ausschnitte aus dem tragischen Leben meiner Mum als druckerschwarze Erbstücke an kommende Generationen weitergeben.

An manchen Tagen, an den meisten Tagen frage ich mich, ob Mum und Dad wieder zusammenkommen, aber das wird wohl nie passieren – also muss ich sie retten. Aber wie soll man jemanden retten, den man nicht versteht?

»Aus deinem Mund hört es sich an, als wäre ich betrunken Auto gefahren«, sagt Mum seufzend.

»Stimmt genau. Eine Betrunkene mit der Verantwortung für ein …«

»Herz.«

»Oh, ich bitte dich, Mum!«

»Ich kenne nur das Leben auf der Überholspur, mein Schatz.«

»Tja, aber jetzt bist du deinen Führerschein los und musst mit dem Bus fahren, Mum.«

»Genau das versuche ich ja! Indem ich Tony heirate. Ich nehme den Bus!«

»Nicht *den* Bus! Jeden Bus, aber nicht *den*!«

Wir überholen einen Van mit verdreckten jugendlichen Fußballern. Einer lächelt mich im Vorbeifahren an, und ich habe plötzlich das Gefühl, dass alles sinnlos ist, und fange an zu weinen. Als Mum einen Arm nach mir ausstreckt, wende ich mich ab und denke daran, wie ich vor ein paar Stunden, wir hatten uns gerade für die Hochzeit geschminkt, die Mascara auf den Tisch knallte und Mum anschrie, weil ich von Anfang an wusste, dass mir das blöde rosa Kleid nicht steht. Jungs wollen keine Mädchen wie Elle-Boy, sondern Mädchen wie meine aufgemotzten Stiefschwestern, und ich fühlte mich richtig mies, als ich versuchte, ein anderes Gesicht aufzusetzen. Sonst macht es mir nichts aus, aber als ich Mum anschaute, hatte ich auf einmal die Sorge, dass es mir irgendwann etwas ausmachen könnte. Und zwar schon sehr bald. Es würde mit jedem Jahr schlimmer werden, und am Ende würde ich aussehen wie Gran. Dieses Fossil hatte das Kinn auf dem Zeitungsfoto so tief gesenkt, dass ihr faltiger Hals an den einer Schildkröte erinnerte. Unter dem Foto stand: »Sie hat sich die Suppe selbst eingebrockt. Jetzt soll sie sie auch auslöffeln.« Eine andere Zeitung brachte einen

»Exklusiv«-Beitrag: MEIN LEBEN MIT DURCHGEBRANNTER MUM. VON EINER, DIE BESCHEID WEISS – IHRER EIGENEN MUTTER! Als Gran das las, schämte sie sich so sehr, dass sie bei Mum anrief, um sich zumindest ansatzweise zu entschuldigen.

»Ich wünschte, ich wäre eine bessere Mutter gewesen«, sagt Mum. Dann wendet sie sich ab und bittet um Entschuldigung, weil diese Worte sogar für Miss Manipulation zu viel sind und zu sehr an Grans Gerede erinnern. Also schwenkt sie um und sagt: »Trink einen Schluck Champagner, mein Schatz.«

»Oh! Ist das Koks alle?«, erwidere ich und verdrehe die Augen. »Mum! Ich darf noch nichts trinken. Das Gesetz gilt auch für mich, obwohl ich die Tochter der aufgewühlten Alkoholikerin Jackie Jackson bin.«

»Sicher, mein Schatz. Du sollst nur wissen, dass welcher da ist, falls du mal probieren möchtest. Wir fahren schließlich nicht jeden Tag in einer Limousine.«

»Immer im Kreis, bis du endlich weißt, was du willst – Ja oder Nein sagen, es tun oder lassen.«

Ich schaue sie aus großen, flehenden Babyaugen an: Sag einfach Nein.

»Wer soll ihn sonst trinken? Ich habe dem Alkohol entsagt, wie du weißt.«

»Du? Das behauptest du nach jedem Glas. In einer knappen Stunde wirst du wieder blau sein. Vergiss nicht, dass du ›eine lange Geschichte des Alkoholmissbrauchs und eine ganze Reihe gescheiterter Beziehungen‹ hast.«

»Du hast wirklich ein tolles Gedächtnis, mein Schatz.«

»Du bist die einzig wahre Beduselte Blondine mit Einzelkind, jetzt und für immerdar.«

Sie schließt die Augen, lehnt sich ans Fenster und sagt: »Ja, das soll auf meinem Grabstein stehen: Hier liegt die Beduselte Blondine mit Einzelkind, eine schlechte Ehefrau, schlechte Mutter, schlechte Tochter und schlechte Freundin mit einer ganzen Reihe gescheiterter Beziehungen und einer langen Geschichte des Alkoholmissbrauchs.«

Ich möchte, dass sie meine Hand hält, aber sie versucht es nicht einmal.

Die schlimmsten Bemerkungen kamen von Freunden und Verwandten; sie schienen keine lebendige Person zu beschreiben, sondern so etwas wie eine verschlossene Tür, die sie aufgebrochen hatten, nur um dahinter ein Zimmer voller Fliegen und vergammeltem Essen zu entdecken. Eine »gute Freundin« sagte: »Jackie Jackson hatte nie Probleme, einen Mann zu finden, obwohl sie nicht gerade gut aussieht.« Eine »Nachbarin« meinte: »Die Männer fallen ständig auf sie herein. Ich weiß auch nicht, warum.« Eine »frühere Kollegin« sagte: »Sie ist zwar keine Schönheit, aber sie zieht die Männer magisch an. Man bekommt es mit der Angst zu tun, wenn man ihr dabei zusieht.« »Sie geht auf die vierzig zu, aber ich habe erlebt, wie sie Männer vernascht hat, die halb so alt waren wie sie«, sagte ein anderer »Freund der Familie«.

Ich frage mich, welche Art »Freund« dieser Pakistani wirklich ist. Und wie viel Geld er dafür bekommen hat. Sie könnte diesen Mistkerl verklagen, aber sie würde wohl nicht mal im Traum daran denken. Wahrscheinlich fragt sie sich nur, was Marcel dachte, als er das las – wo immer er sein mag –, und mir wird wieder schlecht, weil der Fahrer auf der Ringstraße beschleunigt und uns verärgert im Rückspiegel beäugt. Ich erwidere seinen Blick, zucke mit den

Schultern, hauche »Entschuldigung« und zeige auf meine Mum. »Mir wird langsam schwindelig«, sage ich, und das stimmt. Und ich sage, dass meine Lider vom Hochzeitslidschatten schwer und klebrig sind und dass ich beim Lächeln einen Riss in der dicken Schminke rings um den Mund spüre. Ich hätte jetzt gern eine Zigarette oder eine Knarre, denn die Zeitungen druckten immer die harmlosesten, kindlichsten Bilder von mir ab, und immer neben Mums wasserstoffblondiertem Barschlampengrinsen.

»Wohin soll es denn jetzt gehen?«, fragt Mum und dreht sich zu mir um, als wäre *ich* die Erwachsene. »Wir werden kein Hotelzimmer bekommen. Morgen ist Weihnachten.«

»Du lässt ihn tatsächlich einfach sitzen? Wenn du sonst nicht genau weißt, was du tun sollst, ziehst du die Sache doch meistens durch, oder?«

Ich würde gern noch mehr fragen, um mehr zu verstehen, verschränke meine Arme aber nur schraubstockfest vor der Brust und grolle.

»Verlassen heißt befreien, mein Schatz.«

»Verlassen heißt versetzen«, erwidere ich, keuche zutiefst schockiert auf und reiße den Kopf weg.

»Es wäre falsch, die Heirat durchzuziehen«, sagt sie leise. »Du hast recht: Ich bin ein als Ehefrau verkleideter Wolf. Und das geht nicht.«

»Man muss nichts unterlassen, nur weil es falsch ist«, sage ich. »Ist das nicht dein Motto, Mutter?«

Claire sagt, dass Mum ihr Leben nicht unter Kontrolle hat. Also darf ich unter der Woche nicht zu ihr, weil ich vielleicht zu spät zur Schule kommen würde. Wenn Mum mit Tony zusammenleben würde, dürfte ich sie vermutlich nur zwei Mal im Jahr sehen.

»Wir finden bestimmt kein Zimmer für heute Nacht, Elle.«

»Wir könnten in eine Bar gehen, ein paar Typen angraben und fragen, ob wir bei ihnen übernachten können«, schlage ich vor. Ich denke ständig, dass dieser Pakistani auf der Hochzeit auftauchen könnte. Vielleicht will er Mum noch einmal Schwierigkeiten machen, weil er sauer ist, dass sie gegen Kaution freigekommen ist. Vielleicht will er, dass sie richtig bestraft wird. Wenn ich einen roten Vauxhall sehe, nachdem ich bis fünf gezählt habe, ist alles gut. Und wenn nicht, dann nicht.

»Das wäre besser als unser Haus«, sagt sie und reibt über das wellenförmige Muster auf ihrer Stirn. »Ich muss unbedingt gründlich putzen. Aber mir fehlt immer die Zeit.«

Zeit, sagt Claire, ist das kostbarste Geschenk, das man jemandem machen kann. Als ich sie fragte, was sie sich zu Weihnachten wünscht, antwortete sie: »Mehr Zeit mit meiner Familie.« Obwohl sie nicht arbeitet und immer zu Hause ist. Wahrscheinlich war das als Stichelei gegen Mum gemeint, aber in gewisser Weise hat sie recht, denn wenn die Leute von meiner Mum bekommen haben, was sie wollen – Sex, Geheimnisse, Aufregung –, versuchen sie meist, sich aus dem Staub zu machen. Sie widmen ihr kaum Zeit, weil sie Angst vor ihr haben. Also sage ich beim Anblick eines roten Vauxhall, der an uns vorbeizieht: »Ich bleibe über Nacht bei dir.«

»Aber heute ist Heiligabend, Elle«, sagt sie überrascht und glücklich, und ich frage mich, ob sie Tony Feuerstein an Heiligabend heiraten wollte, um an Weihnachten nicht allein zu sein. Im letzten Jahr, als mit Marcel Schluss war, kam sie zu uns und saß betrunken auf dem Teppich, bis Claire sie dazu brachte, sich auf die Couch zu legen. Dort schnarchte sie bis zum Mittag, und schließlich riss Claire der Geduldsfaden, und sie schickte Mum in einem Taxi nach Hause.

Dad antwortete auf meine Frage nach einem Weihnachtsgeschenk für ihn: »Ruhe und Frieden.« Das ist wohl der Grund, warum er nicht mehr mit Mum zusammenleben will – falls sie je wieder zu ihm zurück wollte.

»Ich möchte Weihnachten bei dir sein, okay?«, sage ich. Und sie hat plötzlich feuchte Augen und schnieft, und ich muss sie abwehren, weil sie mich mit ihrem Geknuddel fast umbringt.

»Vielleicht könnte es mit Tony klappen, wenn ich mir Mühe gebe«, seufzt sie und übersieht den zornig gestikulierenden Fahrer. Sie drückt mich fest an sich, und mein Kopf liegt an ihren warmen, weichen Brüsten.

»Wenn du dir Mühe gegeben hättest, hätte es auch mit Dad klappen können.«

»Ja, wenn ich ein anderer Mensch gewesen wäre.«

»Wenn du wie Claire wärst. Ein bisschen ordentlicher und ein bisschen blöderer. Heißt das so, Mum? Blöderer?«

»So heißt es bei Claire«, erwidert sie und streichelt grinsend meine Wange. »In ihrem Fall ist es genau das richtige Wort.«

»Wenn du nicht auf der Hochzeit erscheinst, müssen wir aus der Stadt verschwinden, Mum.« Das sage ich mit großen Augen und ernstem Gesicht. »Falls Tony dich sucht.«

Tony und dieser miese Pakistani.

TEIL ZWEI

Amir

Bevor ich Elle im letzten Oktober allein zu Hause vorfand, war ich nur ein paar Mal bei Jackie gewesen. Ich besuchte sie zum ersten Mal im April, frühmorgens. Ich war nervös, was vielleicht daran lag, dass mich Ashfaq gedrängt hatte, endlich eine Entscheidung wegen Uma zu treffen. Ich ging also zu Jackie, um mich ein bisschen ablenken zu lassen, denn sie war eine echte Quasselstrippe – sie quasselte, bis man alle Sorgen vergaß. Außerdem gefiel mir die Vorstellung, das Haus einer Frau zu sehen, die die Männer reihenweise vernaschte. Ich wollte sie in ihren eigenen vier Wänden plappern hören, verschlafen, ohne Make-up oder High Heels und nur im durchsichtigen, seidenen Negligé. Vielleicht konnte ich einen Blick auf Spitzenunterwäsche erhaschen, schmutzig-weiße Träume in ihren Augen sehen und ihren morgendlichen, erregenden Duft riechen. Ich durfte nur nicht vergessen, wie recht Ashfaq hatte. Hinsichtlich der Gefahren.

Damals im April war mein Bruder gerade seit drei Tagen aus Pakistan zurück, doch es kam mir vor wie drei Jahre, und wir versuchten, uns nicht vor unserer Mutter zu streiten, obwohl wir drauf und dran waren, uns zu prügeln.

Eigentlich hatte er eine große Wohnung über Lullen & Stullen, logierte aber lieber wie ein Hotelgast in meiner engen Familienbude. Dort war er ständig online, und Ma und Halima versorgten ihn mit Tee und umschwirrten ihn wie Dienerinnen eine Königliche Hoheit. Da er immer Stunden im Fitnessstudio verbrachte, war sein Bizeps dicker als mein Oberschenkel, und sein Hals sah aus wie eine Eisentonne. Natürlich begriff dieser Idiot nicht, warum mir seine Anwesenheit nicht passte. Er ist zwei Jahrzehnte älter als ich, hinkt aber Jahrhunderte hinterher, was den IQ betrifft.

Er hat zwar das Geld, aber ich habe den Grips und das gute Aussehen – wie ich ihm immer unter die Nase reibe.

An diesem Aprilmorgen rief er mich in die Küche. Dort stand er vor Ma und kraulte den Kopf seiner kleinen Frau Halima, als wäre sie sein mascarageschminktes Schoßhündchen. Er präsentierte mir auf einem grobkörnigen Computerbild die neueste »Cousine«: die dicke, kleine Uma. »Sieh dir diese Schönheit an«, sagte er, während er das Bild so hoch hielt, als wollte er, dass ich vor der pixeligen Promenadenmischung auf die Knie fiel und sie anbetete. »Du weißt erst, was Glück heißt, wenn du verheiratet bist, Brüderchen«, sagte Ashfaq und wies mit einem Wurstfinger auf Umas technicolorfarbene Wangen.

»Klar. Und dann ist alles zu spät, Brüderchen«, erwiderte ich. Er packte meine Krawatte und zog daran, bis ich puterrot im Gesicht war, und Ma raufte sich die Haare und schrie, er solle aufhören, und Wahida schrie, sie wolle mit alledem nichts zu tun haben. Brüder wie uns zu haben, sagte sie oft, gebe ihr das Gefühl, eine Komparsin in einem Horrorfilm zu sein.

Damals war Ma noch nicht richtig krank, sondern wurde nur langsam vergesslich und wiederholte sich oft, aber wenn es zwischen Ashfaq und mir zu Handgreiflichkeiten kam, war sie besorgt und verwirrt und begann zu zetern. Also haute ich ab, und ehe ich mich's versah, saß ich im Bus und fuhr in die Gegend, wo hohlwangige Typen mit hängenden Hosen und braunen Zähnen finster und bedrückt an Straßenecken standen. Hier schlappten Fahnen mit dem Georgskreuz von Schornsteinen auf bemooste Dächer und führten allen vor Augen, wem dieses abgewrackte Revier gehörte. Hier gab es fette Tussen mit mausgrauen Gesichtern, die ihre Haare zu Rattenschwänzen banden und panzergroße Kinderwagen durch die Gegend schoben. Einige Häuser in dieser Sozialsiedlung hatten noch einen Garten mit türkisgrünen, kleinblättrigen Hecken, üppigen Rosenbüschen und ein paar schwer parfümierten gelben oder roten Blüten, dick wie Preisboxerfäuste, aber die meisten Gärten hatte man für Parkplätze plattgemacht. Man hatte sie nicht gepflastert, sondern war so lange daraufgefahren, bis jede Rostlaube eine morsche Fensterbank küsste.

Hier war das Leben dem Wetter viel stärker ausgesetzt, hier war der Regen nasser, der Wind böiger, und die Sonne verbrannte einen in kürzester Zeit. Kein Wunder, dass Jackie hier auf den Hund gekommen war. Doch auf dem Weg zu ihrem Haus sah ich Frühlingsbäume voller rosa Blüten und dachte: Konfetti.

Konfetti hier in dieser Gegend. Ich zwang mich, an Ashfaqs Worte zu denken. Er sagte, hier gebe es nur alleinerziehende Mütter, und die wegen unsozialen Verhaltens verwarnten Teenies auf ihren Mofas seien cracksüchtig, und die kleinen, vaterlosen Kinder hätten alle fiese Slogans auf ihren T-Shirts und Zuckerflecken auf ihren Pommesbudengesichtern. All das war mir egal, denn Jackie war eine Frau, die einen an Orte lockt, die man eigentlich weder aufsuchen wollte noch sollte. Doch man ging hin, obwohl man Angst hatte, hinter jedem Busch die Augen von Drogensüchtigen funkeln sah und in jeder nikotingelben Gangsterfaust ein Messer erwartete. Ich spitzte die Ohren und hielt Ausschau – vermied es aber, jemanden anzustarren – und befürchtete, an diesem gottlosen Ort erstochen zu werden. Andererseits würde mir dann die Heirat erspart bleiben.

Kurz darauf ertappte ich meine vorwitzige Faust dabei, wie sie an eine knallrote, angeknackste Tür klopfte. Ich legte mir ein paar lässige, zugleich aber geistreiche und spritzige Bonmots zurecht. Dann öffnete sie in ihrem Fetzen mit dem Aufdruck »Verrücktes Huhn!« die Tür.

Mein Leben als knuspriges Huhn. Pseudobraun gebraten. Ich keuchte. Fühlte mich einer Ohnmacht nahe. Denn meine gierigen Augen sahen zum ersten Mal, was ich schon so oft läuten gehört hatte: An diesem Tag begann im Geschäft die unter dem Thema »Huhn« laufende Spaßphase. Dazu mussten die weiblichen Angestellten enge, butterblumengelbe Tops mit eidottergelben Rüschen rings um den tiefen Ausschnitt sowie einen zitronengelben, extrakurzen Minirock anziehen. Auf dem Rücken trugen sie zwei hauchzarte, von elastischen Glitzerbändern gehaltene Flatterflügel.

»Wow. Hallo, Huhn«, sagte ich und hörte einen anzüglichen Pfiff hinter meinem Rücken.

»Wow. Hallo, Hase«, erwiderte sie grinsend und küsste mich auf die Wange. »Was verschlägt dich hierher, Schätzchen?«

Sie roch, als hätte sie gerade in Bier gebadet. Sie zog ein paar Mal am Hemdsaum. Bleiche, sandwichweiche Oberschenkel. Es hatte mir die Sprache verschlagen. Das Einzige, was mir einfiel, war: »Hartgekochte Eier.«

Ihr Anblick blies mir immer alle Lichter aus. Denn da stand sie – als großer Vogel ausstaffiert, mit strahlendem Lächeln – zu Hause im Outfit des Geschäfts. Typisch. Sie kleidete sich wie mit neunzehn. Orla bestand darauf, dass der Laden »seine Jugendlichkeit und Stilsicherheit, sein sexuelles Selbstbewusstsein und seine Internationalität auf allen Ebenen« zeigte, was ihn laut Jackie »weniger zu einem brummenden Einzelhandelsgeschäft, sondern eher zu einem Anschlagsziel für Terroristen« machte. Trotzdem. Spektakel war ihr zweiter Vorname. Einleuchtend, dass kein Mann mit einer solchen Frau zusammenleben konnte.

Sie war durchgeknallt, und sie erinnerte so sehr an einen Vogel, dass ich Schwimmhäute erwartete, als ich auf ihre silbernen High Heels hinabsah.

Ich hätte auf Ashfaq hören und nie herkommen sollen. Aber ich wusste immer, dass sich ein Schatz in ihrem Inneren verbarg, eine Kostbarkeit, die bislang niemand entdeckt hatte, und vielleicht stürzte ich mich deshalb immer wieder in ihre dunklen Abgründe.

»Amir, Schätzchen, was hast du denn an, um Gottes willen?«, fragte sie und musste lächeln, als ich auf sie hereinfiel und meinen dunklen Arbeitsanzug musterte. Sie biss sich auf die Unterlippe, kitzelte mich am Bauch, drückte ihre warmen Finger fest auf meine schmerzende Haut. Sie brachte mich zum Lachen wie niemand sonst: ganz überraschend und sogar dann, wenn ich der Gegenstand des Witzes war.

Orla hatte die männlichen Angestellten dieses Mal verschont, denn anders als Jackie letzte Woche behauptet hatte, mussten wir nicht »Pipimatz« spielen. Sie redete unaufhörlich davon. »Ihr müsst euch einen großen Phallus umbinden, im Laden herumstolzieren und alle vierzig Minuten Kikeriki schreien«, wollte sie Leo weismachen. »Aber ich denke, das wird kein Problem für euch sein«, hatte sie noch zu meinem Boss und ihrem Exfreund gesagt. Das Miststück.

Sie zog uns die ganze Woche damit auf, und bis zum Freitag hatte Leo die »Pipimatz«-Information an das gesamte Team weitergegeben. Wir machten uns alle darauf gefasst, den Schwanz umbinden und krähen zu müssen, aber dann stellte sich heraus, dass der übliche Anzug reichte. Wir sollten an der Kasse nur ein Arrangement »exotischer Schokoladeneier« präsentieren.

Trotzdem stellte ich mir Ma beim Anblick der verrückten Hühner vor: Alle einigermaßen jungen Frauen aus der Damenmodeabteilung flanierten im Abstand von vierzig Minuten durch den Laden, schwenkten den Po, ließen die Flügel flattern und lächelten beim Zwitschern. Ich dachte auch an Pa und fragte mich, warum ich diesen Zirkus mitmachte, anstatt mit Uma eine Horde pausbäckiger, dunkelhäutiger Bälger in die Welt zu setzen.

»Piep, piep, hab mich lieb. Ich bin in Wahrheit keine verrückte Schlampe, sondern ein kleines Küken, Amir«, sagte Jackie, als sie von meiner Beförderung erfuhr. Das Getratsche der Frauen dröhnte den ganzen Tag wie Verkehrslärm. Ich hätte keinen Witz dazwischenquetschen können – selbst wenn ich ein Witzbold gewesen wäre. Andererseits wusste ich, dass man ein Vögelein in der Tasche hatte, wenn man es zum Zwitschern brachte. »Du bist ein Modefachmann in einem der führenden Läden Europas, Süßer«, hatte Marilyn geseufzt. »Modefachmann? Machst du Witze?«, hatte Jackie erwidert. »Das hier ist wie ein Job an der Supermarktkasse, nur dass man nach Feierabend kein verbilligtes Brot mit nach Hause nehmen kann, Schätzchen.«

Ich japste bei ihrem Anblick wie ein hypnotisierter Hund. Sie zupfte wieder am Saum, schüttelte die Schultern und sagte: »Genaugenommen ist es nur so ein Ist-sie-nackt-oder-nicht-Quatsch, Amir, mein Schätzchen.« Sie war ziemlich nackt, und das wusste sie. Sie pflegte noch den Teenie-Schick ihrer Jugend: enge Kleider, tiefer Ausschnitt, hohe Hacken, Make-up, lange Haare und viel nackte Haut. Sie war keine dieser ordentlichen, sauberen, geschäftigen, großhandtaschigen, mittelalten Mamis geworden, die wie Roboter durch den Laden staksten und so zwanghaft schlank wirkten, als hätte man sie durch die Mangel gedreht. Nein. Die blonde, dralle Jackie sah auch so immer noch jung, sexy, energisch und geheimnisvoll aus.

Nicht zu vergessen: gefährlich.

Und während watteweiße Wolken rasend schnell am Himmel dahinzogen, stand ich auf der Schwelle und dachte, dass ich gleich hoch in die Luft befördert werden würde, weil mein Männerherz in Gegenwart dieses durchtriebenen Frauenzimmers in einen riesigen, knautschigen rosa Luftballon verwandelt worden war.

»Ich wollte dich nur bitten, ein paar hartgekochte Eier mitzubringen. Für den Hühnerhof von Laden«, sagte ich grinsend – ja, ich war wirklich der geborene Dorftrottel.

Da sah ich hinter dem verrückten Huhn zum ersten Mal die kleine Elle. Sie frühstückte in der verwarzten Küche und sah mich finster an – im Grunde war es gar keine richtige Küche, sondern nur ein wackeliger Tisch auf einer Seite des

Wohnzimmers. Dort gab es auch eine Kochplatte, einen Kühlschrank, eine Reihe halbhoher Schränke, die Luft roch nach Toast, auf dem Tisch stapelten sich Rechnungen, in der Spüle türmte sich dreckiges Geschirr. »Wofür gibt sie das Geld aus?«, fragte ich Marilyn, als ich ein paar Monate später von Jackies Schulden hörte. »Für das Leben im Hier und Jetzt«, antwortete Marilyn, und Ma meinte, genau das sei das Problem: sofortige Bedürfnisbefriedigung. Wie bei all diesen gottlosen Engländern. Sie seien unfähig, ihrer in Trümmern liegenden Vergangenheit ins Gesicht zu sehen, und sie hätten keine Hoffnung für die Zukunft. Sie lebten so, wie Ma jetzt lebte: ohne Erinnerung, ohne Pläne, nur für den Rausch des Augenblicks.

Eine Hälfte von mir liebte Jackie dafür, eine Hälfte hasste sie deswegen. »Wie hart soll es denn sein?«, fragte sie. Bingo! »Das Ei, Schätzchen«, sagte sie, und dann diskutierten wir eine gefühlte Ewigkeit darüber, wie man es richtig machte: ein Ei zu kochen.

Wahrscheinlich hatte sie sich verkleidet, um ihrer Tochter eine Freude zu machen. Ja, wahrscheinlich war sie eine dieser hormonberauschten, superenergischen und überdrehten alleinerziehenden Mütter aus dem Norden Englands, die ihr blondes Haar für wohltätige Zwecke rot färbten, am Sports Day alle Rennen gewannen und ihren Töchtern auf Teenie-Partys die kleinen Verehrer wegschnappten.

Wie weise wäre es, Uma zu heiraten.

Dann fiel mir auf, dass alle Zimmerpflanzen erledigt waren. Ich hatte noch nie so viele braune Skelette in Töpfen gesehen, zumal meine Ma immer ein Händchen für Pflanzen gehabt hatte (Samirah, meine jüngste Schwester, fand es umso schlimmer, dass die Farne im Seniorenheim Stiller

Winkel aus staubigem Plastik bestanden). In Jackies Haus krepierten die Pflanzen auf den Fensterbänken, standen tot auf dem Sideboard, und neben dem Gasherd verwelkte eine große Yucca zu gräulichem Khaki. Die Blätter eines Pfennigbaums lagen wie ein Haufen runzeliger Handflächen auf dem Boden. Diese Frau stellte sogar für die Flora eine tödliche Bedrohung dar: In ihrer Gegenwart blühte man im einen Moment auf, im nächsten starb man einen welken Tod.

»Sie brauchen wohl mehr Wasser und weniger Nikotin«, sagte Jackie, als sie meinen Blick bemerkte. Sie strich ihre seidigen, gelben Federn glatt, lehnte sich gegen den fahlen Türrahmen und zog so kräftig an ihrer Zigarette wie ein – es passte natürlich nicht ganz, aber … – wie ein weiblicher Anreißer. »Eigentlich wollte ich für sie mit dem Rauchen aufhören, Amir.«

Neben dem Spülbecken stand eine leere Flasche – vermutlich Gin. Sie war eine Trinkerin, diese Quasselstrippe. Diese ewig sabbelnde Nervensäge. Achtung! Vorsicht! Ashfaq hatte recht: Die weißen Sozialsiedlungsbewohner lebten in ihren Sozialsiedlungen, weil sie die Familie nicht mehr zu schätzen wussten. Weil sie vergessen hatten, wie wichtig das Bemuttern und der Nestbau waren, das Kochen und … Ja, ich würde mich nicht mehr mit ihnen abgeben. Ich würde sofort heimkehren und Uma einen Antrag machen, denn auch hier hatte Ashfaq recht: Man musste so rasch wie möglich eine nette und zuverlässige Frau finden. Eine brave Frau, die einen unterstützte.

»Deine Pflanzen sind todgeweiht, Jackie. Da kann man nichts mehr tun.«

»Sag das nicht, Amir!«, rief sie und legte mir eine warme,

feuchte Hand auf den trockenen Mund. »Es muss doch jemanden geben, der helfen kann.« Ich musste lachen, verstummte aber gleich wieder, weil ich ahnte, dass es ein schwerer Fehler gewesen war, in dieses Haus mit seiner Kochecke gekommen zu sein, mit der trocknenden Wäsche und dem Abwassermief, der durch eine offene, abgeblätterte, beigefarbene Tür aus dem unten gelegenen Klo ins Wohnzimmer drang. Wie im Seniorenheim Stiller Winkel, wo es passieren konnte, dass man vom hellen Flur in ein Kabuff stolperte, das eigentlich Eingeweihten vorbehalten war und in dem man Wischmopps, Pinkeltöpfe, Erwachsenenwindeln und Spraydosen aufgestapelt hatte. Eine bedrückende Realität, die einem alle Illusionen raubte.

Dann wurde es noch schlimmer, obwohl es schon schlimm genug war, denn aus den Augenwinkeln sah ich einen Schönling, der mich vom Fuß der Treppe aus wie ein Schaf beäugte. Es fehlte nicht viel, und er hätte geblökt.

Oh, das miese Stück! Andererseits war ich immer wieder fassungslos, wenn ich erlebte, wie schamlos sie von diesen weißen Typen ausgenutzt wurde. Wie blind sie dafür war. Oder wie gleichgültig. Oder wie gleichgültig sie tat, obwohl es sie verletzte.

Er winkte mit einer bleichen Pfote. »Amir, das ist Daniel. Er hat mich im Internet gefunden«, sagte sie, und beide mussten brüllend lachen. »Aus deinem Mund klingt das fast schweinisch«, dröhnte dieser Depp mit öliger Stimme, und da fiel mir auf, dass Jackies Wangen eine leichte Röte aufwiesen. Vielleicht war es Make-up, aber es lag wohl eher an frühmorgendlichem Sex, obwohl sie mir erzählt hatte, dass sie nicht mehr ausgehen könne, seit sie mit dem Trinken aufgehört habe, und dass jetzt Schluss sei mit lustig.

Orla verkündete bei den Mitarbeitertreffen manchmal tiefe Weisheiten: »Man beurteilt eine Frau nach Fingernägeln, Frisur, Handtasche und Schuhen. Nur das zählt.« »Vergiss das nie, Amir«, hatte Jackie mir während des Briefings zugeflüstert (wie eine freche Schülerin, die flüsterte, wenn sie nicht laut reden durfte, die hauchte, wenn sie nicht flüstern durfte, und die Zettelchen schrieb, wenn sie nicht hauchen durfe, mit Kringeln über i und j und einem Dutzend Fragezeichen), »wenn du dir den Kopf darüber zerbrichst, was deine pakistanischen Bräute mögen.«

»Ich will keine Modepuppe als Frau«, flüsterte ich zurück, während Orla die morgendlichen Anweisungen gab. »Da bin ich mir hundertprozentig sicher.«

»Ach, ich weiß nicht«, erwiderte sie, schürzte die Unterlippe und tat so, als würde sie den Plastikschritt einer neben uns stehenden Schaufensterpuppe hingebungsvoll drücken. »Wie findest du diesen stillen, starken Typen, Amir?« Dann rieb sie ihre Nase an der Puppe und kitzelte sie am Kinn, obwohl sie wusste, dass Orla uns beäugte.

»Sind das die Männer, auf die Frauen neuerdings stehen?«, fragte ich ernst, denn ich hatte so was in der Art in einer von Ashfaqs Zeitschriften gelesen. Aber Jackie seufzte, schüttelte den Kopf und ließ die Schaufensterpuppe stehen. »Ich nicht, Amir. Ich kenne das bis zum Abwinken. Nein, ich will jetzt einen Mann aus Fleisch und Blut, einen Mann mit Grips, mit dem ich richtig reden kann und der mich zum Lachen bringt. Egal, wie groß, wie braungebrannt oder wie gut gebaut. Aber er darf nicht aus Plastik sein. Nicht hart wie Stein. Wenn er ehrlich, lustig und nett ist und Sinn für Humor hat, überlasse ich Muskeln, Bräune und markantes Kinn gern anderen Frauen.«

»Weißt du, was das Problem mit den meisten Bräuten ist?«, sagte ich und wurde knallrot.

Dann sahen wir einander an, Jackie und ich. Auge in Auge, mit feuchten Lippen.

»Sie widersprechen nicht, Jackie. Ich will eine Frau, die Feuer in sich hat.«

Der weiße, glitzernde Laden war so still wie ein Tal im Hochgebirge. Alle Angestellten, die morgens in der vierten Etage tätig waren, spitzten die Ohren, doch Jackie fuhr fort, als wäre es eine Gnade für diese Versager, zuhören zu dürfen: »Das glaubst du jetzt noch, Schätzchen. Aber warte, bis sie dein Haus abfackelt.«

Jetzt musterte ich den blöden Schönling, der neben ihr stand, und begriff, dass sie damals gelogen hatte. »Ich kannte seinen Bruder«, sagte sie. Der Schönling nahm sie in den Arm, und sie streichelte ihn wie die Schaufensterpuppe. Er hielt sie so grinsend wie ein Plüschtier, das er gerade auf dem Rummel gewonnen hatte. Als er über ihr weißblondes Haar strich, musste ich an die Haare meiner Mutter denken, die so hart waren wie die Borsten einer Drahtbürste. Ich wiederholte meine lahme Ausrede mit den hartgekochten Eiern für den »Du verrücktes Huhn!«-Monat, und sie versprach, ein ganz besonders hartes für mich zu kochen.

Natürlich war es traurig, falsch und absolut schäbig, aber die Tatsache, dass ein anderer Typ sie hatte – tja, das ließ mich nicht kalt, und als ich gehen wollte, murmelte ich noch, wie gut das Kostüm funktionieren würde. Sie sagte so leise, dass ihr Lackaffe nichts davon mitbekam: »Wie konnte das passieren, Amir? Wir treiben es mit Puppen und tragen abgedrehte Klamotten bei der Arbeit – und das auch noch fröhlich und zufrieden! Ohne Lohnaufschlag! Was ist mit den Gewerkschaften los? Irgendjemand muss uns im Schlaf das Gehirn geklaut haben.«

Weil sie verletzlich wirkte, glaubte ich, dass sie ehrlich war.

»Mein Bruder glaubt, dass der Laden das mit uns macht«, sagte ich. »Er hat prophezeit, dass ich in der Hölle schmoren werde, weil ich dort arbeite.«

»Wie geht es deinem Bruder und seinem Bart?«

Sie wirkte nicht mehr verletzlich – das war nur ein kurzer Moment gewesen.

»Ma und ich sind froh, dass die beiden nicht in Guantánamo gelandet sind«, sagte ich, doch sie wandte sich schon ab und kehrte durch den dunklen Flur zu ihrem Model zurück. Ich fühlte mich wie so oft in Gegenwart Jackies: als hätte ich mich und meine Familie verraten. Sie brachte uns die üblichen Vorurteile entgegen, und das hätte mich eigentlich nicht überraschen dürfen, denn sie war ja nur eine dieser weißen Schlampen aus einem schlechten Stadtviertel. »Ist Ashfaq wach?«, hatte Ma an jenem Aprilmorgen gefragt. Ich hatte geantwortet, er sei längst bei der Arbeit, doch sie hatte mich wieder und wieder gefragt und beim letzten Mal gesagt: »Er kommt nämlich sonst zu spät zur Schule.«

Ich hätte am liebsten geheult.

»Guantánamo!«, rief mir Jackie noch zu. »Ja, das wäre mal eine Idee. Dort würde ich keinen Ärger bekommen.« Der weiße Prinz lachte. Dann ertönte ein Kreischen und ein Kichern. Ich hörte, wie sie fiel, und das kleine Mädchen schrie: »Muuuuum!«

Keine sieben Monate später drohte sie tatsächlich im Gefängnis zu landen.

Elle

Ich ahnte schon im letzten April, dass das Leben in Kürze totalkatastrophal.com sein würde. Man stelle sich vor: Wir gingen durch eine ungewöhnlich blütenreiche Straße, und Mums frisch lackierte Fingernägel schimmerten wie winzige Flammen. »Hey, da fällt mir ein«, sagte sie, »dass jemand hier in der Nähe eine Feier veranstaltet.« Dann senkte und hob sie ein paar Mal die Schultern und rief lächelnd: »Oooh, Elle.«

»Eine Feier?«, sagte ich mit einer Stimme, so flach wie meine blöde Brust. »Eine Feier zu Hause kann keine richtige Feier sein.« Das war eine von Dads nervigen Phrasen, aber Mum merkte gar nicht, dass ich ihn zitierte.

»Genau das, mein Schatz. Die Leute feiern – zu Hause.«

»Warum?«

»Hmm. Wir schauen einfach mal vorbei.«

»Ist es eine Saufparty?«

»Nein, Elle, im Ernst: Meine Leber bleibt verschont«, sagte sie, griff nach ihrem halbnackten Oberkörper und versprach lachend, dass sie ihr schwierigstes Wort benutzen würde, falls man ihr einen Drink anbot: Nein. Sie würde entsetzt japsen, wenn man ihr einen Schokolikör reichte, und nein, nein, nein rufen. Aber da war ich schon eingeschnappt und schlug vor, sie sollte was Einfacheres sagen: »Ich heiße Jackie Jackson und ich bin Alkoholikerin.« Sie sah mich an, als hätte ich sie gerade mit den abgekauten Stümpfen gehauen, die ich Fingernägel nenne. Eigentlich wollte ich nur, dass sie meine Wange mit ihren glänzend roten Fingernägeln streichelte. Aber sie tat es nicht, und deshalb verdrehte ich die Augen und sagte: »Okay, ich begleite dich zu der Feier, aber nicht lange, und du musst mir versprechen, keinen …«

Sie schenkte mir ihr frechstes Kopfschütteln und sagte: »Ich kann nicht wieder angesäuselt bei der Arbeit aufkreuzen. Vor allem wegen Mr Coriander.«

Häh? Wer sollte das sein?

»Nein, nein«, fuhr sie fort, »nicht schon wieder. Sonst sieht mich Mr Chutney an, als wäre ich der Grund für alles, was im Westen verkorkst ist.«

Meine Damen und Herren, bitte einen Applaus für Mr Chutney! Wer war jetzt wieder dieser Charmeur? Ja, ich glaube, auf diesem Spaziergang im April erwähnte sie den Paki zum ersten Mal. Sie wollte meine Neugier wecken, obwohl sie wusste, dass ich nach der Sache mit Marcel nicht mehr nach ihren Männern fragte. Trotzdem erwähnte sie Mr Chutney und Mr Coriander noch einige Male, und ich war gezwungen, mit den Augen zu rollen und zu rufen: »Dein Sexleben interessiert mich nicht, Mum. Kapier das endlich und geh weiter.«

Doch ich setzte das Puzzle im Kopf superschnell zusammen, denn am letzten Wochenende war Marilyn, das Moppel, zu Besuch gekommen, und ich hatte die beiden in der Küche belauscht. Sie hatten zuerst über neue Richtlinien zur Vorratshaltung gequatscht und dann darüber, dass Mum einem Typen dummerweise den Grund für ihren Kater genannt hatte. Er war zusammengezuckt, hatte seinen »Taliban-Blick« aufgesetzt und gesagt: »Warum gehst du abends auf Achse und benimmst dich wie der übelste aller englischen Macker, Jackie?« »Würdest du mich lieber unter Hausarrest stellen, Schätzchen?«, hatte Mum darauf erwidert.

Cherub behauptet, Koriander schmeckt wie Chlorwasser. Aber sie liegt auch seit Neuestem stundenlang auf der Couch und gibt dabei hin und wieder Sätze von sich wie: »Scheiße, die Zeit vergeht echt quälend langsam.« Mum meinte einmal, das Leben bei Claire müsse wie ein Krankenhausaufenthalt sein: hell, weiß und desinfektionsmittelduftend, ruhig, sicher und hygienisch, mit nahrhaften Mahlzeiten zu festen Zeiten. Tja, seit Cherub ein Teenager ist, hat sich das geändert. Jetzt gleicht das Leben bei Claire eher dem in einem Internat in Freaksville, das von einer extrem fiesen Schülerin dominiert wird.

Wir gingen weiter, und ich wollte, dass Mum vorschlug, irgendwo einen Burger und Pommes frites zu essen, aber da sie wie ein junges Reh in Richtung Feier sprang, war das eher unwahrscheinlich. Also vergrub ich die Hände tief in den Hosentaschen und tastete nach den Flusen. Zum Glück hatte ich auch Cherubs graues Sweatshirt an, das ich aus dem Wäschekorb gefischt hatte, und ich war hochzufrieden, weil ich nicht wusste, wer wütender wäre – meine Stiefschwester, weil ich es stibitzt hatte, oder Claire, weil ich etwas Ungewaschenes und Zerknittertes trug. Claire legt großen Wert auf gebügelte Wäsche. Sie achtet immer darauf, dass kein schmutziges Geschirr in der Spüle steht.

Sie ist auch sehr dafür, dass man die Zähne nicht nur putzt, sondern auch Zahnseide benutzt. Sie meint: »So etwas fällt den Leuten auf.« Das ist einer ihrer Standardsätze. Ein Standardsatz meiner Mum lautet: »Sollen die Leute doch denken, was sie wollen.«

Ich dachte an den geheimnisvollen Mr Coriander und an die ominöse Feier. Ich dachte daran, dass meine Stiefschwestern mich nicht ausstehen konnten, und außerdem ärgerte ich mich, weil Mums Karte streikte und keinen Penny mehr hergab, und dann fielen mir alle möglichen furchtbaren Sachen ein. Zum Beispiel hatte sich Mum gestern Geld von Gran pumpen wollen, und Gran hatte gesagt: »Du warst zwei Mal verheiratet, Jacqueline. Müsste nicht wenigstens ein Mann Unterhalt zahlen?« Mum hatte erwidert: »Hört sich an, als wäre ich eine Streunerin, Mam.« »Wenn du eine Streunerin wärst, hätte man dich als öffentliches Ärgernis, vielleicht sogar als Gesundheitsgefahr eingestuft und längst eingeschläfert, Jacqueline.« Und dann fiel mir noch ein, dass Dad keinen Unterhalt hatte zahlen wollen. »Kapier ein für alle Mal, dass du nichts von meinem verdammten Geld bekommen wirst, Jackie!«, hatte er gebrüllt. Dann erinnerte ich mich plötzlich, wie sie sich mit Marilyn, dem Moppel, über einen Busfahrerkollegen von Danuta unterhalten hatte. »Der, mit dem du an der Bushaltestelle gevögelt hast«, sagte Marilyn. »Du hattest die Sache als Witz gemeint.« »Auf jeden Fall musste der Bus auf der Stelle halten!«, sagte Mum lachend.

»Jackie Jackson – immer die gleiche alte Schmierenkomödie«, sagte Claire einmal, nachdem sie die neuesten Neuigkeiten von Dad erfahren hatte.

Ich verschränkte die Arme vor der Brust und versuchte,

die Ohren mit den Schultern zu berühren. Und dachte, dass es Mum gut gehen würde, wenn ich eine schwarze Katze sah, bevor ich bis zehn gezählt hatte. Vielleicht würde sie dann erst im hohen Alter sterben. Der Dad meiner Stiefschwestern war gestorben. Das ist natürlich ziemlich traurig, aber auch irgendwie ungerecht, denn alle haben Mitleid mit einer armen Waise, aber niemand denkt an mich.

Zugegeben, Mum war nicht davon ausgegangen, dass ich bei ihr übernachten würde. Darum roch sie so anders – so warm und würzig. Ich hatte ihr erst im allerletzten Moment mitgeteilt, dass ich noch eine Nacht bleiben wollte. Sie hatte mitten im Hochziehen des Reißverschlusses innegehalten und mit gerunzelter Stirn in die Ferne gestarrt, als müsste sie eine hochkomplizierte Matheaufgabe lösen. »Oh«, hatte sie gesagt, »ich wünschte, das hättest du früher gesagt, mein Schatz.«

Cherub meint, Mum sieht so flittchenhaft aus, dass sie besser hinter einer Schaufensterscheibe im Rotlichtbezirk sitzen sollte. Aber ich heule nicht mehr, wenn die Leute so etwas sagen.

Dann zog sie ihr Kleid aus und holte ein anderes heraus, aber der warme, würzige Duft blieb.

Es stimmte nicht ganz, dass ich kurzfristig beschlossen hatte zu bleiben. In Wahrheit war alles gut geplant. Ich sagte Dad immer, dass ich drei Nächte bei Mum bleiben würde, und Mum sagte ich, dass ich zwei Nächte bleiben würde. Dabei war hilfreich, dass sie immer noch das waren, was der Richter »zwei tief verletzte, zornige Menschen, die nicht einmal auf einfachster Ebene miteinander kommunizieren können« genannt hatte. Wenn mich Mums sogenanntes Leben zu sehr stresste, kehrte ich wie von ihr erwartet heim, aber wenn ich eine unclairehafte, gute Zeit mit Restaurants, Shopping und DVDs verbrachte, blieb ich noch – nach Mums Auffassung war das ein Extra-Tag. Das klappte super, denn wenn ich ging, weil Mum glaubte, die Zeit wäre um, glaubte Dad, dass ich einen Tag früher kam, und freute sich ein Loch in den Bauch, weil ich lieber bei ihm war. Und wenn ich nach Hause kam wie mit Dad vereinbart, freute sich Mum ein Loch in den Bauch, weil sie glaubte, ich wäre lieber bei ihr als bei Dad. Es war eine Win-win-Situation: Eine Seite war immer glücklich, manchmal sogar überglücklich.

Wenn sie je wieder zusammenfinden sollten, würde dieser schlaue Trick natürlich auffliegen. Aber das war unwahrscheinlich. Und wenn es doch passierte, musste ich mir sowieso keinen Kopf mehr wegen irgendetwas machen, schon gar nicht wegen eines banalen Rüffels.

Wir gingen weiter und merkten gar nicht, wie Regentropfen auf unsere nackten Arme fielen, und hey, die Stunden vergingen wie im Flug, während sie über ihren Job und ihre Pläne für die Zukunft plauderte. Ich sah sie nicht an, lauerte aber auf eine weitere Erwähnung von Mr Coriander. Mum strich über mein Haar und mein Shirt, und mir gefiel das, obwohl ich mürrisch ihre Hand wegstieß und Cherubs Sweatshirt selbst glattstrich.

Mum erzählte mir oft, wie sie sich fühlte, wenn ich Sachen trug, die sie nicht gekauft hatte. Als wäre es meine Schuld, dass ich ein kaputtes Elternhaus hatte! Claire passte es nicht, wenn ich Sachen trug, die Mum besorgt hatte, und sie bügelte nur die von ihr gekauften Kleider, sodass ich die Sachen von Mum mit bloßen Händen glattstreichen musste. Im Grunde war es ein echtes Wunder, dass ich überhaupt etwas anhatte!

Ashanti behauptete, einen der Freunde ihrer Mutter nackt gesehen zu haben, aber das war bestimmt gelogen.

»Immer nüchtern, immer die Ruhe selbst. Dieser Typ hält sich für einen gottverdammten Superhelden, Elle«, seufzte Mum, als wir von der Hauptstraße in eine hübsche Sackgasse einbogen. »Und wenn seine großen, braunen Augen Finger wären, würde er ständig damit wedeln.«

Mr Chutney, sagte sie, würde sie immer mit gerunzelter Stirn anschauen, damit sie ein Lächeln oder ein freundliches Wort ja nicht als Ermunterung auffasste. »Ich will wirklich nicht über die Pakistanis denken wie deine Gran, Elle, aber wenn sie dich nicht als gleichwertiges Gegenüber behandeln, ist das echt hart.«

Ich pfiff eine Melodie für die Bäume.

Gran mag tatsächlich nicht sehr viele Leute, aber die Pakis hat sie gefressen. Sie gibt ihnen die Schuld an den steigenden Immobilienpreisen, an den dreckigen Straßen, den Drogen und dem Terrorismus. Sie beklagt sich darüber, dass sie auf dem Markt nicht grüßen und in aller Herrgottsfrühe im Supermarkt erscheinen, um bei Aktionen wie »Zwei Teile zum Preis von einem« alles abzustauben. Sie wirft ihnen vor, zu gläubig zu sein, und unterstellt ihnen zugleich, während der Mittagspause auf dem Parkplatz in der Nähe ihres Hauses kokainselig zu vögeln. An manchen Tagen hält sie sie für streng und hart, an anderen für unmoralisch und verkommen. Manchmal kann sie sie hinter den gruseligen Schleiern nicht erkennen, und manchmal sieht sie sie überall.

»Wenn er sich in der Pause einen Cappuccino holt, bringt

er mir immer einen mit, Elle! Ungefragt!«, erzählte Mum verträumt.

Ich verdanke mein Wissen über die Pakistanis zum größten Teil Gran. Früher hielt ich einen Muslim für den weißen Stoff, auf den Claire den Plumpudding stellt. Jetzt kenne ich mich bestens mit den Taliban aus. Ich weiß, dass diese Pakis Weiblein und Männlein streng voneinander trennen, aber hinter Frauen wie Mum her sind, weil ihre Töchter keine Schlampen sein dürfen.

»Er glaubt offenbar, dass Kaffee mit aufgeschäumter Milch meine Seele retten könnte.« Sie lächelte mit hochgezogener Augenbraue, was wohl bedeuten sollte, dass ihr die Seele schnurzpiepegal war. »Amir kümmert sich allerdings rührend um seine kranke Mutter. Er bereitet jeden Abend das Essen für den nächsten Tag vor und steht nachts mit ihr auf. Er tut alles, obwohl er drei ältere Schwestern und eine Schwägerin hat. Ein kleinkarierterer Mann würde alles den Frauen überlassen, glaubst du nicht auch? Er trägt seinen Teil bei. Er sorgt sich wirklich.«

»Echt lieb«, sagte ich und versuchte, die Worte richtig zu betonen. Um sicherzugehen, murmelte ich noch »Ts, ts, ts« und rollte mit den Augen. Denn ich meinte es nicht auf die blöde, haustierliebende, christliche Art, die Claire immer an den Tag legte, wenn sie irgendwo so was wie Unschuld zu finden meinte. Nein, ich wollte damit sagen: du sentimentale, saudumme Mutter.

Schwer vorstellbar, was in diesen Familien abging. Vermutlich wohnten mindestens zwanzig Leute unter einem Dach, die ununterbrochen schwatzten und komische Musik hörten. Sie hatten bestimmt Kerzen, heilige Schreine und Ziegen, sahen im Satellitenfernsehen Nachrichten aus dem

Fernen Osten, verbrannten Weihrauch, stimmten Gesänge an, murmelten Gebete, und alles stank nach Tandoori. Vielleicht gab es auch einen angeleinten Affen. Ich hätte das natürlich nie in der Schule erzählt, und eigentlich gab es dort auch kaum Pakis, aber so stellte ich es mir vor.

Wir suchten nach der Tür. Ich befürchtete, dass es die falsche Straße war. Vielleicht war die Feier längst vorbei, ohne dass Mum davon wusste. Oder die Einladung war ein gemeiner Witz und die Typen kippten beim Öffnen vor Lachen aus den Latschen. Mum trug ihr komplettes Teenie-Outfit, alles eng und sexy. Cherub bekommt auch eine Figur, die fantastisch auszusehen droht, aber ich traue mich nicht, lange genug hinzugucken. Andererseits hat Claire klitzekleine Brüste, und ich werde vermutlich Mums gigantische Euter erben. Bisher ist aber noch nichts zu sehen.

Ich fragte mich, ob sich Mum die Kleider im Laden geborgt hatte und ob das erlaubt war und was passierte, wenn man sie feuerte, weil sie dann kein Geld mehr hätte. Ich wollte, dass sie meine Hand hielt, aber sie tat es nicht. Dann fiel mir ein, wie Mum mit Gran über Kleider diskutiert hatte, und ich argwöhnte, dass diese »Feier« von langer Hand geplant worden war. Gran hatte Mum bei der Kleiderfrage nicht helfen können, aber sie hatte hinzugefügt: »In deinem Alter ist die Beleuchtung entscheidend. Du hältst dich besser im Schatten.«

Ich kannte den schicken Laden, in dem Mum arbeitete, und er war das genaue Gegenteil: so hell und weiß, dass man an manchen Tagen das Gefühl hatte, auf Wolken zu schweben. Kein Wunder, dass sich Mum immer so nebulös und unstet verhielt. Trotzdem meinte Gran, dass Mum in ihrem Alter bei Kerzenschein arbeiten sollte. Mum wurde sauer und wollte wissen, warum ihr Gran ständig ihr Alter unter die Nase rieb. Gran musterte Mum so lange, wie man einen Kindermörder im Fernsehen musterte, um herauszufinden, wo das Böse in einer so gewöhnlichen Erscheinung zu finden war. »Eigentlich hast du dich während der letzten zwanzig Jahre kaum verändert, Jackie«, sagte sie dann. Mum erwiderte leise: »Danke.« Aber Gran fügte hinzu: »Ich meine nicht dein Aussehen, Jackie. Ich meine deine Einstellung.«

Noch schlimmer war, dass ich an diesem Morgen, während sie damit beschäftigt gewesen war, sich aufzudonnern, ein Schreiben auf dem Tisch entdeckt hatte. Die Überschrift lautete: WARUM AUF DIE ERFÜLLUNG EINES WUNSCHES WARTEN? Das Schreiben war an Mum adressiert und stammte von John Dugg, in der Halifax Bank für Privatkredite zuständig. *Würde ein glänzendes Auto vor Ihrem Haus nicht großartig aussehen? Wäre eine nagelneue Küche mit allem Zubehör nicht das i-Tüpfelchen in Ihrem trauten Heim?* Es folgte komplizierter Bankkram, und dann hieß es: *Was wäre das i-Tüpfelchen in Ihrem trauten Heim?* Mum hatte mit blauem Stift ganz klein darunter geschrieben: *Es wäre Liebe.*

War das nicht traurig.com?

Ich vermisste noch mehr, zum Beispiel die Art, wie sie ihr dummes Gesicht bedeckte, wenn ein Film zu gruselig war, oder ihre Vorliebe für knusprige Krabbencocktail-Sandwiches. Wenn es eine Hoffnung gab, dass sie wieder mit Dad zusammenkam, dann deshalb, weil sie immer noch verliebt sein wollte. Diese Hoffnung hatte sie nie aufgegeben. Dann warf ich das Schreiben mit einem Kloß im Hals in den Müll, denn laut Dad waren die beiden definitiv für immer auseinander. Aber der Satz spukte mir weiter im Kopf herum: Es wäre Liebe, es wäre Liebe, es wäre Liebe.

Das Blut färbte meine Fingerknöchel wieder rosa, denn wir hatten die richtige weiße Tür gefunden, und Mum eilte mit tief im Gras versinkenden Pfennigabsätzen durch den Garten. Dann zupfte sie mehrmals an ihrem Fetzen von Kleid herum und klopfte. Woher wusste ich, dass ihr Herz raste? Weil ich ein Stück ihres blutroten Herzens in mir trug. Deshalb wusste ich auch, dass sie weiche Knie und feuchtwarme Hände hatte. Schließlich öffnete ein alter Mann mit Glatze und geröteten Augen die Tür. »Jackie Jackson«, sagte Mum. »Falls Sie sich noch an mich erinnern. Und das ist meine Tochter.«

Ich schämte mich, weil ich weder schön und vollbusig war noch je sein würde, und ich wünschte mir wieder, ein Junge zu sein. Aber wenn Ashanti mich Elle-Boy nannte, fand ich das auch ätzend. Laut Cherub musste man sich durch die Klamotten älter machen, damit die Jungs einen mochten. Sogar Caprice wollte unbedingt wie fünfzehn wirken, obwohl sie erst zehn war.

Der Mann, der einen eleganten, schwarzen Anzug trug, lächelte mich traurig an. Ich schenkte ihm einen tragischen Blick und akzeptierte das Pech, die Tochter meiner Mutter zu sein. Ich konnte seine Achselnässe riechen. Er roch ganz anders als Dad – was die Frage, warum sich Mum den Männern an den Hals warf, vielleicht zum Teil beantwortete. Claire ist eine Raumspray-Fanatikerin, und Cherub nennt unser Haus immer das Land des Lavendels. Wie sie wohl reagieren würde, wenn sie merkte, dass ich ihr Sweatshirt trug?

Dann sah ich hinter dem Mann an der Tür eine Reihe dunkel gekleideter Gestalten, dicht gedrängt wie Spatzen auf einer Hochspannungsleitung, und ich dachte: Ist Mum passend für diese Feier gekleidet? Wahrscheinlich nicht. Hat sich Mum aufgebrezelt, um abgeschleppt zu werden? Ja, gut möglich.

Und das hieß, dass ich hier fehl am Platz war. Vielleicht sollte ich Dad anrufen.

Im Haus liefen leidgeprüfte Frauen mechanisch wie Roboter mit Tabletts herum. Ich konnte keine Jungs in meinem Alter entdecken, stellte mir aber vor, dass mir einer ein Bier anbot. Ich würde es auf Ex trinken, mit dem Handrücken über meine feuchten Lippen wischen, die Flasche über die Schulter werfen und rufen: »Ganz schön trockene Luft hier!«

Mum ging schnell. Sie schien jemanden zu suchen, und ich schlurfte mürrisch hinterdrein und wünschte mir, etwas Erwachseneres und Schickeres von Cherub stibitzt zu haben, denn diese Party war superedel, und alle Leute wirkten wie Claire: still, höflich, elegant. Ich schnappte mir ein Cocktailwürstchen und dachte beim Kauen, wie entsetzt sie wäre, mich mit diesem Gift zu sehen. Sie versuchte verzweifelt, uns zur vegetarischen Ernährung zu bekehren, doch Mum meinte: »Nur über meine Leiche!« Wenn Gott mich zur Vegetarierin bestimmt hätte, sagte sie, hätte er nicht für die Milchunverträglichkeit gesorgt, an der ich als Baby gelitten hatte, und Claire könne nicht ahnen, was ich als Baby durchgemacht habe, weil sie damals nicht dabei gewesen sei, und wenn Claire mir tatsächlich verbieten würde, Fleisch zu essen, würde sie sofort einen Anwalt aufsuchen. Also musste ich bei Claire brav meinen Tofu essen und bei Mum begeistert Burger futtern. Vielleicht sollte ich bis aufs Skelett abmagern, um sie alle zu bestrafen.

Ich traute meinen Augen kaum, als Mum auf einen echt

scharfen, gutaussehenden Typen zusteuerte, und mir wurde schlagartig bewusst, dass wir wirklich wegen eines Mannes hier waren.

Und wenn er ein Killer war? Claire behauptete, dass sich Mörder und Pädophile meist alleinerziehende Mütter aussuchten.

Warum hatte ich nicht schon beim Anblick von Mums blöder, schlampenhafter Aufmachung geahnt, dass es um einen Mann ging? Cherub hatte recht: Frauen donnern sich in erster Linie für Männer auf, in zweiter Linie für andere Frauen und erst in dritter Linie für sich selbst. So gehört es sich, und wenn man die Reihenfolge durcheinanderbringt, wird man gehasst – nicht nur von Mördern, sondern von allen, ob Frau oder Mann.

Dann erkannte ich den Mann. Es war der Hengst, den sie vor einer Woche in ihre Küche gezaubert hatte. Der Typ, dessen Bruder sie kannte und der an dem Morgen bei uns gewesen war, als der Pakistani geklopft hatte. Und wahrscheinlich – plötzlich passte alles zusammen – war der Pakistani dieser Mr Chutney, von dem sie vorhin erzählt hatte. Der Typ, der jetzt vor uns stand, war eindeutig derjenige, vor dem ich mich versteckt hatte und von dem ich Dad und Claire auf keinen Fall erzählen durfte. Er hatte mich so beunruhigt, dass ich nachts nicht hatte einschlafen können. Mum sah ihn mit einem Blick an, der die Polkappen zum Schmelzen gebraucht hätte. Sie schmiegten beim Begrüßungskuss die Wangen aneinander und schauten sich supertief in die Augen, und dann tauchte eine Frau auf, als wäre sie von diesem Kuss herbeigezaubert worden, und der weiche Teil von Mums Herz, den ich in mir trug, wurde wie von einer Faust zusammengedrückt. Der Mann sagte etwas, und Mum murmelte: »Deine Frau! Ist mir neu, dass du verheiratet bist, Schätzchen. Oh, oh.«

Ich kaute auf einer zweiten Wurst herum wie ein Cowboy auf einem Strohhalm. Früher hatte ich zu Hause oben hinter dem Geländer gesessen und bei den Partys zugeschaut. Erst war Mum fröhlich gewesen, dann angeheitert und schließlich betrunken. Sie hatte plötzlich älter gewirkt und gelallt, sie war getorkelt und gestürzt, und ich hatte oft so getan, als wäre mir übel, damit jemand – im besten Fall Mum, meist aber Dad – die Treppe hinaufkam, um mir dabei zu helfen, mich in einen Eimer zu übergeben.

Essen vertreibt die Nervosität, aber Caprice meint, dass sogar sie weiß, dass niemand dicke Leute mag. Ich konnte es kaum erwarten, endlich rauchen zu dürfen, denn es würde mir super stehen. Außerdem hatte ich von Kopfhörern gehört, die jeden Lärm ausblendeten. Ich wollte sie mir zu Weihnachten wünschen, und ich würde sie tragen, wenn ich mit Mum unterwegs war, vielleicht auch in Gegenwart meiner Stiefschwestern.

Aber, hey – meine Mutter wäre wohl gestorben, wenn ihr das jetzt möglich gewesen wäre. Die Nachricht von der Ehefrau hatte sie aus den Socken gehauen. Sie war so bleich wie ein alter Pilz, und ihr weißblondes Haar hing schlaff nach unten. Wir steuerten schnurstracks auf das Tablett mit den Drinks zu, und ich konnte hören, wie sie flüsterte: »Ich hatte keine Ahnung von deiner Existenz, aber wenn ich mit dem vierten Kind deines Mannes schwanger sein sollte, wirst du die Erste sein, der ich es erzähle.«

Ich wollte noch ein Würstchen. Mum griff mit der linken Hand nach dem dünnen, hohen Glas, weil ich an ihrem rechten Handgelenk zerrte. Sie leerte noch rasch ein zweites Glas, bevor wir ins Bad gingen und unsere erhitzten Gesichter mit Wasser bespritzten. Wir sahen uns ziemlich ähnlich, als wir nebeneinander standen, und ich wünschte mir, dass sie das sagen würde, aber sie schien nicht einmal zu merken, wie ich zitterte. »Ich sehe aus wie Gran«, stellte sie fest, nachdem sie sich eine Weile so furchtsam im Spiegel betrachtet hatte, als glaubte sie, dass ein halb verwester Arm nach ihrer Kehle greifen würde. »So ein Mist! Bedeutet das etwa, dass ich eines Tages aussehen werde wie du?«, fragte ich, und sie nahm mich in den Arm und schenkte mir diesen tragischen, bedeutsamen Mutterblick. »Es wäre schön, wenn du später so aussiehst wie ich, Elle. Aber wenn du so wärst wie ich, wäre das nicht so schön.«

Die Gefahr bestand ganz sicher nicht!

Als wir wieder hinuntergingen, wirkten die kleinen, schwarz gekleideten Partygäste wie gestochen scharfe Buchstaben auf einer Seite. Mum nahm noch ein Glas Wein, und ich sah mit ihren Augen, wie die Leute in einem feuchten Nebel verschwammen. Denn genau darum trinkt man ja – um alles abzumildern, um weniger zu hören und zu sehen. Das Saufen ist das Schmollen der Erwachsenen.

Ich schwieg trotzig, was leider zur Folge hatte, dass ich mehr hörte. Ich sah mich nach Sicherheitsleuten um, entdeckte aber niemanden, der Mum hätte bändigen können. Also warf ich ihr einen Blick zu, den ich mir bei Dad abgeschaut hatte. Er bestand zu neunzig Prozent aus Stirnrunzeln und bedeutete: Hey! Ganz ruhig! Dann stopfte ich mir fünf Würstchen auf einmal in den Mund und verputzte sie mit grimmiger Miene.

Schließlich kehrte der scharfe Typ zu Mum zurück und fragte, ob es einen Mann in ihrem Leben gebe. Ich machte mich sofort unsichtbar, und sie antwortete mit ihren zwei liebsten Buchstaben: J.a. Dann quasselte sie weiter, denn wie sie mir später erzählte, »wäre es ein Jammer gewesen, die Gelegenheit nicht zu nutzen«. Ich stand an der Wand wie eine würstchenverzehrende Topfpflanze und maß das Vergehen der Zeit anhand der vorbeigleitenden Gläser. Die Wikinger hatten vor tausend Jahren aus Lederschläuchen getrunken, und ich versuchte, mich an alles zu erinnern, was ich in meinem Lieblingsfach gelernt hatte – Geschichte und die entschwundene Vergangenheit. Dad hatte mir erzählt, dass die Zeit schneller vergeht, je älter man wird, weil man mehr Erinnerungen an früher und weniger Lebenszeit hat. Ich würde mich später daran erinnern, wie sich meine Mum auf einer Party demütigen ließ, während die Hälfte der Gäste heulte.

Vielleicht konnte ich sie beschützen, wenn ich sie einfach die ganze Zeit im Auge behielt. Ganz ruhig!

Aber da war nichts mit »ganz ruhig«, im Gegenteil. Sie haute auf die Pauke. Sie trommelte auf die Lederschläuche. Sie war der Nektar, und die Leute waren die Bienen, und ich stand wie versteinert da. »Tja, ist nicht ganz einfach, zwei Männer auf einmal zu haben«, sagte sie.

Ich war plötzlich besorgt, weil ich nicht wusste, wie sie das meinte, aber da tanzte sie schon. Oh Mann! Sie stieß mit Leuten zusammen, die sich vor ihr zu fürchten schienen. Sie kaute auf dem Wort »Ehefrau« herum. Vielleicht waren Dad und sie sich so begegnet, auf einer tränenreichen Party. Sie hatte getanzt, getrunken und gesungen und Dad nur noch so verschwommen gesehen, dass ihr sein tiefes Stirnrunzeln entgangen war. Der alte Mann, der uns geöffnet hatte, kam herbei und flüsterte seinem Sohn etwas zu, dem heißblütigen Ehemann, und der Ehemann fragte Mum, wie sie sich fühle. »Ich finde es schwierig, aber nicht unmöglich, zwei Männer auf einmal zu haben«, antwortete sie bissig. Ein Schweigen trat ein. Oh Mann. Mum lüpfte ihren Rocksaum, als müsste sie durch tiefes Wasser waten. Sie hatte so viel getrunken, dass es nur eines Streichholzes bedurft hätte, um sie zu flambieren wie eine der kalorienreichen Mehlspeisen, die Claire immer zu Weihnachten backte. Sie tanzte wie ein Schlangenmensch und bewegte ihre Arme und Beine in wunderschönen Bögen. Dann bot die Ehefrau des scharfen Typen Mum einen schwarzen Kaffee an. Sie tat es wie Claire damals, als wäre es Medizin. »Vielleicht war sie früher Krankenschwester, mein Schatz«, sagte Mum später. »Ein Mann weiß gute Pflege zu schätzen, so viel steht fest.«

Dann faselte Mum weiter von ihren Fantasiemännern. »Ja, ich mag beide, wirklich, aber der ältere ist eindeutig besser. Ich liebe ihn. Obwohl mir natürlich klar ist, dass sich manche Leute darüber wundern.«

Ich hoffte, dass sie ihre Vagina nicht erwähnte. Oder irgendwas, das damit zu tun hatte.

Ashanti behauptete, sie hätte schon jede Menge Pimmel gesehen, aber das war bestimmt gelogen.

Beim Zuhören raste mein Herz, und meine Hände waren total feucht, und ich hörte, wie Mum sagte: »Einer ist ziemlich jung. Eigentlich viel zu jung für mich, aber sehr energiegeladen, und der andere ist viel älter als ich. Er ist schon sechzig, um ganz ehrlich zu sein.«

Dad sagt immer, ich könnte ihn jederzeit anrufen. Aber das tue ich natürlich nie. Denn wenn ich bei Mum bin, kommt es mir vor, als würde Dad nicht existieren, und wenn ich bei Claire bin, fühle ich mich wie ein anderer Mensch, und meine zwei Persönlichkeiten sind einander nie vorgestellt worden.

»Was ich an älteren Männern so mag«, sagte Mum, »ist die Aufmerksamkeit, die sie einer Frau schenken.«

Ich sah, wie alte Leute Fotos herumgehen ließen. Ich sah Frauen, die sich aneinanderklammerten. Ich sah Schultern, an denen jemand weinte. Alle bewegten sich langsam und gebeugt und verwandelten sich von gestochen scharfen Buchstaben in verschlungene Noten. Der Ehemann bat um einen Eimer. Mum lachte und weinte Tränen aus reinem Wodka, und dann hörte ich die Musik. Ich ging zu Mum und führte sie weg von ihrem tanzenden Selbst.

»Ist das eine Beerdigung?«, fragte ich. Sie biss sich auf die Lippe, wischte über ihre Augen, lächelte benebelt. »Und hier soll ich meinen Tag mit dir verbringen?«

Sie seufzte. »Keinen Tag. Nur eine Stunde, mein Schatz«, sagte sie. »Ich kannte seinen Bruder. Er ist der Verstorbene. Deshalb hat er mich im Internet ausfindig gemacht. Ich wollte dich eigentlich nicht mitnehmen. Ich wollte allein hingehen, aber dann …«

»Wir sind jetzt schon drei Stunden hier«, sagte ich.

»Ach, wirklich? Wie die Zeit vergeht, wenn man sich amüsiert.«

Sie lächelte mich traurig an, und ich hätte am liebsten geschrien, weil sie mir nie, nie, nie die Wahrheit sagte. »Hat es mit dem Typen zu tun, von dem du Marilyn erzählt hast?«

Ihre Stirn glitzerte, ihre Wangen waren rot, und sie bewegte sich wie auf einem Dschungelpfad. »Nein!«, rief sie. »Es hat nichts mit Mr Vindaloo zu tun. Ehrlich nicht. Das Gericht ist mir viel zu scharf.«

»Ich bin deine Tochter, nicht deine Mutter«, sagte ich. »Du musst mich nicht belügen.«

Sie küsste mich auf die Wange und tanzte weiter. Ich stand da und sah ihr zu und fragte mich, wer gestorben war und ob ich je meine Beine rasieren und Lippenstift auflegen und meine Tage haben würde. Dann endete das Tanzen so abrupt, wie es begonnen hatte. »Ich beantworte gern Fragen aus dem Publikum«, sagte Mum, bevor sie zu Boden sank, mit gespreizten Beinen dasaß und an ihrer blutenden Lippe lutschte.

Aber hey! Ihr Spitzenslip war sexy und eine ganz andere Nummer als Claires enge, beigefarbene Keuschheitsgürtel, die aussehen, als wären sie für das Tiefseetauchen gedacht. Caprice meinte, dass die Unterhosen ihrer Mutter wie eine Wurstpelle funktionieren: Sie sorgen dafür, dass kein Fett austritt. Doch meine Mum stand mehr auf warmes, brutzelndes Fleisch.

Ich weiß noch, wie Caprice am letzten Weihnachten Cherub zuflüsterte: »Ich bin total froh, dass die Schnapsdrossel nicht unsere Mum ist. Du nicht auch?«

»Ja, die arme Ellie«, sagte Cherub fröhlich. »Vermutlich wird sie auch so enden.« Und ich musste den ganzen restlichen Weihnachtsabend so tun, als hätten meine roten, tränenden Augen mit einer Tannennadelallergie zu tun.

Mum aus dem Trauerhaus auf die Straße zu verfrachten war ungefähr so, wie mit einem riesigen, lahmen Hund Gassi zu gehen. Sie zog sich die Lippen nach, lachte, taumelte, knickte ein, sagte: »Heimzahlen, heimzahlen – ist das nicht ein urkomisches Wort? Heimzahlen. Zahlt es mir irgendwann heim.«

Als wir endlich weit genug von dem Haus entfernt waren, fragte ich: »Können wir jemanden anrufen? Einen Freund?«

Sie stand schwankend da und dachte nach, dann schüttelte sie den Kopf. »Marilyn sagt, ich darf Amir nicht anrufen, auf gar keinen Fall, nie im Leben.«

»Soll ich Dad anrufen?«, fragte ich.

»Hältst du das für eine gute Idee?«, erwiderte sie lächelnd und strich mir die Haare aus der Stirn. Ich schwieg eine Ewigkeit, und deshalb musste sie damit weitermachen. Ihre Hand war so warm wie frisches Brot.

»Nein«, sagte ich schließlich. »Ganz bestimmt nicht.«

»Komm, wir gehen nach Hause«, sagte sie und legte mir einen nackten Arm wie einen weichen, schweren Schal um die Schultern. »Wir lassen die Rollläden runter, schließen ab, verriegeln die Tür, stellen die Alarmanlage an und legen uns oben ins Bett.«

Genau das taten wir, und als wir im Dunkeln im Bett lagen, sagte sie: »Ganz egal, was Mr Vindaloo-Atem von mir hält – zuletzt habe ich damals an Weihnachten bei Claire auf dem Teppich gehockt und schwarzen Kaffee getrunken. O mein Gott, weißt du noch?«

»Nein«, sagte ich.

»Ich bin vorbeigekommen, und …«

»Ich will über nichts Trauriges reden, Mum.«

Mir fiel kein Thema ein, das nicht traurig gewesen wäre oder nicht mit Claire und den Stiefschwestern zu tun gehabt hätte, aber dann brach Mum den Bann meines anderen Lebens und sagte: »Hast du einen guten Snack für den Flug? Heutzutage gibt es im Flugzeug nicht immer etwas zu essen. Dein Dad kann sich bestimmt nur Economy leisten. Ich will nicht, dass du unterwegs hungrig bist.«

Es gab ein anderes Mädchen, das sich irgendwo in der Zeit verirrt hatte und manchmal Ellie genannt wurde. Es fühlte sich ätzend, sah aus wie ein Junge und war unter der Woche Katholikin. Ellie würde bald Vegetarierin sein und in Kürze mit ihrem Vater, seiner Frau und ihren Stiefschwestern Urlaub in einer Villa in Italien machen. »Wir haben Dörrobst, Mum«, erwiderte ich eingeschappt.

»O Gott, Elle! Bitte nicht!«, rief sie, und ich musste lachen.

»Ja, Mum. Statt Süßigkeiten.«

Mir kamen die Tränen, denn ich wusste, dass Mum sich am meisten geliebt fühlte, wenn bei Claire etwas Schlimmes passierte. Sie fragte mich immer: »Alles in Ordnung bei Claire?«, und manchmal erfand ich furchtbare Katastrophen, um ihr eine Freude zu machen. Wenn sie fragte: »Kommen Dad und Claire gut miteinander aus?«, rollte ich allerdings nur mit den Augen und heuchelte: »Äh, ja. Prima. Danke«, denn durch das Zusammenleben mit den Stiefschwestern kannt ich mich bestens mit Stutenbeißerei aus, und damit wollte ich selbst dann nichts zu tun haben, wenn es bedeutete, dass Mum Dad immer noch liebte. Aber jetzt nahm sie mich ganz fest in die Arme und sagte, dass sie Claire eine verpassen würde, falls sie mich auf Diät setzte. Und ich hätte am liebsten wieder allen möglichen privaten Mist über Claire erfunden, damit sich Mum darüber freuen konnte, dass ihre Feindin bestraft wurde.

»Ganz im Ernst, Mum. Claire ist versessen auf Dörrobst. Ich finde, es ist das schrecklichste Wort überhaupt.«

»Ich habe dich dazu erzogen, Obst zu mögen, Elle.«

»Frisches Obst, Mum. Kein Dörrobst.«

»Ja, das stimmt, mein Schatz.«

»Du ahnst ja nicht, wie sehr ich mich bemüht habe, Dörrobst zu mögen, Mum«, sagte ich mit dem amerikanischen Akzent, den sie so lustig fand, und wir taten so, als wären wir in einer Komödie, bis sie in ihrem Fetzen von Kleid einschlief und so laut schnarchte wie ein Mann.

Amir

Eines frühen Morgens wetterte Ashfaq gegen alles, was ihm an England nicht passte. Während ich mit den Samstagszeitungen half, ein Sklavenjob, schimpfte er über das nervige Recycling der Chipskartons und regte sich über die Kokser und Nutten und die »Flut von Schlampen« auf, die jeden Abend gegenüber vom Laden parkten. Halima stand kurz vor der Geburt eines neuen Mitglieds ihres Baby-Kricketteams und war wie immer zu müde, um sich um fünf Uhr früh aus dem Bett zu wälzen. Armes Ding, so hatte sie sich die Sache ganz bestimmt nicht vorgestellt: um fünf Uhr aufstehen und bis sieben Uhr die Zeitungen hin und her wuchten, damit sie Ashfaq, der hier in der Gegend keinen zuverlässigen Jungen gefunden hatte, selbst austragen konnte. Ashfaq behauptet ständig, dass diese Jungs das Geld nicht brauchen, sondern lieber alte Damen ausrauben. »Sie verdienen doch schon genug mit dem Dealen«, fügt Halima stets hinzu. Ich war froh gewesen, aus dem Haus zu kommen, weil Ma nachts in der Küche leere Wasserkessel aufgesetzt und ungenießbare Getränke zusammengemixt hatte. Schließlich hatte mich der mit einem Kreischen austretende Dampf geweckt, und als ich in der vernebelten

Küche stand, erzählte Ma von einem zehn Jahre zurückliegenden Ereignis, als wäre es gerade eben passiert – zum Beispiel, wie Wahidas bösartiger Gatte sie geohrfeigt hatte. Anfangs hatte ich noch geglaubt, sie würde träumen, aber ich begriff bald, dass sie andauernd träumte, und zwar – genau wie ich in letzter Zeit – immer von einer glücklichen oder unglücklichen Liebe. Ja, Ashfaq hatte recht: Ich wurde langsam ein Weichei und sollte mich wohl bessern ändern und mehr wie er werden.

Mein großer Bruder trägt die Zeitungen auch bei Hagel oder Glatteis aus. Er schleppt seinen Sack voller Lügen durch die Gegend wie der Weihnachtsmann. Er geht meilenweit, um seine Frau, seine Kinder und seine kranke Mutter versorgen zu können.

Er könnte seinen ältesten Sohn losschicken, aber er hält das Viertel sogar am frühen Morgen für zu gefährlich für ein muslimisches Kind. Nachts hatte man SS-Runen auf die Rollläden des Ladens geprüht. So etwas passiert ab und zu, obwohl die Gegend nicht grundsätzlich feindselig ist. Die Graffiti und der Spott kratzen Ashfaq nicht. Er glaubt, dass die weißen Kids neidisch auf uns sind, weil wir härter arbeiten, finanziell erfolgreicher sind und viel bessere Zukunftsaussichten haben. Natürlich bildet er sich auch ein, dass ich ihn aus denselben Gründen beneide.

Ja, um kein Weichei zu sein, hätte ich mehr wie Ashfaq sein müssen – ehrgeiziger und geldgieriger. Ungefähr zu jener Zeit verkündete ich Jackie, dass ich auf keinen Fall als Modeverkäufer enden wollte. Ich würde mir, sagte ich, den Arsch aufreißen, um reich zu werden. Sie zuckte mit den Schultern und erwiderte: »Leute mit Kohle wollen immer mehr Kohle. So läuft das.«

»Und was ist daran falsch?«

»Es bleibt keine Zeit für die Liebe, Schätzchen«, schnurrte sie.

Im Grunde sind unsere Gespräche immer Flirts.

So früh am Morgen war Ashfaqs Laden eine kühle, finstere Höhle, die nur von einer schwachen Glühbirne erhellt wurde. Die Kühlschränke brummten und klapperten, und die Druckerschwärze beschmutzte Daumen und Kinn. Über die Eiscremetruhe gebeugt, stapelten wir die Zeitungen und vermieden ein Gespräch über Mas riskante Panschereien. Wir legten die Beilagen ein, eine nach der anderen, mechanisch wie Maschinen, und wir hatten kaum Platz, weil Ashfaq so verrückt nach Werbung ist, dass die Riesendose von Red Bull im Laden steht, die Spezialtonne von Walkers Crisps und die gigantisch große Werbetafel für Hula-Hoop-Reifen. Alles nur sperriger Mist, der jedes Mal umkippt, wenn sich die Schüler später am Tag gleich zu mehreren durch die Tür drängeln.

Ashfaq erzählte nicht vom Kricket und dachte auch nicht laut darüber nach, wie wir Ma helfen konnten, sondern schimpfte auf eine Gebühr, die die Gemeinde auf die Entsorgung übergroßer Pappkartons erheben wollte. Da wurde die Tür aufgedrückt, und die alte Glocke schrillte. »Hey, ihr Ladenhüter«, sagte eine vertraute Stimme. Und dann zwängte sie sich herein, aufgedonnert für die Arbeit.

Sie trug eine hautenge Jeans, und durch das himmelblaue T-Shirt unter dem roten Regenmantel zeichneten sich ihre Brüste und ihre an Blütenknospen erinnernden Brustwarzen so deutlich ab, dass sich jede Fantasie erübrigte. Der rubinrote Lippenstift war auf die rubinrot lackierten Zehennägel abgestimmt. Ashfaq tastete ihre üppigen

Kurven mit Augen ab, die ihm fast aus dem Kopf quollen, er glotzte sie an, als wäre ihre Figur nicht von dieser Welt, und als ich ihm Jackie nach einer gefühlten Ewigkeit vorstellte, wandte er sich gleich wieder den Zeitungen zu. Mir kam zum ersten Mal der Gedanke, dass er weißen Frauen gegenüber ziemlich schüchtern war. Was wie Hass wirkte, war vielleicht nur ein Ausdruck von Erschrecken und Angst, denn von klein auf gab es kaum Berührungspunkte: Die Weißen gingen auf ihre Schule und wir auf unsere. Jackie machte sich Sorgen, weil ihre Tochter von der bösen Stiefmutter auf eine katholische Schule geschickt worden war. Dort wurde sie Elle-Boy genannt, weil sie sich weder so anzog noch so verhielt wie die anderen Mädchen. Jackie hatte erzählt, dass Elle keine Lust auf die hübschen, adretten Kleider ihrer Stiefschwestern hatte. Ich erinnerte mich noch an ihre Namen – Cherub und Caprice –, obwohl ich die Namen von Ashfaqs fünf Kindern regelmäßig vergaß. Außerdem wusste ich, dass Jackies Tochter auf Jeans und Pullover stand und ihr Haar ganz kurz schneiden ließ. Sie wünschte sich Fußballschuhe zum Geburtstag. Manche Leute hielten sie auf den ersten Blick für einen hübschen Jungen.

»Ich sehe dich hier zum ersten Mal«, sagte Jackie. Sie wand sich wie ein Aal, als sie den Fünf-Pfund-Schein aus ihrer schmerzhaft engen Jeanstasche angelte. Dann bat sie Ashfaq mit heiserer Stimme um Zigaretten und Zeitung. Ihr Haar war eiscremefarben, ihr Lidschatten knallorange und glitzernd wie ein Goldfisch. Sie war den ganzen weiten Weg auf ihren Wolkenkratzerabsätzen zu uns gewatschelt, obwohl es in ihrer Nähe andere Tabakläden gab. Warum? Viele Läden in ihrer Gegend waren mit Graffiti besprüht und abgefackelt worden, und manchmal waren sie von Matratzen, verkohlten Sofas und auf hölzerne Gerippe reduzierten Möbeln umgeben, die man wie für ein Freudenfeuer aufgetürmt hatte. Gut möglich also, dass ihr Laden verrammelt worden war. Ja, gut möglich, dass unser Laden der letzte am Rand einer tabaklosen Wüste waren. Ich versuchte, mir ihren Weg vorzustellen. Ich wollte sie nicht anstarren, sondern denken. Doch mir schwirrte der Kopf. Keine Handtasche. Ja, ja, keine Handtasche.

Nur bitte keine Lust. Ich wollte mich nicht wieder wie ein Hund verhalten und zwang mich deshalb, wegzuschauen. Sie wusste, wie sie auf mich wirkte. Als sie mich im letzten Monat gefragt hatte, was sie zu der Beerdigung anziehen sollte, hatte ich ihr zu den Kleidern geraten, in denen sie sich am wohlsten fühlte. »Um ehrlich zu sein, fühle ich mich am wohlsten, wie Gott mich geschaffen hat, Amir«, hatte sie erwidert, und ich war so rot geworden wie eine verfluchte Jungfrau.

Wenn sie ein Laden wäre, würden riesengroße Lettern auf den Schaufenstern für Super-Sonderangebote werben. Alles wäre spottbillig und bis zur Schmerzgrenze reduziert, mit Tiefstpreisen für angesagteste Trash-Marken.

Ich sagte was Dämliches wie: »Der Laden gehört meinem Bruder hier.« Das wusste sie natürlich, und weil ich wusste, dass sie es wusste, war ich verwirrt. »Ich helfe nur aus. Die Samstagszeitungen machen viel Arbeit. Und seine Frau ist hochschwanger.« Die Kühlschränke dröhnten so laut wie rollende Panzer, und mir war plötzlich heiß – ich brutzelte regelrecht unter ihrem Blick. Als sie ihr Wechselgeld entgegennahm, streifte sie Ashfaqs Fingerspitzen mit ihren rubinroten Nägeln, und er zuckte zurück und runzelte die

Stirn wie ein Steinzeitmensch, der zum ersten Mal mit Feuer in Berührung gekommen war. Sie wand sich wieder wie ein Aal, als sie das Geld in ihre Hosentasche stopfte, denn sie hatte ja keine Handtasche dabei. Ich legte die Stirn in Falten, als sie sich schüttelte wie ein dem Ozean entstiegenes Geschöpf. Darum keine Handtasche: wegen den sexy Verrenkungen, die die Handtaschenlosigkeit mit sich bringt.

Ich hätte gern was gesagt, befürchtete aber, mich lächerlich zu machen. Ich war wieder der unschuldige Zuschauer, der in der Katastrophe seines eigenen Lebens festsaß.

Ihre Wangen wirkten, als wäre sie leicht errötet, aber das war sicher nur Einbildung.

»Bis später, Schätzchen«, sagte sie, und während sie dastand, wühlte ein Luftzug in ihrem Haar, irgendein neuer Wind, der durch das Eingangsloch blies, das sie in die Wand gesprengt hatte. Man konnte über diese britischen Mädchen sagen, was man wollte, aber sie bewegten sogar die Luft. Dann zerbrach ich mir den Kopf darüber, ob ich ihr die Tür öffnen, ihr Feuer anbieten oder einfach nur über das englische Sauwetter, den Krieg oder die Trends auf dem nordenglischen Snackmarkt plaudern sollte.

Wie roch ich? Hätte ich ihren Besuch vorausgeahnt, dann hätte ich mich mit der blumigsten Seife gewaschen.

Doch als sie ging, sah ich, dass auch sie Schweißperlen auf der Stirn hatte, und ich konnte ihren rasanten Herzschlag in meiner Brust spüren.

»Weichei«, sagte Ashfaq, nachdem sie gegangen war. »Hast du noch nie zwei frostweiße Morgenmelonen gesehen?«

»Ich ein Weichei?«, rief ich und bewarf ihn mit Chipstüten. »Beim Anblick dieser Melonen warst du so baff, dass du kein einziges Wort rausbringen konntest.«

»Baff! Ich war nicht baff, sondern gelangweilt. Melonen sehe ich jeden Morgen, wenn diese Profi-Schlampen in den Laden kommen. Wahrscheinlich waren die noch nicht mal zu Hause, sondern haben die ganze Nacht über angeschafft.«

Vor Kurzem hatte ich Yasmin, meine zweitjüngste Schwester und Ashfaqs eifrigste Unterstützerin, gefragt, warum unser Bruder so hasserfüllt, hart und unversöhnlich geworden war. »Er vermisst Pa«, hatte Yasmin geantwortet. »Die Welt kann einem ziemlich schrecklich vorkommen, wenn man plötzlich das Oberhaupt der Familie ist. Er versucht nur, das Richtige zu tun. Die Traditionen zu wahren, niemanden zu enttäuschen.«

»Sie ist meine Arbeitskollegin«, sagte ich zu Ashfaq und warf ihm eine Tüte mit gesalzenen Chips an den Kopf. »Sie hat eine Tochter.«

»Ganz genau! Überall diese alleinerziehenden Luder. Alles Nutten. Diese Vanilleschnittchen bekommen große Häuser in den Sozialsiedlungen, und wenn sie ein Kind haben, gibt es dreihundert Pfund pro Woche, die sie für Alkohol verpulvern können. Ich bezahle für ihr Haus! Genau genommen bin ich ihr Vermieter. So ist das in England, und England ödet mich an, Mann.«

»Nein, falsch«, sagte ich. »Du hast Schiss.« Und wir bewarfen uns noch eine Weile mit Chips, was mich an früher erinnerte, als mein Bruder jeden Abend auf der Straße vor dem Laden unseres Vaters Kricket mit mir gespielt hatte. Jetzt ließen wir allen möglichen Mist in Tüten durch den Laden fliegen, als wären wir zehn Jahre alte, aufgebrachte und durchgeknallte Brüder. Jung, frei, unverheiratet.

Als ich den Laden einige Minuten später verließ, erblickte

ich etwas, das ich zuletzt vor zwanzig Jahren gesehen hatte: Die Sonne glitzerte auf Frühlingspfützen.

Damit war es noch nicht vorbei. Einige Wochen später wurde ich im Rahmen von Orlas Super-Sexy-Sommer-Aktion in die Damenmodeabteilung abkommandiert. Orla bestand darauf, dass Mitarbeiter und Mitarbeiterinnen in andere Abteilungen wechselten, um »aufregende neue Kombinationen« zu bilden und an den Kassen für eine »sexy Überraschung« zu sorgen.

»Wir sind nur Gebrauchsgegenstände, Amir«, seufzte Danuta, »Dosen voller Sex, die man wie Baked Beans aufstapelt.«

»Baked Beans!«, rief Jackie. »Na, dann reiß meinen Deckel auf und mach mich heiß, Amir.«

Ein schwerer Fehler. Denn ich hatte gerade beschlossen, sie netter zu finden und nicht mehr so zu begehren, weil sie mir in einem ehrlichen und verletzlichen Moment gestanden hatte, wie sehr sie ihre Tochter vermisste.

Es war ein schöner Tag, und wir liefen mit Strandklamotten, Flipflops und Sonnenbrille durch den klimatisierten Laden – eine Aufmachung, die Jackies Lust auf Gefahr noch steigerte, wie Danuta mir später erzählte. Sie sorgte auf jeden Fall dafür, dass ich mir mit der Badehose, dem T-Shirt mit dem Aufdruck »Rettungsschwimmer« und dem weiß und blau gestreiften Handtuch über der Schulter ziemlich daneben vorkam. Und während der ganzen vierstündigen Schicht stand Jackie mit einem winzigen, roten Bikinitop und einem hauchdünnen Sarong neben mir. Mein blöder Bruder lag total falsch, denn manchmal konnte man die »Schlampen« einfach nicht ignorieren. Also riskierte ich ab und zu einen Blick auf Jackies Hintern und erinnerte mich dabei an eine Geschichte, die Leo erzählt hatte. »Ist das erlaubt?«, hatte sie gefragt, als er Mitte letzten Jahres ihren wohlgeformten, großen Hintern im Lagerraum gestreichelt hatte. »Es ist nicht nur erlaubt, meine Schönheit«, hatte er lächelnd erwidert, »sondern es wird von führenden Angestellten erwartet. Betrachte es einfach als deine Porobezeit.« Sie hatte ihren Hintern grinsend noch weiter gereckt und gesagt: »Porobezeit. So, so. Tja, wenn das so ist …« Und sie hatte sich umgedreht und ihre Hand tief in Leos Hose vergraben.

»Zum Gruß.« Das sagte sie damals oft. Sogar zu mir: »Zum Gruß, Amir« – als würde sie einen Erdbewohner auf dem Planeten namens Jackie Jackson begrüßen.

Leo und sie: nicht gut.

Sie und ich: gar nicht gut.

Also wandte ich mich einer alten Dame mit Perücke und einem kahlköpfigen Rentner zu, die eine Sonnenbrille aussuchten. Obwohl die Zielgruppe des Ladens eigentlich ausschließlich coole, gutaussehende, reiche junge Leuten sind, wurden unsere Verteidigungswälle immer wieder von alten, armen und gewöhnlichen Leuten überwunden. Ich war hundemüde. Weil Ma nachts ständig herumirrte, schlief ich kaum. Währenddessen diskutierten meine Kolleginnen darüber, welche Art von Essen sie gern wären, wenn sie Essen wären. Marilyn meinte: »Amir wäre ein Bio-Apfel. Bekömmlich, gut für die Gesundheit und von Ärzten empfohlen.«

»Hmm«, brummte Danuta heiser und zwinkerte mir zu. »Da bin ich mir nicht so sicher.«

Sie spekulierten ständig über mein Sexleben, von dem

ich nie erzählte. Ja, ich hatte ein paar Freundinnen gehabt, war aber nie mit einer Weißen gegangen, ob Polin oder Engländerin. Immerhin hatte ich … Wie soll ich sagen? Es hatte sicher nichts mit Liebe zu tun, und ich mag es nicht als das bezeichnen, was es vermutlich war. Sagen wir also einfach, dass ich mit ein paar, hauptsächlich weißen Mädchen etwas hatte, meist mit Collegebekanntschaften oder Kundinnen aus dem Laden. In Wahrheit war ich mit sechsundzwanzig noch nie in eine weiße Frau und auch noch nie in eine unserer Frauen verliebt gewesen. Ich hatte es vermieden, irgendjemanden zu lieben, weil ich befürchtete, an die Falsche zu geraten und Schande über mich und meine Familie zu bringen. Ich stürzte mich zum Ausgleich auf meine Karriere – auf diesen lausigen Job im Einzelhandel.

Dann war Jackie dran. Sie strahlte mich an, brachte meinen Kopf zum Schwirren. »Vielleicht eher eine Kiwi«, sagte sie. »Auf der Oberfläche rau, dunkel und ernst, aber viel leckerer und lustiger als gedacht, wenn man sie geschält hat.«

»Lass das«, sagte Marilyn. »Das ist sexuelle Belästigung.«

»Es gefällt ihm!«, sagte Danuta. »Oder, Amir? Na, komm, gib es zu!«

Ich schwieg natürlich dazu, blinzelte nur, dachte an das letzte Gespräch mit Uma und musste daraufhin herzhaft gähnen. Ich schloss die Augen und lauschte, denn Danuta hatte recht: Ich mochte das Wilde, Ungestüme dieser Frauen. Vielleicht hatte auch Jackie recht, denn im tiefsten Inneren sehnten wir uns alle danach.

Nein. Ich. Nicht.

Der Laden reizte einen auf, und das sollte auch so sein, hat Jackie mal gesagt. Denn wenn man den Sex nicht bekam, den man wollte, kaufte man zum Ausgleich viele überflüssige Dinge. Anstatt des Gewünschten bekam man etwas, das man nicht brauchte, und das ging immer so weiter, bis man vollkommen sexfrei war und bis zum Hals in teurem Schnickschnack steckte. Ashfaqs Antwort auf die Frage, warum in England alles den Bach hinunterging, klang fast genauso.

Jackie sagte seufzend: »Ich hatte schon lange keinen anständigen Sex mehr, und zwar seit …«

»Oooh, seit mindestens einer Woche«, warf Marilyn ein.

»Seit fünf Tagen«, sagte Jackie kichernd. »Tut mir leid, Amir. Ich weiß, dass du alles ablehnst, was ich denke und tue.«

Ich begriff plötzlich, worin das Problem mit Uma bestand: Sie stimmte allem zu, was ich sagte. Und sie lief hinter mir her wie ein Hündchen an der Leine.

»Wenn es nach Amir gehen würde, müsste ich eine Burka tragen. Habe ich recht, Amir?«

»Lass ihn in Ruhe!«

Laut Ashfaq wäre Uma genau deshalb eine treue und liebende Ehefrau.

»Amir würde mich nur in Begleitung seiner Mutter und seiner Schwestern aus dem Haus lassen. Oder, Amir?«

Also war es ein gutes Zeichen, dass ich keine Lust auf Uma hatte.

Danuta war in die Herrenmodeabteilung gewandert, wo sie meinen Platz einnahm. Sie trug einen schwarzen Badeanzug, eine silberne Badekappe und eine dunkle Schwimmbrille. Neben ihr posierte Leo, der auf Orlas Anweisung hin Kurzzeit-Tattoos, eine enge Weste und Bermudashorts trug und ein Surfbrett hielt. Ich erinnerte mich an eine Karikatur, die Jackie an ihrer Kasse befestigt hatte und die Orla wieder abriss: Du musst verrückt sein, um hier zu arbeiten, aber das hilft dir auch nicht. Es half nicht, weil der Job nicht nur unseren Kopf, sondern auch unseren Körper verlangte, und was blieb schon übrig, nachdem man Körper und Geist an einen miesen Job verloren hatte?

Ich würde mit Uma ein nettes und vorbildliches Leben führen.

Die Mädchen quasselten über Klamotten und Orlas Pläne für uns, und ich kam mir vor wie ein Waschlappen. Wie dämlich musste ein Angestellter im einundzwanzigsten Jahrhundert sein, wenn er nicht einmal die Freiheit hatte, selbst über die Kleidung zu entscheiden, die er trug? Oder wen er heiraten wollte? Nein, bloß nicht damit anfangen.

Das Licht glitzerte grell auf den weißen Wänden des Ladens. Handys kreischten, und Babys richteten sich in ihren sauteuren Buggys auf und brüllten. Mir kam nicht zum ersten Mal der Gedanke, dass ich den falschen Job hatte. Und ich würde ihn gleich nach der Heirat wechseln.

Jackie und ich standen schon fünfzig Minuten nebeneinander an der Kasse, ohne dass wir über die Beerdigung, ihren frühen Abstecher zu Lullen & Stullen, ihre Tochter oder meine Ma gesprochen hätten, die unruhiger schlief als Ashfaqs Neugeborenes. Inzwischen waren die Haare das Einzige, was Ma nicht verlor – also riss sie sie büschelweise aus, und wenn sie aufs Klo wollte, riss sie an ihren Kleidern, und manchmal tat sie nicht einmal das. Dann kam Yasmin, meine zweitjüngste Schwester, gegen Mittag zu ihr und wusch sie, obwohl sie sich zu Hause um vier pubertierende Jungen kümmern musste. Yasmin meinte, es sei so ähnlich wie bei einem Baby, nur andersherum. Denn dieses Baby wurde mit jedem Tag hilfloser; Ma würde bald in allem auf uns angewiesen sein. Genau darum brauchte ich so schnell wie möglich eine gute, solide Frau mit einer Engelsgeduld. Lust und Verlangen spielten da keine Rolle.

Yasmin war stinksauer auf mich, und ich wusste, dass sie in der Küche mit meinen anderen beiden Schwestern über mich getuschelt hatte. Yasmin stimmte fast hundertprozentig mit Ashfaq überein, doch Samirah fragte sich ernsthaft, welche Zukunft ihre Söhne in einem England hatten, das Muslime und vor allem junge muslimische Männer hasste, und als ich Wahida neulich anvertraut hatte, dass Yasmin mich nicht zu mögen schien, hatte sie erwidert: »Yasmin hat ziemlich viele Opfer gebracht, um ihre Ehe zu festigen und ihre Söhne großzuziehen. Sie kann nicht nachvollziehen, dass jemand aus der Familie eine andere Wahl trifft.«

»Ich wusste gar nicht, dass ich eine Wahl habe.«

»Wenn wir keine Wahl hätten, wäre das Leben leicht«, sagte sie. Ich bat sie, ausführlicher zu erzählen, woran sie glaubte, doch sie gab mir durch einen Blick zu verstehen, dass ich mir selbst über alles klar werden musste. Genau wie sie, als sie damals beschlossen hatte, sich von ihrem bösartigen pakistanischen Gatten scheiden zu lassen. Jetzt zog sie ihre Töchter allein groß und ließ sich zur Sozialarbeiterin ausbilden.

Als ich daran dachte, dass Ma einsam zu Hause saß, wurde mir hundeelend. Also konzentrierte ich mich auf die Rolltreppen, die die Kunden wie am Schnürchen im Laden verteilten. Aber ich wusste, dass Ma einen Grund zur Klage bei Allah gehabt hätte, wenn sie mich im Rettungsschwimmeraufzug gesehen hätte. Jackie erzählte ich nur, dass ich nachts mit meiner Ma auf gewesen war, und Jackie sagte, dass sie auch auf gewesen war und den Videotext der BBC gesehen hatte, um zu erfahren, ob es Verspätungen, ungünstige Wetterverhältnisse oder irgendwelche verdächtigen Pakete gebe, und dann bemühten wir uns, nicht gegenseitig auf unsere nackte Haut zu starren, und unterhielten uns über Elle, die demnächst mit ihrem Vater und ihrer Stiefmutter in Urlaub fuhr. Ich hatte schon gehört, dass Jackie am Vortag ein Vermögen mit ihrer Kreditkarte ausgegeben hatte, um ihr kleines Mädchen für die Reise einzudecken. Mir war in allen Einzelheiten geschildert worden, wie Elle Hand in Hand mit ihrer Ma die besten Geschäfte der Stadt aufgesucht hatte, um Sachen anzuprobieren, Stoffe zu befühlen und Farben und Stile auszutesten. »Es ist falsch, dass du so viel ausgibst, Mum«, hatte Elle gesagt. »Außerdem bin ich gar nicht so scharf auf Mädchenklamotten.«

»Vielleicht ist es falsch, aber es fühlt sich gut an«, hatte Jackie geantwortet.

»Genauso ist dein Leben, Mum«, hatte Elle traurig gesagt. »So funktioniert es doch bei dir, oder?«

Jackie lachte, aber da wir beide wussten, dass die Kleine recht hatte, war ich doppelt traurig – und einsam, denn die neben mir stehende Jackie kicherte darüber.

Ich musste an Samirah denken: Sie war achtunddreißig und nicht verheiratet, und alle behaupteten, dass sie sich zu sehr auf ihre Ausbildung konzentrierte. Aber was, wenn sie es wie ich machte? Wenn sie sich absichtlich nicht verliebte, weil sie niemanden verletzen oder keinen Ärger machen wollte?

Ich sagte, sie sagte, ich sagte, sie sagte, ich sagte, sie sagte – das lief in meinem Kopf ab, während Jackie schwatzte, denn ich wollte sie nicht mehr anstarren. Aber nach einer Weile wurden diese Wiederholungen zum Zungenbrecher, und man stand da wie Ashfaq, mit aus dem Kopf quellenden Augen, und ich wusste, dass ich eigentlich nach Ma sehen musste. Und Uma anrufen sollte.

Stattdessen starrte ich eine Schwarze an, die gebannt einen roten Schuh betrachtete, und dachte, dass Jackie recht hatte: Das permanente Dröhnen und das diamantenharte Licht im Laden weckten nicht nur das unbändige Verlangen, mit jemandem zu vögeln, sondern verhinderten auch die Untreue von Kunden und Angestellten. Denn warum sollten wir uns inmitten all dieser glitzernden Schätze nach irgendetwas sehnen oder über irgendetwas beklagen? Warum sollten wir unzufrieden sein?

Wie sollte ich diesem Ort je entkommen? Mir fielen jede Menge anderer Jobs ein, aber ich konnte mich in keinem von ihnen sehen. Im Grunde war es absurd, wie schwer es allen fiel, diesen Laden zu verlassen, schließlich ging es in praktisch jeder unserer Verkaufsaktionen darum, etwas zu verändern – sich zu verändern. Darum, die Leute an ihre unausrottbare Sehnsucht nach einem anderen Leben zu erinnern. Kaufen Sie diesen Artikel, denn er wird Ihr Leben umkrempeln. Nein, diesen. Nein, den. Nein, den da.

Da tauchte wie durch Zauberhand ein alter Knabe neben uns auf. Er war der Greis, der uns beide ins Verderben stürzen würde, und wie es bei Dschinns oft der Fall ist, erschien er in einer lächerlichen Verkleidung. »Wow«, sagte der alte Teufel gleich als Erstes. »Du bist ja eine atemberaubende Frau geworden.« Er grinste Jackie so dreist und unverhohlen an, als wäre ihr Bikinitop unsichtbar.

Seine makellosen Zähne wirkten dreißig Jahre jünger als sein Körper. Er beschnüffelte Jackie regelrecht.

War das Orlas lange angekündigter Testkunde, auf den man immer gefasst sein musste und vor dem wir eine Heidenangst hatten? Der Knabe war klein, dick und alt, hatte ein faltiges, unrasiertes Kinn und die buschigen Augenbrauen eines Ziegenbocks, doch ich wusste sofort, dass Jackie ihn trotz aller Makel mochte und sich über seine anerkennenden Worte freute. Dann sprach sie ihn mit Namen an und zitterte leicht, und er fragte, ob ihr kalt sei. »Obwohl wir so tun müssen, als wären wir mitten in einem super-sexy Sommer, halten sie den Laden auf Kühlschranktemperatur«, sagte sie. »Wahrscheinlich, damit wir keine Wurzeln schlagen.« Und sie lief kurz auf der Stelle, wobei ihre Brüste … Nein. Ich weiß noch, dass Orla mich später fragte, wie es überhaupt hatte passieren können. Wie konnte jemand vor einen hintreten und einem die Liebe vor den Kopf schlagen wie eine Eisenstange? Orla verstand das wirklich nicht, und mir ging es bis vor einigen Monaten ganz genauso – obwohl mir durch meine Mutter klar geworden war, dass der Wahnsinn über einen kommen konnte wie ein Unwetter.

Er zeigte wieder seine Plastikzähne, und Jackie kicherte. Ich hatte das Gefühl, als würde mich plötzlich ein eisiger Wind anhauchen. Er war ein sechzigjähriger Busfahrer, der eine Ladung Rentner aus Wakefield zu der von Orla organisierten Super-Sexy-Sommer-Barbecue-Aktion kutschiert hatte. Ich war doppelt so groß und halb so alt wie er, und wenn ich der Typ für so was gewesen wäre, hätte ich ihn mit einem Schlag plattmachen können. Ich fragte mich, ob er in Jackies Nachbarschaft wohnte, denn in meiner Fantasie war er so grau wie die Bilder einer Überwachungskamera, schlurfte mit ausgeleierter Hose durch zugemüllte Straßen, steuerte mit Bierdose und Kippe, flacher Mütze, Nagelschuhen und einem Whippet an der Leine zwischen den jugendlichen Drogis mit ihren Minimotorrädern auf ihre Bruchbude zu. Wo sie sich verhaspelte wie ein betrunkenes Groupie in Gegenwart eines Filmstars.

Er war kahl, und als die Sonne durch das Fenster im weißen Dach unseres Ladens schien, warf sie ein silbernes Licht auf seine rosige Kopfhaut. Um Jackies Freude zu verdrängen, dachte ich daran, dass man in England inzwischen ständig flirtete. Ob Ehe, Vaterschaft, Alter oder Krankheit – nichts bremste das Sex-Karussell, auf dem ich mich gemeinsam mit allen anderen rasend schnell drehte. Ich sollte besser abspringen, bevor ich kotzen musste. Nach Hause gehen, Uma heiraten. Ein Haus kaufen.

Stattdessen musste ich mit anhören, dass dieser Idiot früher als Kumpel gearbeitet hatte und nach der Schließung des Bergwerks Busfahrer geworden war. Seine Rentner ließen sich gerade in der Lebensmittelabteilung Barbecuefleisch präsentieren und wollten dann zur Anprobe »superscharfer Badebekleidung« weiterwandern.

»›The Large Cool Store‹?«, fragte der alte Busfahrer und strich über die warmen Lichtflecken auf seinem Kopf. Sein essigsaures Aftershave wölkte durch die Luft. »Kennst du das?«

Jackie biss sich auf die Lippe und drückte ihre Oberarme so fest an die Seiten, dass ihre Brüste aus dem Bikinitop zu platzen drohten. Sie tat verwirrt, kaute auf der Kuppe ihres Zeigefingers herum und sagte dann: »Ich bin mit dem Kerl zur Schule gegangen, der das geschrieben hat.« George war richtig aus dem Häuschen und erzählte ihr alles, was er über das Gedicht wusste, zitierte sogar ein ganzes Stück, quasselte alles in allem viel zu viel, weil es ihm wie jedem ging:

Er war nervös in ihrer Gegenwart. »Ja, ich bin todsicher mit Larkin zur Schule gegangen. Mit ihm und dieser Nervensäge namens Shakespeare.«

»Ich mag diesen Kram. ›Lemon, sapphire, moss-green, rose – lemon, sapphire, moss-green, rose‹«, fuhr George schüchtern fort. Ihr Lächeln trieb ihm Schweißperlen auf die dosenfleischige Stirn, und er begann sogar zu stottern: »Er und ich, wir hatten die gleichen V-V-V-Vorlieben im J-J-J-Jazz. ›Bri nylon, baby dolls and s-s-s-s-shorties‹. Den Rest habe ich vergessen. Aber ich werd's für dich raussuchen.«

»Ich lese irre gern«, sagte sie mit einem Grübchenlächeln.

Daraufhin muss ich laut loslachen, denn irgendetwas – der Laden, England, vielleicht auch nur das Wetter – hatte zur Folge, dass die beiden total aus dem Häuschen waren, und außerdem gefiel ihr, dass er sie beim Plaudern ernst nahm. Er hörte ihr zu und ging auf sie ein und sagte – anders als ich am letzten Samstag in Lullen & Stullen – immer genau das Richtige.

Uma: Wie schwierig würde es sein, ihr vorzumachen, dass ich sie liebte?

»Alle sagen, ich müsste mehr lesen. Wahrscheinlich, weil es mich ruhigstellen würde. Aber manchmal drehe ich einfach die Musik auf und tanze.« Und sie wand sich wieder so sehr, dass ihm ihre Brüste fast ins Gesicht sprangen. Von diesem Moment an wäre George sicher gern mit ihr in seinem Bus gewesen – zumal sie den Satz »Ich drehe einfach die Musik auf und tanze« mit so viel süßholzraspelnder Inbrunst intoniert hatte.

Später stellte Jackie mir George vor, und ich schüttelte seine bleiche Runzelhand und nickte. Danach erzählte sie kurz von ihren Eltern. »Ich sehe meine Mum nur selten«, sagte sie, »und wenn Mum auf Elle aufpassen soll, holt sie sie bei mir ab.«

»Wenn du in diesem Aufzug durch unser Viertel gehen würdest, wärst du wie eine Katze zwischen Tauben«, sagte George, und wir lachten alle.

Der Mann war ein Komiker vor dem Herrn.

»Ich muss mich so anziehen, um Kohle ranzuschaffen«, sagte sie zuckersüß, und der träge lächelnde George nickte. »Wir müssen ein bisschen wie Prostituierte aussehen, fürchte ich, obwohl es eigentlich nur für eine Sonderaktion ist.«

»Ist doch v-v-v-voll okay, oder?« Und er begann über Architektur zu reden, und die gute Jackie stand lächelnd und aufmerksam lauschend da, während er sich über Kurven und Gebäude und Symbole ausließ. Unser Laden, sagte er, gleiche einer Brust und sei keineswegs, wie Orla stets behauptete, ein Trendsetter im gehobenen Einzelhandel, sondern nur eine Titte.

»Der Laden ist eine Brust«, sagte sie und nickte todernst. Dabei drückte sie seinen nackten Unterarm. Sie musste die Leute immer berühren, streicheln, umarmen. Ich hielt das für ein Anzeichen dafür, dass ihre Mütterlichkeit wie ein üppiges Unkraut in ihrem moralischen Sumpf erblühte.

Dann führte er mit ausgebreiteten Armen vor, wie man in einem modernen Gebäude gewaltige, an Hauptschlagadern erinnernde Fahrstuhlschächte einbauen konnte. Oder auch ein Rund und eine Leere wie im Mutterleib.

Man durfte nicht vergessen, dass dieser Zahnersatz-Zampano auf die sechzig zuging.

»Wie das tiefste Innere einer Frau. Wie der geheimnisvolle, dunkle Kern einer Frau.« Dann brachte er allen Ernstes den Satz: »Der Wandelgang der V-V-V-Vagina.« O nein, ich träumte nicht. Ich konnte es weder auf meine Ma noch auf den Schlafmangel schieben, denn ich hörte eindeutig, wie Jackie Jackson erwiderte: »Tja, meine V-V-V-Vagina ist schon immer ein Wandelgang gewesen, Schätzchen, aber ab jetzt muss sich jeder, der reinkommen will, ein bisschen anstrengen und die T-T-T-T-Treppe nehmen.«

»Die Treppe zum H-H-H-H-Himmel«, sagte er und entschuldigte sich sofort dafür.

»›Stairway to Heaven‹!«, sagte sie. »Das kann ich auf der Gitarre spielen.«

»Du spielst Gitarre?«

»Nur ›Stairway to Heaven‹.«

George erwiderte, er sei Gitarrist, und zupfte mit der Miene eines Unzurechnungsfähigen an den Saiten eines imaginären Instruments herum. Dann tat er so, als würde er sich die Kehle durchschneiden. Beide strahlten, standen eine Weile stumm da und betrachteten einander – großäugig wie Babys. Sie mochte ihn, weil er über sich lachen konnte, weil er eine klampfende Plappertasche war und weil sie, auch wenn er nicht besonders gut spielte, etwas für Leute übrig hatte, die ihren Beitrag zur allgemeinen Party der Menschheit leisteten. Und Ashfaq hatte recht: Frauen wie sie dachten nur an Spaß und ständige Unterhaltung, weil sie an nichts glaubten, was über das Hier und Jetzt hinausging. Weil sie nur im todgeweihten Augenblick lebten.

Und wie Ashfaq mir immer wieder ins Gedächtnis rief: So sah das Leben aus, wenn man nur auf das Vergnügen aus war. Auch wenn man es als Liebe tarnte.

Dann plauderten Jackie und George über dieses und jenes. Sie wies ihn auf verschiedene Abteilungen hin und nannte Mitarbeiter und Marken, doch zur Abwechslung redete er die meiste Zeit. »Kaufhäuser wurden ursprünglich eingerichtet, weil man glaubte, dass junge Frauen nicht unbehelligt durch das Stadtzentrum gehen konnten«, sagte er und ließ Speichel aus seiner großen, feuchten Schnauze spritzen. »Man wollte die Tugend beschützen, indem man alle Läden unter einem Dach versammelte.«

»Ach, was ist schon die Tugend?«, seufzte sie und löste ihren Sarong. »Was ist so wichtig an der Tugend, Amir?«

Meinte sie mich? Ich hob nur die Augenbrauen und murmelte etwas, als hätte ich gar nicht zugehört. Als wäre ich tatsächlich ein Rettungsschwimmer und würde die ganze Zeit über das Meer des Ladens im Auge behalten und aufpassen, dass niemand in Designerhandtaschen ertrank oder in Reizwäsche absoff, dass schlafwandelnde, alte Mütter mit ungekämmten Haaren sich nicht die Sachen vom Leib rissen.

»Sie haben das Laster verbannt«, sagte der Komiker. »Und außerdem krumme Bananen und pralle Kürbisse.«

Ich konnte den Blick nicht von ihnen lösen. Es war, als würde im eigenen Wohnzimmer ein Freudenfeuer auflodern.

»Wahrscheinlich kommt man immer noch rein«, flüsterte sie, »wenn man die richtigen Leute kennt.«

Nein.

Das Gewicht des Wasserkessels. War vermutlich zu viel. Außerdem der Mief des Sofas. Und ähnliche Nichtigkeiten und überflüssige Sorgen, an die ich fast zwanghaft denken musste. Ich war sogar in der Verkleidung als hawaiianischer Rettungsschwimmer ein Weichei.

Wegschauen, nach Hause gehen, einen anderen Job suchen.

»Ich hätte da ein paar Laster für dich«, sagte er und zog die Nase mit dem Schnauben eines Bullen hoch.

Oh, was für ein rotzfrecher Entertainer!

»Laster sind nicht das Problem«, sagte sie seufzend, zog den roten, auf ihren rosigen Arm gerutschten Bikiniträger hoch und ließ ihn auf die harte, weiße Schulter schnappen. »Mein Problem besteht darin, dem Laster nicht entsagen zu können. Oder, Amir?«

Wollte sie mich ärgern? »Wie bitte?«, fragte ich, doch der Komiker trat schon wieder in Aktion. Er sprach nicht von sich selbst, sondern gab sich mitfühlend und erkundigte sich nach ihrem Gefühlsleben und so weiter. Er zeigte sich verständnisvoll, stellte Fragen, lauschte den Antworten und vermittelte alles in allem den Eindruck, auf sie eingehen und jedes Problem lösen zu können. Es klang beeindruckend, aber Jackie sagte: »Es sind nur Kleider, George, und wir müssen ja irgendetwas anziehen. Jedenfalls bis uns jemand vorschlägt, nackt durch die Gegend zu laufen.«

»Oh, ja, das wäre eine Erleichterung«, erwiderte er und wischte sich über die Stirn. »Wir sollten alle unsere Kleider abwerfen. Immerhin ist fast Sommer.«

Ein echtes Alphatier, dieser Mann!

»Ich finde es toll, wenn die Dinge ›fast‹ sind«, sagte Jackie nickend. »Findest du nicht auch, Amir? ›Fast‹ ist viel besser als ›ganz‹, nicht?«

Ich lächelte wie ein hirnloser Idiot, ließ meinen Blick in die Ferne schweifen und dachte an den Vorfall, von dem mir Yasmin erzählt hatte: Letzte Woche hatte sich meine eigene Mutter splitternackt ausziehen wollen, weil die Heizung zu warm gewesen war.

Ich musste unbedingt an etwas anderes als Ashfaq, Jackie

und meine Ma denken. Ich sah, wie sich Danuta drüben in der Herrenmodeabteilung hinter der Kasse räkelte und ihre Beine mit Sonnenmilch einrieb. Sie gehörte zu den Mitarbeitern, die Orla als »lebendige Ausstellungsstücke« rekrutiert hatte. Also musste sie alle vierzig Minuten eine kleine Vorstellung bieten, zum Beispiel auf dem Fußboden ein Sonnenbad nehmen oder einen Schwimmreifen aufpusten, und ich fragte mich, ob Jackie insgeheim auch ein »lebendiges Ausstellungsstück« war. Vielleicht flirtete sie gar nicht ernsthaft mit diesem plappernden Bleichgesicht, diesem übermäßig von sich überzeugten Ex-Bergarbeiter. Vielleicht bespaßte sie auf Orlas Geheiß nur alle vierzig Minuten irgendeinen klapprigen Schwachkopf. Vielleicht tat sie es aus Mitleid, vielleicht war alles auch nur ein Traum, denn Jackie schaffte so etwas: Sie konnte einen zum Träumen bringen.

»Möchtest du ein heißes Getränk?«, fragte er.

»Heißes. Getränk«, wiederholte sie langsam, legte den Kopf in den Nacken und schloss die Augen, leckte ihre Lippen, seufzte und öffnete den Mund sehr weit. »Heißes. Getränk.« Dann senkte sie den Kopf wieder und lächelte. George musste schlucken. »Zwei der schönsten Wörter unserer Sprache, Schätzchen. Heißes. Getränk.«

Er konnte nicht ahnen, dass in Jackie Jacksons Körpersprache nur ein einziges Wort fehlte, nämlich ›nein‹. Ich musste wider Willen daran denken, wie Danuta vor ein paar Monaten versucht hatte, Jackie mit einem Polen zu verkuppeln. »Das geht nicht, Danuta«, hatte Jackie gestöhnt. »Ich muss zu Hause bleiben. Ich muss eine gute Mutter sein. Eine nüchterne, saubere, ordentliche, lächelnde, brave Hausfrau. Ich muss wie Claire sein.« »Einsachtzig, fünfundzwanzig und volles Haar«, hatte Danuta gesagt, und Jackie hatte die Hände vor das Gesicht geschlagen und ständig wiederholt: »Diese Oberflächlichkeiten interessieren mich nicht. Diese Oberflächlichkeiten interessieren mich nicht. Diese ...« Dann hatte ihr Danuta etwas ins Ohr geflüstert, woraufhin Jackie gekeucht und eine Hand auf ihre pflaumenweichen, geschminkten Lippen gelegt hatte: »Nicht übel, aber ich habe kein Interesse, Schätzchen. Ich kann nicht. Ich will nicht. Ich gehe mit Elle einkaufen. Das ganze Wochenende.« »Und am Montag?«, hatte Danuta gefragt, und Jackie hatte geseufzt: »Ja, Montag würde passen.«

Ashfaq hatte recht: Sie war süchtig. Eine Landmine, die auf einen Fuß wartete. Am Dienstag war sie dann gähnend zur Arbeit gekommen und hatte Marilyn erzählt: »O Mann, war das eine Nacht. Ich fühle mich wie falsch gepolt.«

Dann schlenderte George zum Bus, und Jackie folgte ihm nach kurzem Zögern. Ich war so baff, dass ich nicht anders konnte – ein paar Minuten später ging ich hinterher.

Der Bus stand in der Nähe des Ladens am Straßenrand. Es war ein kalter Tag im Mai, und mein Hawaii-Outfit bot keinen Schutz vor dem stürmischen englischen Frühling. Der Innenstadtverkehr schleppte sich an diesem späten Vormittag zäh und drachenfauchend dahin, und in der Ferne zogen riesige Kräne noch mehr Apartmentblocks samt teuren Läden für einsame Singles mit viel Geld und wenig Liebe hoch – für Leute wie mich.

Aber ich war nur ein Insekt, das von einem schwülen Parfüm angelockt wurde, und ich konnte vom Bürgersteig aus sehen, wie sich George und Jackie gegenseitig kühle Luft über ihre heiße, rosige Haut bliesen. Ich beobachtete sie wie eine Biene, die unter dem Glas ihrer eigenen Trägheit,

Angst und Unschlüssigkeit in der Falle saß. George machte sich mit viel Gerede und Gelächter an sie heran, und sie ging rascher und selbstsicherer zur Sache als die Mädchen, die ich kannte. Sie fummelte nicht an ihren Haaren herum, kaute nicht auf der Lippe und starrte auch nicht zu Boden, sondern fing sofort an zu küssen. Sie lag auf dem Sitz, und er stützte sich mit einer Hand gegen die Ablage, ragte über ihr auf wie ein wildes Tier, das aus einem Teich trank.

Sie schloss halb die Augen, ihre Hände fielen zurück, ihre Zunge bewegte sich so rasant wie die einer Katze. Mit dem zurückgebogenen Kopf wirkte sie wie eine Werbung für Lust. Und da die Szene vom Busfenster gerahmt wurde, hatte ich das Gefühl, dieses ungleiche Paar auf einer Kinoleinwand zu sehen. Sie waren in einer anderen Welt. Die am Himmel dahinziehenden Wolken sprenkelten sie mit melancholischen Schatten. Nach einer Weile schien es, als fotografierte er sie hinten im Bus, während sie sich so eigentümlich bewegte, als würde sie Becken schlagen. Was tat sie da?

Ich hatte mich bisher drei Mal mit Uma getroffen, aber ich hatte sie nie berührt und kein einziges Mal versucht, sie zu küssen.

Elle

Am Sonntag sagte ich zu Dad, ich wolle mit Ashanti zum Schwimmen, ging aber heimlich zum Essen zu Mum. Sie hatte im Vorfeld wie ein Putzteufel gewütet, die Gardinen gewaschen, den Teppich gesaugt, die Korken aufgesammelt, die Duschkabine geschrubbt und einen tollen neuen Duschvorhang gekauft. Deshalb hatte ich anfangs das Gefühl, wirklich geliebt zu werden, aber als sie die Bratkartoffeln auf den Tisch stellte, schwafelte sie von einer neuen Flamme. Sie ließ sich darüber aus, wie nett und gutaussehend er war, und zählte auf, warum sie ihn liebte, denn ich sollte wissen, dass es eine ernste Sache war – und nicht schon wieder ein Schuss in den Ofen. Ich blieb skeptisch. Noch bevor ich den ersten Happen Hühnchen gegessen hatte, erzählte sie mir, dass sie jetzt, da sie diesen supertollen Typen getroffen habe, oft daran denke, noch ein Kind zu bekommen. Ich sagte: »Jetzt mal langsam, Mum. Erzähl noch mal von dieser Baby-Sache.«

Das tat sie, und ich dachte, dass Mums neues Baby mein Halbbruder oder meine Halbschwester wäre. Ein echter Blutsverwandter, ganz im Gegensatz zu Cherub oder Caprice, die ich »Schwestern« nennen sollte, obwohl sie so wenig zu mir gehörten wie irgendein freakiges Kind von der Straße. Ich erzählte ihnen manchmal, dass wir nur Knastschwestern seien, wildfremde Leute, die in einer gesetzlichen Zwangsgemeinschaft lebten. Ihnen war das sowieso egal, denn sie hatten einander.

»Du weißt ja, dass Claire mich Ellie nennt«, sagte ich.

»Aber so heißt du nicht, mein Schatz«, erwiderte Mum und sah echt-besorgt.com aus.

»Ich weiß«, sagte ich mit bebender Stimme.

»Warum nennt sie dich dann so?«

Ich zuckte mit den Schultern und schob mein Essen weiter auf dem Teller hin und her, neben dem plötzlichen Pfeifen noch so etwas Nerviges, das ich mir von Caprice abgeguckt hatte.

»Nennt sie dich oft Ellie?«

»Hmm.«

»Wie oft? Wann? Bitte hör auf, mit dem Essen zu spielen, Elle.«

»Nur manchmal.«

»Tja«, sagte sie und rieb ihre Lippen, und ich ließ sie in dem Gefühl, nutzlos und am Ende zu sein und das einzig Kostbare in ihrem lausigen Leben verloren zu haben.

Zu ihrer Aufheiterung erzählte sie mir, dass ihr busfahrender neuer Freund das Lenkrad meisterhaft handhabte und die Staus in der Innenstadt wie mit einem Eisbrecher durchpflügte, sogar mit einem Arm auf der Fensterlehne, einer Kippe zwischen den Fingern, mit cowboyhaft gespreizten Beinen und in Falten gelegter Stirn über dem markanten Gesicht. Seine Haut sei rau und zäh und hart wie Baumrinde – und an der Bar spendierte er alles. Im Auto überprüfte er vor dem Losfahren immer den Sicherheitsgurt. Und ihre alten Knie schienen sich anzufühlen, wie es sich gehörte, nämlich ganz limonadig.

»Klingt so, als würdest du mit deinem Dad gehen«, sagte ich, und sie lächelte eigentümlich. »Ich mag dich nicht lieber, nur weil du einen Freund hast, Mum.«

Ein paar Mädchen in meiner Schule glaubten, sie wären irgendwie toller, wenn sie keine Jungfrauen mehr waren, aber Cherub meinte, dass es nur darum gehe, berühmt zu sein, und wenn man das geschafft habe, sei es egal, ob man Jungfrau sei oder nicht, weil einen dann jeder möge. Ashanti sagte, dass ihre Mutter ein bisschen berühmt sei, aber mir war noch nie etwas über sie zu Ohren gekommen, und das Gleiche galt für Cherub.

»Ich mag mich lieber, wenn ich einen Freund habe«, sagte Mum.

»Das finde ich ziemlich traurig, Mum.«

»Du klingst wie Amir«, sagte sie. »Was ist traurig daran, verliebt zu sein?«

An dem Abend erzählte sie mir, dass der Paki gestern bei der Arbeit zu ihr gerannt war, um ihr zu erzählen, dass sich Orla gerade im Restaurant über ihre Nicht-Frisur ausließ. Er hatte ihr erzählt, dass ihre Chefin dem gesamten Management-Team und den Human-Resources-Leuten dieses entsetzlich wirre Vogelnest von Frisur zeigen wollte. Offenbar hatte der Paki in der Abteilung die Stellung gehalten, während Mum sich im Umkleideraum aufgedonnert hatte. »Wirklich nett, dass er mich gewarnt hat«, seufzte Mum.

»Glaubst du, dass er nett zu dir ist, weil er dich mag?«, fragte ich leise und ohne sie anzusehen.

»Meinst du, dass er in seinem Tempel ein paar Extrapunkte bekommt, wenn er nett zu mir ist?«

»Diese Leute gehen in eine Moschee, Mum, nicht in einen Tempel.«

»Ist doch dasselbe in Grün«, erwiderte sie.

»Nein, ich meine – ist dir nie in den Sinn gekommen, dass er nett zu dir ist, weil er dich kennenlernen will, um dir das Gehirn zu waschen?«

Sie lachte nur und sagte, dass sie Untertitel brauche, um Amir zu verstehen. Und dass ihr Glück in der Liebe ihn offenbar dazu veranlasst habe, sich eine Braut zu suchen. »Natürlich aus dem Versandkatalog«, sagte sie.

»Woher willst du wissen, dass sie dir nichts vormacht?«, hatte Mum gefragt, als er von der von seinem Bruder verfassten Liste braver Frauen erzählt hatte. Er hatte geantwortet, dass ihre Frauen anders seien als die englischen Lokalgewächse. »Vielleicht stecken wir sie mit unserer unzüchtigen englischen Art an«, hatte Mum erwidert. »Dann würde ich sie nicht mehr aus dem Haus lassen, Jackie«, hatte er gesagt. »Ich würde sie im Garten anketten, bis sie Benimm gelernt hat.«

Mum lachte, als sie mir das erzählte.

»Warum findest du es so lustig, wie sie ihre Frauen behandeln, Mum?«

»Er hat nur einen Witz gemacht, mein Schatz«, sagte sie, als hätte ihre bedrückte Tochter die längste Leitung in der Stadt. »Er hat sich selbst auf den Arm genommen.«

»O nein. So machen sie das mit zickigen Frauen. Gran hat mir erzählt, dass sie ihnen keine Freiheit gönnen. Wenn sie mit jemandem zusammen sind, der der Familie nicht passt, werden sie nach Pakistan geschickt, wo sie einen alten Knacker heiraten und auf dem Bauernhof die Ziegen hüten müssen.«

Sie warf mir einen ungewöhnlich kalten und harten Blick zu, der besagte: Das ist ganz genau die misstrauische, verbohrte Haltung, die es mir unmöglich gemacht hat, weiter mit deinem Vater zusammen zu sein. Vielleicht bist du ja genauso mies wie er. Dann wurde ihr Blick weicher und trauriger, und sie sagte: »Das ist ein weit verbreitetes Vorurteil, mein Schatz, aber ich glaube nicht, dass es auf jeden zutrifft. Ich kann mir nicht vorstellen, dass Amir so etwas tun würde.«

»Sie müssen tun, was ihre Familie ihnen vorschreibt«, sagte ich. »Sie müssen denken, was ihr Glaube ihnen vorschreibt.«

»In unserer Familie darf jeder anders denken«, sagte sie. »Ich denke ja nicht so wie Gran, oder? Und du denkst nicht so wie dein Dad.«

Ich schwieg, denn vielleicht dachte ich genau wie mein Dad, auf jeden Fall, wenn ich bei ihm war. Aber das behielt ich für mich, denn wenn sich das eigene Denken vom Denken aller anderen Familienangehörigen unterschied, endete man wie Mum – dann hatte man auf der ganzen Welt nur eine einzige, kleine Teilzeitperson, die einen liebte.

Ich wäre am liebsten nach Hause zurück, aber das ging nicht, denn wenn sie reden wollte, hatte sie nur mich.

»Wenn man früher einen Schmied zum Vater hatte, wurde man auch Schmied, Mum – und alle waren glücklich.«

»Außer man wollte kein Schmied werden«, erwiderte sie.

»Das musste man aber«, sagte ich, »zum Wohle des ganzen Dorfes.«

»Und der Fortschritt? Irgendeine mutige Seele musste dem Dasein als Schmied den Rücken kehren, aufbrechen und das Automobil erfinden.«

Weil ich nicht wusste, was ich darauf erwidern sollte, vergrub ich den Kopf in der Armbeuge und wünschte, ich hätte Unterwäsche von Cherub stibitzt, denn das war das Einzige in meinem lausigen kleinen Leben, das mich ein bisschen glücklich machte.

»Ich mache auch Fortschritte, mein Schatz. Ich bin nicht so wie meine Mutter. Ich packe das Leben an und diskutiere nicht endlos über meine Gefühle. Ich greife nicht zu Lebenshilfebüchern wie Marilyn, ich überfordere meine Freunde nicht mit meinem privaten Chaos wie Danuta, ich heule nicht in der Öffentlichkeit oder verlange Streicheleinheiten wie meine Mam, ich tyrannisiere andere nicht wie Orla, ich moralisiere nicht wie Amir. Nein, Jackie Jackson schreitet mit so viel Würde und Optimismus wie möglich voran. Komm schon, mein Schatz, bitte.«

Ich verließ die Küche. Nach langem Grübeln kam mir ein Gedanke, und ich kam zurück und sagte: »Ich finde nicht, dass das Auto ein Fortschritt ist. Was ist mit der Erderwärmung?«

Sie umarmte mich, hob mich hoch und sagte: »Die größte Leistung in meinem hoffnungslos verbockten Leben besteht darin, dass ich ein so intelligentes und tolles Mädchen wie dich hervorgebracht habe. So klug und so begabt!« Ich entwand mich kreischend, als sie mich mit Küssen zu ersticken begann, und verschwand, um Turniertanz zu gucken. Doch als sie später mit einer großen Tüte leckerer, selbstgemachter Chips kam und sich an mich kuschelte, wehrte ich mich nicht.

Später am Abend simste sie dem Pakistani: »Was denkst du wirklich über G?«

»Dass er im Stehen genauso groß ist wie im Sitzen«, simste er zurück. Mum antwortete eine Sekunde später, dass ihr letzter Liebhaber sehr jung und sehr groß gewesen sei. Amir simste umgehend: »Wieso die Extreme? Warum nicht mal gemäßigte Bahnen?« Mum erklärte, sie habe schon mit vierzehn Sachen wie »Kaputt« oder »Komasaufen« auf ihre Schultasche gekritzelt, und Amir simste: »Wann wirst du endlich erwachsen?«

Ich fragte mich, warum sie sich so mies von ihm behandeln ließ. Andererseits wurde Ashanti erst recht geärgert, wenn sie die Jungs anflehte, sie in Ruhe zu lassen. Dann wurde sie an Armen und Beinen gepackt und in die Luft geworfen. Dabei kreischte sie tierisch, und wenn ihre Schuluniform danach total im Eimer war, fiel sie in meine Arme und schluchzte, dass ihre Mutter sie umbringen werde.

Vermutlich war es so was in der Art.

Ich erwähnte Mum gegenüber weder diese SMS noch den Pakistani. Aber während sie meine Haare föhnte, meinte sie, dass sie gern zum Islam übertreten würde, und sei es nur, um nicht jeden Tag ihre Haare föhnen zu müssen. Ich erwiderte, für solche Witze könnte sie verhaftet werden, aber sie sagte, dass sie »ihren Freund« Amir schon gestern veralbert hatte. Also erzählte ich ihr noch einmal, was ich über Muslime wusste, und fügte hinzu, dass sie ihn auf keinen Fall beleidigen dürfe. »O nein, mein Schatz«, sagte sie, »er war nicht beleidigt.« Dann rieb sie ewig lange die Haarkur ein, während sie lächelnd ihren Erinnerungen nachhing. »Er hat mich nur sehr ausgiebig mit einem sehr leisen Lächeln angeschaut.«

»Tja, Mum«, sagte ich, »das könnte entweder aufrichtig oder aufgesetzt oder der Anfang einer tollen Geschichte sein. Aber ich glaube, dass du ihm bestenfalls unglaublich leidtust.«

»Nachdem er mich ungefähr hundert Stunden lang angestarrt hatte, sagte er: ›Jackie, Schätzchen, wenn du einen Schleier tragen würdest, könnte ich dein wunderhübsches Gesicht nicht mehr sehen.‹«

Und mir fiel auf, dass sie ihren Nagellack zwei Mal an einem Tag gewechselt hatte.

Später bekam sie folgende SMS von ihm: »Du lagst nicht falsch, durch den Schleier werden Frauen nicht nach ihrem Aussehen beurteilt.« Und Mum antwortete: »Was, wenn wir nach unserem Aussehen beurteilt werden wollen? Wäre das erlaubt?« Ich war froh, denn das klang so, als würde sie Gran verstehen, die immer behauptet, dass die Pakis uns hassen und verändern wollen.

»Warum sollte eine Frau nur nach Körper und Gesicht beurteilt werden wollen?«, simste er zurück.

»Weil man oft besser aussieht, als man sich fühlt«, antwortete Mum.

»Solltest du nicht glücklich sein, wenn du verliebt bist?«

»Ach, Amir, was bedeutet Glück, wenn man sich vor Aufregung und Angst in die Hose macht?«

»Hey, reiß dich zusammen, Mädchen«, antwortete er sofort.

»Geht nicht, bin verliebt«, simste sie.

»Das ist nur Lust.«

»Warum auch nicht? Ohne Lust wären wir beide nicht hier.«

Und dann plapperte sie den ganzen Abend fröhlich darüber, dass Mr Chutney nichts trank. Sogar einen Kaffee würde er sich nur holen, wenn er genug Geld auf der Bank hatte. Ein solcher Lebensstil war ein Buch mit sieben Siegeln für sie. Sie hatte ihn gefragt, wie viele Kreditkarten er hätte, und er hatte geantwortet, dass er keine besitze, null. Sie hatte die Hände gehoben und ihn so verblüfft angeschaut, als hatte er gerade gestanden, keine Schuhe zu besitzen – kein einziges Paar! Ich sagte: »Tja, so ist das, Mum. Muslime leihen sich kein Geld gegen Zinsen.«

Sie biss sich auf eine Fingerspitze, dann auf die Lippe und sagte ganz langsam, blondinendumm und so, wie ich sie immer aufheiterte: »Waf demm, Liebling? Willft du mir damip fagen, daff fie Finfen mehmem?«

Ich musste gegen meinen Willen lachen, denn Dad meinte immer, dass Mum mit Geld noch schlechter umgehen könne als mit Männern.

Und dann, als wir uns gerade so richtig wie Mutter und Tochter fühlten, glücklich und beschwingt, kündigte sie überraschend etwas an. Tolle Neuigkeit! Sie wollte den Pakistani zu Gran zum Essen einladen.

»Bitte bleib ruhig, Elle! Ich will nur, dass sie einen netten Pakistani kennenlernt. Einen guten, schüchternen, hübschen Kerl.«

»Könnte es sein, dass du Gran mit einem normalen Mitmenschen verwechselt, Mum? Auf einen Paki ist sie ungefähr so scharf wie auf die Vogelgrippe.«

»Aber er ist wirklich total nett«, heulte sie.

»Schon kapiert. Du möchtest Gran mit diesem Paki und seinem frommen Paki-Stuss so schocken, dass sie dich drängt, jemand anderen kennenzulernen. Und sei es ein alter Busfahrer, der früher mal mit ihrem Mann befreundet war.«

Das lange Schweigen, das danach eintrat, verriet mir, dass ich total-richtig.com lag.

»Amir redet keinen frommen Paki-Stuss, Elle.«

»Aber wenn er schuhcremebraun im Gesicht ist, wird Gran davon ausgehen.«

»Außerdem war George nie wirklich Grandpas Freund.«

Ich pfiff langsam. »Hast du gemerkt, was du da gesagt hast, Mum? Wiederhol das mal: Grandpas Freund. Du gehst mit einem Mann, den du Grandpas Freund nennst.«

»Er ist ein wunderbarer Mann, Elle.«

»Und warum lädst du dann nicht diesen wunderbaren Mann zu Gran zum Essen ein?«

»Stimmt«, sagte Mum. »Wie schrecklich. Du hast recht: Die Vorstellung ist grauenhaft.«

»Tja, aber wie ich dich kenne, wird dich das nicht schrecken, liebe Mutter.«

Ich ging nach oben, rief Dad an und sagte, dass ich früher nach Hause kommen wolle. Er lachte in sich hinein wie der Weihnachtsmann und sagte: »Oje, oje, was ist denn jetzt schon wieder passiert, meine Kleine?«

Ich konnte ihm natürlich nicht die Wahrheit sagen.

Ein Gleichgewicht zwischen meinen Meckereien über Dad bei Mum und meinen Meckereien über Mum bei Dad zu finden – das war das Schwierigste überhaupt. Ein Patzer, und ich war ein Fall für die Sozialfürsorge.

Amir

»Meine Mutter ist keine Fünf-Sterne-Köchin«, sagte sie. »Es wird nur leckere Tiefkühlkost und viel Gemecker über meine Haare geben.«

»Und warum ich?«

»Warum nicht du?«

»Das sagt man zu Leuten, die sich fragen, warum ausgerechnet sie Krebs bekommen haben.«

»Ach, so schlimm wird es schon nicht werden, Schätzchen«, erwiderte sie mit dieser tiefen, rauchigen Stimme.

Also willigte ich ein, Jackies treuer muslimischer Gefährte zu sein, und bat Wahida, an diesem Tag für Ma zu kochen. Ich wusste, dass sie mich bei der Familienfeier als Streiter gegen Alkohol, Liederlichkeit und Verbrechen überhaupt an ihrer Seite haben wollte. Wahrscheinlich hatte sie diese Taktik mit viel Gekicher gemeinsam mit Marilyn und Danuta ausgebrütet. Vielleicht hatten sie mich als wandelnde Anzeige für Enthaltsamkeit, moralische Festigkeit und tiefe Frömmigkeit vorgeschlagen, obwohl ich nicht mehr in der Moschee gewesen war, seit Ashfaq dem Imam erzählt hatte, dass ich aufgrund meines Jobs anfällig für sündige Einflüsse sei.

»Sei vorsichtig«, sagte Wahida nur. Vermutlich war sie die Verständnisvollste in der Familie, denn sie war geschieden und Mutter zweier Teenager, und Freiheit war für sie ebenso sehr ein Thema wie Verantwortung. Aber vielleicht war sowieso allen klar, dass ich bald den Verstand verlieren würde und wahrscheinlich durch einen Kugelhagel in ein in Flammen stehendes Gebäude gerannt wäre, wenn Jackie mich darum gebeten hätte.

Ich war froh, dem Inferno zu entkommen, das mein Zuhause war, denn Ma ließ jedes Essen anbrennen. Der Feueralarm schrillte so oft wie Sirenen im Kriegsgebiet. Lodernde Bratpfannen landeten im Blumenbeet, alle Töpfe waren schwarz verkrustet, und nach jeder Mahlzeit lief man in unserer Pyromanen-Küche über glühende Schlacke. Noch schlimmer war es, wenn Ma bei einem Gericht wieder die Hälfte der Zutaten vergessen, Salz mit Zucker und Kichererbsen mit Schokolade verwechselt oder einfach nicht daran gedacht hatte, dass die Nahrungsaufnahme ein menschliches Grundbedürfnis war. Nachmittags kamen meine Schwestern, Nichten und Neffen, um zu helfen, aber es war, als würde man mit einem Clown kochen – Mehl im Haar, Eigelb auf Mas Strickjacke –, und außerdem hatten alle Familien und Jobs. Halimas Baby war mit im Laden, und ich kam zu spät von der Arbeit nach Hause, um mich noch nützlich machen zu können.

Ich stellte Ma jeden Morgen Thermoskannen mit heißen Getränken und Sandwiches zum Mittagessen hin. Dann klebte ich ein Pflaster über den Herdschalter, damit sie das Ding während meiner Abwesenheit ja nicht anschaltete. Letzte Woche hatte sie dann versucht, ein tiefgefrorenes Hühnchen zu toasten, und ich rief Ashfaq vollkommen verzweifelt an und sagte: »Gut, du hast gewonnen. Ich sehe ein, dass ich es irgendwann tun muss. Such mir ein paar aus. Aber ich will selbst entscheiden, wen ich am Ende …«

Ich konnte das Wort nicht aussprechen. H-h-h-h-h. Aber weil ich keine Schande über meine Familie bringen wollte, würde ich nach außen hin tun, was ich tun musste, und insgeheim nach einer Möglichkeit suchen, mein eigener Herr zu sein.

»Hast du vergessen, was ich dir gesagt habe?«, seufzte Ashfaq. »Diese verwöhnten Vanilleschnittchen, mit denen du arbeitest, sind nicht an dir interessiert, Mann. Kann sein, dass sie mit dir flirten, dich umschwärmen und mit leeren Versprechungen einlullen, aber du gehörst nicht zu ihnen.« Ich hörte, wie das Baby im Hintergrund schrie und wie Halima brüllte, er solle auflegen und ihr helfen. Yasmin hatte mir erzählt, dass ihn die neuen Graffiti der British National Party, die über Nacht auf den Laden gesprüht worden waren, ziemlich aufgewühlt hatten. »Du brauchst eine brave Frau, die dich wirklich liebt.«

»Aber was, wenn ich verspreche, mich in deine – äh – in mein … Mädchen zu – na ja – verlieben und dann merke, dass es nicht klappt?«

»Der Geist ist stärker als das Fleisch, Bruder«, sagte Ashfaq. »Konzentration und Charakterstärke.« Er hatte ja recht, doch es gab mir zu denken, dass Ashfaq an den meisten Tagen nach Ladenschluss ins Fitnessstudio ging. Außerdem war bekannt, dass er manchmal stundenlang im Whirlpool gelegen und die spärlich bekleideten Frauen angestarrt hatte. Ich wusste auch, wie andere Männer – sowohl pakistanische als auch englische – die Ehe durchstanden: mit der Hilfe des Massagestudios Heiße Küsse, das nur ein paar Straßen von Lullen & Stullen entfernt war und in dem die Polizei regelmäßig Razzien durchführte, um Zwangsprostituierte ausfindig zu machen.

Was für ein Leben. Aber wenn es so lief, dann lief es eben so, und wie konnte ich mir anmaßen, ein Urteil darüber zu fällen? Dann stellte ich mir vor, wie ich mit vierzig wäre: ein fitnessstudiogestählter Versager, ein zeternder, frustrierter Zeitungshändler, der abwechselnd online war und auf dem Sofa pennte. Vielleicht würde ich auch manchmal Holz im Schuppen hacken. »Wenn ich die Frau selbst aussuche, müsste ich den Fehler, den ich begehe, wenigstens selbst ausbaden. Ich weiß nicht genau, ob wir den gleichen Geschmack haben. Halima ist natürlich super, aber …«

»Was soll das Gequatsche? Ich mochte dich lieber, als du noch die Klappe gehalten hast.«

Ich hatte am Vorabend versucht, Ashfaq zu vermitteln, dass ich mir Sorgen um Ma machte. Wir zogen draußen vor dem Laden den mit Graffiti besprühten Rollladen zu, am Himmel stand ein kugelrunder Mandarinenmond. Offenbar war ich vor Angst und Feigheit gelb im Gesicht, denn Ashfaq warf mir diesen brauenbuschigen, irren Blick zu, und ich konnte nur erwidern: »Ich will ja bloß erklären, wie sich dieser Mist für mich anfühlt.«

»Hör auf damit!«, brüllte er, genauso tief besorgt. »Du bist ein zukünftiger führender Angestellter meiner Firma, und sie heißt nicht Luschen & Lahmärsche, sondern Lullen & Stullen. Wozu soll dieser Gefühlskram gut sein?«

»Ich versuche, von meiner Zukunft zu reden«, sagte ich, als er den Rollladen im Stahlkasten einrasten ließ.

»Nein. Irrtum. Es geht um die Familie. Um die Zukunft der Gemeinschaft. Hör endlich auf, dich ständig an die erste

Stelle zu setzen, Mann. Seit wann bildest du dir eigentlich ein, so wichtig zu sein?« Und er brauste in seinem schweren Unternehmerauto davon und ließ mich stehen wie ein Kind, zögernd, mondsüchtig, verängstigt.

Er hatte recht. Mondsüchtig. Jackie war dieser Tage ähnlich drauf. Einen Tag bevor sie mich zu der Party bei ihrer Mutter einlud, hatte sich Orla bei einer Inventur ausgiebig darüber ausgelassen, dass »Pflege« eine Bedingung und ein Muss unserer Anstellung war. »Angestellte, die sich weder die Zeit nehmen noch die Mühe machen, gepflegt zur Arbeit zu erscheinen, können gleich auf dem Markt malochen«, hatte Orla gefaucht. »Habt ihr vergessen, dass dieser Laden eine der ersten Adressen in Europa ist? Ihr seid internationale Modebotschafter.«

Die benommene Jackie merkte nicht, dass Orlas Worte vor allem an sie gerichtet waren – obwohl das allen anderen klar war. Jeder in der vierten Etage wusste, dass ihr letzter Lebensabschnittsgefährte sie stärker verstört hatte als alle seine Vorgänger. Der Typ hatte sie total durcheinandergebracht, komplett verwirrt. Er hatte sie ausgequetscht wie eine Zitrone und anschließend durch den Wolf gedreht.

Am Boden zerstört durch einen Tattergreis.

Auf Jackies Vorschlag hin trafen wir uns vor dem Laden und fuhren mit dem Zombie-Express – dem kippenverqualmten Linienbus – in ihr Viertel. Obwohl ich damals, als ich wegen des hartgekochten Eis gekommen war, schon einmal vor ihrem Haus gestanden hatte und ihre Ma nur um die Ecke wohnte, schien sie zu befürchten, dass ich mich verlaufen könnte. Vielleicht hatte sie auch Angst, dass mir jemand an die Gurgel ging, zum Beispiel die gewaltbereiten, weißen

Idioten, die auf ihren Mofas im Zickzack durch die stinkende, sommerliche Straße kurvten. Alles war verraucht, denn am Wochenende hatte man in den Hinterhöfen den Grill angeworfen oder Lagerfeuer entfacht, und überall hingen dumme Brutalos herum, deren angeberischer Silberschmuck samt Diamanten gefährlich grell glitzerte. Jackie und ich lebten offenbar in zwei unterschiedlichen Städten, obwohl uns nur ein paar Meilen trennten.

Als ich Ashfaq erzählte, dass mich eine Arbeitskollegin zu einer kleinen Party eingeladen habe, sagte er: »Die Schlampe! Ich wusste es!« Und er schärfte mir ein, meine Verpflichtung gegenüber meiner Familie, meiner kranken Mutter, meiner Gemeinschaft und Religion nicht zu vergessen, falls ich in Versuchung käme, Dinge zu tun, von denen ich im Grunde meines Herzens wüsste, dass sie böse seien. Ich sagte ihm, dass er total falschlag. Es war bloß ein Essen, und ich nahm mir nur eine kurze Auszeit von zu Hause, um eine Kollegin besser kennenzulernen. Ihre Leute zu treffen. Gemeinsam etwas zu erleben. Obwohl die Einladung sowohl Aufregung als auch Angst in mir auslöste, gab ich Ashfaq insgeheim recht und beschloss, auf der Party das Mauerblümchen zu spielen, mit ein paar Typen über Kricket zu reden, eine Limonade zu trinken und zu verschwinden.

Doch als Shirley beim Öffnen der Tür rief: »Oooooh, Jackie, wenn dieser scharfe Typ dein Bett wärmt, könnte es sein, dass die Polizei bald vor deiner Tür lärmt!«, als sie mich auf beide herzpochenden Wangen küsste und sich so dicht an mich drückte, dass ich ihren warmen Hängebusen auf meiner Brust spüren konnte, war das Rätsel Jackie Jackson zu siebzig Prozent gelöst.

»Mum! Du warst in der Stadt!«

»Die Augen sollen ihnen aus dem Kopf fallen, Jack. Das ist mein Motto.«

Der Anblick der heiser kichernden Ma war nicht leicht zu ertragen, und ich schloss die Augen und holte tief Luft, um mich zu beruhigen. Das Haus roch so, wie ich es mir bei den Weißen immer vorgestellt hatte: nach Soße. Und Zwiebeln. Oder waren es Tränen? »Wieso fliegen eigentlich immer diese Jünglinge auf dich, Jackie?«, fragte ihre Ma und starrte meine Gürtelschnalle an, als würde das Ding ein Lied trällern. Sie sah aus wie ihre Tochter, nur dass sie Shirley hieß, ihr schneeweißes Haar wie eine Wattewolke trug und die Falten in ihrem kantigen Gesicht tiefer und länger waren. Nahm man ihren blasseren, aber immer noch rosigen Teint mit dazu, dann wirkte sie oben wie Eiscreme und unten wie eine zerbröselnde Waffel. Trotzdem ertappte ich mich zu meinem Entsetzen und meiner Überraschung bei dem Gedanken, gern an ihr lecken, sie kosten zu wollen.

Wie furchtbar! In welchen Hexensabbat war ich geraten, dass mir so abgrundtief sündige Gedanken kamen?

»Lass ihn, Mam«, rief Jackie. »Er ist ein ganz Schüchterner.«

»Oooh, die Schüchternen haben es in sich«, gackerte Shirley.

Ihr dünner, verkniffener Mund sah am ältesten aus.

Ich hoffte, dass die anderen Gäste nicht heimlich zusahen. Die beiden Mütter starrten einander so wütend an, als würden sie ein unhörbares Gespräch führen. Das Sonnenlicht ließ Shirleys Haar glänzen und noch heller wirken, es straffte und verjüngte sie, und die beiden zickenden Blondinen sahen für einen Moment wie Schwestern aus. Ich hörte ein Flugzeug, erblickte Staub, der wie durch Magie in den Sonnenstrahlen tanzte. Es war ein ungewollt berauschender Augenblick – da war ich, genau wie von Ashfaq vorhergesagt, mitten in ihrem rätselhaften, dreckigen, zerrütteten weißen Leben, und vermutlich würde gleich irgendwas klatschmagazinhaft Schockierendes passieren.

Eigentlich hätte ich Uma, Ashfaq und Ma vermissen müssen.

Dann schlüpfte Jackie hinter mir durch die Tür und flüsterte mir im bornierten Ton eines über die Royals berichtenden Reporters zu: »Da trat die verstoßene ältere Tochter wieder über die geheiligte Schwelle, und siehe: Alles ward gut.«

Ich wusste, dass Shirley noch zwei Söhne und weitere Enkel hatte, aber da sie sie nur selten sah, waren Jackie und Elle alles, was sie lieben und hassen konnte. Das schien bei den hiesigen Familien die Regel zu sein. Aber ich konnte nicht in die Klage pakistanischer Familien darüber einstimmen, dass man englische Großmütter in Altersheime steckte und durch diesen Egoismus für den Zusammenbruch der Großfamilie sorgte, denn wir hatten die Broschüre über mobile Altenpflege, die wir vom Arzt erhalten hatten, zwar nicht Ashfaq gezeigt, aber aufgehoben.

»Unfassbar, dass wir uns noch nie begegnet sind«, sagte Shirley kokett und wedelte mit der Hand, sodass ihre perfekt lackierten, roten Fingernägel einem Schwarm von Marienkäfern glichen. »Jackie hätte dich schon längst zum Bingo mit unseren Leuten einladen sollen.«

»Du spielst Bingo, Jackie?«, fragte ich lächelnd. »Das hast du mir nie erzählt.«

Manches an Jackie war dermaßen alltäglich, langweilig

und häuslich, dass Ashfaq es nicht einmal in einer Million Jahre geglaubt hätte.

»Die Glückszahlen, Schätzchen«, sagte sie und tippte sich auf die Nase. »Und mein messerscharfer Verstand.«

»Du musst unbedingt mitkommen, Tamir. Es ist zum Brüllen komisch.«

»Er heißt Amir, Mam, und er spielt kein Bingo. Er spielt gar nichts. Er ist Muslim.«

Wir waren kaum durch die Tür und standen im schmalen Flur mit der welligen Blumentapete. »Nie beim Buchmacher, Amir? Nicht mal ein Bier? Kein Wunder, dass ihr Leute euch nicht richtig eingewöhnt.«

»Nicht einmal Speck, Mam«, sagte Jackie lachend, und beide starrten mich an wie ein exotisches Tier im Käfig. »Er ist das genaue Gegenteil von Dad.«

»Ja, das ist wahr! Ihr Dad brauchte nur ein Specksandwich, eine Racing Post und fünf Lager, und schon hatte er den perfekten Tag. Gott segne seine dreckigen Baumwollsocken.«

»Weil Dad so war, mag ich Amir, Mam.«

Sie schaute mich an, verdrehte die Augen und lächelte dann nervös, als würde sie sich für alles schämen, und ich dachte, dass ich sie hier herausholen, irgendwo einen neuen Ort für uns beide finden musste.

»Und weil sein Hintern in dieser Hose so knackig aussieht«, sagte Shirley kichernd. Jackie stöhnte mit gespieltem Entsetzen auf und schubste ihre Mutter in das Wohnzimmer.

Das leer war. Bisher waren keine anderen Gäste da.

Sobald sie mich nicht mehr aufzogen, wandten sich die zwei Frauen einander zu, als wäre ich Luft. »Ich weiß wirklich nicht, ob du zum Friseur musst oder gerade dort warst, Jackie«, sagte Shirley. Jackie hatte mich gewarnt, dass ihre Mutter eine Expertin für das äußere Erscheinungsbild war.

»Wenn sie dich mag, wird sie sich danach an deinen Namen erinnern. Wenn nicht, wird sie von dir nur als ›diesem komisch aussehenden Typen‹ sprechen.«

Ich fragte mich, ob Shirley betrunken war, denn Jackie hatte mir erzählt, sie befürchte, dass ihre Mutter »ein kleiner Alki« sei. Dann drehte sich Shirley im winzigen, quadratischen, so gut wie leeren Wohnzimmer zu mir um und fragte: »Wie geht es deiner armen Mutter, Amir?« Sie klang auf einmal frostig und nüchtern, und ihr Ton schien zu besagen, dass es sich mit Mas körperlichem und geistigem Verfall so verhielt wie mit Jackies Frisur: Es war ein Patzer, den man durch größere Sorgfalt hätte vermeiden können.

Ich sah mich seufzend um und hoffte, dass die anderen Gäste bald eintreffen würden. Da ich nicht danach zu fragen wagte, starrte ich die an eine riesige Gardine erinnernde Tischdecke an. »Wir müssen sie ständig im Auge behalten«, antwortete ich. »Wenn ich bei der Arbeit bin, ist eine meiner Schwestern bei ihr.«

»So war es auch mit unserer Jackie«, flüsterte Shirley laut. »Sobald sie allein war, hat sie jede Menge Mist gebaut.«

»Ich war besessen«, fauchte Jackie so dicht hinter mir, dass ihr heißer Atem fast meinen Nacken verbrannte. »Von dem alten Teufel namens Lust.«

Und sie leckte mein Ohr mit ihrer sehr nassen Zungenspitze. Während ich mir in Erinnerung zu rufen versuchte, warum die Lust so teuflisch war.

»Einen Drink, Schätzchen?«, fragte Shirley und griff nach der auf dem Wohnzimmertisch stehenden, schon halb geleerten Weinflasche. Auf den Fensterbänken stand Nippes, darunter Plastiknarzissen in Glasvasen, und im riesigen, glänzenden Kamin flackerte ein Gasfeuer, obwohl es ein warmer Tag war. Der schwarz-rote Teppich sah aus wie eine Grube mit glühenden Kohlen.

»Mam!«, stöhnte Jackie leise. Sie ging milde und ruhig mit ihrer Mutter um, obwohl die alte Dame sicher nicht ganz einfach war.

»Ooh, tut mir leid, Schätzchen«, sagte Shirley. Sie eilte in die Küche, wo Schranktüren knallten, kehrte kurz zurück und fragte: »Vielleicht Zitronenlimonade, Amil?«

»Mir reicht ein Wasser«, erwiderte ich.

»Ich hätte daran denken müssen«, sagte Jackie, legte sich eine Hand auf den Mund und zog ein erschrockenes Gesicht.

»Das wird auf deinem Grabstein stehen«, rief ihre Mutter aus der Küche. »Hier ruht Jackie Jackson: Ich hätte daran denken müssen.«

Jackie ächzte und verdrehte wieder die blauen Augen. Die Wandteller zeigten Bilder von Babys und von Löffeln mit Schürzen, und ich fragte mich, ob es in Jackies Kindheit hier auch so ausgesehen und ob es an den Tapeten gelegen hatte, dass sie hochgegangen war wie eine Rakete. Offenbar konnte Shirley meine Gedanken lesen, denn als sie mit einem großen Glas warmem, trübem Leitungswasser zurückkehrte, erzählte sie: »Als sie sechs Monate alt war, habe ich zwei Batterien in ihrer Windel entdeckt.«

Shirley setzte sich an den Tisch und spreizte die in der Jeans streckenden Beine wie ein Mann. Sie beugte sich zu mir herüber, legte ihre Fingerspitzen aneinander und ließ die Daumen kreisen.

Sie erwarteten keine anderen Gäste.

Ich war die Party.

Dann erzählte sie mir von ihren Erfahrungen als junge Mutter und dass ihr Mann Mike, ein Busfahrer, zu Anfang des Jahres verstorben sei. Jetzt sei sie allein und fühle sich wie ein Tisch mit zwei Beinen, und ihre verrückte Tochter danke ihr mit keinem Wort dafür, dass sie alles zusammenhalte. Ich erwischte mich dabei, dass ich mich umschaute, während sie sprach – das hatte meine Mutter immer getan, um zu prüfen, wie gut man geputzt hatte. Ma hatte immer behauptet, dass die Häuser der Engländer Drecklöcher und die weißen Hausfrauen Schlampen seien. Sie hatte sogar etwas dagegen, wenn ich nach der Schule bei Freunden in der Nachbarschaft Fernsehen guckte, weil sie glaubte, ich würde mich mit irgendetwas infizieren.

Shirley merkte, dass ich nur mit halbem Ohr zuhörte, und schlug vor, mich herumzuführen. Sie nahm meine feuchte Hand und sagte: »Oooh, du bist ja richtig heiß, Schätzchen. Willst du deinen Pullover ausziehen?« Jackie machte immer noch keine Anstalten, mich vor ihrer Mutter zu retten. Wir gingen in das vordere Esszimmer, und als ich aus dem Fenster schaute, fielen mir eine am gegenüberliegenden Haus angebrachte, zerfranste Fahne und die vielen Überwachungskameras auf. In diesem Viertel schienen sie zahlreicher zu sein als bei uns, entweder weil die Weißen krimineller waren oder weil sich die weiße Polizei stärker für die Sicherheit der weißen Bevölkerung einsetzte. Vielleicht bewiesen diese Kameras auch, was Ashfaq glaubte: dass diese gottlosen Engländer verloren waren und nur noch von ihren Maschinen beschützt wurden. In ihrer Welt waren Liebe, Familie und spirituelle Gewissheit durch Berge von Videoaufnahmen ersetzt worden; in ihrer Welt saßen Wächter in Überwachungszentren am Stadtrand, spionierten ihre Mitmenschen am Bildschirm aus, beschützten sie, wurden Zeugen von Liebe und Tod; in ihrer Welt gab es nur noch Millionen von quadratischen Augen aus Stahl.

Dann gab es noch die Partys – die außer einem verängstigten Fremden niemand besuchte. Ich hätte eigentlich sofort unter irgendeinem Vorwand verschwinden sollen.

Für meine Anwesenheit gab es keinen Grund. Sie hatte jetzt einen anderen Mann, und ich musste sie abhaken.

»Ich wusste, dass da was im Busch ist«, flüsterte Shirley, »sie war jedes Wochenende weg.«

Bei dem Gedanken, dass Jackie romantische Wochenenden verbrachte, ging mein Atem schwerer, und ich sackte in mich zusammen.

Shirley rückte mir auf die Pelle. Sie erzählte mir, dass sich die jahrelange gute Ernährung, das wöchentliche Aquarobic und das Linedancing gelohnt hätten, denn sie habe straffe, schlanke, nordenglische Oberschenkel und könne immer noch kurzärmelige T-Shirts tragen, weil ihre Arme knackig wie die eines Backfischs seien. Sie trat im schneeweißen Licht des weißen Anwesens dicht an mich heran, und ich musste prüfend ihre Muskeln drücken, die sich nicht nur wie dicke, rohe Hähnchenkeulen anfühlten, sondern auch so aussahen, wenn auch mit ölig-verbranntem Teint, denn Shirley besaß eines dieser rasch braun werdenden Fettpolster, und ich war ihr schon halb verfallen, zumal dieser Tag im Juni, auf den laut Wettervorhersage glühend heiße Sommermonate folgen sollten, recht schwül war. Während der Braten in der Röhre brutzelte, plapperte Shirley wie ein Wasserfall, und ich hörte schweigend zu, als sie mir erzählte, dass Jackie in den Tagen vor Ferienbeginn kaum zu bändigen gewesen war.

Warum stand mir Jackie nicht zur Seite?

Auf der Fensterbank standen Dutzende von Gewächsen, die an fette Spinnen erinnerten, eine regelrechte Pest.

»Sie konnte es einfach nicht erwarten, von der Leine gelassen zu werden.« Jackie schwänzte die Schule und stromerte heimlich in der Gegend herum, spazierte mit einem Stock durch die Straßen, wollte dem Haus entkommen und hatte keine Lust, bei den Arbeiten zu helfen, die Shirley als Kind verrichtet hatte – hatte verrichten müssen.

»Ich wette, du warst anders«, sagte Shirley leise zu mir, und ich musste lachen, weil meine Ma in letzter Zeit auch nicht zu bändigen war. »Leute aus Pakistan sind doch bestimmt zu wertegebunden für so etwas, oder?«

»Wenn Sie meinen, dass wir religiöser sind …«

»Ich meine, dass ihr disziplinierter seid. Für euch steht etwas auf dem Spiel. Darum seid ihr alle so ernst.«

Ich ernst? Ich war in Erwartung einer Party gekommen! Aber das konnte ich unmöglich sagen, denn es wäre ungefähr so gewesen, als hätte ich einen hässlichen Typen auf seine krumme Nase hingewiesen – sie hatten eine Party für Jackie geplant, doch niemand war erschienen. Außerdem starrte Ma seit neuestem die Müllmänner an – verschlang sie mit Blicken – und faselte etwas davon, »einen Mann zu brauchen«. Yasmin und Wahida hatten sie ertappt, als sie im Nachthemd den Müll rausgebracht und die Müllmänner neckisch davor gewarnt hatte, in ihre »versauten Zeitschriften« zu schauen. Das behielten wir natürlich für uns. Wenn wir zusammenhielten wie Pech und Schwefel, dann vor allem, weil wir unsere Geheimnisse wahren mussten.

»Es gibt gute und böse Muslime. Im Prinzip ist das genau wie hier«, sagte ich.

»Aber wenn ein Muslim böse ist, dann ist er durch und durch böse. Wir sind nur ein bisschen fies, wenn wir böse sind«, sagte Shirley, die ihre Haare die ganze Zeit mit marienkäferroten Fingernägeln zwirbelte. Dann tätschelte sie behäbig meine Hand. »Nur ein bisschen fies, hm?«

Ich sah, wie Jackie in der Küche herumwirbelte, und dachte: Vielleicht fällt der Apfel doch weit vom Stamm.

Dann dachte ich: Nein, nein. Bleib auf der Hut! Geh ja nicht zu weit.

»Nein, falsch«, sagte ich und zog meine zitternde Hand weg. Shirley schaute in ihren Garten, kratzte sich am Kinn und erzählte, dass sie ein paar prima Mittelchen gegen Demenz kenne. Sie könne mir die Namen nennen, wenn ich ihr meine Telefonnummer geben würde. Mir war klar, dass ihre Frage seltsam und sogar ziemlich daneben war, aber ihre Dreistigkeit verschlug mir die Sprache, und weil mir keine Ausrede einfiel, tauschten wir Telefonnummern aus. Sie notierte meine in einem kleinen, goldfarbenen Notizbuch, das sie rasch wieder in ihrer silbernen Handtasche verschwinden ließ, als Jackie mit dem Bräter hereinkam.

»Er ist sehr still, wie?«, sagte Shirley. »Ich mag Männer, die erzählen und ein wenig Charme spielen lassen.«

»Das ist doch nur Sprache, Mam«, erwiderte Jackie, deren Gesicht vom Bratendampf gerötet war.

»Aber die Sprache macht uns zu Menschen, Jackie.«

»Ich ziehe die animalischen Instinkte vor«, erwiderte Jackie und lächelte mich ziemlich nervös an, als sie das Essen auf den Tisch stellte. Ich hatte keinen Appetit.

»O ja«, sagte ich, weil ich nicht zu widersprechen wagte.

Doch im Grunde fand ich auch, dass Berührungen und die Art, wie man mit seinem Körper umging, wichtiger als Worte waren. Und mir kam der Gedanke, dass ich durchaus ruhig und still mit einer Frau essen und danach leidenschaftlichen Sex mit ihr haben konnte, denn das wäre …

Nein! Schluss damit!

Während Jackie das Essen auftat, lenkte sie ihre Mutter durch Erzählungen über Elle trickreich wieder auf eine andere Bahn. Beide Frauen lachten, und Jackie brachte ihre Mum mit einigen wie zufällig hingestreuten Sätzen zum Schmelzen. »Ihr Lehrer sagt, dass sie eine der Besten in ihrer Klasse ist. Sie wird im nächsten Jahr bestimmt wieder dieses Hochbegabtending machen.«

»Das hoffe ich. Ich habe ja immer gesagt, dass sie eine ganz Helle ist. Das wusste ich gleich nach ihrer Geburt.«

Doch gerade als ich glaubte, dass sich Jackie weiter als gewöhnliche, liebende Mutter zeigen würde, starrte sie auf einmal eine gummiartige Röstkartoffel an und gestand: »Ich habe Neuigkeiten. Ich bin meinem Traummann begegnet, Mam. Darum war ich letzte Woche weg. Ich war gar nicht auf einer Fortbildung.«

Zu Anfang des Monats hatte man sich bei der Arbeit Sorgen gemacht, weil Jackie so abgemagert war. Von Marilyn darauf angesprochen, hatte Jackie nur erwidert: »Das ist die Liebe!« Dann hatte sie gestanden, dass sie jetzt, da sie allein sei, selten für sich kochen würde. »Ich esse oft nur ein Sandwich«, hatte sie geseufzt, »und trinke ein halbes Glas Wein dazu.« Doch Marilyn hatte mir erzählt, dass Jackie hungerte, weil sie aus Angst, der Verlockung alkoholischer Getränke zu erliegen, nicht mehr im Supermarkt einkaufte. Was für eine Katastrophe!

»Ich stelle mir lieber gar nicht erst vor, wie dein Traummann aussieht«, sagte ihre Ma.

Ich tat mir weiter auf und übersah diesen Blick, den ich auch von meiner Mutter kannte. Ein Blick, in dem Wut darüber zum Ausdruck kam, immer zuhören und sich zurücknehmen zu müssen. Ich wollte die Mütter gar nicht verstehen, konnte aber nicht anders – ich war der jüngste Sohn.

Mir kam zum ersten Mal der Gedanke, dass ich in Gesellschaft der dreizehn Jahre älteren Jackie so glücklich und zufrieden war, weil ich drei ältere Schwestern hatte. Sogar die jüngste, Samirah, war zwölf Jahre älter als ich.

»Freust du dich für mich? Warum sagst du nichts, Mam?«

»Und meine Enkeltochter?«, schrie Shirley schließlich. »Sie wächst doch schon in einem kaputten Elternhaus auf und hat Dinge erlebt, die sie überfordert haben. Sie wechselt wie eine Streunerin zwischen zwei Häusern hin und her. Denkt heute denn niemand mehr daran, dass Kinder Halt brauchen?«

Während ich an meinem Hühnchen herumsäbelte und dabei das Gefühl hatte, dass jeder zerbröckelnde Bissen gefilmt und später von Ashfaq gegen mich verwendet werden würde, nahm Shirley ihre Tochter weiter auseinander. Jackie hörte stumm und mit angespanntem, rosigem Gesicht zu. »Ich versuche nur, mein Leben so einzurichten, dass ich nicht verbittere und Elle nicht mit meinem Unglück und meiner Einsamkeit belaste. Ich war seit Dad und Paul so allein und abgestumpft. Seit die Sache mit meinem Arbeitskollegen schiefgelaufen ist. Ich will Elle nicht damit anstecken. Manche Frauen tun genau das. Bitte nicht weinen, Mam. Ich war seit Jahren nicht mehr so glücklich«, sagte

Jackie. »Ich wollte, dass du es weißt. Mir ist wichtig, dass du dich für mich freust.«

»Ich habe Tante Jean erzählt, dass du wieder einmal so geheimnisvoll tust. Und dass du dir bestimmt den falschen Mann geangelt hast. Schon wieder«, sagte Shirley.

Bevor Shirley ihrer Tochter Glück in der Liebe gönnte, musste erst die Hölle vereisen. Genau wie bei Ashfaq und mir.

»Hör bitte auf, allen möglichen Leuten alles Mögliche über mich zu erzählen. In Zukunft wirst du nichts mehr von mir erfahren.«

»Willst du mir etwa verbieten, mich mit meinen Freundinnen zu unterhalten? Soll ich so werden wie du – verschlossen und geheimniskrämerisch?«

»Ich tratsche nicht über dich, Mam. Ich respektiere dich.«

Ich konnte dieses Gespräch kaum ertragen. Man tratschte über Samirah, seit sie ein Teenager war. Ashfaq hatte sie bespitzelt, als wäre es sein Hauptberuf. Man hatte gemunkelt, dass sie sich mit dem Postboten getroffen hatte – einem Weißen. Vor einigen Jahren hatte unsere Ma sie zu Hause eingesperrt; sie hatte nur in meiner oder Ashfaqs Begleitung ausgehen dürfen. Inzwischen kam sie nur noch zu Besuch, wenn Ashfaq nicht da war, und sie sprach kaum ein Wort. Ich wusste, dass Ma sie liebte. Sie traute ihr nur nicht – was natürlich hieß, dass Ma ihr nicht annährend Liebe entgegenbrachte.

»Ja, aber das liegt nur daran, dass du die meiste Zeit keinen Gedanken an deine Mutter verschwendest, Jackie.«

»Nein, Mam, es liegt daran, dass ich deine Privatsphäre respektiere.«

»Wenn Leute über mich reden, fasse ich das als Kompliment auf, Amir. Es zeigt, dass ihnen an meinem Wohlbefinden gelegen ist. Es zeigt, dass sie über mich und meine Situation nachdenken.«

Jackie sah mich kopfschüttelnd an. Obwohl sie jetzt jemand anderem gehörte, hätte ich sie gern in den Arm genommen. Doch sie wollte nur die neutrale Hilfe eines Freundes. Leider hatte es mir schon wieder die Sprache verschlagen. »Manche Leute sind eben sensibler als du, Mam. Ich will nicht, dass jeder über mich Bescheid weiß.«

»O ja, geheimniskrämerisch. So warst du schon als Kind. Und mürrisch. Ich weiß wirklich nicht, von wem du das hast, denn eigentlich ist unsere Familie sehr gesellig. Wir sind eine lustige Truppe, Amil, das wird dir jeder bestätigen. Nur sie tanzt aus der Reihe.«

»Na schön, dann bin ich eben das schwarze Schaf.« Jackie schüttelte lachend den Kopf, tat sich Essen auf und flüsterte: »Tut mir leid, Amir. Ich konnte nicht ahnen, dass es so schlimm werden würde.«

»Du bist mürrisch. Und das warst du immer.« Shirley begann zu brodeln wie ein kurz vor dem Kochen stehender Kessel. Draußen reifte die Sonne, die Bäume hoben sich schwarz vor dem blau-rosa Himmel ab, und eine Bande von Jungen und Mädchen lief rauchend am Fenster vorbei.

Jackie runzelte die Stirn und stützte ihr Kinn auf eine Hand. »Ich finde es unfassbar, dass du dich vor Amir so aufführst«, sagte sie, als eine Zankpause eintrat. »Warum muss er sich so etwas anhören? Entschuldigung, Amir. Damit habe ich wirklich nicht gerechnet.«

»Du hast den armen Paki doch nur mitgebracht, weil du nicht offen reden willst«, seufzte Shirley. »Er trinkt nicht und vögelt nicht in der Gegend herum – was nützt er dir schon?«

Jackie sah mich lächelnd an: Unseren Zauber verstehen nur wir beide.

Positiv gesehen war es ein Luxus, einem so heißblütigen Wortwechsel beiwohnen zu dürfen. Meine Ma reagierte nur noch auf einfache, langsam gestellte Fragen, die sie mit ja oder nein beantworten konnte. Auf die Frage »Soll ich das Kaminfeuer schüren?« reagierte sie mit: »Feuer? Wo brennt es denn?« Aber wenn es wirklich in der Küche brannte, merkte sie es nicht. Auf eine Frage nach der Margarine konnte die Antwort lauten: »Das Schlimmste an deinem Vater, Amir …« Weil wir in unserer Familie selten darüber sprachen, wie wir uns fühlten, war es – um die Sache wieder positiv zu sehen – ein belebender Schock, mit barschen Frauen an einem Tisch zu sitzen, die alles sagten, was sie wollten, egal wie verrückt, und die sich keine Zügel anlegen ließen. Also blieb ich am Tisch sitzen, hörte Shirley und Jackie zu, die sich temperamentvoll beharkten, und fühlte mich in Jackies lebensprühender, herzerwärmender Gegenwart wie üblich unglaublich wohl.

»Ich bin wirklich glücklich, Mam.«

»Und deshalb weiß ich, dass du einen Fehler machst.« Sogar die draußen fallenden Regentropfen gefroren unter Shirleys eisigem Blick. »Neununddreißig und kurz vor der dritten Ehe – weißt du, wie demütigend es für eine Mutter ist, drei Mal einen riesigen Stapel Einladungskarten zu verschicken und schon beim zweiten Mal darauf zu bestehen, dass die Gäste keine Geschenke mitbringen? Du bist immer noch gierig, und du machst schon wieder einen Fehler. Das ist, als wolltest du drei Mal im Jahr Geburtstag feiern.« Ich blinzelte in Jackies Richtung. »Und vor deinem großen Tag musst du unbedingt was mit deinen Haaren machen.«

Eine Hochzeit? Ernsthaft? Mein Mund war staubtrocken. Aber nein, das war eine gute Neuigkeit. Es war das Beste – für alle.

Vielleicht lag es einfach daran, dass Mütter ständig an Hochzeiten dachten. Meine Ma, die kaum noch ein Gespräch führen konnte, war immer noch imstande, Gewichtiges über Hochzeiten von sich zu geben. Was nicht hieß, dass wirklich eine stattfinden sollte. »Jetzt sind wir die Liste bis auf die letzten zwei Frauen durchgegangen, Amir. Wann heiratest du endlich? Bitte bald, ich flehe dich an, Sohn«, hatte sie erst gestern zu mir gesagt, als hätte es all ihre Wahnsinnstaten nie gegeben.

»Ich bin sechsundzwanzig, Mum. Wenn ich dreißig bin, fange ich an, darüber nachzudenken.«

»Und welche Frauen werden dann noch übrig sein? Nur noch gebrauchte Umtauschware! Nur geschiedene, kinderlose und gestrandete Weiber, die sich durch die Wechseljahre saufen.« Ich schwieg mit gesenktem Kopf. »Ihr glaubt, dass ihr alles bekommen könnt, was ihr wollt, ja, das glaubt ihr alle, aber ihr liegt alle falsch. Falsch!«

»Heutzutage heiratet niemand mehr unter dreißig, Mum.«

»In deinem sogenannten Laden scheint niemand heiraten oder verheiratet bleiben zu wollen.«

»Ich tarne mich, Mum«, sagte ich. »Ich tue so, als wäre ich ein waschechter Brite.«

Und als ich zwischen Jackie und Shirley saß, fragte ich mich zum abermillionsten Mal, was schlimmer wäre: eine Frau zu heiraten, die ich nicht liebte, um meine Mutter zu ehren, oder zu warten, bis ich eines Tages einer echten Seelenverwandten begegnete – und die Achtung meiner Familie verlor.

Nicht, dass ich jetzt eine Chance gehabt hätte, Jackie zum Traualtar zu führen. Denn jetzt wollte sie ja einen anderen heiraten.

»Natürlich heirate ich nicht, Mam«, sagte Jackie lachend. »Hältst du mich wirklich für so dumm?«

Ich boxte insgeheim in die Luft, führte in Gedanken einen Freudentanz rund um den Esstisch auf.

»Wen interessiert das schon? Du hast immer jemanden an der Angel«, sagte Shirley mit verächtlichem Schnauben. Sie wollte gemein klingen, wirkte aber besorgt. »Du solltest eine Drehtür bei dir installieren, damit die Männer schneller rein und raus können.«

»Und ich dachte, du würdest es nicht um drei Ecken hören wollen, sondern direkt von mir.«

Shirleys Miene wurde immer grimmiger. Eigentlich hätte ich gehen sollen, aber ich ließ es bleiben, weil sie sich sonst an meine Anwesenheit erinnert hätten. »Es ist George. Ich gehe mit George. Du kennst ihn. Er war einer von Dads Kollegen. Er ist vor ein paar Jahren weggezogen. Jetzt arbeitet er für Graysons und fährt nach ganz Europa. Der gutaussehende Typ mit dem Charisma eines Cowboys – mit strahlenden Augen und langen, krummen Beinen. Er ist es. Wir sind verliebt.«

Zu dieser Party war niemand gekommen, weil sie niemanden eingeladen hatte. Sie brauchte niemanden, weil sie George hatte.

Als wäre ihr Leben auf den Höhepunkt namens George zugelaufen.

Weil sie nur an George dachte, hatte sie vermutlich gar nicht mitbekommen, dass ich die Einladung zur Party angenommen hatte. Jackie machte Druck, wollte ihre Mutter zwingen, diese Beziehung zu akzeptieren, aber Shirley schloss die Augen. Wenn eine alte Frau auf diese Art die Augen schloss und verstummte, gingen ihr unzählige Erinnerungen durch den Kopf – an alte Gespräche, Platten, Schlagzeilen von gestern. Diese alten Frauen hatten eine Geschichte der Liebe hinter sich, ob gut oder schlecht. Sie wussten später nicht mehr, was geredet worden war, weil sie sich in den Worten und Bildern ihres langen, traurigen oder glücklichen Lebens verloren hatten. Dann öffnete Shirley die feuchten Augen und lauschte ihrer Tochter, die von ihrer Romanze erzählte: den Geschenken, Reisen und Witzen der letzten Wochen. George hatte sogar alte, romantische Lieder auf der Gitarre gespielt. Er konnte auf einer schmalen Landstraße wenden und seinen Zehntonner mit einem Fingerschnippen aus dem Straßengraben holen. Er kannte sich nicht nur mit Elvis, sondern auch mit Reggae, Bhangra und Lyrik aus.

Wir hörten ihr stundenlang, tagelang zu. Schließlich schaute Shirley mich an, gähnte und sagte schläfrig: »Jetzt bist du dran, Amir. Erzähl mal von deiner Fantasieromanze.«

Elle

Weil Mum einen neuen Freund hatte und weil sie den Paki trotz meiner Warnungen zu Gran mitgenommen hatte, gab ich mir supergroße Mühe, ohne sie auszukommen. Ich wollte absolut eigenständig sein. Das Einzige, was ich nicht loswurde, waren meine Stiefschwestern und das britische Rechtssystem. Aber manchmal konnte ich nicht mehr, und dann war es so, als wäre ich ein winziger Eisenspan und Mum ein mächtiger Magnet. An einem heißen Junitag ging mir die Puste aus, und ich leistete mir einen Ausrutscher. Ich sagte Claire, ich wolle zu Ashanti, ging aber zu Mum, denn ich hatte einen geheimen Schlüssel. Ich wusste, dass sie noch bei der Arbeit war, und deshalb konnte ich mich in ihren gemütlichen vier Wänden aufhalten, ohne dass sie etwas davon merkte.

Das Haus war still und zitronig hell. An den Wänden bleiche Rechtecke anstelle der Fotos, die mich zeigten, staubfreie Flecken auf den Regalen, wo Andenken an mich gestanden hatten. Der Kiss-Me-Quick-Hut, den sie aus Brighton mitgebracht hatte, hing über der Rückenlehne eines Stuhls. Sie hatte mir ständig gesimst, wie schön es dort sei, und von ihrem tollen Mann geschwärmt. Ich hatte geantwortet: »Meine Mum – schöner Mann. George Best – Glas Wein.« Eigentlich war das ein bisschen peinlich, denn es war einer der Sätze, die ich von Claire hatte.

Der Kühlschrank enthielt nur ein halbes Stück Käse und einen Liter Milch. Auf dem Tisch standen ihr nagelneuer Laptop und eine Kaffeetasse, daneben lagen aufgerissene Schreiben von der Bank. Eins stammte von Lucy Dixon, Leiterin der Marketing Communications bei der MBNA Europe. Auf dem Schreiben sollte man Kästchen ausfüllen. *Wollen Sie, Jackie Jackson:*

Jemanden, mit dem Sie Spaß haben? JA
Jemanden, der Sie versteht? JA
Jemanden, der Sie wertschätzt? JA
Jemanden, der immer für Sie da ist? JA
Jemanden, der sich um Sie kümmert? JA
Jemanden, der Sie gut behandelt? JA
Jemanden, auf den Verlass ist? JA
Jemanden, dem Sie vertrauen können? JA

Mum hatte jedes Ja mit einem dicken, blauen Kugelschreiber eingetragen, und Lucy fuhr fort: »Wenn Sie auf der Suche nach einer tragfähigen und harmonischen Beziehung mit jemandem sind, der Ihnen jede finanzielle Unterstützung und jede Freiheit bietet, die Sie brauchen, dann haben Sie Ihren perfekten Partner gefunden – mit der Platinum Plus Credit Card der MBNA. DER GUTE BEGINN EINER LANGEN BEZIEHUNG …«

Dann fuhr ich ihren Laptop hoch. Ich riet richtig, dass sie meinen Namen und mein Geburtsdatum als Passwort gewählt hatte, und las eine E-Mail an Marilyn. »Hast du es auf mich abgesehen?«, hatte der Mann gefragt, nachdem Mum ihm vor den Bus gelaufen war, weil sie nicht mehr nur hatte winken wollen. Der Feierabendverkehr war dicht gewesen, und er hatte superprofessionell bremsen müssen, um Mum nicht zu überfahren. Die Folgen waren Huperei, Herumgekurve und ein minutenlanges, totales Verkehrschaos gewesen. »Hast du den Sensenmann erwartet?«, hatte Mum gefragt, als sie sich im Bus neben ihn gesetzt hatte, denn ihr Anblick schien ihn zu Tode zu erschrecken. Die Bremsspur auf dem Asphalt hatte nach verkohltem Gummi gestunken.

Das erinnerte mich an die lausigen Gerichte, die sie für ihren von der Arbeit heimkehrenden Zukünftigen kochte. »Ist das Futter für einen streunenden Köter?«, hatte ich mit einem Blick auf den kalten Braten gefragt.

»Er sieht in letzter Zeit ziemlich blass aus«, hatte sie erwidert.

Immerhin wusste ich da schon, dass er die Nase von ihr voll hatte. Ein Teil von mir jubelte: Ja, hurra, noch ein Schwanz, der ins Gras beißt! Ein anderer Teil ahnte bedrückt, dass sie wieder in tiefster Einsamkeit versinken würde.

Ohne sie schien das Haus zu schlafen. Ich lief auf Zehenspitzen, um Tisch und Wasserkessel, Korkenzieher und Tasse nicht zu wecken. Der Anblick ihrer glänzenden High Heels, die wie Boote überall im Haus lagen, trieb mir Tränen in die Augen, und ich kroch über den Fußboden, ordnete sie zu Paaren und reihte sie zu einem glitzernden Hafen auf. Dann lag ich eine Ewigkeit auf dem Teppich im Geruch ihrer nackten Füße. Auf ihrem Nachtschrank fand ich Georges Adresse und ein paar Telefonnummern. Ich fuhr mit zwei Fingern durch mein Haar, starrte aus dem Fenster, wurde dann schwach und schnupperte an ihrem Kopfkissen. Es stank nicht nach Mann, sondern duftete nach ihrem wunderbar blumigen Shampoo. Sie schien wieder mehr zu weinen, denn am letzten Wochenende hatte sie Marilyn, dem Moppel, erzählt, dass Amir neuerdings immer ein Taschentuch neben ihren Cappuccino lege und manchmal auch ein Croissant. Er hatte neulich in einer SMS geschrieben: »Re: Ich glaube, Liebe heißt Vergebung.« Er würde eine Braut suchen, schrieb er, die er so sehr liebte, dass er ihr alles vergeben könnte. Mum hatte gesimst: »Amir, Schätzchen, man könnte dich ganz schön reinlegen«, und er hatte sofort geantwortet: »Nein, wenn ich sie liebe, dann vertraue ich ihr auch.« Laut einer SMS an Marilyn hatte der Paki Mum aus Versehen an der Hand berührt, und sie war so zusammengezuckt, dass er sich hastig entschuldigt hatte.

An manchen Tagen brachte mich schon eine Kleinigkeit zum Heulen.

Eigentlich hatte ich wollen, bevor Mum heimkam, lag beim Erscheinen dieser rosig-weichen Katastrophe auf zwei Beinen aber immer noch auf dem Sofa. Als sie sah, dass ich schmollend auf sie wartete, erstrahlte ihr angespanntes Gesicht. Gleich darauf fragte sie: »Hast du je Angst vor mir gehabt, Elle?«

»Nein, Mum«, sagte ich. »Ich hatte nie Angst vor dir, aber ich hatte fast immer Angst um dich. Warum?«

»Ach, George hat so eine Bemerkung gemacht.«

»Wer ist George?«, erwiderte ich, und sie presste die Lippen zusammen und schüttelte den Kopf.

Später, nachdem wir das Essen aus dem Take-away verdrückt hatten, strich sie mir mit ihrer warmen Hand über die Stirn, und ich glaubte, sie würde gleich aufrichtig von Liebe und Trennung erzählen. Stattdessen beichtete sie mir, dass ihr die Frau namens Babs Kopfschmerzen bereitete, die George auf seinen Fahrten begleitete.

»Reiseführerin oder Mätresse?«, fragte ich.

»Reiseführerin«, antwortete sie mit traurigem Lächeln.

»Vielleicht ist sie ja seine Frau, Mum.«

»Das habe ich ihn gefragt«, sagte Mum leise.

»Oh, wow!«, erwiderte ich.

»Angeblich arbeiten sie unterwegs sehr eng zusammen. Er hat erzählt, dass es im Bus manchmal ganz schön zur Sache geht. Und ich habe gesagt, das hört sich an, als wären sie zwei alte Pornostars.«

»Äh – halt mal. Glaubst du wirklich, dass dieses Gespräch gut für mich ist? Denk daran, wie alt ich bin.«

Ich wusste nicht, was Pornos waren, obwohl der Begriff ständig fiel. Inzwischen konnte ich nicht mehr danach fragen, denn es wäre zu peinlich gewesen, und wen hätte ich auch fragen sollen? Sogar Caprice, die erst zehn war, schien zu wissen, was das Wort bedeutete. Eine echte Schande. Es hatte auch eine Ewigkeit gedauert, bis ich über die Regel Bescheid gewusst hatte, obwohl mir doch angeblich zwei Mütter zur Seite standen. Immerhin wusste ich, dass Pornos nichts mit Porto zu tun hatten und auch nichts mit Poren oder Porträts. Ich wusste zwar, dass es um Sex ging, aber wie genau?

»Aha. Und was hat er zu dieser Pornosache gesagt, Mum?«

»Er meinte, dass sie tatsächlich irgendwie Pornostars seien. Er und Babs. Aber ohne Sex. Ich sagte, das klingt nach einem alten Ehepaar. Ich als Ehefrau, das wäre unvorstellbar, sagte er. Also fragte ich, ob ich ein Pornostar sein könnte, und er musste lachen und sagte, ja, das könnte er sich gut vorstellen.«

Ich fuhr wieder mit den Fingern durch mein Haar und sagte mit Dads enttäuschtem Unterton: »Ts, ts, ts.«

»Das war keine Beleidigung, mein Schatz«, sagte Mum. »Er hat gelacht.«

»Ja, Mum«, erwiderte ich. »Er hat gelacht. Über dich.«

»Na, ja, mein Schatz, irgendjemand muss immer für einen Witz herhalten.«

»Aber warum immer du?«, fragte ich und wünschte mir im nächsten Moment, nichts gesagt zu haben, denn ich wollte mit alldem nichts zu tun haben.

»Du klingst wie Amir«, sagte sie traurig, und ich hätte sie am liebsten gedrückt und gebeten, mit mir ins Kino zu gehen, aber sie hatte schon wieder diesen in die Ferne schweifenden Blick. »Ach, es ist mir egal, Elle. Ich bin jetzt so alt, dass ich ebenso gut Hausfrau sein könnte. Ich hätte gern noch ein Baby. Dann würde ich zu Hause bleiben und kochen, mich um meine Familie kümmern und dich wieder zu mir holen. Das wäre eine echte Herausforderung.«

»Äh – wenn du wegen des Lebens heulst, für das du dich entschieden hast, sollte ich wohl besser gehen«, sagte ich und verschwand Knall auf Fall nach oben. Wenn ich etwas hasste, dann ihren Wunsch, wie Claire zu sein, denn das hieß, dass meine Stiefschwestern gesiegt hatten.

Als ich wieder herunterkam, wusch sie ab, sah aber immer noch aus, als hätte sie sich schmerzhaft ins Auge gepiekst. »Bist du etwa schwanger, Mum?«, fragte ich. Ich konnte das niedliche Baby fast riechen, und ich sah Cherub vor mir, wie sie beim Anblick meines neuen, kleinen Blutsverwandten grün vor Neid wurde.

»Leider nicht, mein Schatz«, seufzte sie.

»Wenn du schwanger werden solltest, Mum, kannst du ja behaupten, es wäre mein Kind. Dann wäre es nicht so peinlich für dich.«

»Eigentlich müsste es andersherum sein. Du wirst schwanger, und ich tue so, als wäre es mein Kind.«

»Warum sollte ich schwanger werden? Ich bin nicht wie du, Mum. Vor allem nicht so blöd.«

»Ich möchte wirklich nicht, dass du so bist wie ich«, sagte sie – es klang hollywoodmäßig und war im Grunde nichtssagend. Ich zuckte nur mit den Schultern. »Ja, du hast recht«, sagte sie. »Ich muss mich ändern. Ich muss mir die Männer ein für alle Mal aus dem Kopf schlagen. Das hat Amir gesagt, und genau das werde ich auch tun.«

Ich ging nach oben und packte meine Sachen.

Der Versuch, einen Elternteil zu verstehen, das man jedes zweite Wochenende sieht, ist ungefähr so, als wollte man der Handlung eines Romans folgen, in dem man nur jede zehnte Seite liest.

Amir

Einen Monat später schlief ich mit Jackie. Am neunzehnten Juli. Es hatte irgendwann so kommen müssen, aber gleich danach wünschte ich mir, es wäre nie passiert. Es geschah aus heiterem Himmel. Ich half im Lullen & Stullen aus, weil Halima noch im Haus ihrer Mutter zu tun hatte, als die Tür aufging und die Glocke bimmelte. Da stand wieder Jackie, handtaschenlos und mit einer Ausstrahlung, die den ganzen Laden auszufüllen schien. Sie fragte, ob ich eine halbe Stunde Zeit hätte. Ich müsste ja nichts trinken, fügte sie hinzu, sondern könnte einfach zusehen, wie sie trinke, und sie würde mir zum Dank dafür, dass ich mit zu ihrer Ma gekommen war, einen Kaffee spendieren. Diese unglaublich unterhaltsame Party war allerdings schon eine Ewigkeit her.

»Du musst nur mein nüchternes Auge sein, Schätzchen«, sagte sie und lieferte im Anschluss die Erklärung für alles: »Meine Kleine ist gerade zu ihrem Dad zurückgekehrt.«

Ich sah sie verwirrt an. Sie war offenbar gekommen, weil sie ihre Tochter vermisste. Deshalb hatte sie alle im nüchternen Zustand gefassten Vorsätze über Bord geworfen.

Jackie schien einem Werbeplakat entstiegen zu sein: Ihre

Kleider wirkten wie frisch aus dem Laden, und sie hatte ein paar neue Sommersprossen auf der Nase. Ich wusste, dass sie mir nichts vormachte, denn sie wirkte verletzlich, und ihre Augen waren feucht. Aber nur kurz. Dann ließ sie ihre Ehrlichkeit wieder in der Versenkung verschwinden und begann zu plappern wie ein Wasserfall. Sie erzählte uns, wie schwierig es mit ihrem Ex sei. Sie müsse ihr Haus verlassen und an der Straßenecke warten, bis er ihre Kleine abgeholt habe. Er sei ein gutaussehender Typ und ungefähr so alt wie sie, aber er sei die vollkommen falsche Wahl gewesen, sagte sie zu Ashfaq, weil sie meinen Bruder irrigerweise für jemanden hielt, der sich für andere Menschen interessiert. Sie und ihr Mann könnten nicht einmal mehr gemeinsam durch eine Tür gehen, erzählte sie. »Eine Schande«, sagte Ashfaq. Und Jackie nickte seufzend und erzählte weiter von ihrem Ex. Sie beichtete Ashfaq sogar, dass sie lieber nicht so viel Auswahl unter den Männern gehabt hätte. »Ich war wie ein hungriges Kind im Süßigkeitenladen«, sagte sie und musste lachen, als sie unsere Süßigkeiten sah. Dann schaute sie mich an und rief: »Hey! Du bist das Kind im Süßigkeitenladen, Amir! Kein Wunder, dass du dich nicht für eine Frau entscheiden kannst.«

»Ist doch nicht wie die Wahl zwischen Schokoladensorten«, grummelte Ashfaq.

»Richtig! Aber genau das war mein Fehler!«, erwiderte Jackie. »Ich habe damals immer nur genommen, was ich mochte.«

Wir schwiegen lange. Sie hatte Ashfaq auf hundertachtzig gebracht. Ich wandte den Blick ab. Sie hustete unbehaglich, und mir kam der Gedanke, dass sie nicht zufällig hereingeschneit war. Nein, ihr war wieder der Gedanke gekommen, wie kurz das Leben doch war. Sie hatte sich alles genau überlegt. Sie griff nach Cornflakes und fragte: »Kommst du mit, Schätzchen?«, und ich stand nur da und starrte sie an.

»Ja, gehst du mit?«, fragte Ashfaq, drehte sich zu mir um und zischte: »Geh nicht!«

Ich antwortete leise, dass Samirah und Wahida bei Ma seien, wagte aber nicht, ihm dabei in die Augen zu schauen. Jackie hatte keine Handtasche. Keine Handtasche, dachte ich, so wie einem anderen Typen aufgefallen wäre, dass eine Frau keinen Slip trug oder die Brüste ohne BH tanzen ließ. Also sagte ich zu Ashfaq, dass ich nicht lange weg sein würde.

»Ruf lieber erst bei Ma an und bitte sie um Erlaubnis«, sagte er.

Ein absurder Vorschlag, denn abgesehen davon, dass ich kein Kind mehr war, konnte Ma keine Fragen mehr beantworten. Ich hätte genauso gut eine Katze um Erlaubnis bitten können.

Adieu, Paradies.

Ich ging mit gesenktem Kopf und verschlossenen Ohren an meinem Bruder vorbei und folgte Jackie Jackson in den Pub. Dort redete sie unaufhörlich über ihren tollen, alten Macker, ihre zickige, aber geniale Tochter und ihre nervige Ma. Nach zwei Stunden nahmen wir gemeinsam ein Taxi, und als ich mich vor dem Aussteigen zum Abschied zu ihr rüberlehnte, lag plötzlich ihre Hand auf meinem steifen Schwanz.

Der Abend war hell, die Luft mild und warm, Licht glitzerte auf blasser Haut. Sie war die Betrunkene, aber wir waren beide nicht mehr klar genug, um zu begreifen, warum das, was wir taten, grundfalsch war. Sie folgte mir aus dem Taxi. Ich hatte etliche schlaflose, verschwitzte Nächte hinter mir, aber dieser Abend duftete nach Gewürzen, die Pflanzen zwischen den Pflastersteinen verströmten einen senfartigen Geruch, und die Nacht nistete schon in den alten, verwilderten Gärten, in den Brombeeren, den Brennnesseln und den vor Generationen gepflanzten Blumen, die sich gegen die morschen Holzzäune stemmten, Tränen in trübe Augen trieben und die Herzen gegen die Brustkörbe hämmern ließen. Der ganze Wohnblock schien zu husten und zu niesen, und alle schienen vor Erschöpfung und Erregung den Verstand zu verlieren.

Ich sah sie an, kam aber beim besten Willen nicht darauf, was so schlecht an der Sache sein sollte.

»Das geht nicht. Ich meine – du kannst nicht reinkommen«, murmelte ich. »Meine Familie …«

Das Haus war so nah, dass ich glaubte, das von Yasmin gekochte Essen riechen und den Fernseher im staubwarmen Wohnzimmer hören zu können. Vernunft und Anstand lagen in greifbarer Nähe, und ich rief mir alle Familiengespräche in Erinnerung, die wir in letzter Zeit darüber geführt hatten, was zu tun sei. Ich erinnerte mich an Ashfaqs Worte über den Islam und die alten Menschen und an seine Zitate aus dem Koran, die meine Schwestern zu dem Versprechen veranlasst hatten, wieder bei uns einzuziehen und sich abwechselnd um Ma zu kümmern. Alle außer mir handelten vernünftig und nahmen sich zurück. Die Angst, die mein Egoismus in mir auslöste, hatte zur Folge, dass ich Rauch zu riechen glaubte, vielleicht den Rauch sommerlicher Lagerfeuer in Gärten, wahrscheinlich den Rauch in unserem Wohnzimmer, das Ma bei dem Versuch in Brand gesteckt hatte, ein Abendessen zu kochen.

Ich hätte sofort nach Hause gehen und um Vergebung bitten sollen. Jackie, die sich an mir festhielt, drückte ihre spitzen, roten Fingernägel in meine Taille. »Im Ernst: Das geht nicht. Du kannst nicht mit reinkommen«, sagte ich.

»'s o.k.«, lallte sie. »Ich bin 'n nordenglisches Mädchen. Ich kann es überall machen.« Und einen Moment später waren wir ein Stück weiter, dorthin, wo Brennnesseln fast bis in die Gasse wuchsen, Dornenranken aus verwilderten Gärten wucherten und Zäune mit Ackerwinde bewachsen waren. Wir waren direkt hinter Mas Haus, Mücken tanzten in der Luft, und Jackie drehte sich zu der alten Steinmauer des benachbarten Doppelhauses um und raffte den kurzen Rock über dem Po. Wie ein Hund, dachte ich.

Das war ganz falsch. Also drehte ich sie zu mir um, drückte ihren Busen gegen meine Brust, legte ihr eine Hand auf die sahnige Wange und schob die andere in ihr seidiges Haar. Dann streichelte ich sie langsam, aber fest, bestastete ihr kühles, straffes Fleisch, als wäre sie eine Statue und ich ein blinder Junge. »Das ist ein großer Fehler«, sagte ich.

»Ja, nicht wahr?«, erwiderte sie.

»Es ist schrecklich.«

»Schrecklich.«

Ich hielt ihre Haare wie ein Seil und küsste mich an ihrem Hals hinauf, während ich sie nahm, da in der grünen, in der Nase kitzelnden, sommerlichen Gasse, so heftig und so schnell wie möglich, und sie stöhnte wie eine Wildkatze, sodass ich ihr eine Hand auf den rubinroten Mund legen musste, und am Ende waren wir beide stumm und außer Atem. Sie hielt sich mit einer weißen Hand an meinem braunen Arm fest, um nicht hinzufallen, und flüsterte mir ins Ohr: »Danke, Amir.« Dann zog sie ihren Rock zurecht, steckte die Bluse in den Bund, lächelte mir zu und ging.

Und obwohl ich diese Gasse hinter unserem Haus schon mein ganzes Leben kannte, fiel mir zum ersten Mal auf, dass sie auf ganzer Länge und auf beiden Seiten von hohen, kräftigen, gelben Mohnblumen gesäumt war.

Eine Woche später ging ich mit Orla durch den Bahnhof. Ich war bis zum Zerreißen angespannt und kaute auf Gedanken herum, an denen ich mich während der ganzen Woche festgebissen hatte. Ich machte mir Vorwürfe, weil ich Jackie einfach hatte gehen lassen. Ich hätte ihr hinterhergehen, ein Taxi rufen und sie nach Hause bringen sollen. Ich hätte ihr einen Kaffee kochen und sie zu Bett bringen sollen. Ich schämte mich in Grund und Boden, weil ich zugelassen hatte, dass sie nach dem Sex mit mir gegangen war – auch wenn es nicht das erste Mal war, dass ich ein weißes Mädchen so behandelt hatte.

»Sieh dir das an«, sagte Orla so leise und großäugig, als würde sie der Anblick verzücken, der sich ihr bot. »Moderne Mutterschaft.«

Jackiejacksonjackiejacksonjackiejacksonjackiejacksonjackiejackson – ihr Name ratterte durch meinen Kopf wie ein rasender Zug, und da war sie tatsächlich, mit roten Wangen und lang ausgestreckt auf einer Bank, als hätte man sie auf die Gleise gebunden. Meine Geliebte. Ich hatte so sehr versucht, die Sache als Ausrutscher zu betrachten – in jeder schlaflosen Nacht –, und ich konnte Jackie ansehen, dass sie es auch versucht hatte. Der Gedanke, dass all das nichts zu bedeuten hatte – unsere fast nackten Körper an dem Abend da draußen –, hatte das hier mit ihr gemacht. Es war meine

Schuld. Aber wenn ich sie sah, waren die Mohnblumen in meiner Vorstellung immer mit hellen Glühbirnen ausgestattet, die die ganze Gasse in ein strahlend gelbes Licht tauchten.

Fahrgäste strömten durch die Bahnhofshalle. Einige warfen Jackie einen kurzen Blick zu, die meisten eilten blicklos an ihr vorbei, drängten weiter, hasteten zur Arbeit. Orla ging zu Jackie und schaute sie so scheel an, als wollte sie sagen: »Wir sind Feinde.« Dann bückte sie sich, um Jackie besser hören zu können. Sie konnte bestimmt ihren feinen Schweißgeruch, ihre salzige Cremigkeit riechen: das Nixenparfüm. Ich hörte, wie Jackie sang: »There are worse things I could do. Than go with a lad or two. You try being misunderstood. Feeling flashy and no good. Just suppose it could be you. But there are worse things to be true.«

»Was zum Teufel tust du hier?«, fragte Orla und schüttelte Jackies Arm. Ringsumher lärmten die Ansagen für Züge, und die mit grauen Bürogeistern vollgestopften Fahrstühle krochen nach oben.

»Psst, Schätzchen«, sagte ich.

»Ich dachte, er wäre meine große Liebe«, sagte sie, öffnete die Augen aber nur halb.

»Offenbar ist er auch die große Liebe einer anderen«, sagte Orla, und ich war fest entschlossen, Jackie nicht anzustarren, sondern darüber nachzudenken, ob Ma den Kessel schon wieder ohne Wasser aufgesetzt hatte oder auf der Suche nach ihrer Brille um das Sofa kroch. Vor fünf Minuten hatten Orla und ich noch über die Verkaufszahlen des ersten Halbjahres diskutiert, und mir war zum millionsten Mal klar geworden war, dass mich der Einzelhandel nicht interessierte. Orla hatte angekündigt, noch etwas anderes mit mir besprechen zu wollen. Ich war überzeugt, dass es um meine Beförderung ging, und hatte ein mieses Gefühl in der Magengrube.

Jackies Koffer hatte noch einen Flughafenanhänger. Sie hatte eine Tüte aus unserem Laden um ihr Handgelenk gewunden, als stammte sie von einem billigen Yorkshire-Fleischer. »Wir haben uns zerstritten«, seufzte sie. »Immer dieselbe grauenhafte Geschichte.« Ich rang nach Atem, und mir war schwindelig. Zum Teil war der nächste Monat schuld, der August. Hitze und Kinder, die gerade Ferien bekommen hatten, das alte Gefühl, endlich frei von Schule und Regeln zu sein, all das wirkte immer noch. Dazu die Frage, wer einen nach den Ferien noch mochte und wer nicht. Und wie man bei dieser Hitze seine Träume, seinen Job, seine Professionalität bewahren sollte, wie man auf Kurs bleiben sollte, und was die anderen dachten. Vor allem, weil man im September ein anderer Mensch sein wollte – ein echter Kerl oder ein ganz neues Mädchen.

Die Lautsprecher verkündeten Gleisänderungen und den Ausfall von Zügen, wiesen darauf hin, dass man sein Gepäck nicht unbeaufsichtigt lassen sollte. Mir war plötzlich irrsinnig heiß, und ich fühlte mich fehl am Platz, vielleicht weil ich eine Art Schultafel für Kinder trug, die ich gerade mit Orla aus dem Zug gehievt hatte. Sie hatte mich gebeten, die Requisiten für die »Endlich Ferien!«-Aktion mit abzuholen, und das war der Grund für meine Anwesenheit auf diesem Bahnhof. War es ein Wunder, dass ich mir wie ein Idiot vorkam? »Vielleicht hatte Jackie Stress mit ihrem Freund.«

»Tja, Amir«, flüsterte Orla aufgesetzt zuckersüß, »ich kann dir auch ohne einen Blick in das Handbuch für Angestellte sagen, dass das nicht unser Problem ist. Obwohl ich natürlich verstehe, dass du entsetzt bist. Wundert mich nicht, dass ihr euch von uns fernhaltet.«

Stimmte das? Hatte ich Jackie angetan, was ihr alle Typen antaten? Hatte ich mir geholt, was ich wollte, und sie dann gehen lassen? Wollte ich mir durch meine Schuldgefühle nur einreden, dass ich in Wahrheit ein besserer Mensch war? Ich versuchte täglich und minütlich, sie nicht zu begehren und nicht an sie zu denken, und als ich sie jetzt betrachtete, versuchte ich, sie so zu sehen, wie Orla sie sah. Ich versuchte, nur das Schlechte zu sehen, nicht das Gute.

Ich hatte nicht nur die Schultafel unter dem Arm, sondern auch einen Beutel mit Schulkrawatten in der Hand. Im späteren Verlauf der Woche sollten sich alle Angestellten Schuluniformen anziehen, und das Geschäftslogo sollte mit Kreide auf diese dämlichen Tafeln gemalt werden.

»Hast du in deinem Laden Verkaufsideen aufgeschnappt, mit denen wir Lullen & Stullen zum internationalen Durchbruch verhelfen können?«, fragte mich Ashfaq mehrmals in der Woche, und ich erzählte von den Schultafeln, den bunten Lichtern, den »Happenings«, den Kostümen, der experimentellen Musik, den Auftritten von Berühmtheiten, den Kostüm-Events, den schrillen Kunstwerken, den kostenlosen Warenproben. Von unserem Spaß und unserem Gelächter. »Das ist kein Geschäft, sondern ein Zirkus«, sagte er mit gerunzelter Stirn. Er hatte gerade erst aufgehört, mich anzubrüllen, weil ich mit Jackie in den Pub gegangen war.

»Ja, Bruderherz, wir führen den Wow-Faktor in den Verkauf ein«, sagte ich. »Das ist die Zukunft des Einzelhandels.«

»Du setzt deinen Ruf und deine Seele aufs Spiel, nur um diese Engländer dazu zu bringen, mehr Quatsch zu kaufen, als sie sich leisten können«, sagte Halima schulterzuckend. »Darum heiratet er auch nicht. Er hat kein Stehvermögen mehr, weil er durch die Arbeit in diesem Laden für Verrückte alles nur noch häppchenweise aufnehmen kann. Er ist wie ein Schulkind, das einen Gimmick nach dem anderen will, und das passt nicht zu einem erwachsenen Dasein.« Ich hatte ihnen verschwiegen, dass Orla unsere Uniformen gemeinsam mit einem Londoner Modedesigner entwarf, denn sie sollten natürlich »viel schärfer als in der Schule« sein.

Ich legte Jackie eine Hand auf den Arm und sagte zu Orla: »Ich prüfe nur ihren Puls.«

»Ich weiß ja, dass alle behaupten, das Leben als Mutter sei mühsam, aber das hier geht dann wohl doch ein bisschen zu weit«, sagte Orla seufzend, hob die Hände und schüttelte den Kopf. »Es stimmt, man kann sie nicht unbeaufsichtigt losziehen lassen.«

»Wir können sie nicht hierlassen.«

»Warum? Glaubst du, man würde eine kontrollierte Sprengung durchführen? Das wäre vielleicht gar nicht so übel, Amir.« Jackies Hände waren rosig und feucht, und ich ergriff ihre kleine, linke Hand und drückte sie fest. Sie sah trotz allem absolut umwerfend aus.

»Ich dachte, sie wäre krankgeschrieben«, sagte Orla am Handy zu Leo, während ich Jackies Finger streichelte. »Ist das nicht der Grund, warum sie letzte Woche nicht bei der Arbeit war?«

»Ja, sie war krank«, hörte ich den weit entfernten Leo leise brabbeln. Ich hatte ihm nichts von Jackie und mir erzählt, obwohl ich alles über ihn und Jackie wusste. Manche Typen mussten einem unbedingt alles brühwarm berichten, nicht so sehr, um anzugeben, sondern eher, weil diese Trottel es nicht fassen konnten, dass sie es mit einer Frau wie Jackie gemacht hatten. Oder es nicht vergessen konnten.

Ich schob eine helle Stirnlocke von ihren geschlossenen Augen. Einer ihrer hochhackigen Schuhe baumelte am Fuß. Sie sah aus wie ein lahmer, hungriger Gaul, und ich hatte plötzlich das Bedürfnis, sie zu uns zum Essen einzuladen. Als wären wir eine fröhliche Bollywood-Familie, bei der täglich schicke, schwatzhafte Gäste ein- und ausgingen. Witziges Geplauder und gut gewürzte, warme Gerichte, deren Duft in der süßen Luft hing. Selbst der Gedanke, dass Jackie im Qualm eines verbrannten Essens auftauchte oder dass meine halbnackte Ma mit wirren Haaren und grimmiger Miene die Tür öffnete, ließ meine Fantasien nicht verfliegen.

»Zweifellos Frauenprobleme«, schnaubte Orla, drehte sich zu mir um und zog die Augenbrauen hoch. Dann schloss sie die Augen, und ihre Lippen schnurrten zusammen, als hätte man an einem Band gezogen. »Zum Beispiel zu blau zum Aufstehen zu sein.« Orla lächelte mich blitzartig an, und es dauerte einen Moment, bis Leo antwortete. Ich stellte mir vor, dass er gerade Daumen und Zeigefinger fest auf seine Nasenwurzel drückte.

Jackie erwachte stöhnend zum Leben, während Orla in der Personalabteilung anrief – »nur um sicherzugehen«. Falls Jackie Medikamente nahm, konnte man nicht allzu hart mit ihr umspringen. Denn wenn sie sich wegen einer von Orla verhängten Disziplinarstrafe die Pulsadern aufschneiden würde – tja, das wäre nicht erfreulich. Laut Orla hatte es in anderen Filialen bereits Selbstmorde gegeben. In der Vergangenheit. Im Stillen wurde sowieso vermutet, dass die Belegschaft des Ladens aus einsamen, verhungernden und empfindsamen Angestellten bestand, weil sie sich nur aus schönen, jungen, schlanken Leuten rekrutierte. Je weniger man aß, desto mehr hasste man seinen Körper, desto schneller fiel man sexuellen Raubtieren zum Opfer und desto weniger wurde man geliebt. Man starb. Doch Jackie rappelte sich auf, setzte sich hin und reckte sich. Angeschlagen, aber unbesiegt. »Bleib, wo du bist«, rief Orla, doch Jackie hangelte sich weiter zurück in das blühende Leben.

»Ich sorge dafür, dass sie sicher nach Hause kommt«, sagte ich und ließ den Beutel mit Krawatten und Turnschuhen fallen. Auf dem Boden sah der Beutel verloren und lächerlich aus.

»Ich wollte dir eigentlich ein Angebot machen, Amir«, sagte Orla, die auf einmal so hart und erstarrt wirkte wie eine Statue ihrer selbst. »Ich glaube, du wärst ein großartiger leitender Modeexperte.«

»Wirklich?«, fragte ich und konnte hören, wie Ashfaq und Halima in drei Meilen Entfernung vor Lachen wie die Möwen kreischten.

»Außerdem willst du ja noch in diesem Jahr heiraten und brauchst mehr Geld.«

»Das steht noch nicht fest«, murmelte ich.

Jackie war jetzt auf den Beinen und ließ ihren Blick über die Taxis gleiten. Die Warteschlange nahm sie offenbar nicht wahr.

Ich sollte sie einfach ziehen lassen, so wie neulich in der Gasse mit dem gelben Mohn. Das wäre für alle das Beste. Ich sollte an Ashfaq, Wahida, Yasmin, Samirah und meine Mutter denken.

»Willst du auf der Managementleiter eine Sprosse höher klettern oder nicht?«, fauchte Orla. »Es muss nicht unbedingt Herrenmode sein. Wenn Jackie Jackson so weitermacht, ist in ihrer Abteilung bald eine Stelle frei.«

»Ich werde Experte für Damenmode«, hörte ich mich sagen, während Halima und Ashfaq vom Tresen kullerten, mit den Fäusten auf den Boden schlugen und Tränen lachten, als würden sie zur besten Sendezeit eine Komödie gucken.

»Dir winkt eine Beförderung«, sagte Orla. »Wenn du bei der Stange bleibst und wenn diese hässliche Schlampe die Sache verbockt.«

»Sie ist eine anständige Frau«, erwiderte ich, ohne Jackie aus den Augen zu lassen, die bis zum Ende der langen Taxischlange gewankt war und schwankend stehen blieb.

»Mein Gott, du bist viel zu unschuldig für sie«, stieß Orla hervor. Ihre Wangen waren so rot, als hätte Jackies Ungestüm auf sie abgefärbt. »Wenn sie einen naiven Typen wie dich sieht, Amir, denkt sie: Hurra! Ich werde diesen Jungen verderben, bevor es jemand anderes tun kann.«

»Ich setze sie in ein Taxi«, sagte ich und sah, wie Jackie ins Stolpern kam. Die Wartenden wichen ihr aus.

»Lass sie«, sagte Orla, doch ich rannte los und fing sie auf, kurz bevor sie den Boden berührte. Ich hob sie hoch, und sie war so leicht und biegsam wie eine Drahtseil- oder Trapezartistin.

»Wenn du so weitermachst, wirst du es beruflich nicht weit bringen«, rief Orla, während ich Jackies warmen, halbnackten Körper im Arm hielt. Ihr bleiches, samtiges Gesicht war von Tränen benetzt.

»Bitte entschuldigen Sie! Entschuldigen Sie bitte!«, rief ich, während ich mein kurvenreiches Bündel zur Spitze der

Warteschlange geleitete. »Lassen Sie mich bitte durch. Diese Frau ist krank.« Und sie kicherte lächelnd und schmiegte sich in meine Arme, süß duftend, mit geschlossenen Augen, geschlossenem Mund und hängendem Kopf.

Elle

Mum seufzte, streckte sich wie eine Katze und sagte, es sei zu warm, um den ganzen Tag im Haus zu bleiben.

Sie war seit einer Woche nicht bei der Arbeit, weil sie »ein bisschen angematscht« war, aber das war Quatsch, denn es stank nach Nagellack, sie war rotlichtviertelschick, und ihre Achselhöhlen waren von winzigen, roten Beeren bedeckt. Cherub rasierte sich inzwischen auch, sie wachste ihre Beine und erklärte Caprice ausführlich die Probleme der Körperbehaarung. Mir erklärte sie nichts, und deshalb wusste ich immer noch nicht, wo und wann man es tat. Ich hatte aber gehört, wie sie gesagt hatte, dass sich manche Mädchen im Gesicht rasierten. Wie krass ist das denn?

»Wenn du krank bist, solltest du nicht rausgehen, Mum!«

Sie biss sich auf die Lippe und neigte den Kopf. Sie erzählte nie von ihren Krankheiten, und es konnte nicht immer nur ein Kater sein. Diese Heimlichkeit war ätzend, denn vielleicht hatte sie etwas richtig Schlimmes, ohne dass ich davon wusste, und ich war ja der einzige Mensch, der ihr helfen konnte.

»Etwas Bewegung würde mir guttun«, sagte sie. »Komm schon, mein Schatz. Sieh das doch nicht so eng.«

Also ging ich mit ihr spazieren, und plötzlich befanden wir uns im pakistanischen Teil der Stadt, wo Mangos und Auberginen, Zitronen und Limonen in Auslagen auf den Bürgersteigen standen. Wir kamen an verqualmten Internetcafés vorbei, an ausgebufften Geldverleihern mit Turban und an schmierigen Reisekaufmännern, an Koriander und Kardamom, grünen Bananen und diesen blutbespritzten, ekelhaften Fleischern, die »Küken und ganze Schafe« im Angebot hatten, und überall ertönte Kauderwelsch. Sogar am frühen Abend waren diese Muslime in Scharen unterwegs, und als mich ein alter Knacker mit Bart anstarrte und zischte, presste ich meine nackten Arme noch enger an meinen Körper. Wir eilten an Händlern vorbei, die ganz altmodisch Schürze oder Blaumann trugen und alles anstarrten, was Mum nicht anhatte. Es stank nach Gewürzen, hinten auf einem dreckigen, weißen Lastwagen standen Tomatenkisten, und überall lauerten Verschwörer. An jedem Haus pappte eine Satellitenschüssel, die das Neueste aus Arabien empfing. Es roch eindeutig nach Ziege und Elefant, und vielleicht würde gleich einer um die Ecke kommen!

Diesen Typen war es egal, dass ich erst zwölf war. Für sie war ich alt genug, um in einen schwarzen Sack gesteckt und mit irgendeinem Greis verheiratet zu werden. Die Tochter einer Freundin von Claire ging auf eine Schule, wo Jungen und Mädchen nicht gemeinsam baden durften, nicht einmal in der ersten Klasse, und alles nur wegen den Pakis. Noch ein Grund, warum ich eine katholische Schule besuchte.

Massen schwarz verhüllter Mütter schwärmten an uns vorbei, stießen mit den Rädern ihrer Buggys gegen Mums High Heels und warfen ihr durch ihre Sehschlitze böse

Blicke zu – als wären wir die Eindringlinge und nicht sie. »Wohin gehen wir?«

»Zu Amir, Elle. Ich möchte mich bedanken …«

»O nein.«

»Doch.«

»Bitte nicht, Jackie.«

»Warum nennst du mich Jackie?«

»Weil du nicht mehr meine Mum bist, wenn du zu diesem Paki gehst.«

»Du wirst immer mehr wie dein Vater.«

»Nein. Ich habe Angst. Diese Leute mögen uns nicht. Und außerdem bist du doch krank, oder?«

»Woher sollen wir wissen, dass sie uns nicht mögen, wenn wir es nie austesten? Na, komm, du musst hier keine Angst haben.«

Mum sprach jetzt mit sich selbst. Sie murmelte, dass sie nicht genau wüsste, wo er wohne, denn neulich sei es hinten in der Gasse gewesen, sie habe einen Schwips gehabt und sei mit dem Taxi gekommen. Wir klapperten mehrere Häuserzeilen ab, bis wir endlich vor der heiß ersehnten Tür standen. Dann klingelte die Frau namens Wahnsinn: Dingdong. Eine nette ältere Dame öffnete die Tür, lächelte, ergriff Mums Hand und drückte sie herzlich, bevor sie überhaupt wusste, wer da vor ihr stand. Dann bat sie Mum herein, als wäre sie ein sehnlich erwarteter Gast.

Ich erwog, Ashanti die Adresse für den Fall zu simsen, dass wir spurlos verschwanden.

Ich hatte keine andere Wahl, als Mum wie ein Kleinkind zu folgen, die Hände tief in den Hosentaschen, den Blick auf meine ätzenden, flachen Schuhe gesenkt. Allein der Gedanke, im Haus von Pakis zu sein, sorgte für ein Gefühl, das meine Kehle austrocknete, mich innerlich verbrannte, meine Haut kribbeln ließ und meine Nerven bis zum Zerreißen spannte.

Im Haus hielten sich viele Leute auf. Ich sah vermutlich aus wie irgendeine Erzkatholikin aus Freaksville, und mein Herz begann zu rasen. Das Einzige, was mich ein wenig beruhigte, war der Gedanke, dass vielleicht ein paar gleichaltrige Jungs da waren, die sich bei meinem Anblick ein Loch in den Bauch freuten, und ich stellte mir vor, wie einer flüsterte: »Hey, weißes Mädchen, du hast doch bestimmt keinen Bock auf diese Alten. Komm, ich zeige dir mein Zimmer.« »Aber klar«, hätte ich gesagt und wäre mit zwei Fingern durch mein Haar gefahren, »total gern.«

Aber ich saß schon auf einem ausgeleierten Sessel, mitten in einer warm duftenden Familienfeier mit Essen und Geglitzer. Hier gab es nur Frauen, die sich lächelnd zu mir umdrehten. Ein paar berührten mich zur Begrüßung sogar an der Hand. Mum, die etwas weiter weg stand, legte die Hand vor den Mund und sagte: »Tut mir wirklich sehr leid. Wenn ich gewusst hätte, dass hier eine Feier stattfindet, wäre ich nicht gekommen.«

Ich hatte die falsche Frisur und die falschen Klamotten. Ich war am falschen Tag im falschen Haus. Ich konnte meinen dreckigen Wurstfinger zwar nicht auf die wunde Stelle legen, aber irgendwas an dieser Feier war komisch. Der Paki sah mich, er kam aber nicht zu uns. Seine braunen Augen waren mandelförmig, und er betrachtete eine alte Frau, die in einer Zimmerecke im Sessel saß, ein Kissen im Rücken und die Fernsehzeitschriften neben sich. Sie grinste erst, dann verzog sie verwirrt das Gesicht, und ich wusste, dass sie es war – seine kranke Mutter. Um die er sich so rührend kümmerte. Dann ging er raus. Jetzt waren nur noch Frauen da, und ich wurde wieder nervös und machte mir Sorgen um Mum. Ich konnte die Männer durch einen Türspalt sehen, sie saßen plaudernd und essend in der Küche, aber es schien keine Jungs in meinem Alter zu geben, und falls doch, hätte ich vermutlich sowieso nur »Uh!« gesagt und mich abgewandt, als würden sie mich null interessieren.

Mum fühlte sich wohler, wenn Männer anwesend waren, die sie beäugten. Wenn mich Mädchen in der Schule anstarrten, empfand ich das immer als Kritik. Deshalb achtete ich gar nicht mehr auf mein Äußeres und trieb Claire mit dem schwarzen Kapuzenpullover zur Verzweiflung, den ich Tag und Nacht trug. Ein Typ linste durch die Tür. Ich erwiderte seinen Blick mit einem Schielen und vermutete, dass die Daddys in der Küche über Mum und mich herzogen und sich fragten, wer wir waren und was wir hier wollten. Wenn ich Cherub irgendwas Hübsches zum Anziehen stibitzt hätte, wäre vielleicht ein netter Typ aufgetaucht und hätte mit mir geplaudert.

Die Frauen lachten und redeten, als würden sie die Männer nicht bemerken oder als wären sie ihnen egal. Ich erzählte einer der Frauen eine Weile von meiner Schule. Auf ihre Frage erzählte ich auch von meinen Stiefschwestern und Claire, betonte aber, dass sie keine richtigen Verwandten seien. »Ich habe drei Schwestern und einen kleinen Bruder, den wir vergöttert haben. Wir haben ihn jahrelang wie ein Baby behandelt.«

Ich fragte mich, ob die Frau mich für einen Jungen hielt. Ich wollte mich mehr wie ein Mädchen hinsetzen, wusste aber nicht, wie. Vielleicht steckte ich ja auch im falschen Körper. Mum gab sich drüben große Mühe. Sie sah die

Frau an, mit der sie sprach, und wirkte kein bisschen krank. Sie lüpfte ihren Rocksaum nicht, sie tanzte nicht, sah sich nicht um und riss auch keine Witze, obwohl es ihr bestimmt schwerfiel, auf all die Tricks zu verzichten, die Männer anmachten. Ich sah plötzlich Ashanti vor mir, die mitten auf dem Fußballfeld ein Rad nach dem anderen schlug.

Ein junges Mädchen sauste auf Rollerskates vorbei. Ein Baby schrie. Im Fernsehen lief eine Tanzshow. Wenn eine Haarsträhne aus dem Kopftuch der Mutter rutschte, wurde sie von einer Frau sanft wieder hineingesteckt. Neben der alten Mutter stand eine Schnabeltasse mit Tee, und ich sah zu, wie der Paki die Temperatur prüfte und die Tasse seiner Mutter reichte, die die Stirn runzelte und dann wie ein Lämmchen nuckelte. Eine andere Frau reichte ihr einen Teller mit Essen, das sie grimmig mit den Fingern untersuchte. Genau wie Caprice, wenn sie sich weigerte, auch nur einen Happen zu essen.

Der Paki trug einen weiten, sandfarbenen Anzug. Damals, als er bei Mum geklingelt hatte, war er ganz anders angezogen gewesen. Seine Fingernägel waren lang und rautenförmig und so rosig und sauber wie das Innere einer Muschel. Er war der größte Mann in seiner Familie, sprach aber nicht mit Mum, sondern blieb bei den Männern – als wären wir ihm egal. Dann kam die Tante mit einem Glas Cola und erzählte uns, dass Amirs Mutter ihre elf Enkelkinder jede Woche sah. »Ich bin immer eine Woche um die andere bei Großmutter oder bei Gran«, sagte ich, und sie erwiderte lächelnd: »Wie gut, heutzutage ist es wichtig, dass ein Junge von seiner Großmutter lernt.« Ich verstummte und krächzte dann: »Ich bin ein Mädchen.« Und sie sagte: »Ja, natürlich. Das meinte ich ja auch. Wie dumm von mir.«

Ich begriff plötzlich, warum Claire mich als Nächstes unbedingt auf eine katholische Mädchenschule schicken wollte: Nur so würde man mit Sicherheit wissen, dass ich kein Junge war.

Ich hätte gern Dad angerufen, aber er befand sich am anderen Stadtrand, meilenweit weg. In der Küche scherzte der Paki mit den anderen. Er schien der witzigste Mann in der Familie zu sein, und wenn er sprach – sogar in einem anderen Zimmer –, verstummten alle Frauen, als wäre er ein Lehrer, der leise mahnte: Psst. Ruhe. In dieser Stille stand er plötzlich vor Mum und nannte ihren vollen Namen: »Jackie Jackson.« Er wiederholte ihn für seine Mutter: »Jackie Jackson, Ma.« Sie streckte eine große, faltige braune Hand nach Mum aus und sah dann wieder aufmerksam zur Mattscheibe, als wäre sie eine der Jurorinnen der Show.

Es gab eine Vitrine voller Schulfotos, genau wie bei Claire, nur dass in dieser wegen der viel größeren Zahl von Kindern größere Unordnung herrschte. Amir nannte allen noch einmal Mums Namen, und Mum teilte allen mit, dass ich ihre Tochter Elle sei.

Bei der Enthüllung meines Geschlechts ging ein überraschtes Raunen durch den Raum. Ich zog eine Grimasse, zupfte an meiner Jeans und hoffte, dass Mum von dem Preis erzählte, den ich in der Schule gewonnen hatte. Vielleicht wies sie ja auch darauf hin, dass ich zu den Hochbegabten zählte, aber sie sah Amir an wie eine Bedürftige.

Da wurde mir bewusst, dass sie nicht gelogen hatte, denn sie war wirklich krank – liebeskrank. Dieses Mal brachte der Angebetete sie aber nicht zum Heulen oder Kreischen, sondern lullte sie regelrecht ein.

Und wieder lächelten die Frauen bei jedem seiner Worte – auch als er sagte: »Jackie ist eine Freundin von mir, Ma.« Sie himmelten ihn sogar an, als er von Mums Job erzählte. Vor allem eine mit unzähligen goldenen Ketten und Armreifen behängte junge Frau, die dem Fußboden jedes Mal ein leises Lächeln schenkte, wenn Amir sie ansah, und die immer staunend den Mund öffnete, wenn er sprach – als wäre sie eine dieser Babypuppen mit Stimmerkennung. Sie hätte vom Alter her meine hübsche, große Schwester sein können, und offenbar hatte Mum den gleichen Gedanken, denn sie warf mir einen traurigen Blick zu: Und du siehst wie ein Junge aus, du arme, einsame Kleine. Amir erkundigte sich nach Mums Tag und fragte, ob sie hungrig sei. Da es ihr die Sprache verschlagen zu haben schien, führte er sie zu einem Tisch mit einem bunt gemischten Büfett, das einen warmen Mief im Esszimmer verbreitete. Ich folgte ihr wie ein Schatten. Ein älterer Typ im Anzug kam aus der Küche und sprach Mum lächelnd und laut und in einer fremden Sprache an, während uns das Mädchen mit den Skatern umkreiste. Wir waren die einzigen Weißen. Als Claire mir erklärt hatte, warum ich nicht auf die große Schule in Mums Nähe gehen, sondern die katholische Schule besuchen sollte, hatte sie hinzugefügt, dass es bestimmt schrecklich für mich wäre, die einzige Weiße in der ganzen Schule zu sein. Mum hatte zögernd eingewilligt, denn sie wollte eigentlich nicht, dass ich in eine katholische Schule ging oder in eine nur für Mädchen, denn wir waren nicht katholisch, und die Welt bestand nicht nur aus Mädchen. Dad und Claire sagten, das sei unwichtig. Wichtig sei, dass ich die beste Schulbildung weit und breit bekommen würde.

Denn hinsichtlich meines Lebensunterhalts konnte ich

offensichtlich weder auf mein Aussehen noch auf meinen Körper bauen.

Mum lud ihren Teller voll, als wäre sie kerngesund und hätte in ihrem Leben nie eine Atempause gebraucht, und dann trat sie neben mich und lobte das Essen in den höchsten Tönen. Also rührte ich das Büfett aus Trotz nicht an, obwohl ich vor Hunger starb und genau wusste, dass ich mich wie Caprice benahm, indem ich meine Mutter durch Nahrungsverweigerung bestrafte. Doch im Gegensatz zu Claire, die in solchen Fällen immer heulte und tobte, schien es meiner lieben Mutter gar nicht aufzufallen.

»Tut mir leid, Schätzchen«, sagte Mum zu Amir, als sie endlich nicht mehr mit vollen Backen mampfte, »ich wusste ja nicht, dass ihr Gäste verwöhnt.« Aus irgendeinem Grund konnte sie ihr Lächeln nicht ausknipsen, obwohl ich mich schon zum dritten Mal geweigert hatte, mich am Büfett zu bedienen.

»Wir auch nicht!«, sagte eine schmallippige Frau, ein Baby auf jeder Hüfte. »Und mich verwöhnt er ganz bestimmt nicht.« Sie kicherte.

»Das ist meine Schwägerin«, sagte Amir, der Mum immer noch anlächelte. »Sie liebt mich sehr. Oder, Halima?«

»Ganz bestimmt nicht!«, erwiderte sie. »Ich finde, du bist eine Schande!«

»Sollen wir gehen?«, fragte Mum, aber alle sagten, wir sollten bleiben. Amir fand auch, dass wir auf jeden Fall bleiben sollten. Er starrte Mum an, als hätte sie eine geheime Botschaft auf der Stirn, und ich fragte mich, warum keine Katastrophe eintrat. Dann erinnerte ich mich daran, dass es auf dieser Feier keinen Alkohol gab. Es war die erste Erwachsenenparty ohne Alk, auf der ich je gewesen war, und auch die erste Party, auf der Mum nicht nach wenigen Minuten im Mittelpunkt der Aufmerksamkeit stand. Obwohl der Gedanke, den Claire, Cherub und Caprice immer äußerten – dass Mum nur ein Geheimnis hätte, nämlich Alkohol –, schrecklich war. Und warum sollte sie nicht im Mittelpunkt stehen, wenn sie das gern wollte? Deshalb war ich froh, als ein kleiner Junge zu Mum trat, ihren schimmernden Rock streichelte und sagte, sie sehe aus, als wäre sie dem Fernseher entstiegen, und dann kam ein kleines Mädchen und angelte sich eine zerkaute Süßigkeit aus dem Mund, die es Mum schenkte. Eine hübsche, Amir sehr ähnlich sehende Frau sagte, sie freue sich, Amirs Freunde kennenzulernen. Ich sagte nichts, sondern betrachtete die Videos im Regal, die CDs, die Vasen mit frischen Blumen und die Souvenirsammlung vor dem Gasofen. Dann erschien eine weitere Tante, drückte mir einen Teller in die Hand und forderte mich auf, mich am Büfett zu bedienen, doch bevor ich erklären konnte, dass ich lieber hungerte, ging Mum dazwischen und stellte sich der Tante vor. »Ich bin eine Freundin von Amir aus dem Laden«, sagte sie, als wäre sie Alice, die sich in Erinnerung rief, wer sie war und was sie ins Wunderland verschlagen hatte. Die Tante fragte Mum, ob sie einen Drink wolle, und Amir sah Mum an, als wollte er sagen, dass dieser Drink natürlich vollkommen ungefährlich war. Vielleicht hätte man einen ganzen Eimer von diesem Drink über dem großen, notgeilen Typen auskippen sollen, der Mum ununterbrochen anglotzte. Er platzte fast aus dem Anzug vor Anspannung, als würde er im Fitnessstudio gerade ein gigantisches Gewicht stemmen. Er rief nach Amir, der zu Mum sagte, er müsse mit seinem Bruder über Milchtüten reden.

Wer's glaubt, wird selig, hätte Dad gesagt.

Als das Mädchen mit den Skatern die Limonade brachte, versuchte sich Mum an einem Witz – darüber, wie die halbe Welt Familienfeiern ohne Alkohol überstehen könne. Niemand lachte, aber vielleicht hatte niemand den Witz begriffen.

Dann kam ein kleines Mädchen auf sie zu und fragte: »Ziehst du dich so an, damit dich alle angucken?« Doch bevor Mum etwas erwidern konnte, nahm die schmallippige Mutter das Mädchen beiseite und gab ihm einen Klaps auf die Beine, und der hinten im Zimmer stehende Amir, der Mum beobachtet hatte, musste lachen. »Denk an Marcel«, warnte ich sie. »Deine Liebe ist Gift, Mum.«

»Ist dir kalt?«, fragte der Paki, nachdem das Gespräch mit seinem Bruder beendet war.

Mir war klar, warum er so herumwuselte. Wenn man wollte, dass alle zufrieden waren, musste man das tun. In der einen Minute scherzte er mit seinen Männerfreunden, in der nächsten unterhielt er sich leise mit Mum. Er wirkte fröhlich, aber innerlich fühlte er sich bestimmt wie ich letzte Weihnachten: angespannt und totalpanisch.com. Obwohl Mum antwortete, ihr gehe es gut und ihr sei nicht kalt, holte er eine Strickjacke, die er über ihre nackten Schultern legte. Die Familie betrachtete sie auf einmal genauer, und ich flüsterte ihr zu: »Wow, super, er verschleiert dich.«

»Ich bin eigentlich … nur gekommen, um mich zu entschuldigen«, sagte Mum.

»Entschuldigen?«, fragte die Tante mit gerunzelter Stirn. »Was hast du jetzt schon wieder angestellt, Amir?«

Bevor Amir antworten konnte, erklärte die Tante wieder das Büfett und begann, einen Teller mit Essen zu beladen:

Reis und Curry und Brot sowie eine Schale Biskuitdessert und Eiscreme. Die alte Dame sah kurz von der Fernsehzeitschrift auf und lächelte Mum freundlich an – von einer kranken Mutter zur anderen.

Weil es sowieso niemand merkte, knabberte ich schließlich an eine Zwiebel-Pakora. Kinder donnerten die Treppe hinunter und rotteten sich vor dem Fernseher zusammen. Sie stellten ›Robin Hood‹ an, und einige sahen zu, während andere aufstanden, um Karten zu spielen, und ich hätte gern erwähnt, dass ich früher eine Meisterin im Kartenspielen gewesen war. Mum lächelte und lachte, und mir fiel etwas Ungewöhnliches auf – im Gegensatz zu anderen Erwachsenen, die immer alles beim Alten belassen wollten, die sich an die Vergangenheit klammerten und Angst vor der Zukunft hatten, gefielen ihr Veränderungen.

Amir war wieder abgezischt, um mit jemand anderem zu reden. Mum meinte, wir sollten besser gehen, doch wir blieben. Also holte ich Nachschub vom Büfett und sah mit den Kindern ›Robin Hood‹. Ein kleiner Junge erzählte mir, dass das seine Lieblingssendung sei, und ich sagte, dass ich sie auch toll fand. Ich konnte hören, wie sich Mum mit den anderen Frauen über Ehemänner, Kinder und Verwandte unterhielt. Wahrscheinlich hatte sie sich seit einer Ewigkeit nicht mehr so alleinerziehend gefühlt.

Ashanti hatte mir erzählt, dass sich ihre Mutter bewusst für das Dasein als Alleinerziehende entschieden hätte, aber das war bestimmt gelogen.

Die alte Frau wurde plötzlich unruhig, und Amir wechselte ein paar Worte mit seiner Schwester, die ihre Mutter aus dem Zimmer brachte. Eine Gruppe von Frauen unterhielt sich auf Englisch über Fahrstunden. Mein brodelnder Magen zog sich zusammen, und Schweiß trat mir auf die Stirn, als ich hörte, wie Mum von dem Fahrlehrer berichtete, der versucht hatte, sie unterwegs zu begrapschen. Ganz ruhig! Die Frauen lachten aber nur und sagten, sie hätte um einen weiblichen Fahrlehrer bitten sollen. Mum gestand, dass ihr das nie in den Sinn gekommen sei, und die Frauen schauten sie an, als wäre sie ein bisschen dumm. Sie fragten, ob ihr zu kalt oder zu heiß sei und ob sie wolle, dass man ein Fenster öffne oder den Ofen anfache. Mum antwortete, alles sei bestens. In den Augen der Frauen standen Fragezeichen: Was um alles in der Welt habt ihr hier zu suchen?

Sie unterhielten sich über die Bewertung von Schulen, die Disziplin im Unterricht und die beste Methode, um ein Baby nachts zum Schlafen zu bringen. Mum sagte: »Ich habe während Elles erstem Lebensjahr keine Nacht ein Auge zugetan, was so einiges erklären dürfte.« Dann tauschten sie Geschichten über Babys aus, die nicht schlafen wollten, und irgendjemand überlegte laut, ob es sinnvoll sei, einem Baby vor dem Flug nach Pakistan Antihistaminika zu verabreichen, und ich war inzwischen pappsatt vom Büfett, hörte einfach nur dem Gebrabbel zu und fühlte mich so schläfrig wie das vor dem Flug ruhiggestellte Baby.

Caprice hatte in einem Punkt recht: Es war schrecklich, dass einem das Essen ein dermaßen gutes Gefühl gab.

Amir stellte Mum seinem Onkel vor, der ihr scheu zunickte. »Wir sind Kollegen im Laden«, sagte Amir zu ihm.

»Ein verrückter Job, aber irgendjemand muss ihn ja machen«, sagte Mum und zuckte so heftig mit den Schultern, dass ihre Euter auf und ab hüpften.

»Wir waren große Fans von *Are You Being Served?*«, sagte der Onkel, und ich hatte keine Ahnung, was er meinte.

»Ja, ich mochte diese Sitcom auch«, sagte Amir. »Darum habe ich den Job im Laden angenommen.«

»Im Ernst, Amir?«, fragte Mum.

»Warum sollte ich sonst dort gelandet sein?«

»Gefällt dir die Arbeit, Jackie?«, fragte der Onkel.

»Oh, ich liebe meine Kollegen«, antwortete sie.

Amir wurde rot, und sowohl mir und Mum als auch dem Onkel fiel auf, dass er den Blick zu Boden senkte, als er lächelnd antwortete: »Ja, eigentlich sind es nur die Kollegen. Die Kollegen sind super.«

Dann verschwand er, und ich sah, wie ein kleines Mädchen mit seinem Vater spielte, und dachte daran, dass ich nie Zeit allein mit meinem Dad verbrachte.

»Geht es euch gut?«, fragte die Tante, die wieder neben Mum und mich trat und ein Augenzwinkern mit dem Onkel tauschte.

Das erinnerte Mum daran, wie sehr sie nerven konnte. »Nicht so ganz. Aber vielleicht geht es mir bald besser. Ich war wegen einer Trennung ziemlich am Ende.« O nein! Ganz ruhig! Aber Mum erzählte von den Ereignissen des letzten Jahres. Es glich einem plötzlichen Notfall, und eigentlich hätte man die Notrufnummer wählen und mit wedelnden Armen auf die Straße rennen müssen. Ein unbehagliches Schweigen trat ein. Das hübsche, mit Gold überladene Mädchen lächelte Amir über die Schulter an. Mum sah zu mir und rollte übertrieben stark mit den Augen, was wohl bedeuten sollte: Da hat eine Barbiepuppe ja mehr im Kopf.

»Wir sollten gehen, Mum«, sagte ich, stellte den Teller ab und stand rasch auf.

Mum nickte betrübt. »Das Essen war toll. Danke für eure

Gastfreundschaft. Es war wie auf einer Hochzeit«, sagte sie. »Aber jetzt müssen wir los.«

Die zerzauste Mutter kehrte mit Amirs Schwester zurück. Bei Mums Worten musste sie laut und lange lachen, kratzte sich am Kopf und stieß die Fernbedienung in Mums Richtung, als wollte sie sie ausschalten. Sie sprach kein Englisch, aber sie verzog den Mund wie Gran, und deshalb wusste ich, was sie sagte, als sie an Amir gewandt brabbelte: Hochzeiten! Hört mir auf mit Hochzeiten!

Wir hatten uns verabschiedet und wollten gehen. Der Onkel war mit Amir zu den Männern zurückgekehrt. Aber da war am anderen Ende des Zimmers auf einmal ein Knarren und Stuhlrutschen zu hören, denn das hübsche Püppchen sprang auf ihre in Silbersandalen steckenden Füßchen und warf die Serviette auf den Boden. Das erinnerte mich an Disney-Filme, in denen die jungen Prinzen ihrem Gegner vor dem Duell einen Lederhandschuh vor die Füße warfen. Die Männer verstummten, Amir neigte den Kopf zur Seite, und ich zerrte an Mums Handgelenk. »Was soll man als Frau denn tun, Jackie?«, fragte das hübsche Mädchen. »Weißt du, wie vielen Idioten ich begegnet bin, seit ich einen Ehemann suche? Ich bin kurz davor, das Handtuch zu werfen.«

»Komm schon, Mum, lass uns abhauen«, sagte ich. »Schnell.«

Die Frau sprach mit breitem Akzent und lächelte Mum gehässig an. Als hätte sie jede Menge Dolche im Gürtel, und als wäre Mum ihre paillettenbesetzte Assistentin beim Messerwerfen, festgeschnallt auf einem sich drehenden Rad. Amirs Schwestern runzelten die Stirn und tauschten Blicke. Meine Mum sorgte sogar nüchtern, sogar in einer Wollstrickjacke am Ende noch für Wut und Trauer. Die alte

Mutter war wieder durcheinander und wühlte in ihrem Haar, als hätte sie etwas darin verloren. Amirs Gesicht fiel in sich zusammen wie meines, wenn ich das Gefühl hatte, dass meine beiden Welten aufeinanderprallten.

»Tut mir leid«, sagte Mum zu dem Mädchen. »Das wusste ich nicht.«

»Wäre es das Beste, alles hinzuschmeißen? Wäre das richtig? Einfach aufzugeben und allein seinen Spaß zu haben?«

Nachdem die Schönheit Mum diesen Stich verpasst hatte, machte sie auf klackenden Hacken kehrt. Alle starrten Mum an, ihre Kleider, ihr Haar, ihr Zuviel an Make-up. Oha! Ganz ruhig! Amirs Blick glitt zwischen Mum und der Braut hin und her, und ich wusste, wie er sich fühlte. Er wünschte sich, unsichtbar zu sein oder gar nicht zu existieren, weil das Leben seiner Familie dann viel einfacher wäre.

»Tja, Schätzchen«, sagte Mum, obwohl ich wie wild an ihrem Ärmel zupfte, »ich bin zwar keine Expertin, aber ich glaube, du musst abwägen, was am meisten wehtut: der Schmerz des Suchens, des Ausprobierens und der Sehnsucht oder die Leere, die einen überfällt, wenn einem alles egal geworden ist.«

Mum hatte das wahrscheinlich als Witz gemeint, doch es trat ein langes Schweigen ein. Dann kam die alte, strubbelige Mutter auf uns zu, schloss Mum in die Arme, drückte sie so fest wie ein trauriges Kind und rief: »Du Arme! Du Arme!« Sie umarmte uns beide, und meine heiße Stirn sank auf ihren weichen Nacken, und meine Augen wurden feucht, während sie unsere Kleider streichelte.

So blieben wir stehen, bis ihr gutaussehender Sohn sie sanft von uns wegführte.

Amir

»Da du jetzt amtlich krankgeschrieben bist, solltest du den alten Kerl vergessen, deine Schulden begleichen und nicht mehr trinken und rauchen«, simste ich, und sie simste aufgeregt zurück: »Du bist ein Genie, Schätzchen!!!!!!! Gib mir noch mehr Tipps!!!!!!!«, und schlug ein Treffen vor. Ihr Duft hing noch in unserem Wohnzimmer, obwohl sie überstürzt gegangen war. Kurz darauf war auch Uma abgedampft, und ich hatte sie seitdem nicht mehr gesehen. Es sprach also nichts gegen ein Treffen. Jackie war wegen Stress und Erschöpfung krankgeschrieben – sie hatte offiziell frei von ihrem Trottel von Freund und ihrem blöden Job –, und ich konnte meine Zukünftige abschreiben.

Auf dem Weg zu unserem Café wiederholte ich, was ich ihr gesimst hatte, wenn auch väterlich ausführlicher, und fügte hinzu: »Wenn du diese Pause nutzt, um dich auszuruhen und zu beruhigen und nicht mehr an Affären zu denken, wirst du einen Unterschied merken.«

»Oh, da wäre sicher ein Unterschied«, sagte sie, während sie ihren Lippenstift nachzog und mich dabei ansah, als wäre ich ein Spiegel. »Dann hätte ich nämlich nichts mehr, wofür es sich zu leben lohnt, Schätzchen.«

Ich studierte die Speisekarte und wusste, dass Jackie mich die ganze Zeit anlächelte und mein Gehirn wie mit einem starken Laserstrahl verbrannte. Um sie nicht mehr zu begehren, dachte ich angestrengt darüber nach, ob ich sie wirklich liebte oder nur meinen Bruder zur Weißglut treiben wollte wie ein ungezogenes Kind. Ich dachte an Samirah, die Ma jetzt jeden Abend baden musste. Ma hatte neuerdings Angst vor Wasser und konnte sich an den meisten Tagen nicht mehr allein anziehen. Alle stimmten darin überein, dass ich eine nette, fitte, zupackende Braut brauchte, vernunftbegabt und praktisch veranlagt, mit einem Grundwissen über Hygiene und mit guten Genen.

So eine Frau war Jackie nicht.

Diese gerissene Person, deren weiches, rosiges Kinn auf ihrer warmen, weißen Handfläche lag und die sanft sagte: »Ich liebe es, wenn du rot wirst, Amir.«

»Und warum, Jackie?«, fragte ich ernst, um dieses allzu vertraute, sinnlose Flirten zu unterlaufen.

»Ach, es gefällt mir einfach, den Körper eines Mannes zu etwas zu bringen, das er eigentlich unterlassen will.«

Wenn ich ihre übliche Flapsigkeit nicht ermutigte, würde sie vielleicht aufrichtig mit mir sprechen, und dann könnten wir einen Schritt weiterkommen.

Ich musste ruhig nachdenken, weil alle regelrecht panisch waren, nachdem ich Uma einen Korb gegeben hatte. Ich hatte auch noch kein neues Rendezvous in Aussicht, obwohl meine Tante eine ganze Reihe anderer Frauen ins Gespräch gebracht hatte. Jackie bei uns zu Hause – dieser Anblick hatte weltweit alle Ehevermittler zu Überstunden veranlasst. Die Einsamen, die Verzweifelten, die Babyfanatikerinnen, die Jungen, Alten, Dicken und Damenbärtigen, die durchgeknallten Schönheiten – sie alle sickerten in steten Tropfen durch die Risse unserer Riesenfamilie. Alles, bloß nicht Jackie.

Ich hatte auf Zeit gespielt und gesagt, jede Frau wäre mir recht, vorausgesetzt, sie sei klug und nett. Aber das war ein schwerer Fehler gewesen. Denn weil ich behauptet hatte, dass mir eine halbwegs intelligente Mutterkuh lieber wäre als eine zickige Schönheit, rannten mir jetzt mollige Cousinen zweiten Grades, Freundinnen meiner Cousinen und das Mädchen die Tür ein, das den Mann kannte, der mit der Arzthelferin aus der Zahnklinik zusammengewesen war. Ich hatte vorgeschützt, keine Zeit zu haben, um darüber nachzudenken, aber bis Anfang nächsten Jahres eine Entscheidung treffen zu wollen. »Wie alt bist du dann?«, hatte meine arme Ma gerufen. »Er ist schon jetzt peinlich für die Familie. Er geht mit Frauen aus, als wäre er nur ein guter Freund. Ja, Halima hat recht – vielleicht ist er schwul. Mein Sohn vom anderen Ufer.«

»Ich hätte nicht gedacht, dass sie das Wort kennt«, sagte Yasmin später.

»Sie kennt mehr als nur das Wort«, sagte Wahida müde, und ich wusste, dass die Situation für die beiden noch viel schwieriger war. Wahida überlegte, den Abschluss ihrer Ausbildung zu verschieben, und Yasmin dachte laut darüber nach, nur noch halbtags zu arbeiten, um bei Mas Pflege helfen zu können.

Jackie sah mich weiter lächelnd an, und ich stellte mir in einem plötzlichen Anfall von Wahnsinn vor, dass sie Ma pflegte. Sie schaute mich an, als hätte sie sich auch gerade etwas Verrücktes vorgestellt. Vielleicht wusste sie, dass ich Freundinnen gehabt hatte, aber nicht scharf auf die gewesen war, denen ich vertraut hatte, und umgekehrt. Vielleicht hatte Ashfaq recht – keine englische Frau konnte einem beides zugleich bieten. Vielleicht waren sie ja wirklich innerlich verdorben, vielleicht hatten sie in moralischer Hinsicht einen unheilbaren Schaden.

Als ich Jackie und unsere Ma zusammen im Wohnzimmer gesehen hatte, war ich seltsam nervös geworden. Als hätte man Jackie mit einem grellen Textmarker hervorgehoben, damit alle Welt sie sehen konnte. Ihre verrückte Art gefährdete unsere Lebensweise. Außerdem schämte ich mich. Nicht für Ma, denn so dachte ich nicht von ihr. Aber vielleicht für die frech grinsende Jackie, die ihr tief ausgeschnittenes lila T-Shirt trug. Ich schämte mich für ihre nackte Haut und war verärgert. Als hätte sie versucht, mein Leben durch diesen Körper zu bestimmen, den ich so rettungslos begehrte.

Gestern Mittag, nach der Frühschicht, hatte ich Wahida und Samirah zu Hause vorgefunden. Sie hatten Ma, die sich eingenässt hatte, gebadet und halfen ihr beim Essen. Weil Ma getobt und gewütet hatte, hatte Wahida Samirah zu Hilfe gerufen, die eigentlich arbeiten musste. Ich kam gerade rechtzeitig, um mitzuerleben, wie Wahida Ma die Haare kämmte und flocht. Samirah wischte Ma mit einem feuchten Tuch behutsam den Mund ab. Ich sah ihnen eine Weile zu und atmete den schwachen Seifenduft der in der Küche sitzenden Frauen ein. »Warum habt ihr mich nicht angerufen?«, fragte ich. Ich strich mit der Hand über Mas Wange, und sie schnurrte. Sie mochte es, wenn ich ihr altes Gesicht wie eine schwere Frucht in beide Hände nahm.

»Du warst bei der Arbeit.«

»Ihr doch auch«, sagte ich. »Und ich habe den nutzlosesten Job von allen. Ich sollte helfen.« Das stimmte. Samirah war Lehrerin, und Wahida ließ sich zur Sozialarbeiterin ausbilden. Ich verkaufte Möchtegern-Berühmtheiten T-Shirts, die mehr kosteten, als meine Schwestern in einer Woche verdienten.

Wir sprachen eine Weile bedrückt über Ma und den Vorschlag des Arztes, der zu einem Pflegedienst geraten hatte, und weil Yasmin und Ashfaq nicht da waren, blickte Wahida kurz zu Samirah, biss sich auf die Unterlippe und sagte zögernd: »Wir haben uns gerade darüber unterhalten, wie nett die Begegnung mit deiner Freundin war.«

»Ja, du stellst uns nie deine Kollegen vor«, sagte Samirah etwas zu übereilt. Vielleicht fürchtete sie sich vor dem weiteren Verlauf des Gesprächs, aber das war überflüssig, denn es gab kein Gespräch. Ich stand da wie ein Junge, den man mit Kondomen in der Tasche ertappt hatte.

»Deine Freundschaft mit Jackie scheint dich ziemlich zu belasten«, sagte Wahida und rieb Mas Mund mit Vaseline ein. Ma blies kichernd die Wangen auf, und ich öffnete meinen trockenen Mund, ohne ein Wort hervorbringen zu können. Ma sah mich grinsend an. Eine einzige Muskelbewegung, und das Ganze verwandelte sich in einen bösen Blick.

»Wie wäre es mit einem Tee?«, fragte Samirah, und wir mussten lachen, weil das schon immer ihre Lösung für alle Probleme in der Familie gewesen war.

Nachdem der Tee eingeschenkt und Mas Schnabeltasse gefüllt worden war, rückte ich krächzend damit heraus: »Ich fürchte, dass Ashfaq recht haben könnte. Vielleicht missachte ich durch die Freundschaft mit Jackie meine Familie und meinen Glauben.«

»Deine Familie hat schon Schlimmeres erlebt«, erwiderte

Samirah, und ich überlegte, ob sie auf Ma oder auf Wahidas totgeschwiegene Scheidung anspielte. Ma saugte lautstark an der Schnabeltasse, und Samirah streichelte ihren Rücken, als wäre unsere Mutter ein uraltes Baby.

»Außerdem kommt es darauf an, wie ernst du unseren Glauben nimmst«, meinte Wahida und sah mich mit einem Lächeln an, das besagte: Du willst doch sicher nicht enden wie Ashfaq.

»Aber unser Glaube ist mehr als nur ein Glaube. Er ist unser Erbe«, fügte Samirah hinzu und warf ihrer geschiedenen Schwester einen Blick zu, in dem eine leise Warnung lag. »Unser Glaube beinhaltet unsere ganze Geschichte und all unsere Erfahrungen und Traditionen.«

Wir nickten alle.

Dann schwiegen wir eine Weile und sahen unserer Mutter zu, die seufzend an der Tasse nuckelte. »Aber man muss das, was man aus der Vergangenheit mitbekommen hat, mit dem ausbalancieren, was man für die Zukunft plant«, sagte Wahida schließlich und sah dabei nicht die unverheiratete, kinderlose Achtunddreißigjährige an, sondern unsere arme, alte Ma.

»Und wie?«, fragte ich scherzhaft.

»Woher soll ich das wissen?«, rief Samirah. »Wenn ich das wüsste, wäre mein Leben sehr viel einfacher, Amir.« Und wir ahnten, dass sie auf den geheimnisvollen, weißen Postboten anspielte, über den Gerüchte kursierten, ohne dass man Genaueres wusste.

»Ich weiß es auch nicht«, sagte Wahida seufzend. »Ich bin ja diejenige, die in Versuchung gerät, es mit Internet-Dating zu probieren.«

Ich nahm Wahida in den Arm und drückte sie, und Samirah sagte: »Ich denke, man balanciert Vergangenheit und Zukunft aus, indem man für andere Menschen sorgt.«

»Ja«, sagte Wahida, die die Teekanne ausspülte und die Schnabeltasse aus Plastik mit warmer Milch füllte. Sie prüfte die Temperatur und legte Mas steife Finger um die Tasse. »Ich schätze, das ist die Hauptsache – man muss sich um andere kümmern.«

»Das sollte die Grundlage eines jeden Glaubens sein«, sagte Samirah. »Wenn du das tust, Amir, kannst du nicht ganz falschliegen.«

Damit war das Thema erledigt, und wir sprachen wieder über den Pflegedienst. Der, darin stimmten wir alle überein, eine sehr gute Idee war.

Jetzt trank ich Kaffee und Jackie trank Tee, und nachdem wir einander eine Ewigkeit angestarrt hatten, sagte ich: »Ach, übrigens – wieso hast du nichts, wofür es sich zu leben lohnt? Du hast doch deine Arbeit. Und den Laden.« Ich sah ihr tief in die Augen und hoffte, dass sie darin las: Und du hast mich.

»Würdest du mich heiraten wollen, Amir, Schätzchen, wenn ich eine Frau wäre, die nur für ihre Arbeit lebt? Dann wäre ich ja wie diese blöde Orla!«

»Ich will dich nicht heiraten«, zwang ich mich zu sagen, denn wegen ihrer ständigen Sticheleien blieb mir nichts anderes übrig, als zu lügen. Außerdem war ich offenbar zu dumm und feige, um offen und ehrlich zu reden, obwohl wir beide ungebunden waren.

»Wollte nur mal nachhaken, Schätzchen«, sagte sie, warf mir eine Kusshand zu und ging.

TEIL DREI

Ashfaq

»Jackie?«, sagte ich zu Amir und verzog den Mund, als hätte ich nie von ihr gehört. »Wer zum Teufel ist Jackie?«

Nach Halimas Meinung ermutigten wir Amir, wenn wir zu oft von dieser Frau redeten, aber er war längst ermutigt, und jetzt überhörte der kleine Fatzke meine Fragen, schlüpfte in seine enge Lederjacke, band die weißen Schnürbänder seiner teuren, auf Hochglanz polierten Schuhe zu und kämmte seine weibische Rockstarfrisur. Das kam nicht aus heiterem Himmel. Ich hatte es erwartet. »Es wird spät. Wartet nicht auf mich«, sagte er dann. Als wäre ich sein tatteriger alter Vater und er irgendein beschissener Jetset-Playboy.

Ich stand auf. »Bete zu Allah, denn niemand kann diese Scheiße allein schultern«, sagte ich.

»Ich treffe mich mit meinen Freunden«, sagte er wie ein kleines Mädchen, und ich musste lächeln.

»Geh nicht«, sagte ich. »Zu dieser Schlampe.«

Er runzelte die Stirn und sah kurz aus wie unser Vater. Ich habe ein Foto in der Brieftasche, das Pa neben dem Netz mit roten und blauen Fußbällen zeigt, das er draußen vor AP News aufgehängt hatte. Hier in der Gegend gibt es Typen, die diese Fußbälle noch kennen. Sie haben auch noch Pa in dem hellbraunen Overall vor Augen, den er immer getragen hatte. Es gehört zu ihren Kindheitserinnerungen. In seiner linken Brusttasche hatte stets ein blauer Kugelschreiber gesteckt, mit dem er jede verkaufte Ware samt Preis auf einem kleinen, linierten Block notiert hatte, auch wenn es nur ein KitKat und eine Rolle Klopapier gewesen war. Bei AP News gab es alles, was das Herz begehrte. Pa war sehr stolz darauf, die Regale bis zur Decke mit Produkten zu beladen. Er benutzte eine alte, hölzerne Trittleiter, und es gab eine lange Stange mit Messinghaken, mit der man die Kisten von oben herunterholte. Wenn man Mist gebaut hatte oder frech gewesen war, bekam man mit dieser Stange eins übergebraten. Es gab einen Verkaufstresen aus echtem Mahagoni, dessen Glasplatte jeden Morgen mit einem weichen, gelben Tuch poliert wurde. In einer Holzschublade dieses Tresens lagen die edelsten Schokoladen und die verpackten Süßigkeiten. Knisternde Silberfolie, Hüllen aus Glanzpapier, Schachteln aus festem Karton. Pa zog die Schublade immer so behutsam auf wie ein Juwelier und breitete die Schokolade auf dem Tresen aus, damit sich der Kunde vor dem Kauf die gesamte Kollektion anschauen konnte.

Alles vorbei. Jetzt sind die Kinder dick und fett – sowohl die weißen als auch unsere, sowohl Jungen als auch Mädchen. Sie greifen tief in die Riesenkisten voller Schokolade und kaufen fünf Riegel auf einmal. Wenn sie mit Bezahlen an der Reihe sind, haben sie schon fast alles aufgefuttert. Den Müll lassen sie fallen, noch bevor sie aus dem Laden sind. Amir stand vor mir und plapperte mit Wahida, erzählte ihr, wo und mit wem er sich treffen wollte und dass sie vielleicht essen gehen oder einfach in den Bars abhängen würden. Es käme darauf an, ob Jackie einen Babysitter fände, denn es war eines der Wochenenden, an denen sie ihre Tochter sehen durfte.

»Warum bleibt sie nicht bei ihrer Tochter, wenn sie endlich wieder einmal bei ihr ist?«, fragte Yasmin, doch Amir nahm ihre Worte nicht zur Kenntnis.

»Brauchst du vielleicht eine Tracht Prügel, Amir?«, fragte ich, den Blick auf den Teppich gerichtet.

Ich hatte jahrelang geglaubt, dass Pas Sorgfalt und stille Genauigkeit einzigartig waren, aber als ich durch Pakistan reiste, entdeckte ich überall in den Läden und auf den Märkten Leute wie ihn. Stolze, ernste, gebieterische Männer. Und früher, als Ma noch besser beisammen gewesen war, hatte sie mir von meinem Granddad erzählt, Pas Vater, der Säcke mit Linsen, Erbsen und Pfefferkörnern vor seinem Laden stehen hatte. Er hatte Gewürze mit einem silbernen Becher in braune Papiertüten gefüllt, und sein Sohn hatte den ganzen brütend heißen Tag und bis in den warmen Abend auf einem großen, schwarzen Fahrrad Gemüse an dankbare Kunden geliefert.

Inzwischen hielt Ma mich für Pa, und sie konnte sich nicht mehr an Granddad und seine Läden erinnern, und ich war der Einzige, der in Pakistan gewesen war, denn Amir sagte, er hätte keine Lust dazu, und jetzt küsste er Ma auf die Wange und strich ihr über das Haar wie ein entfernter Verwandter, der nur kurz sehen wollte, wie es ihr ging. Gestern hatte er doch tatsächlich zu mir gesagt: »Was sollen wir tun? Wir müssen bald entscheiden, was mit Ma geschehen soll«, als wäre sie ein lästiges Haustier, das dringend zum Tierarzt musste.

»Wenn du so weitermachst, Amir, wirst du ganz bestimmt bald in die Stadt fahren. Im Krankenwagen.«

Dann erschien Yasmin mit gerunzelter Stirn und vor der Brust verschränkten Armen im warmen Wohnzimmer, und als sie sagte: »Hör auf deinen Bruder, Amir!«, erinnerte sie mich einen Moment lang an unsere Ma, als sie noch jünger, kräftiger und gesünder war.

Wahida sagte: »Er ist alt genug, um selbst zu entscheiden, Yasmin.«

Samirah sagte: »Wir sollten in aller Ruhe über die Sache reden, Wahida.«

»Ich hau ab«, sagte der kleine Herumtreiber. »Bis später.«

»Diese weißen Schlampen sind nicht deine Freundinnen, und sie treiben jeden normalen Mann in den Wahnsinn«, sagte ich ruhig. Er stank wie eine Nutte, aber ich verkniff mir eine Bemerkung dazu.

»Er ist nicht normal«, sagte Halima. »Er ist ein Modefreak.« Amir nickte und warf meiner Frau eine tuntige Kusshand zu, und Halima zeigte ihm einen Stinkefinger. »Verrückter«, sagte sie. »Schwuler. Herumtreiber.« Sie hatte recht, am Freitagabend zogen alle weißen Frauen los, um sich mit ihren Freundinnen zu besaufen, und am Samstagabend taten sie das Gleiche mit ihren Freunden. Heute war Freitag, und das hieß, dass Amir eine der Freundinnen war. Aber das war ihm egal. Hauptsache, er bekam die Chance, ihr seine Liebe zu erklären. Dafür ging er sogar auf Weiberpartys, ausgestattet mit Teufelshörnern und einem Schild mit der Aufschrift *Blutiger Anfänger*.

»Vielleicht hast du recht«, seufzte Amir. »Wer weiß.«

Ich sah meinen Bruder gelassen an. Mein Plan hatte immer folgendermaßen ausgesehen: Ich würde wie Pa jeden Tag hart für meine Familie arbeiten, und sobald ich das Geschäft aufgebaut hatte, würden Amir und seine Frau den Laden übernehmen, und Halima und ich würden eine neue Filiale eröffnen. Wenn Samirah heiratete, könnte sie die Filiale bekommen, und ich würde noch eine für Wahida und ihre Töchter eröffnen. Ich würde Amir alle Geschäftskenntnisse beibringen, und er würde dieses Wissen an seine Söhne weitergeben, und Pa und Granddad wären froh, weil alles seinen gewohnten Gang ging, und eines Tages würden wir vielleicht sogar nach Pakistan zurückkehren und uns dort eine herrliche Villa bauen und unseren armen Nachbarn und Pas alten Freunden unter die Arme greifen. So würden wir Pa und seinen Leuten und allem, was wir ihnen verdankten, Ehre erweisen.

Dann wären wir gute Menschen.

Amir erklärte, Marilyn, eine Freundin aus dem Laden, habe ihm soeben den Treffpunkt gesimst. »Ich mache mir immer noch große Sorgen um Jackie, und deshalb muss ich hin. Ich hoffe, es geht ihr bald wieder besser«, sagte er, während er nachsah, wie viel Geld in seinem albernen Portemonnaie steckte. Ma konzentrierte sich mit aller Kraft auf ein Reiskorn, das auf den Teppich gefallen war, und ihre alten Finger trommelten so wild auf ihren Knie, als würde sie auf einem unsichtbaren Laptop tippen. Ich dachte: Wie kann er die Frauen unserer Familie lieben, wenn er auf so eine wie Jackie steht? Wie soll er für sie sorgen? Sie werden später schutzlos und gefährdet sein.

»Sie hatte ein echt hartes Jahr, und jetzt ist sie von ihrem Typen verlassen worden. Darüber ist sie immer noch nicht hinweg, und ihre Tochter …«

Alle Blicke waren auf mich gerichtet. Sie erwarteten, dass ich das Heft in die Hand nahm und die Familie auf den Pfad der Ruhe und des Respekts zurückführte. Als wäre ich, wie Ma glaubte, tatsächlich unser Vater, würde über dieser Familie stehen und auf sie herabschauen. Ich versuche immer, die muslimischen Jungen und Mädchen, die in unseren Laden kommen, auf richtiges Benehmen, passende Kleidung und allgemeine Verantwortung hinzuweisen, aber sie grinsen nur und sagen: »Aber klar, Ash. Klaro, Mann.« Sogar unsere Mädchen tragen den BH inzwischen so, dass er unter der Schuljacke rausguckt, und ihr Lidschatten sticht so sehr ins Auge, als würden sie bei MTV auftreten.

»Ich befehle dir hierzubleiben, Amir. Du wirst dieses Haus nicht verlassen.«

»Doch«, rief er wie ein bockiges Kleinkind. »Ich treffe mich mit meinen Freunden.«

Ich wiederholte den Satz im gleichen, weinerlichen Tonfall und lachte dann, weil ich eine winzige Träne in einem seiner Babyaugen sah. Halima sprang auf mich zu und packte mich bei der Schulter. »Wir wissen, dass es diese blonde Tusse ist, die uns hier besucht hat. Und das im Beisein von Ma! Sie hat eine gute Partie ruiniert. Diese fette, alte Schlampe mit den unmöglichen Haaren«, sagte Halima, die sich fest an mich klammerte.

»Make-up wie ein Zirkusclown …«, sagte Yasmin. »Und Kleider wie eine Prostituierte.«

»Sturzbetrunken.«

»Sie war nicht betrunken«, sagte Amir, und ich musste zugeben, dass es erstaunlicherweise stimmte. »Darum seid ihr alle so enttäuscht. Ihr wolltet, dass sie von allen gehasst wird, aber so war es nicht.«

»Sie hat Ma aufgeregt. Sie hat uns entehrt und Schande über uns gebracht. Welche Frau wird jetzt noch in diese

Familie einheiraten wollen?«, fragte Yasmin und brach dann in Tränen aus.

»Wenn du losziehst, um dein Vanilleschnittchen zu treffen, wird unsere Tür heute Abend für dich versperrt sein«, sagte ich sanft und mit leisem Lächeln.

»Das ist mein Haus«, rief er, und ich hatte den Eindruck, als wollte er mir ins Gesicht schlagen. Hätte er es nur getan – dann hätte ich wenigstens gewusst, dass ihm unsere Worte wichtig waren. Außerdem hätte ich diesem vorlauten, kleinen Bastard dann ordentlich eine verpasst. »Ich wohne hier. Ich habe einen Schlüssel.«

»Falsch: Du hast hier gewohnt«, erwiderte ich gelassen. »Du hattest einen Schlüssel. Wenn du heute Abend mit dieser Schlampe aus eurem Schlampenladen ausgehst, wirst du hier nicht mehr wohnen. Tut mir leid.«

Meine Schwestern schrien und heulten, doch Amir war der Einzige, dessen Stimme ich deutlich hörte und dessen Gesicht ich sah. Wir rangen plötzlich miteinander wie früher, als er der kleine und ich der große Bruder gewesen war. Ich war vollkommen überrascht. Es war, als würde er mich kitzeln, noch während er sich wand und um sich trat. Halima und Yasmin kreischten, wir sollten aufhören. Ma stand auf und zerwühlte ihr Haar, als würde sie ein unsichtbares Shampoo einreiben.

Am Ende rang ich Amir zu Boden, wo er wie tot lag, und hielt die Schlüssel über seinen Kopf. Er sah aus, als wäre er neun Jahre alt, und ich musste grinsen. Als er sich wehren wollte, trat ich ihm mit Wucht in die Rippen.

»Sie ist keine Schlampe, sie ist meine Freundin. Ich mag sie«, sagte er leise. Er rollte sich zusammen wie ein kleines, trauriges Mädchen.

»Versprich mir, dass du sie nie wiedersiehst.«

»Nein.«

»Versprich es.«

»Nein.«

»Ich befehle dir, sie nie wiederzusehen.«

»Nein.«

»Du bist in sie verliebt, oder?«, fragte ich.

Als ich das sagte, sah Amir mich eindringlich an, und sein blutender Mund öffnete sich ein wenig mehr. Ich blickte aus dem Fenster auf die mondhelle Straße, wo gewöhnliche Menschen mit Würde und Zurückhaltung ihr gewöhnliches Leben führten. Ein langes Schweigen trat ein – nur Weinen war zu hören. »Dann verschwinde«, sagte ich ganz ruhig. »Und komm nie wieder.«

Ich konnte Wahida wie aus weiter Ferne schluchzen hören, dass man sich um andere kümmern müsse, und ich sagte: »Beruhigt euch endlich und setzt das verfluchte Wasser auf.« Aber hinter mir regte sich niemand, und als ich mich umdrehte, hockten die Frauen auf dem Fußboden wie um ein kleines Feuer.

Elle

Als sich Mum an diesem sternenklaren Abend mit einem großen Glas Wein ausstreckte, rief ich: »Du trinkst zu viel, Mum!«

»Ich trinke für zwei«, erwiderte sie und zog ein sehr ernstes, ja düsteres Gesicht, während sie es sich auf der wackeligen Holzbank gemütlich machte und eine Zigarette anzündete. Sie sah zu, wie ich mein Kinn auf den Tisch knallen ließ. Marilyn keuchte auf und Danuta kreischte, bis Mum schließlich sagte: »Stellt euch nicht so an! Ich wollte nur sagen, dass ich für uns beide trinke, Elle, für dich und mich, bis du alt genug zum Trinken bist.« Ich musste kichern, und sie musste lächeln, und ich wusste, dass sie sich sowohl für mich als auch für sich ein Baby wünschte.

Ich tat so, als würde ich weiter im Buch über die Römer lesen, starrte aber die hohen, goldenen Absätze an, die wie magische Hufe unter ihren Füßen gewachsen waren. Die Frauen diskutierten über Babys und den besten Zeitpunkt für eine Schwangerschaft, und ich las weiter. Ich wusste, dass sie mich nicht mitgenommen hatte, weil es im Pub so nett mit mir war, sondern weil Claire Wind davon bekommen hatte, dass an einem Abend mal eine Babysitterin auf mich aufgepasst hatte, während Mum auf Achse gewesen war. Daraufhin hatte Claire einen langen Brief an Mum geschrieben, in dem es abschließend geheißen hatte: »Ich frage mich wirklich, warum man Kinder bekommt, wenn man keine Zeit mit ihnen verbringen will.« Aber das war nicht der einzige Grund. Ich war auch da, damit sich Mum nicht sinnlos besaufen oder mit jemandem abzischen konnte. Es war also richtig nützlich, dass ich da war, und ich fand es super, denn es gab keine Männer, sondern nur ihre besten Freundinnen. Ich freute mich schon auf Cherubs Gesicht, wenn sie hörte, dass ich am Samstagabend draußen vor dem Pub einen gezischt hatte.

Ich tat fröhlich so, als würde ich lesen, und hörte zu, wie sie über all das sprachen, was bei Mum schiefgegangen war, und ihr gute Ratschläge gaben. »Ich schätze, ihr zwei seid nicht überrascht«, sagte Mum und zündete sich noch eine Zigarette an. Mum qualmte so wild, als würde sie es auf Anraten des Arztes tun, und es stimmte: Sie sah dadurch unglaublich wild und gut aus, und ihr weiches Haar glitzerte im Schein der hinter ihr hängenden Lampen.

»Er war schon ziemlich alt«, sagte Marilyn still.

»Aber er war mein alter Mann!«, sagte Mum, und dann sang sie: »Hatte mich verirrt und wusste nicht, wohin.«

»Und du hast gezaudert und gezögert, gezaudert und gezögert«, sang Marilyn.

»Und ich finde nicht mehr hei-ei-eim.«

Während des Schweigens, das eintrat, fragten wir uns alle, was als Nächstes passieren würde. »Ich will nicht, dass ihr mich bedauert. Eigentlich war es gar nichts. Nur ein kleines Abenteuer. Ich erhole mich bald wieder. Ich werde mir ein bisschen Zeit nehmen, um mich neu zu sortieren.«

»Ich bedauere dich nicht«, sagte Danuta, und an der Art, wie sie hustete, merkte ich, dass sie froh war, nicht wie Mum zu sein.

»Immerhin kann Orla nichts sagen, denn der Arzt hat dich ja krankgeschrieben«, sagte Marilyn und nippte an ihrem Drink mit den vielen Eiswürfeln. Dann sah sie Mum an, als würde sie eine hochinteressante Erwiderung erwarten.

Ich war den ganzen Tag über nervös gewesen, weil ich gerätselt hatte, woran Mum eigentlich litt und warum sie mir nichts davon erzählte, aber um sie nicht zu beunruhigen, hakte ich nicht nach.

»Lieber Lehrer, Tommy kann heute nicht zur Schule gehen, denn ich bin krankgeschrieben. Zackbumm!«

»Weißt du, Jackie, auf jeden Topf passt ein Deckel«, sagte Danuta.

»Genau das plagt mich, Schätzchen. Ich muss ausschließen, dass man mir einen unpassenden Deckel aufsetzt.« Wieder johlten alle, als hätte Mum ihre eigene, angesagte Sketch-Show. »Wisst ihr, was das Schlimmste ist? Ich muss immer daran denken, wie er mich vor dem Schlafengehen ausgezogen hat«, flüsterte Mum, als sie glaubte, ich würde nicht zuhören – und wieder lachten alle laut und dreckig. Alle außer mir, denn es war mir neu, dass Mum in letzter Zeit von irgendjemandem ausgezogen worden war.

»Eigentlich müsste er längst da sein«, sagte Mum, stand auf und ließ ihre Blicke nach links und rechts über die leere, dunkle Straße gleiten. Danuta und Marilyn tauschten einen Blick und ließen die Eiswürfel klimpern, und ich hob den Kopf und sah mich um, ohne dass mir jemand aufgefallen wäre. Rechts von uns kreischte eine Rotte betrunkener, auf einer Bank stehender Mädchen, der Nachbartisch wackelte, und der schicke große Sonnenschirm schwankte gefährlich. Ich wäre am liebsten nach Hause gegangen.

»Na?«, sagte Mum grinsend und streckte dem Himmel ihre Handflächen entgegen, doch ihre Freundinnen schwiegen, und ich wusste nicht, was Sache war, und hätte gern gefragt, wen sie noch erwarteten und ob es der Mann war, der Mum nackt gesehen hatte.

Also erzählte ich, dass Claire mir schon eine neue Schuluniform gekauft hatte, obwohl das nächste Schuljahr noch lange hin war. »Äh – ja, Claire ist wirklich gut organisiert«, erwiderte Mum gelassen und lächelte ihre Fans an. »Immerhin fängt die Schule in einem Monat an.« Zackbumm!

»Claire hat gern rechtzeitig alles beisammen, Mum«, sagte ich. »Vergiss nicht, dass sie in allem das genaue Gegenteil von dir ist.«

»Ich habe auch alles beisammen, was zählt, Elle«, sagte sie. Während des Schweigens, das eintrat, tat ich so, als würde ich genau über ihre Worte nachdenken, legte einen Finger auf mein Kinn, verengte die Augen, wandte mich zum live im Studio sitzenden Publikum um und sagte: »Äh – nein, das hast du nicht, Mum.«

Alle lachten, und ich fühlte mich ein bisschen besser, und dann wurde weiter getrunken und getratscht. Die Nachtluft umwehte uns dunkel und ließ die Lampen schwanken, und die betrunkenen Mädchen waren gegangen. Während ich Ausschau nach den Sternen hielt, hörte ich Gesprächsfetzen, die wie Mücken durch die Nacht flogen. »Willst du damit sagen, dass du dir immer noch einen Kopf wegen diesem Mädchen machst?«, fragte Marilyn. »Das du als verrückte Schlampe bezeichnet hast?«

»Sie hat mich so genannt. Ich war die verrückte Schlampe, nicht sie«, sagte Mum und zog ein verletztes Gesicht.

»Oh, entschuldige bitte. Ich bin total verwirrt«, sagte Marilyn. »Aber hier gibt es ganz sicher genug Platz für zwei verrückte Schlampen.«

»Nein, eben nicht. Diese Geschichte bietet nicht genug Platz für zwei Schlampen wie uns.«

Während Mum redete, sah sie immer wieder auf die Uhr ihres Handys, und ich behielt beide Enden der Straße im Blick, denn in ihrem Beisein war ich gern hellwach. Die drei Freundinnen waren schon fast betrunken und sprachen über alles, was ihnen in den Kopf kam. »Als Teenager habe ich allen Ernstes geglaubt, ich würde später berühmt sein und im Fernsehen auftreten«, sagte Mum, und alle lachten.

»Und jetzt? Jetzt bist du fast vierzig und arbeitest im Laden, und ›Aktenzeichen XY … ungelöst‹ ist deine letzte Chance?«, kicherte Marilyn, aber ich fand es schrecklich, dass sie das gesagt hatte.

»Ich werde schon kein Verbrechen begehen«, erwiderte Mum lachend. »Ich werde höchstens nachforschen, mit wem er sich trifft.«

Ich fragte mich, ob sie den Paki oder den alten Knacker oder einen anderen Deppen meinte.

Ich ahnte, dass sie auf irgendwas warteten und die Zeit mit Geplauder überbrückten. »Ist es denn ein Verbrechen, sich zu verlieben?«, seufzte Mum, und Danuta wieherte wie ein Pferd. Mum sah sie scharf an: »Weißt du etwa nicht, was ich meine, Danuta? Und ich meine es ernst. Für dich mag es wie ein Witz klingen, aber für mich ist es der Sinn des Lebens. Ist das ein Verbrechen?«

»Nur, wenn *du* es tust«, sagte Marilyn.

»Ich glaube, er kommt nicht mehr«, sagte Mum. »Habt ihr nicht gesagt, er kommt ganz sicher?«

»Vielleicht hat er sich anders entschieden«, sagte Danuta.

»Vielleicht durfte er nicht mit uns ausgehen«, sagte Mum, die wieder aufstand und sich besorgt umschaute.

»Ist vielleicht am besten so«, murmelte die in ihren Drink starrende Marilyn.

»Ja«, sagte Danuta. »Das glaube ich auch.«

»Aber …«, sagte Mum. Sie sah mich an und verstummte, und ich dachte, wenn als Nächstes ein silbernes Auto um die Ecke biegt, dann wird sie nicht einsam und traurig werden.

»Darf ich dich um etwas bitten?«, fragte Marilyn ein wenig steif. »Mach keine Dummheiten.«

»Sollen wir gehen, Mum?«, fragte ich.

»Was für Dummheiten meinst du?«

»Zum Beispiel betrunken mit dem falschen Typen abzuziehen.«

Mum ließ ihren Blick über die vollen, lauten Tische vor dem Pub schweifen und sagte: »Ich sehe keinen falschen Typen, mit dem ich abziehen könnte.«

»Komm, wir gehen nach Hause«, sagte ich, legte mir die Hände auf die Schultern und rieb sie kräftig, und machte noch: »Brrrrrrrr«, und trappelte laut von einem Bein aufs andere.

»Sie ticken anders. Sie sind nicht wie wir«, sagte Marilyn, die aufstand, um wieder zur Bar zu gehen. Als sie zurückkam, öffnete eine der blonden Nachtschwärmerinnen, die jetzt am Nebentisch saßen, ihre Handtasche und ließ kleine quadratische Päckchen auf den Tisch gleiten.

»Hier, für dich«, sagte die betrunkene Frau zu Marilyn, als

sie mit den Drinks an ihr vorbeiging. »Bedien dich, Partygirl.« Ich sah zu, wie Marilyn ein paar der komischen Päckchen nahm und damit an unseren Tisch zurückkehrte.

»Bitte«, sagte Marilyn zu Mum, »das hilft besser als eine Tüte Erdnüsse.« Und sie ließ die roten Dinger vor Mum auf den Tisch fallen.

»Wie spendabel«, sagte Mum, die sich aufrichtete und die Päckchen einsammelte. »Und du brauchst sie wirklich nicht selbst, Marilyn?«

»Was soll das denn heißen?«

»Na ja, du sprichst nie über deine Bedürfnisse«, sagte Mum. »Du kritisierst immer nur die Bedürfnisse anderer. Du gehst immer den leichtesten Weg, fällst ein Urteil über andere und hältst dich aus allem raus.«

Ich wusste nicht, was die niedlichen, glänzenden Tütchen enthielten und warum Mum auf einmal so gemein zu ihren Freundinnen war. Vielleicht lag es an ihrer geheimnisvollen Krankheit. Dad hatte Claire einmal erzählt, dass Mum nach meiner Geburt alle Bettlaken aus dem Fenster auf die Straße geworfen hatte. Wieso? Keine Ahnung.

»Was soll das?«, fragte Marilyn verärgert. »Kann ich etwas dafür, dass er nicht aufgekreuzt ist? Gib mir nicht die Schuld. Du weißt sowieso, wie ich darüber denke. Du weißt, was passiert ist, als du das letzte Mal deine Klauen in einen jungen Typen geschlagen hast.«

»Aus deinem Mund klingt es so, als wäre ich eine …«, sagte Mum und verstummte, als sie mich ansah.

»Und was unterstellst du mir?«, fauchte Marilyn.

»Dass du gern über die Stränge schlagen würdest, aber darauf verzichtest, weil du erstens Angst davor hast, auf die Nase zu fallen, und zweitens lieber die Arrogante spielst, wenn sich jemand anders als normal verhält«, sagte Mum und sah wieder nach, wie spät es war.

»Glaubst du, ich hätte keinen Spaß, nur weil ich meine Bedürfnisse nicht überall ausposaune?«, fragte Marilyn aufgewühlt.

Mum seufzte, warf das Päckchen, mit dem sie herumgespielt hatte, wieder auf den von Gläsern, Flaschen und Kippen übersäten Tisch und sagte: »Ich brauche sie sowieso nicht. Ich habe dir ja erzählt, dass ich noch eines will.«

»Und das in deinem Alter«, seufzte Marilyn kopfschüttelnd. Mum wirkte traurig, und ich fühlte mich wie ein Hund, den man an ein Tischbein gebunden und vergessen hatte.

»Ich werde alleinstehend, einsam, depressiv und vermutlich bald arbeitslos sein«, sagte Mum.

»Die Männer hier in der Gegend sind doch sowieso alle von Krankheiten verseucht«, erwiderte Marilyn.

»Aber nicht die jungen und knackfrischen«, sagte Mum. Sie lachte in sich hinein, und ich merkte, dass sie mich wirklich vergessen hatte.

»Amir hat mir erzählt, dass seine Mutter bei seiner Geburt vierundvierzig war«, sagte Danuta. »Er ist zwanzig Jahre jünger als sein Bruder.«

»Da habt ihr's!«, rief Mum und ließ ihre Hände so heftig auf den Tisch klatschen, dass er wackelte. »Ein Baby ist immer ein Segen, egal, wann man es bekommt.«

»Manchmal ekelst du mich an, Jackie Jackson, ganz ehrlich«, sagte Marilyn. Sie wollte gemein sein, und deshalb starrte ich sie aus zusammengekniffenen Augen an.

»Gut. Ich widere alle an. Genau das versuche ich ja auch«, sagte Mum, und Marilyn sah mich an und lachte.

»Mach, was du willst, Schätzchen. Aber wenn sich eine Frau erniedrigt, ist das meiner Meinung nach das Schlimmste, was sie tun kann. Vor allem, wenn sie verdammt noch mal krankgeschrieben ist!«

»Das sehe ich anders«, sagte Mum, klaubte Zigaretten, Geld und Schlüssel zusammen und sah mich immer noch nicht an. »Das Schlimmste, was eine Frau – und übrigens auch ein Mann – tun kann, besteht darin, die Chance auszuschlagen, zu lieben und geliebt zu werden.«

»Versprich mir, dass du nichts mit ihm anfängst«, sagte Marilyn.

Mum starrte ihre Freundin eine Ewigkeit an, dann schüttelte sie den Kopf.

Schließlich senkte sie den Blick und entdeckte zu ihrem Erstaunen, dass sie eine Tochter hatte. Sie sah aus, als würden gleich blaue Tränen aus ihren roten Augen fließen, als sie sagte: »Komm, mein Schatz. Tut mir leid. Wir gehen. Er kommt nicht mehr.«

»Im Grunde mögen sie dich alle«, sagte ich, als wir durch die brodelnde Stadt gingen. Schlangen betrunkener Mädchen standen vor Clubs mit bärenhaften Türstehern. Mum sprach kaum ein Wort, und ich wusste, dass sie sich in irgendeiner Bar die Kante gegeben hätte, wenn ich nicht dabei gewesen wäre. »Und Danuta bewundert dich.«

»Danuta bewundert auch Buffy, die Vampirkillerin«, sagte Mum und zerwühlte mein schreckliches Haar.

»Gucken wir noch eine DVD, wenn wir zu Hause sind, Mum?«

»Tja«, seufzte sie, und dann schaute sie mich an und sagte: »Super Idee, mein Schatz.« Aber ihr müdes Lächeln verriet mir, dass keine Unterhaltungsmaßnahme, die ich vorschlug, ein Ersatz für den sein konnte, der sich nicht hatte blicken lassen. Später saß Mum vor der Liebeskomödie, als wäre es der schlimmste Katastrophenfilm aller Zeiten. »Sie haben recht«, sagte sie seufzend zu sich selbst. »Es wäre ein Desaster. Gut, dass er heute nicht gekommen ist.«

»Ja«, sagte ich, als wäre ich ihr weiser Kumpel und würde ihr Leben von Grund auf verstehen. »Du hast recht.«

»Ich hätte mir mehr Mühe bei George geben sollen«, sagte sie.

»Es geht doch nicht um Schularbeiten, sondern um Liebe, und wenn sie eine Schufterei ist, solltest du besser einen Schlussstrich ziehen, Mum.«

»Ich habe genug von Schlussstrichen. Ich will weitermachen. Warum gibt man in Beziehungen immer auf, wenn es schwierig wird? Das habe ich bei Leo und Marcel und deinem Dad getan. Ich will das nicht mehr.«

Ein langes Schweigen trat ein. Sogar der Fernseher schien keinen Mut mehr zu haben, noch etwas zu sagen. »Weil du niemanden zwingen kannst, dich zu wollen, wenn er dich nicht will, Mum.«

»Ach, Elle«, sagte sie. »Mein Schatz. Komm her.«

Amir

Das Schild an meiner gelben Papptür verkündete: »Ruhä biete, schnafender Abeita«. Insgesamt gesehen war die Primrose Lodge eine recht schäbige Pension, und der feuchte Fleck unter der Decke und die zwiebackharte Matratze spiegelten meine Gefühle ziemlich genau wider. Im schmierigen, fensterlosen, pilzig riechenden Souterrain gab es von sechs bis sieben Uhr dreißig ein Frühstück aus *Tost*, Kakerlaken und *Greyfruit* (aus der Dose), und die klapprige Haustür wurde um elf Uhr abends zugesperrt. Meine Nachbarn waren Asylbewerber und Gastarbeiter vom Kontinent, aber ich bekam kaum jemanden zu Gesicht, weil ich nur zum Schnafen hier war. Ich träumte von Jackie oder Ma, die nach meinem Auszug drei Tage pro Woche im Seniorenheim Stiller Winkel verbrachte, damit Wahida und Samirah ihren Jobs wenigstens halbtags nachgehen konnten. Ashfaq hatte lieber zugestimmt, als meine Verbannung aufzuheben.

Eine Weile glaubte ich, dass meine Familie mich zurückholen würde. Ich hatte einen langen, handschriftlichen Brief von Yasmin erhalten, der von ihrer Trauer und Wut über mein Fortgehen handelte. Sie hielt mich für gemein, unreif und verantwortungslos. Wenn sich einer ihrer vier Söhne später einmal so verhalten würde wie ich, schrieb sie, wäre sie verzweifelt und würde ihn verstoßen. Ich sei ein Paradebeispiel für alles Schlechte in England, und Allah werde mich für meinen Egoismus und meine Eitelkeit bestrafen. Abschließend schrieb sie noch, dass ich an unseren Vater denken sollte, der nach der Teilung Indiens nach England gekommen war und jeden Tag rund um die Uhr geschuftet hatte, um sein Geschäft aufzubauen, ohne seine Familie darüber zu vergessen. »Er war ein Mann, der nicht nur lebenstüchtig war, sondern auch gebührend tief lieben konnte, Amir.« Sie hatte drei Schwarz-Weiß-Fotos meines Vaters in den Umschlag getan. Sie waren vor fünfzig Jahren aufgenommen worden, und er trug darauf Anzug und Brille und sah seiner Zukunft in England nachdenklich und ernst entgegen. Ich stellte sie auf den Teppich, gegen die staubige Fußleiste. Die Fotos und Yasmins Brief stimmten mich traurig und einsam. Genauso wollte ich mich auch fühlen, und ich las den Brief immer wieder, bis er auch dann noch wie eine Melodie in der Luft hing, nachdem ich ihn in ein Buch gesteckt hatte.

Die Fotos waren als mahnende Erinnerung an die Vergangenheit gedacht, aber je länger ich sie betrachtete, desto öfter dachte ich, dass mein ins Unbekannte starrender Vater nicht hatte ahnen können, was ihm in England bevorstehen würde.

Das brachte meine Gedanken wieder auf Jackie.

In der Primrose Lodge wurde manchmal spätnachts gegen meine Papptür geklopft, aber wenn ich öffnete, stand niemand im säuerlich riechenden Flur. Also vermutete ich, dass es sich um den rätselhaften Code für irgendeine Randale handelte. Vielleicht war es auch nur ein Albtraum, den mein rastloser Geist ausbrütete, denn wenn geklopft wurde, erwartete ich jedes Mal, dass es Ma war, die sich bei mir über die schlechte Pflege und den Schmutz bei den Weißen beklagen wollte. Ma, die zur Primrose Lodge gekommen war, um mich zu ohrfeigen und mit nach Hause zu nehmen.

Ich hatte Jackie seit einer Ewigkeit nicht mehr gesehen, und deshalb wusste sie nichts von der Abreibung, die mir mein Bruder verpasst hatte. Ich hätte ihr sowieso vorgemacht, dass ich eine Treppe runtergefallen war, ich wollte sie mit der Sache nicht belasten. Sie war krank und traurig und brauchte Ruhe, und ich mochte niemandem verraten, wo ich jetzt wohnte und warum. Also war ich Jackie seitdem ganz bewusst aus dem Weg gegangen – obwohl die Willenskraft, die ich dafür aufbringen musste, höchstwahrscheinlich ausgereicht hätte, um von Heroin loszukommen. Anstatt mir zu überlegen, wie und wo ich Jackie treffen konnte, hatte ich beschlossen, mich stärker auf meinen Job zu konzentrieren und mich nicht mehr dagegen zu sträuben, dass Shopping heutzutage ein Zeitvertreib war und die Unterhaltung, die der Laden bot, mehr zählte als seine Produktpalette. Also besuchte ich die Sitzungen, lachte aus vollem Hals, bis meine Gesichtsmuskeln schmerzten, und unterbreitete Orla lauter wahnsinnig lustige Vorschläge zu Events, Promotion-Aktionen und Neuerungen innerhalb des Ladens.

Ohne Jackie hatte mich die Arbeit endgültig überschnappen lassen.

Wahida meinte, ich könnte zu ihr und meinen zwei Teenager-Nichten ziehen, aber die Vorstellung, zwischen glücklichen, fröhlichen Menschen zu leben, war deprimierend.

Ich wollte lieber allein trüben Gedanken nachhängen, so konnte ich Jackie besser die Treue halten. Ashfaq hatte mir zwar verboten, Ma zu besuchen, aber Samirah machte mir die Tür auf, wenn er im Laden arbeitete, und wenn Ma nicht im Stillen Winkel war, verbrachte ich eine Stunde mit ihr, fütterte und kämmte sie und erzählte ihr, was an dem Tag in der Schule drankommen würde.

Wahida war dagegen, dass wir die Personen spielten, für die Ma uns irrtümlich hielt – sie sah in mir den Schuljungen, in Ashfaq ihren Mann und in Samirah ihre jüngere Schwester –, denn sie hielt es für eine unverzeihliche Täuschung, aber ich fand, dass es Ma tiefer verletzen würde, wenn wir sie ständig berichtigten und ihr sagten, dass ihr Mann und ihre Schwester tot waren und ihr jüngster Sohn nur ein unglücklicher, verkommener junger Mann war. Was war schon so schlimm daran, sich zu verstellen? Als Erwachsener wurde man sowieso zu dem Menschen, den andere in einem sehen wollten: Ashfaq, der große Macho-Versorger, Yasmin, die pflichtbewusste Hausfrau, ich, der nutzlose kleine Bruder. Wir spielten jeden Tag eine Rolle. Eine kleine Schraubendrehung mehr, und wir hätten uns in ganz andere Menschen verwandelt.

Also spielte ich den siebenjährigen oder achtjährigen Schüler für Ma und ging dann erschöpft und erleichtert, aber mit leisen Gewissensbissen zur Arbeit. Wenn ich genau wusste, dass Ashfaq nicht da war, besuchte ich Ma auch abends, versuchte, beim Kochen und Putzen zu helfen, und erzählte meinen Schwestern Witze, die ich in der Schule aufgeschnappt hatte. Sie sahen mich immer an, als würde ich keine Witze machen, sondern weinen, und dann setzten sie mich an den Tisch und brachten mir eine Tasse Tee. »Du kannst nicht so tun, als hättest du keinen Ärger mit Ashfaq«, sagte Samirah und stopfte mir eine Serviette in den Kragen, als wäre ich alt und krank. »Entscheide endlich, was du tun willst«, sagte Wahida. Ich tat so, als würde ich nicht verstehen, obwohl ich natürlich wusste, dass ich Ma durch meinen Auszug verwirrt hatte. Ashfaq behauptete zwar, sie hätte nichts bemerkt, aber eines Abends war sie im Nachthemd durch den Park geirrt, hatte gesungen und getanzt und Gänseblümchenkränze für ihr graues Haar geflochten, bis sie von der Polizei entdeckt worden war. Sie hatte einem der Polizisten erzählt, dass sie als Mädchen auf ihren Haaren habe sitzen können. Das war alles, worüber sie während der ersten zwei Tage im Stillen Winkel geredet hatte: wie lang ihre Haare gewesen waren, als sie ein Mädchen war.

»Wir müssen ihre Krankheit als Realität anerkennen«, hatte Wahida kürzlich gesagt, »und wir müssen uns ihr anpassen. Alles, was ich bisher über diese Krankheit gelesen habe, sagt mir, dass wir einfach mitmachen müssen, damit Ma uns nicht ständig erschreckt oder verärgert. Sie kann nichts dafür, und wir können nichts dagegen tun. Deshalb müssen wir ihre Krankheit akzeptieren und jeden Tag behutsam damit umgehen.« Wir nickten alle, und vielleicht musste nicht nur ich an Wahidas bösartigen Mann denken, der sie vor zehn Jahren monatelang geschlagen hatte, bevor irgendjemand von uns ihre Traurigkeit, dann ihre Depressionen und schließlich die Prellungen und blauen Flecke erwähnt hatte. Ich war damals noch ein Junge gewesen, hatte aber mit Pa und Ashfaq darin übereingestimmt, dass es schändlich gewesen wäre und alles nur verschlimmert hätte, das offen anzusprechen. Also hatten Pa und Ashfaq Musa heimlich zur Rede gestellt, von Mann zu Mann, während ich aufgewühlt und schmollend zu Hause geblieben war. Inzwischen wussten wir nicht mehr, wo sich Musa aufhielt, wir sprachen nicht über ihn, und Ashfaq und ich taten so, als hätte er nie existiert. »Sind wir da alle einer Meinung? Dass wir unsere Liebe zu Ma am besten zeigen können, indem wir ihr so gut wie möglich helfen und uns nicht über sie ärgern?«, fuhr Wahida fort. »Der Versuch, sie irgendwie zu kontrollieren oder zu zwingen, wie früher zu sein, wäre sinnlose Zeitverschwendung.«

»Ja, sie ist jetzt ein anderer Mensch«, sagte Samirah. »Das zu akzeptieren ist am schwierigsten. Aber wie bringen wir es Ashfaq bei?«

»Ob wir es ihm erzählen oder nicht«, sagte Wahida, »es wird so sein. Dass es ihm nicht gefällt, kann den Lauf der Dinge auch nicht aufhalten.«

Aus irgendeinem Grund sahen daraufhin alle mich an, und ich nickte nur, und Samirah sagte: »Du hast recht. Wenn wir das überstehen wollen, müssen wir alle ein wenig loslassen.«

»Und wir werden versuchen, diese neue Mutter mit so viel Geduld und Warmherzigkeit wie möglich kennenzulernen.«

Mein Problem bestand darin, dass ich nicht darüber reden konnte, wie mit Ma umzugehen war, ohne zwischen den Zeilen nach einer Nachricht zu suchen, wie mit Jackie umzugehen wäre. So durch den Wind war ich damals.

Als ich am Mittwoch, dem 13. September, im Stillen Winkel eintraf, plauderte Ma angeregt mit einer jungen, hübschen Pflegerin. Es war mein dritter Besuch im Heim. Bei den ersten beiden Malen hatte Ma auf einem Stuhl gesessen und auf den öden Grasstreifen vor einer Ladenzeile gestarrt – sie würde dort nie etwas kaufen, und sie würde auch nicht mehr erleben, wie dort eine riesige Filiale von Lullen & Stullen entstand. Ich war froh, dass ich dieses Mal nicht allein mit ihr war. Die Schnabeltasse stand auf dem Tisch neben ihrem Stuhl, ein Anblick, der mir immer wieder das Herz brach. Ein großer weißer Kerl hing ihr gegenüber über einem Rollator. Schwer zu sagen, ob er saß oder stand, aber er wirkte in seiner Erstarrung wie ein alter Schneemann, seine Hose war tief auf den Hintern gerutscht, seine Fäuste glichen Klauen, und auf der grauen Haut traten bläuliche Adern hervor. Ich sah zu, wie Ma zu dem Mann ging und ihm auf einen Stuhl half. Obwohl Frauen und Männer im Heim getrennt wohnten, vermischten sie sich tagsüber. Das gab mir ein ungutes Gefühl, und Ashfaq hätte einen Anfall bekommen. Ich dachte an Jackies alten Knaben, der früher in einem Kohlenbergwerk gearbeitet hatte, und dann dachte ich daran, dass Jackie vor Kurzem einen Unfall gehabt hatte. Nur ein kleiner Auffahrunfall, hatte Marilyn erzählt. Sie war vor einer roten Ampel gegen das Auto einer Frau geknallt.

»Da bist du ja, Amir«, rief Ma auf Englisch, als hätte sie mich seit einem Monat nicht mehr gesehen, und erhob sich schwungvoll von ihrem hochlehnigen Stuhl. »Ich möchte dir jemanden vorstellen.« Ich glaubte zuerst, dass sie den alten Mann meinte, doch als ich mich umdrehte, erblickte ich eine große, blonde Schönheit, die mich anstrahlte, als wäre sie gerade aus dem Urlaub gekommen.

Ich war wie vor den Kopf geschlagen. Und im nächsten Moment fast verrückt vor Freude.

»Ich habe bei der Arbeit angerufen, und sie haben mir

gesagt, dass du deine Mutter besuchst«, sagte sie und hob ihre Hände zur Decke, als wäre alles, was ihr widerfuhr, der Willkür eines frechen Gottes zu verdanken. »Und da ich nicht arbeite …« Dann kaute sie auf ihrer Unterlippe herum und sagte, es sei neulich so nett bei uns gewesen, dass sie unbedingt nach meiner Ma habe schauen wollen.

»Was tust du hier?«, fragte ich, als wären alle meine Reaktionen verspätet.

»Ich besuche deine Mum, Schätzchen.«

»Ja. Deine Schwester hier denkt an mich. Wenigstens sie besucht mich regelmäßig.«

»Ich habe nicht behauptet, deine Schwester zu sein«, sagte sie. Dann entschuldigte sie sich dafür, dass sie hier war, fügte aber hinzu: »Außerdem dachte ich, dass wir hier besser reden können als bei dir zu Hause. Ich glaube, dein Bruder sieht mich dort nicht gern.«

»Ich war diese Woche schon zwei Mal da«, sagte ich zu Ma, starrte dabei aber Jackie an. »Ich habe gehört, du hattest einen Autounfall?«

»Ach, halb so wild. Nur ein kleiner Kratzer. Nichts Ernstes.«

»Ein Autounfall!«, sagte meine Ma lachend. »Hattest du es so eilig, mich zu besuchen?«

»Die Frau sollte aussteigen, ich wollte nur sehen, ob es eine Familienähnlichkeit gibt«, sagte Jackie. Sie warf mir einen Blick zu, und ich sah schnell zur Seite.

»Jackie glaubt, dass diese andere Frau entweder die Geliebte ihres Liebhabers oder seine Tochter ist, Amir.«

Jackie gestand, dass der kleine Stupser doch ein ordentlicher Knall gewesen war und eines der Bremslichter zerstört hatte. Außerdem hatte er für einen »heftigen Adrenalinstoß« gesorgt. Sie wollte die Sache als Witz abtun, aber ich spürte, dass ihr der Schock noch in den Knochen saß.

»Setzt euch, Kinderchen. Ich besorge euch einen Tee«, sagte meine Mutter und schnippte mit den Fingern, woraufhin der Teewagen auf uns zurollte. Sie war seit Monaten nicht mehr so normal gewesen. Sie war auch nicht erstaunt über Jackies Besuch. Auf jeden Fall nicht erstaunter als über die zwei Schokokekse, die es dieses Mal zum Tee gab, eine Tatsache, die sie ungewohnt ausführlich erörterte. Jackie gab derweil ihre eigenen Erkenntnisse über Tee und Kekse zum Besten. »Und? Was läuft so?«, fragte meine Ma höflich. »Hat jemand ein bisschen Klatsch und Tratsch für mich?«

»Fang du an, Schwesterherz«, sagte ich zu Jackie. Ich hatte Ma noch nichts von der Primrose Lodge erzählt. Sie glaubte immer, ich würde oben meine Schularbeiten machen. Die Leichtigkeit, mit der man ihr etwas vorgaukeln konnte, zerriss mir das Herz.

»Nein, du«, sagte Jackie lächelnd. »Du weißt sicher mehr.«

»Leg los«, sagte Ma grinsend und kratzte ihren wirren, grauen Haarschopf, »erzähl mir ein paar Liebesgeschichten.« Sie zog plötzlich eine besorgte Miene und fragte: »Und wo ist dein Vater? Er war gestern hier, aber ich habe ihn heute noch nicht gesehen.«

Ich sah zu den Bäumen auf, deren Blätter lachend auf uns herabschauten. »Ich fürchte, dass wir nicht genug Zeit für Jackies Liebesgeschichten haben, Mum. Die Besuchszeit dauert ja nur eine Stunde.«

»Immerhin gibt sie sich Mühe«, erwiderte Ma, »anders als du, du schlägst jede Frau aus, die ich dir gesucht habe. Du willst nicht, dass ich dir aus deinem tiefen Tal der Einsamkeit helfe. Jackie mag komisch sein, aber sie ist nicht einsam.

Ich weiß auch nicht, Jackie, aber er ist nur noch in seinem Zimmer. Ich bekomme ihn kaum noch zu Gesicht.«

Jackie sah mich mit einem traurigen Lächeln an und erzählte Ma noch mehr von ihrem tollen Busfahrertypen. Sie berichtete von all den witzigen Dingen, die er tat und sagte, und zählte sogar auf, was er am liebsten auf dem Sandwich aß. Ma nickte glücklich, aber ich hatte das Gefühl, langsam verrückt zu werden, genau wie die Bäume und das Gras, denn Ma wurde auch langsam verrückt. Und wir waren nicht die Einzigen. »Es gibt Menschen, deren Lebensaufgabe darin besteht, andere zu beschützen«, hatte Marilyn an diesem Vormittag zu mir gesagt, »und ich bin einer dieser Menschen. Darum bin ich selbst nicht so abenteuerlustig. Aber es ist echt schwierig, Leute zu beschützen, die nicht ehrlich mit einem sind. Jackie plant irgendwas, aber ich weiß nicht, was.« Marilyn hatte verweint und verzweifelt ausgesehen, und obwohl Jackie jetzt meiner Ma zuliebe lachte, wirkte sie ähnlich. Was passierte mit uns allen? Im Grunde kannte ich die Antwort – wir suchten verzweifelt nach Liebe und Vertrauen. Wir hatten erst begriffen, wie wichtig beides war, als wir versucht hatten, ohne auszukommen.

»Taub«: So hatte Jackie den Beginn des Jahres beschrieben, nach einem Weihnachten ohne Elle und nach Leos Trennung von ihr. Weder fröhlich noch traurig, hatte sie gesagt, weder betrunken noch nüchtern. Einfach nur taub. Genauso fühlte ich mich jetzt. Ich konnte nicht einschlafen, weil ich Angst hatte, von ihr zu träumen, aber ich konnte auch nicht die Augen öffnen, weil ich dann in der Primrose Lodge vielleicht ihren sexy Geist erblickt hätte, der sich auf dem abgenutzten rosa Bettbezug räkelte.

Ma wirkte ruhig und fröhlich, vielleicht, weil Jackie jedem das Gefühl gab, ein gesunder Mensch in einer kranken Welt zu sein. »Das Allerwichtigste im Leben besteht darin, die Wahrheit zu erfahren«, sagte Jackie. »Mehr will ich nicht. Ich will einfach nur die Wahrheit. Darum bin ich gekommen, um mit Amir zu reden. Ich brauche seine Hilfe.«

Ich schüttelte den Kopf. Hätte sie die Wahrheit gekannt – dass ich eingewilligt hatte, zu Hause auszuziehen, und lieber alles und jeden verließ, als sie zu verleugnen –, dann hätte das vielleicht zu dick aufgetragen, ja einschüchternd auf sie gewirkt. Die Frau musste den Mann erwählen, bevor der Mann die Frau erwählte. Alles andere wäre zu nervig und aufdringlich gewesen. Also tat ich das, was ich auch sonst immer tat: Ich schwieg.

»Ja, das ist das Allerwichtigste«, pflichtete meine Ma bei. »Darum ist es so schrecklich, wenn man von seinen Kindern belogen wird.«

»Wie meinst du das, Ma?«, fragte ich.

»Du hast mir nichts erzählt«, sagte sie geknickt.

»Ich hatte es fest vor«, stammelte ich. »Aber ich wollte erst über meine nächsten Schritte nachdenken.«

»Du hättest mir sagen müssen, dass du verliebt bist, Sohn.«

»Du sprichst von meiner Schwester!«, erwiderte ich. »Meinst du, ich hätte mich in meine eigene Schwester verliebt?«

Dann wandte ich den Blick ab und versuchte, an Wieheißt-sie-doch-gleich zu denken, die Frau mit dem blauschwarzen Haar und den makellosen, babyweichen Wangen.

»Blödsinn!«, sagte meine Mutter lachend. »Sie ist nicht deine Schwester. Sondern die wilde Weiße, von der du mir erzählt hast, diese alleinerziehende Mutter, die vor Gericht ziehen musste, um ihre Tochter sehen zu dürfen, und Krach mit deinem afrikanischen Chef hatte.«

Jackie sah mich an und sagte: »Und das ist längst nicht alles, Schätzchen!«

»Ma! Er ist kein Afrikaner.«

»Diejenige, die dein Vater für eine – na, du weißt schon, was – gehalten hat, als sie bei uns vorbeikam.«

»Tja, das wäre mal eine Idee«, sagte Jackie betrübt. »Ich habe einige Schulden und könnte ein bisschen Kohle außer der Reihe gut gebrauchen.«

Sie tat es schon wieder – zog sich in den Dreck, um mich von sich fortzustoßen.

Ma bat währenddessen den alten Knaben mit dem Rollator, sich ihren Schüler-Sohn und Jackie genau anzuschauen. Jackie schwärmte ihm von ihrem umwerfenden Liebhaber vor, als würde sie tatsächlich glauben, dass sie mit einem Filmstar ging.

»Warum bist du hier?«, fragte ich Jackie, während meine Ma ihrem Freund Jackies Geschichte erzählt.

»Weil du recht hattest. Ich bin verrückt, und ich brauche deine Hilfe.«

»Um aufzuhören?«, fragte ich. »Oder um alles noch weiter zu verschlimmern?« Sie konnte sich tatsächlich nur an mich wenden: Leo hielt Abstand, Danuta war heiß auf Storys über Jackies Absturz, und Orla brauchte nur noch einen einzigen Anlass, um sie zu feuern – was sie nicht tun konnte, solange Jackie krankgeschrieben war. Aber in ein paar Wochen vielleicht. Gefeuert wie viele andere Mütter zuvor.

Wir betrachteten die greisen Patienten, die durch ihre letzten Tage rollten und stolperten, als wollten sie zeigen, wie wenig Zeit zum Lieben blieb. Ah, nein! Ich dachte schon wieder, dass es nur diese Welt gab. Ich glaubte schon wieder, dass nur das existierte, was ich vor Augen hatte. Wenn das so weiterging, würde ich Ashfaqs Prophezeiung erfüllen und ein echter Engländer werden: gottlos, aufgebläht, süchtig, depressiv, verschuldet, einsam. Ich würde nur noch für die glitzernde Welt des Hier und Jetzt leben, nur noch für den Augenblick.

Wir verabschiedeten uns gemeinsam von Ma, als wären wir wirklich Geschwister und als wäre sie tatsächlich unsere gemeinsame Mutter, und dann sagte Jackie, sie wolle noch nicht nach Hause. Stattdessen hakte sie ihren warmen Arm bei mir ein, als wären wir uralte Rentnerfreunde. »Es kann sowieso nicht mehr schlimmer werden«, sagte sie, als wir über den Rasen des Stillen Winkels auf eine große Weide zugingen, einen abgeschirmten Ort.

»Was muss ich tun? Werde ich im Knast landen?«, fragte ich, um mein Herzklopfen zu verbergen. Schon komisch, dass wir den Sex in der Gasse nie erwähnten. Andererseits wäre jedes Gespräch darüber schal gewesen, weil wir nur die unserem Alter gemäßen Worte gefunden hätten: dass es sinnlos und bedeutungslos gewesen war, ein Fehler, ein schlechter Witz, ein besoffener Fick, ein nichtssagender Moment der Lust, den wir hinter uns lassen und vergessen mussten.

Und jetzt plapperte Jackie wieder von George. »Ich möchte nur, dass du ihn für mich im Auge behältst. Ich möchte ein für alle Mal wissen, ob er mir die Wahrheit über diese Frau sagt. Ob sie wirklich seine Tochter ist. Diese Ungewissheit macht mich fertig«, sagte Jackie und biss sich auf ihre wunde Lippe. »Ich habe gesehen, wie er sie zu Hause besucht hat.

Ich hatte mich auf der anderen Straßenseite hinter einem Busch versteckt, und ich hatte echt Schiss, dass er mich …«

»Was?«

»Dass er mich bemerkt.«

»Ich dachte, die Sache ist gegessen«, sagte ich.

»Sie ist erst gegessen, wenn ich Gewissheit habe.«

Wenn ich mich weigerte, würde ich sie sehr lange nicht mehr sehen. Wenn ich einwilligte, ging ich das Risiko ein, mich und meine Familie noch weiter zu entehren.

»Sieht sie ihm denn ähnlich? Ähnelt sie ihrem Dad?«, fragte ich und sah, wie in Jackies Augen wieder Panik aufflackerte, Hoffnung und Panik, und ich musste an Ma denken, die, als ihr Kopf noch funktionierte, immer gesagt hatte, dass diejenigen, die am heftigsten lieben, auch am meisten leiden.

»Einerseits sieht sie aus wie seine Geliebte, andererseits wie seine Tochter.«

»Vielleicht ist sie ein heimliches außereheliches Kind.«

»Du solltest für eine Soap schreiben, Amir.«

»Für eine schreiben? Seitdem ich dich kenne, lebe ich in einer Soap«, erwiderte ich. Und das stimmte – allerdings nicht wegen ihrer verbotenen Liebschaften, sondern wegen all der Geheimnisse und Lügen, die meine Liebe zu ihr mit sich brachte.

Während sie zu Boden sah, dachte ich an den Tag, als Ashfaq mich verprügelt hatte, Yasmin aufgestanden war, um ihn von mir abzuhalten, und Samirah mit den Händen gewedelt hatte, als würde sie den Verkehr regeln. Damals hatten wir alle in einem langen Seifenoperaugenblick festgesteckt. Und weil Ma ununterbrochen und endlos lange vor dem Fernseher saß, waren wir allesamt von den einschlägigen Dialogen infiziert und würden unsere Geheimnisse wahrscheinlich bald auf der Straße hinausschreien. »Er sollte auf der Bühne stehen«, hatte Halima gebrüllt. »Zusammen mit den anderen Schwuchteln.«

»Er steht ja schon auf der Bühne«, hatte Yasmin gerufen. »Er spielt den Kindskopf!« Dann hatte sie mich gebeten, mich zu setzen, und ruhiger gesagt: »Denk daran, was für ein Beispiel du für deine jungen Neffen abgibst, Amir.«

Ich sah Jackie ratlos an.

»Stimmt. Die Sache ist verrückt. Ich sollte dich nicht mit hineinziehen. Ich mache es selbst. Ist ja nicht so, dass ich gerade alle Hände voll zu tun hätte.«

Aber sie rieb sich schon wieder die Stirn, und ich konnte mich nicht beherrschen. Ich musste es tun. Ja, ich musste es tun, vielleicht kam ich am besten über sie hinweg, indem ich ihr half, mit jemand anderem zusammen zu sein.

Und zack! Alles geschah Hals über Kopf. Da war ich also, in Jackies liebesverrückter Welt, und hatte das Gefühl, durch einen dichten Nebel zu stolpern. Die wabernden Schwaden bestanden aus meinem eigenen Verlangen, das mir die Sicht raubte, sodass ich ständig über etwas stolperte, gegen etwas rannte, mir wehtat und Unfälle verursachte. Als wäre ich in einen finsteren Raum getaumelt, aus dem ich nur entkommen konnte, wenn ich mich an den Wänden entlangtastete. Jackies Unfälle waren bis jetzt harmlos gewesen – der Verlust des Sorgerechts für die Tochter, eine mündliche Verwarnung, eine kurze Depression, eine Reihe katastrophaler Affären. Ausgewachsene Katastrophen warteten allerdings bestimmt schon an der nächsten Ecke.

Aber hey, ich fuhr einen nagelneuen Ford Fiesta, den Jackie mir für den Auftrag besorgt hatte. Er sah aus wie frisch vom Band, die Rückbank war noch mit Plastik geschützt, der Rückspiegel mit durchsichtiger Klebefolie versiegelt. »Wie kann sie sich das leisten?«, rief Marilyn, als ich ihr davon erzählte. Ich hatte Jackie nicht gefragt. Nachdem ich mich dafür entschieden hatte, konzentrierte ich mich auf meine Aufgabe und stellte keine Fragen mehr. Man könnte das naiv nennen. Ich nannte es Vertrauen.

In diesem Oktober war jeder Morgen dunstig. Rote und goldene Blätter segelten von den Bäumen und türmten sich wie Märchengold auf den Bürgersteigen. Ich fand allmählich Gefallen an meinem nebeligen Rhythmus: Wenn ich eintraf, hingen die Abgase noch eine Weile in der laubduftenden Luft, und ich stellte den Sitz zurück, bis ich mit gespreizten Beinen halb im Auto lag, weil ich so die ganz oben gelegene Wohnung des hübschen, weißen Mädchens besser durch die immer kahler werdenden Äste observieren konnte. Obwohl ich mich zum Teil wie der Bollywood-Schnösel fühlte, als den Ashfaq mich sah, gefiel mir der herrliche Plastikduft des neuen Autos unglaublich gut.

Das Abenteueraroma war so stark, dass ich es schmecken konnte.

Und alles zusammen verstärkte mein Gefühl, dass ich mich gerade neu erfand.

Meine Liebe zu Jackie hatte mich verändert. Nachdem ich mein Zuhause verlassen hatte, fühlte ich mich befreit. Und sobald ich sie gerettet hatte, würde ich weiterziehen.

Ich war schon am zweiten Tag begeistert von meinem Auftrag. Ein tolles Wort: beschatten. Ich warf meinen Schatten auf Jackies Welt, behielt sie im Auge, hielt meine Augen offen für sie, beäugte sie, fing ihren Blick auf, folgte ihr auf den Fersen wie ihr eigener Schatten. Ihr Beschatter. Die Rolle war wie maßgeschneidert für mich, ich war von Natur aus jemand, der sich gern abseits hielt. Jackie war im Gegensatz dazu jemand, der immer im Mittelpunkt stand und alles intensiv erlebte. Manchmal konnte ich dem Gedanken nicht widerstehen, dass wir das ideale Paar gewesen wären. Wir hätten uns genau ergänzt. Aber in dieser Hinsicht machte ich mir keine Illusionen mehr. Nein, mir ging es nur noch um ihre Sicherheit und seelische Stabilität. Jackie war krank, und durch unsere Ma, vielleicht auch durch Ashfaq, wusste ich, dass man die Menschen, die man liebte, in diesem Leben vor Scham, Schaden, Demütigung, Vernachlässigung, Missachtung und Unverständnis schützen musste. Man musste sich anpassen. Man durfte weder auf die Macken noch auf den unangenehmen Geruch oder das wirre Haar eines Menschen hinweisen. Stattdessen musste man anderen helfen, Freunden oder Fremden, und das mit so viel Würde wie möglich. Marilyn informierte mich erst viel später über die Statistik, darüber, wie viele Stalker von Freunden und Familie unterstützt und ermutigt wurden.

»Marilyn meint, dass man sich eine Weile verkrümelt und wegbleibt«, sagte Jackie ernst. Sie grub ihre spitzen Fingernägel vor Aufregung in ihre Handflächen, als sie mir am Ende des dritten ereignislosen Tages ein paar gute Ratschläge gab. »Du musst vor allem deine wahre Identität verbergen. Du arbeitest undercover, Amir, und laut Marilyn gibt es drei Phasen bis zur Entlarvung: die warme, die brutzelnde und die verbrannte. Wenn dir warm wird, musst du dich vorsehen, aber wenn du das Gefühl hast, zu verbrutzeln, musst du aussteigen, bevor du dich verbrennst.«

»Verbrennen heißt auffliegen, richtig?«

»Verbrennen heißt verhaftet werden, Schätzchen. Du musst den Beobachtungsplatz wechseln. Wenn du immer an demselben Fleck stehst, ist das Risiko der Enttarnung viel größer, meint Marilyn. Aber wenn du dich ständig bewegst, kannst du schneller reagieren. Darum hast du das Auto. Du musst in Abständen wegfahren und zurückkehren, kommen und gehen.«

Damals hielt ich das nicht für Schwachsinn, sondern für vollkommen vernünftig.

Am nächsten Morgen, meinem vierten, regnete es, und ich konnte nicht erkennen, wie das Mädchen drauf war oder welche Miene sie zog. »Wie üblich«, sagte ich später zu Jackie, »nichts Ungewöhnliches, keine Besucher.«

»Hat sie glücklich gewirkt?«

»Wie soll ich wissen, wann ein Mädchen glücklich ist?«

»Das ist doch kinderleicht, Amir. Hat sie geweint oder gelächelt?«

»Glaubst du wirklich, das wäre so einfach?«

»Vor sich hinstarrend, schweigend, still, mit feuchten Augen. Ja, du hast recht, Amir. Schwer zu sagen, ob jemand in einer solchen Verfassung gelangweilt, selbstmordgefährdet oder verliebt ist.«

Jackies Augen waren gerötet und trübe, vielleicht aufgrund von Schlafmangel, vielleicht von Tabletten, nächtelangen Sex-Sessions oder vom Weinen. Als ich sie damals vom Bahnhof nach Hause gebracht hatte, war ich in ihrem Schlafzimmer gewesen, in dem der Geruch eines dunstigen

Nichts in der Luft gehangen hatte. Diesen Geruch kannte ich inzwischen auch aus der Primrose Lodge – wässrige Einsamkeit, aufgeheizt von glühendem Verlangen.

»Vielleicht wäre es mit dem richtigen Mann anders«, sagte ich. »Vielleicht würde es dann kein Chaos geben.« Verflucht, ich fing schon wieder davon an! Ich konnte nicht anders. Eigentlich hätte ich mein Maul an jedem Tag in der Woche vierundzwanzig Stunden lang zukleben müssen.

»Hmmm, wo du recht hast, hast du recht, Professor. Ich habe in der sexuellen Arena so einiges ausprobiert«, sagte Jackie nickend, tippte sich gegen das Kinn, schaute erst auf die Straße und sah dann zum Himmel auf, der sich langsam bewölkte. »Aber ich glaube nicht, dass ich es lange genug mit dem richtigen Mann probiert habe.«

Ich hätte gehen sollen. Das wollte ich eigentlich auch, sagte aber, indem ich den Blick abwandte: »Du hattest doch bestimmt ein paar schöne romantische Erlebnisse.«

»Natürlich«, erwiderte sie, »in diesem Sommer hatte ich jemanden, mit dem es so toll war wie noch nie. Leider hat es nur einmal geklappt. Und zwar draußen. Er hat mich nicht reingebeten. Unfassbar, oder?«

»Klingt, als wäre er ein Arschloch.«

»O nein, Amir«, sagte sie lächelnd. »Er war der beste Mann, dem ich je begegnet bin.«

Es war immer das Gleiche.

Am Morgen meines siebten Tages als Spion saßen wir um Viertel nach neun im Café. Jackie traf mich gern so früh wie möglich und noch vor der Arbeit, damit ich sie auf den neuesten Stand brachte. Sie sagte, sie hätte sowieso kein

Auge zugetan, weil sie abwechselnd Elle vermisst und von George geträumt hätte.

Ich hatte Jackie mehrmals erklärt, dass Ramadan war, aber jedes Mal, wenn sie sich einen Kaffee und einen Muffin holte, fragte sie mich, was ich trinken wollte. »Du könntest mich bestimmt wegen Dummheit verhaften lassen«, sagte sie und entschuldigte sich.

»Wenn du unbedingt verhaftet werden willst, gäbe es bessere Gründe als den, dass du nicht an den Ramadan denkst«, erwiderte ich, und sie biss sich auf die Lippe und fragte ihren Cappuccino, ob das, was wir taten, ungesetzlich sei.

Der Cappuccino antwortete: Nein, alles sei absolut legal, gut und richtig, und wir sollten so lange weitermachen, wie es uns beliebte.

Mir war es sowieso egal, denn ich war noch nie glücklicher gewesen, obwohl es ein verhangener Morgen mit einem seehundfellsamtigen Himmel war. Rentner gingen vorbei, Jugendgangs rasten ziellos durch die Straßen, Ballongesichter auf Schwabbelkörpern schnauften den Hügel hinauf, und Horden langbeiniger, eleganter Mütter eilten mit ihren Handtaschen zu unserem Laden, der erst um zehn Uhr öffnete, um sich von den anderen Geschäften abzuheben.

Später sollte ich mich fragen, warum ich Jackie nie darauf hingewiesen hatte, dass all das – die Überwachung, das Spionieren – wahrscheinlich nicht nur eine ernste Straftat, sondern auch nicht gerade Balsam für ihre Seele war. Sie ging seit Kurzem wieder zur Arbeit, hätte sich aber eigentlich ausruhen, ihren Schmerz überwinden müssen. Sie hätte Qual und Liebe nicht durch verrückte Pläne verlängern dürfen. Meine Ausrede? Oh, ich hatte mehrere. Erstens brachte ich sie aus reinem Eigennutz nicht von ihrem Vorhaben ab, denn es bot mir die Chance, mich außerhalb der Primrose Lodge zu betätigen und nicht ständig an Ma und Ashfaq denken zu müssen. Außerdem war Ramadan, und ich war froh, dass ich nach Sonnenaufgang etwas zu tun hatte. Wie ich zu meiner Schande gestehen musste, kam noch dazu, dass ich nach der Demütigung durch Ashfaq ein Abenteuer herbeisehnte, das mich, den Ladendiener-Vollidioten, in einen Macho-Spion verwandelte.

Während ich Jackie ausführlich erzählte, was ich am frühen Morgen draußen vor Georges Wohnung beobachtet hatte, fühlte ich mich aber vor allem väterlich. Ich erfüllte meine Pflicht, indem ich eine Freundin beschützte, ihr beistand. Ein kleiner Teil von mir fühlte sich wie der hart arbeitende, ehrliche, zuverlässige Erwachsene, den meine Mutter vierzig Jahre lang geliebt hatte, wie der bessere Mensch, der ich auf Wunsch von Ashfaq und Yasmin hätte sein sollen.

Elle

Mums letzter Arbeitstag begann ziemlich harmlos. Ich machte mir allerdings Sorgen wegen des kostenlosen Sekts, den die Angestellten im Laden süffelten, wegen Mums Kleid, das ihre milchigen Euter zu offen zeigte, und wegen der riesigen, echt seltsamen Blumengestecke, deren Blüten an Papageienfedern erinnerten und die, wie Mum erzählte, morgens im Gewächshaus geschnitten worden waren. SOMMERHOCHZEITEN stand auf dem Banner, das die ganze Breite des Ladens einnahm, WIR LASSEN DIE BRÄUTE TANZEN.

Ich war trotzdem total aufgeregt, weil ich mit meiner einzig wahren, echten Mum an diesem superspeziellen Celebrity-Event teilnahm, und ich hatte meinen Stiefschwestern jedes tolle Detail des Vergnügens unter die Nase gerieben, das sie verpassten. An diesem Wochenende hätte ich eigentlich gar nicht bei Mum sein sollen, und Dad hatte gesagt, Claire und er würden in solchen Fällen gern früher informiert werden, aber ich hatte gebettelt und geschrien und gesagt: »Das ist ja so, als müsste ich mir ein verdammtes Visum besorgen, nur um meine Mutter zu sehen.«

Ich bildete mir tatsächlich ein, dass auf meinen Wunsch

hin alles gut werden würde. Obwohl meine Erfahrungen mehr als deutlich zeigten, dass die Welt nicht so funktionierte. Wie viele Stunden hatte ich damit vertan, für eine Versöhnung von Mum und Dad zu beten? Und hatte das irgendwas bewirkt? Nein, hatte es nicht.

Ich hatte sogar eingewilligt, einen Rock und ein richtiges Paar Schuhe zu tragen. Ich hatte Cherubs Silberhalsband stibitzt, und Mum strich mir immer wieder über das Haar und stellte mich jedem vor, der unseren Weg kreuzte. Ich schien das einzige Kind zu sein. Weil ich schon zwölf war, wäre es toll gewesen, wenn Mum mir zu Lippenstift geraten hätte, aber das hatte sie natürlich nicht getan, und wenn, dann hätte ich mich geweigert. Trotzdem fühlte ich mich zum allerersten Mal in meinem Leben totalgeliebt.com.

Was war ich bloß für eine Idiotin!

Man hatte zahlreiche Reporter eingeladen, die über dieses »bahnbrechende Event« berichten und Fotos machen sollten. Die Beleuchtung machte alle benebelt. Mum erzählte mir angesäuselt, dass sie von einem zeitgenössischen Künstler »designed« worden war und die unheimliche Stille und »verwandelnde, halluzinogene Kraft« von Bleiglasfenstern nachahmen sollte. Ich prägte mir alles ein, was sie sagte, damit ich es später meinen heulenden, schluchzenden, nicht eingeladenen Stiefschwestern erzählen konnte.

Obwohl sie letzten Endes wahrscheinlich mehr aus der Zeitung erfuhren, als ich erzählen konnte.

Mum sagte, Beleuchtung und Musik sollten betonen, dass der Laden »eine Kirche und ein Nachtclub, ein Tempel und eine Familie« sei. Das war während der letzten Besprechung der Angestellten mitgeteilt worden, und sie fand es wahnsinnig komisch.

Vielleicht wäre Mum nie wieder unglücklich und würde sich hier im Laden nicht volllaufen lassen, wenn ich eine Braut in Schwarz sah. Mir fiel plötzlich auf, dass Mum immer ironisch von ihrem Job erzählte. Laut unserer neuen Lehrerin bedeutete Ironie, dass man etwas anderes meinte als das, was man sagte. Als wäre das nicht der Normalzustand!

Ich hätte trotzdem kapieren müssen, dass Mums ständige Ironie ein Warnsignal war – sie hatte die Nase voll von ihrem Job. Vielleicht verstand ich sie nicht einmal ansatzweise. Ich sah mir jede Braut an, aber keine war in Schwarz, und Mum war auf dem besten Weg, sich zu betrinken. Wir standen alle in der Herrenabteilung, und Mum war ziemlich fröhlich, und ich machte mir noch keine Sorgen, weil sich jeder mit mir unterhielt und mich über mein Leben ausfragte und über meine Witze lachte. Ich wollte, dass mir jemand Sekt anbot, denn ich war ja schon zwölf. Es war echt schwierig, das Leben nicht für super zu halten, denn jeder tat so, als wäre er mein bester Freund. Vor allem diese blendend aussehenden, unrasierten, halbnackten Männer und die streichholzdünnen, verblödeten Frauen, die mich an die Bilder erinnerten, die Cherub kürzlich aufgehängt hatte.

Etwas weiter weg stand der Paki, der wie ein Trauzeuge Zylinder und Frack trug. Danuta war die spitze aussehende erste Brautjungfer in einem mit Spitzen besetzten Kleid.

Der Paki hielt Abstand, weil meine Mum die moderne, supersexy Braut spielte. »Warum muss ich unbedingt die ›moderne‹ sein?«, hatte sie sich bei ihren Kolleginnen beschwert. »Alle anderen sind romantisch und verträumt, und ich sehe aus wie eine Schlampe.« Sie hatten Mum mit hochgezogenen Augenbrauen angestarrt, bis sie sie mit ihrem weißen Kunstlederrucksack und ihren Stiefeln mit den Silbernägeln attackiert hatte.

Ehrlich gesagt fand ich es komisch, dass man sie für eine Schlampe hielt, denn ich war echt vielglücklicher.com, seit die Polizistin gekommen und die Sache mit George ein für alle Mal geregelt hatte. Ich war zwar überrascht gewesen, dass die Polizei für so etwas zuständig war, aber ich merkte es mir für die Zukunft: 999. Hallo, ist da die Polizei? Meine Mum hat gerade einen Mann kennengelernt!

Die Polizistin war jünger als Mum. Sie schien etwas kapiert zu haben, das ich nicht verstand, und sie sprach so langsam und deutlich wie eine Lehrerin: »George möchte, dass Sie ihn und seine Familie in Ruhe lassen, Mrs Jackson. Er weiß nicht genau, was Sie noch von ihm wollen, aber er möchte auf keinen Fall weiter belästigt werden.« Die Frau zückte ein Notizbuch und fragte, ob Mum an dem und dem Abend bei George gewesen war. Hatte sie sein Haus von der gegenüberliegenden Straßenseite aus beobachtet? »Was hast du um diese Zeit hier draußen zu suchen, Jackie?«, hatte er angeblich gefragt, als er an ihr vorbeigeeilt war. »Ich will Milch holen«, hatte Mum erwidert, als er mit dem Haustürschlüssel nervös im Schloss herumgestochert hatte, »aber der Supermarkt ist weit weg. Könntest du mir mit etwas Milch aushelfen?« »Nein«, hatte er angeblich erwidert, war ins Haus gegangen und hatte die Tür zugeknallt. »Eine Schale Milch für deine alte Miezekatze«, hatte sie ihm angeblich nachgerufen, und das nicht nur einmal.

Man sagt »angeblich«, wenn man andeuten will, dass etwas nicht stimmt, zum Beispiel: »Cherub ist ein nettes Mädchen – angeblich.«

Aber der Besuch der Polizistin war eine Woche her. Vergiss es, lass es los, dachte ich, während ich die Bräute betrachtete. Der einzige Wermutstropfen an diesem tollen Tag bestand darin, dass keine Jungs in meinem Alter da waren, weil man nur Mütter und potenzielle Bräute und Brautjungfern, aber keine männlichen Kunden eingeladen hatte. (Falls die Sache ein Erfolg wurde, war für den Frühling ein ähnliches Event für Väter, heiratswillige Männer und potenzielle Trauzeugen geplant, hatte Mum erzählt.) Die männlichen Angestellten sollten aber auf jeden Fall anwesend sein. Man hatte ihnen eingeschärft, den ganzen Tag zu lächeln und zu grinsen wie Honigkuchenpferde, hatte Mum gesagt. Ironisch. »Das ist wohl Orlas Vorstellung von Feminismus«, hatte Danuta zu Mum gesagt, und Mum hatte ihr gratuliert, weil sie die Welt endlich realistisch sah. Marylin, das Moppel, sah sich um und meinte: »Ist ein bisschen wie ›Schneewittchen trifft Beate Uhse‹.« Ich lachte, obwohl ich nicht wusste, wer Beate Uhse war. Ich hatte natürlich von ihr gehört, mochte aber nicht nachfragen, denn vielleicht war sie so berühmt wie der Premierminister, und dann hätte ich mich blamiert. Plötzlich zeigten alle auf eine junge Frau, die sich in ein eng geschnittenes Hochzeitskleid zwängte. »Mittags werden alle in ihren Vibrator stöhnen«, sagte Danuta, aber meine kichernde Mum brachte sie zum Schweigen, weil ich zuhörte. Trotz meiner zwölf Jahre wusste ich nicht genau, was ein Vibrator war, und ich konnte schon wieder niemanden fragen. Immerhin ahnte ich, dass es nicht das war, wonach es klang, nämlich ein Vorläufer des Fahrrads, sondern wie die meisten komischen Sachen mit Sex zu tun hatte. Also verdrehte ich die Augen und sagte: »Klar! Als wäre ich noch ein Unschuldslamm, Mum!« Das war offenbar die richtige Antwort, alle lachten.

Ich murmelte das Wort Vibrator drei Mal vor mich hin, damit ich nicht vergaß, es zu googeln. Im Land des Lavendels konnte man allerdings nicht wirklich ungestört am Computer sitzen, denn Claire hatte ihn in die Küche gestellt, um alles unter Kontrolle zu haben. Nein, ich vermisste mein Zuhause nicht. Es wäre klasse gewesen, wenn Mum jemanden gebeten hätte, ein Foto von uns beiden zu machen, aber das tat sie nicht.

Dann sahen wir Gran. Sie schien so etwas wie Mums Unglücksbringerin zu sein, und ihr Anblick hätte uns daran erinnern müssen, dass alles zugutumwahrzusein.com war. Außerdem hätte uns einfallen müssen, dass Freitag, der dreizehnte Oktober war. »Was tust du hier?«, schrie Mum entsetzt, als Gran im fliederfarbenen Brautmutterkleid, mit hohen Hacken, einem großen Glas Sekt und rosa Make-up angeschwebt kam, das eine Fünfjährige aufgelegt zu haben schien. »Du weißt doch, dass ich nicht mehr heirate, Mam. Nie mehr. Du kannst mich erschießen, wenn ich noch einmal den Bund der Ehe eingehen will.«

Mum schüttete sich Sekt in die Kehle, und ich dachte: O Gott! Und beim Wackeln ihrer Euter dachte ich: nur nicht besaufen, sonst ruinierst du alles. Später kam mir allerdings der Gedanke, dass sie genau das vorgehabt hatte – unter alles einen Schlussstrich zu ziehen.

»Führe mich nicht in Versuchung, Jackie«, sagte Gran, küsste mich auf die Wange und beglückwünschte mich zu meinem Aussehen. »In unserer kläglichen Familie gibt immerhin Elle Anlass zur Hoffnung für die Zukunft.«

»Warum schaust du dir Brautkleider an, wenn ich nie wieder heiraten will, Mam?«

»Wer sagt denn, dass ich deinetwegen hier bin, Jackie?

Was ist mit mir?«, erwiderte Gran schaumweinkichernd und drückte mich so fest, dass sie mich fast erwürgte.

»Du bist nur hier, weil es Sekt umsonst gibt«, sagte Mum, die an ihrem Glas nippte.

»Dann haben wir ja doch was gemeinsam, Jackie«, sagte meine leicht schwankende Gran. Aber ich wusste, was die beiden in Wahrheit gemeinsam hatten: Sie waren einsam. Gran wäre gern bei Mum und ihren Freundinnen geblieben, um jedem vorgestellt zu werden, genau wie ich. Vielleicht kommt alles Elend dieser Welt von dem Wunsch, von der eigenen Familie geliebt und bewundert zu werden, obwohl nichts schwieriger ist als das. Mum konnte nicht plaudern, weil sie arbeiten musste. Sie zog eine Flasche Sekt für Gran unter dem Tresen hervor, und Gran schwankte davon, als würde sie bei Windstärke zwölf das Deck eines Dreimasters überqueren.

Ich wünschte, ich wäre mitgegangen.

Inzwischen erklang die Kreation eines Studenten, der einen Wettbewerb zur Komposition eines »experimentellen romantischen Stücks« gewonnen hatte. Es klang wie die Untermalung der Szene eines Horrorfilms, in der die frisch geduschte Heldin durch die Villa schlich, Türen öffnete und um Ecken lugte – manchmal hörte es sich an, als würde jemand ein paar Mal rasch nacheinander niesen, dann wieder schienen Gabeln erst schnell und dann langsam auf einen harten Fußboden zu fallen. Mir schwante offenbar etwas, denn während ich die Bräute ansah, fühlte ich mich richtig mies, vielleicht, weil Mum so hastig trank oder weil ich über unsere Familie nachdenken musste. Ich hatte das Gefühl, von Schwänen umgeben zu sein; schwer zu sagen, welche Braut am schönsten war. Die Stunden vergingen, während die Frauen vorbeizogen, groß, samtig und kerzenweiß, und ich fragte mich betrübt, ob ihnen Familie und Liebe das Gleiche antun würden wie Gran, Mum und mir – würden sie auch herunterbrennen, schmelzen und vergehen?

Ich wollte gerade losheulen, da fragte Danuta: »Hast du damals in Weiß geheiratet, Jackie?«

»Eher beige«, antwortete Mum. »Aber ich sah genauso leicht entflammbar aus. Bei der zweiten Hochzeit war es Grau, denn ich hatte meine Lektion gelernt. Meine Mutter hat versprochen, mich zu erschießen, falls ich je wieder heiraten will.«

»Ich werde auch nie heiraten«, sagte Danuta seufzend. »Wenn ich einen Brotbackautomaten brauche, kaufe ich ihn selbst.«

Ich musste lachen, denn zu Hause hieß es immer, dass Claire ihren Brotbackautomaten mehr liebte als Dad.

Ein Angestellter fragte mich nach meinem Namen, und als ich ihn nannte, lächelte er. Ich fühlte mich immer noch mies, denn mit zwölf hätte ich wohl den gleichen lidflatternden Augenaufschlag wie Mum ausprobieren sollen, aber immer, wenn ich das getan hatte, war ich ängstlich und unsicher gewesen, und Mum hatte gelacht, und ich hatte nur noch nervös kichern können. Wenn ich neben einem Mann stand, hatte ich das Gefühl, in einem furchteinflößenden Stück mitzuspielen, aber für Mum bestand der Lebenssinn darin, vor Männern ihre Rolle zu spielen, und deshalb hatte sie sich an das Lampenfieber gewöhnt.

Kurz vor dem Beginn der »Märchenparade umwerfender zukünftiger Bräute« wurde im ganzen Laden, in jeder Etage, Konfetti verstreut. Es lag auf den Verkaufstresen und blieb wie Schnee oder Puderzucker im Haar der Verkäuferinnen, auf Schuhen und Taschen hängen. Es sollte »ein Hauch von Süße und Romantik« sein. Zu dem Zeitpunkt dachte ich noch: Jaaaaa! Und meine Stiefschwestern verpassen alles!

Dann begann die Märchenparade. Die Bräute waren groß und klein, dick und dünn, schwarz und weiß, manche kicherten so sehr, dass ihre Schultern bebten, andere senkten den Kopf mit dem Diadem und schlugen diamantenschwere Finger vor ihr Gesicht, um ihr verschämtes Grinsen zu verbergen. Ich konnte sehen, dass sich Gran von einem gutaussehenden Verkäufer aus der Lebensmittelabteilung nachschenken ließ. Der Paki plauderte mit Kundinnen. Mum nippte immer wieder am Sekt und posierte mit Schmollmund, und auf die Frage, ob man ein Foto von ihr aufnehmen dürfe, antwortete sie mit ihrem alten Witz: »Ooooh, nimm mich doch gleich bei dir auf, Schätzchen. Ich bin dein.«

Ich mochte es überhaupt nicht, wenn man sie fotografierte. Das Foto kam mir immer vor wie ein Beweisstück, das man hinterher gegen sie verwenden wollte. Währenddessen schlenderten die anderen Mütter und Töchter die Paraderoute entlang, die mit Lilien auf dem Fußboden markiert war, und aus den Lautsprechern kam ein tolles Lied: ›Oh you pretty things.‹ Die Bräute krümmten sich kichernd und klatschten sich auf die Knie, als würden sie sich selbst veralbern. Dann bat man sie, die Parade kurz für ein Pressefoto zu unterbrechen, und plötzlich erhob sich ein silberner Sturm, und Tausende von Zähnen blitzten.

Wenn mich meine Stiefschwestern jetzt mit meiner schönen Mum gesehen hätten!

Ich war wirklich eine Idiotin. Als hätten wir, ich und

meine arme Mum, einem Vergleich mit Claire und ihrer perfekten Familie standhalten können.

Ich begann zu pfeifen.

Und weil es ein magischer Tag war, wurde mein Wunsch erfüllt, und ich sah sie in der Menge. Wirklich! Claire trug ihre warme, beigefarbene Wolljacke, und Cherub und Caprice standen neben ihr und betrachteten staunend den funkelnden Spaß, bei dem sie nicht mitmachen konnten. Ich runzelte die Stirn und winkte ihnen, damit sie mich sahen, und wir schauten den zukünftigen Bräuten zu, die mit Sekt und Knabbergebäck herumliefen und in den Fahrstühlen elegant wie Engel auf und ab glitten.

Dann kam Danuta und erzählte, sie sei von einer Journalistin ausgefragt worden. Sie hatte Angst, weil sie mit ihr geredet hatte. Mum erzählte mir, dass es quasi ein Kapitalverbrechen war, ohne vorherige Erlaubnis mit der Presse zu sprechen – das war ein Kündigungsgrund. Sie hatten alle eine Erklärung unterschrieben, in der stand, sie würden mit niemandem sprechen, selbst dann, wenn sie angesprochen wurden. Als wären sie verschreckte Kinder. Sie meinte das wahrscheinlich wieder ironisch, denn sie lachte so sehr, dass sie torkelte.

Danuta erzählte Mum, dass sie mitten im Interview Panik bekommen habe und verschwunden sei.

Da setzte der abgedrehte, kirchenartige Chorgesang ein, der bald durch das ganze Gebäude hallte – ich stellte mir vor, dass man ihn überall in der Stadt hören konnte, sogar unter der Erde. Man konnte sich nirgendwo verstecken. Es gab sogar einen Sendewagen, der alles live übertrug. Meine betrunkene Gran und meine schrecklichen Stiefschwestern sahen zu. Meine Mum war gerade dabei, ihr Leben wieder auf das richtige Gleis zu setzen. Der Paki war ganz hinten, auf der anderen Seite des Ladens.

»Da kommt sie«, sagte Danuta.

»O mein Gott – Sie sind das!«, rief die junge Journalistin, trat einen Schritt zurück und drückte sich die Fingerspitzen auf die Lippen. Mir dämmerte mit Verspätung, dass sie Mum meinte. »Ich wusste, dass Sie wieder aufkreuzen. Das ist ja wie in einem Horrorfilm. Warum lassen Sie uns nicht endlich in Ruhe?«

»Gibt es ein Problem?«, fragte eine energische Frau, die zu viel Zahnfleisch zeigte und hinzufügte, sie sei vom Pressebüro. Die Sache sah jetzt nicht mehr ganz so romantisch aus, aber meine beschwipste Mum stellte immer noch nicht den Zusammenhang zwischen sich und der drohenden Katastrophe her.

»Der Typ ist auch da«, sagte die Frau und zeigte hektisch quer durch den Laden. Die in der Nähe stehenden Bräute drehten sich zu uns um. Der Chor versuchte, lauter zu singen, aber Mum sagte immer noch nichts. »Er steht jeden Morgen vor meinem Haus.«

Dann hörte ich, wie Mum sagte: »Darüber musst du mit mir reden, Schätzchen.«

Ich fühlte mich wie in den endlos langen Fluren der Zickenakademie – ein winziges Däumelinchen, das am Brautkleid seiner Mutter zupfte, aber nicht mehr bewirken konnte als ein Marienkäfer, der versuchte, eine Blume umzukippen. Ich sah, wie Claire, Cherub und Caprice zu uns herüberstarrten, und ich konnte ihren beschleunigten Atem hören. Dann hörte ich das kaugeräuschartige Klicken einer hungrigen Kamera. Die Frau schrie: »Sie hat uns alle ausspioniert, sie hat Tag und Nacht draußen vor unserem Haus gestanden, sie ist mir sogar zur Arbeit gefolgt. Und dann hat sie mich gerammt und einen Autounfall verursacht.« Ich dachte: O nein, ganz ruhig, aber das war wie üblich sinnlos und außerdem zu spät, und die Frau tat einen Schritt auf Mum zu und stieß ihr einen Finger gegen die Brust. Es war so, als wäre der Finger mit einer Kugel geladen.

Später bildete ich mir ein, dass Mum wie eine Stuntfrau reagiert hatte, weil es die Sache aufregender machte und das Tempo zum Ende hin beschleunigte. Mum wusste, dass das Spiel aus war. Sie wollte weg aus diesem verrückten Laden, denn ihr gefiel, was andere mieden und verabscheuten: Umwälzungen, große, plötzliche, gefährliche Ereignisse, die alles für immer veränderten. Wenn der Chor lauter gesungen hätte oder Musik gelaufen wäre, hätte vielleicht niemand was bemerkt, aber im Laden war es mucksmäuschenstill, und die Schreie der Frauen und das Geräusch, mit dem Mum rückwärts gegen eine stählerne Vitrine taumelte, hallten wie Schüsse. Ich versuchte, sie zu stützen, als sie fiel, aber ich war zu klein und zu schwach und kam nicht gegen den Pistolenfinger und die Zentnerlast meiner Mum an, die sich wie ein riesiger Schwamm mit Sekt vollgesogen hatte. Mum sagte später zu Marilyn, dass es einerseits schmerzhaft und andererseits angenehm gewesen war, weil es nicht wie der anhaltend tiefe, brennende Schmerz von Schuldgefühlen oder Scham gewesen war, ganz im Gegenteil – der Schmerz war plötzlich verflogen, erzählte sie, und sie war wieder nüchtern. Sodass sie beim Eintreffen von Orla, der erst Gran, dann Marilyn und schließlich ein Dutzend Sicherheitsleute folgten, ganz genau wusste, was und wer sie gestoßen hatte.

Immerhin wurde Mum schnell gefeuert. Orla, ihre Chefin, sagte, sie sollte die Räumlichkeiten sofort verlassen und auf dem Weg nach draußen gleich all ihre Sachen mitnehmen. Als ich Dad am Telefon sagte, dass ich Mum helfen wollte und erst später heimkommen würde, rastete er aus. Er wisse schon alles, sagte er, und mein Zuhause sei bei ihm und so weiter und so fort, und sie würden auf mich warten und eine DVD holen, und Claire habe alles gesehen und sei schrecklich besorgt, und sie habe zum Trost einen ganz besonderen Tee gekocht. Dann fügte er noch hinzu, er hätte jetzt das Familienfoto über dem Kamin aufgehängt, und es würde toll aussehen.

Ich muss ohne jede Spur von Ironie zugeben, dass Dad mein zweites Zuhause tatsächlich sehr schön eingerichtet hat. Obwohl mir nicht in den Kopf will, warum er sich bei einem so dämlichen Haus so große Mühe gegeben hat, mit Mum aber nicht. Er schuftet wie irre, damit die Kacheln blitzen, der Mörtel glatt ist und der Anstrich glänzt, aber bei Mum hatte er aufgegeben. Er hatte sie einfach gehen lassen.

Als ich ihr an diesem Tag etwas zu essen machte, die Teller abräumte und abspülte und über ihren Küchentisch wischte, spürte ich gar nichts mehr. Wenn man getrennte Eltern hat und an zwei unterschiedlichen Orten zu Hause ist, geht das: Man kann beschließen, in der Leere zwischen ihm und ihr, da und dort, jetzt und früher zu leben – in dieser coolen, ironischen Lücke, in der nichts mehr wichtig ist.

Amir

Eine Schlagzeile lautete: BRUTAL! BETRUNKENE BRÄUTE VERTEILEN BACKPFEIFEN. Und eine andere: SCHLÄGEREI IN GESCHÄFT. Das Foto war jedes Mal sehr groß, der Text sehr kurz: »Während eines Werbe-Events in der ersten Einkaufsadresse der Stadt kam es an diesem Nachmittag zu Handgreiflichkeiten. Die Polizei traf ein, nachdem zwei Frauen, von denen eine als Braut auftrat, Schläge ausgetauscht und wild auf dem Boden gerungen hatten. Orla McMohan, Managerin des Geschäfts, sagte dazu: ›Wir untersuchen den Vorfall.‹« Das stand zwar nicht auf Seite eins oder zwei, doch es gab ein unscharfes Foto von Jackie als topmoderner Braut, die rückwärts in das weiße Seidenchaos stürzte. Und ein schärferes Foto, das amüsiert lächelnde Bräute und eine kaputte Vitrine zeigte. »Prügelei verdirbt prächtigen Tag«, lautete die Unterschrift.

Und dann war da noch das Foto eines sehr besorgten älteren Mannes, der neben seiner neunzehnjährigen Tochter stand. Im Artikel hieß es, sie sei Publizistikstudentin und wohne bei ihrem Dad, während sie ihren Abschluss mache.

Ashfaq und Halima lasen die Artikel natürlich. »Und wir sollen angeblich gewalttätig sein«, sagte Ashfaq am Telefon.

»Wir stellen angeblich eine Bedrohung für die nationale Sicherheit dar!« Wir sprachen zum ersten Mal seit zwei Wochen miteinander, und er freute sich, meine Stimme zu hören, ärgerte sich nur über zwei Dinge: dass er den Kampf verpasst hatte und dass ich in keiner Weise darin verwickelt gewesen war. »Wir wissen, dass sie es ist. Diese Schlampe, bei der du … warst. Die uns zu Hause besucht hat. Und sieh dir an, was passiert ist. Verstehst du jetzt, warum ich dir befohlen habe, dich von ihr fernzuhalten?«

»Diese englischen Frauen sind brutale Schlägertypen«, mischte sich Halima plötzlich ein. Sie sagte, sie hätte mich lange auf dem Foto gesucht. »Ich wäre so gern dabei gewesen, Amir. Ich habe zu Ashfaq gesagt, wir hätten hingehen müssen, um dich auszulachen.«

»Das wäre nicht witzig gewesen«, sagte Ashfaq düster. »Wenn du auf dem Bild gewesen wärst, meine ich. Es hätte unsere Familie, mich und mein Geschäft in Verruf gebracht.«

»Wer weiß denn schon, dass wir verwandt sind?«, fragte ich.

»Man hätte es gewusst, weil ich darauf hingewiesen hätte«, erwiderte er.

Ich erzählte ihm von meiner Kündigung. Und das stimmte. Orla hatte mich überrumpelt, als ich nach Ladenschluss in ihr Büro gekommen war: »Setz dich, Amir. Und guck nicht so besorgt. Du bist ab heute Damenmodespezialist.«

»Willst du die Stelle nicht ausschreiben?«

»Nein, das will ich nicht. Du kannst gleich anfangen, Amir.«

»Danke«, sagte ich. »Aber ich will hier nicht mehr arbeiten.«

Ich hatte das nicht geplant. Ich wusste nur: Wenn Jackie nicht mehr im Laden war, musste ich kündigen, bevor ich die Namen aller Mädchen auswendig wusste, die am Samstag shoppen gingen, obwohl ich drei Mal so alt war wie sie.

»Ich könnte die Polizei rufen«, sagte Orla.

Meine Familie nahm die Kündigung erleichtert zur Kenntnis. Aufgeregte Verwandte riefen mich den ganzen Abend auf dem Handy an, stellten Fragen, spekulierten, mutmaßten. Ashfaq rief sogar Verwandte in Pakistan an, um ihnen von dem Gerangel, den Zeitungsartikeln und meiner späten Reue zu berichten. Von Pakistan aus verbreiteten meine Verwandten die Neuigkeit im ganzen Mittleren Osten. Al Jazeera brachte in den Nachrichten Exklusivbilder von mir, und am gleichen Tag lud mich Ashfaq für den Abend zu sich ein, um das Ende des Ramadan zu feiern. Er war offensichtlich ganz heiß darauf, sich an den rauchenden Trümmern meines Berufslebens zu ergötzen. Er sagte, es sei eine Zeit, die eine Familie gemeinsam verbringen sollte, und außerdem wolle Ma mich sehen. Er behauptete, meinen weiteren Werdegang mit mir besprechen zu wollen, aber in Wahrheit wollte er nur mit dem Finger auf mich zeigen und mich auslachen.

»Tut mir leid, dass wir uns zerstritten haben, Bruderherz«, sagte er, als er mich an der Tür begrüßte. Er drückte meine Schulter fest mit einer fetten Pranke.

»O nein, das tut dir nicht leid«, sagte ich.

»Jetzt, da du diese Prügeltusse nicht mehr triffst, vergesse ich alles. Schwamm drüber. Ma braucht dich. Das ist mir gerade klar geworden. Du hast eine gute Art, mit ihr umzugehen. Komm rein, und dann reden wir.«

Ich ging hinein. Alle lachten mich an, umarmten mich und hielten die Zeitungsartikel hoch, und Ashfaq sagte, ich hätte meine Lektion gelernt, und Ma müsse jetzt nicht mehr in den Stillen Winkel, weil ich mich halbtags um sie kümmern und halbtags im Lullen & Stullen arbeiten würde. Er würde mich bezahlen. Ich solle für ihn arbeiten. Ich müsse nur den Haushalt führen und die Hausarbeit machen, und wenn ich alles zu seiner Zufriedenheit erledigte, würde er mir einen Extra-Lohn dafür zahlen.

»Soll ich dich nicht gleich heiraten?«, fragte ich ihn.

»Tja, du könntest schon lange eine gute Frau haben, wenn du zugegriffen hättest«, seufzte Halima, und Ashfaq grinste wie ein gerissener Vertreter und zog die Brieftasche aus seiner speckigen Tasche. Er zeigte mir das Foto einer sehr schönen jungen Frau.

»Wann ist das aufgenommen worden?«, fragte ich. »Ist sie das wirklich, oder ist es ihre Schwester?«

»Das Bild ist neu! Du wirst nicht enttäuscht sein. Sie ist es wirklich.«

»Wo ist der Haken?«

Ashfaq schüttelte grinsend den Kopf. »Ich habe dir die süßeste Praline bis zuletzt aufgespart, Bruderherz, mehr nicht.«

Aber ich kehrte nicht wegen der umwerfenden Anaya nach Hause zurück, sondern weil Ma sich sehr über mein Kommen freute und zu wissen schien, dass ich fort gewesen war. Und was konnte ich Jackie schon noch bieten? Also ging ich auch nicht runter, als ich am späten Abend aus meinem Schlafzimmerfenster schaute und meine gedemütigte Freundin auf der dunklen Straße erblickte. Obwohl es in Strömen goss und ich im Laternenschein sehen konnte, dass ihre Schultern nackt waren. Ich beschloss, dass sie nur eine Vision war. Ich war ein nutzloser Idiot. Ich hatte sie im Stich gelassen und nicht beschützt, und dann hatte ich diesen Irrsinn auch noch zugelassen. Eigentlich hätte ich sofort mit ihr gehen müssen, als man sie gefeuert hatte.

Ich hätte die Hand der kleinen, schmollenden Elle und die Hand der großen, ungezogenen Jackie ergreifen, den affigen Anzug ausziehen und den Laden wie ein Bollywood-Cowboy verlassen müssen.

Aber das hatte ich nicht getan. Und wenn man etwas verbockt hatte und nicht wusste, wie es wieder einzurenken war, brauchte man Zeit zum Nachdenken. Man musste wie ein besiegtes Heer den Rückzug antreten. Dem Wiederaufbau Platz machen, der nach einer gewalttätigen und chaotischen Phase irgendwann unweigerlich begann.

Also war ich stundenlang online. Später, als ich zum ersten Mal nach langer Zeit wieder in meinem Bett lag, konnte ich nicht einschlafen, und mitten in der Nacht meldete sich mein Handy. Sie hatte mir eine SMS geschickt, um mir zu sagen, dass es nicht meine Schuld war: »Du hättest deinen Job nicht verlieren dürfen, Schätzchen.«

»War meine Entscheidung«, schrieb ich im Licht der Sterne. »Will dort nicht ohne dich arbeiten.«

»Habs dir gesagt: Ich bringe Pech«, simste sie, noch bevor ich meine Nachricht abgeschickt hatte.

»Du bist das schönste Pech, das ein Mann haben kann«, schrieb ich zurück, schaltete mein Handy aus und wartete dann die ganze Nacht darauf, dass ein roter Fingernagel an mein Fenster klopfte.

Und heulte den Mond an.

Aber am nächsten Tag, einem Sonntag, wurde ich schwach und stimmte einem allerletzten Treffen in unserem Café zu. Sie saß im Regen draußen an einem Tisch. Sie trug eine riesige schwarze Sonnenbrille und zog wie wild an einer Zigarette. »Die Presse hetzt mich, Schätzchen«, sagte sie, als ich sie auf die Wange küsste. Sie sah aus wie eine Mafia-Braut, und ich erwartete halb, dass sie einen Revolver auf dem Schoß hatte. Danuta, die wie ihre Mafia-Zofe neben ihr saß, schien genauso aufgeregt über die Artikel zu sein wie Ashfaq und erzählte, dass sie Jackie überallhin begleitete. »Wenn die Presse Interviews haben möchte, muss sie dafür blechen«, sagte Danuta.

»Ist schon okay«, log ich Jackie ins Gesicht, die meine Hand hielt und immer wieder sagte, dass ich nicht hätte kündigen dürfen. »Ich steige jetzt als Partner im Laden meines Bruders ein.«

»Na, dann viel Glück, Partner«, sagte Jackie, tippte gegen ihr Haar, als wäre es ein Hut, und alberte eine Weile herum.

Dann fragte Danuta: »Und für welchen Teil bist du zuständig? Für die Lullen oder für die Stullen?«

»Wir wollen mit unseren Stullen den Kontinent erobern«, antwortete ich, und beide Frauen lachten. Jetzt, da ich für Ashfaq arbeitete, konnte ich genau das tun – die ganze Zeit Frauen zum Lachen bringen.

Wie dieser dämliche Busfahrer-Clown vor all den Monaten, und ich fragte mich, ob sie ihn geliebt hatte, wie die Frauen mich bald lieben würden: als tugendhaften, häuslichen, auf Nummer sicher gehenden, umsichtigen Familienmenschen, als Hort der Geborgenheit. Würden mich all die nervösen, erschöpften, gestrandeten Frauen bald ganz bewusst und mit Bedacht auswählen, damit sie nicht den anderen, besseren, wilderen, gefährlicheren, aufregenden Männern verfielen?

Und mir dämmerte, dass sich Jackie nie mit diesem hirnlosen Busfahrer eingelassen hätte, wenn ich sie von Anfang an tief und tapfer und leidenschaftlich genug geliebt und ihr meine Liebe gestanden hätte. Und wäre ich damals wie verabredet im Pub erschienen, dann hätte sie auch nie den wahnwitzigen Versuch unternommen, diesen Mann mit Gewalt an ihre Seite zurückzuholen.

Alles war meine Schuld.

»Wir dürfen nicht zulassen, dass diese verrückte Tusse siegt«, sagte Danuta seufzend. »Sie hätte dich fast umgebracht. Ich dachte schon, du würdest in den Fahrstuhlschacht stürzen. Oder einen Glassplitter in den Kopf bekommen. Man könnte sie wegen versuchten Mordes anklagen!«

»Aber Schätzchen, hör mir doch zu: Ich bin die verrückte Tusse, und sie gehört zur Familie«, erwiderte Jackie und schob die dunkle Sonnenbrille zurecht. »So stand es in der Zeitung. Sie ist seine Tochter aus zweiter Ehe. Aber ich will George alles erklären«, sagte sie. »Er muss wissen, dass ich seiner Tochter nichts tun wollte. Ich weiß endlich, dass sie seine Tochter ist, jetzt kann ich ihn loslassen.«

Danuta sah mich an und zuckte mit den Schultern. Ich riet Jackie, George in Ruhe zu lassen, und ich hätte noch mehr gesagt, wenn ich mich nicht so fürchterlich zusammengerissen hätte, um nicht durch ihr Lächeln umgehauen zu werden. Jetzt war alles aus und vorbei. Schließlich kam die hübsche Anaya noch am selben Tag zu Besuch. Schließlich legte diese makellose Schönheit nur wegen mir den ganzen, weiten Weg von Birmingham zurück. Schließlich musste ich an meine Landsleute und an meine Familie denken und daran, dass meine alte Ma vielleicht vor dem Bollywood-Finale sterben würde. Ich durfte keinen Ärger bekommen, Jackie durfte keinen Ärger bekommen, meine Ma musste den Stillen Winkel verlassen, und ich musste aus der Primrose Lodge ausziehen.

»Du hast recht, Amir. Ich werde mich eine Weile bedeckt halten«, sagte Jackie, indem sie ihre riesige Sonnenbrille richtete und sich wackelig wie ein Fohlen auf ihren wolkenkratzerhohen Absätzen erhob. Sie trug nur einen winzigen Fetzen von Kleid, und wegen der Brille konnte ich nicht erkennen, ob sie weinte. Wie üblich keine Handtasche. »Elle verbringt eine ganze Woche bei mir, und das muss schön für sie werden. Ich melde mich.«

Ich sah ihr nach, als sie verschwand, und dann kehrte ich nach Hause zurück und erledigte die zusätzlichen Arbeiten, die Ashfaq mir aufgehalst hatte: Ich taute die Eiscremetruhe ab und saugte die Mäuseköttel hinter den monströs großen Tonnen weg.

Ashfaq

Anaya war eine umwerfende Schönheit. Sie entsprach tatsächlich der Beschreibung ihrer Familie und sah absolut einmalig aus. Leibhaftig war sie sogar noch hübscher als auf dem Foto. Sie war jung und intelligent und lachte gern, und ihr Haar fiel wie schwarzes Gold auf ihre perfekten Schultern. Der Gedanke, dass diese strahlende Schönheit meinen trotteligen Bruder heiraten würde, war schon komisch, aber ich musste es akzeptieren, um die Familie zu vereinen und Schwestern und Mutter zu beschützen. Ich verdrängte alle anderen Gedanken.

Nachmittags war Halima in der Küche und bereitete das Essen zu, ich saß vor dem Fernseher, und meine Tante und meine Schwestern führten Anaya und ihre Familie durch den Garten. Da hörte ich, dass die Haustür aufging. Ich hörte, wie Amir flüsterte. Ich stellte den Fernseher leiser und schlich zur Wohnzimmertür, um zu hören, was der kleine Idiot da quatschte.

»Elle ist zu ihrem Dad zurück«, sagte die Teufelin. Ich linste durch den Türspalt, und da stand das Vanilleschnittchen hochhackig auf unserer Türschwelle. Genau wie beim letzten Mal, als wir Besuch von einer potenziellen Braut gehabt hatten. Sie schien absichtlich zu kommen, um alles zu versauen – oder hatte der kleine Idiot sie eingeladen?

»Ich habe also frei«, sagte sie.

»Prima«, sagte Amir. »Ich würde dich ja hereinbitten, aber ich fürchte, wir würden beide nicht lebend rauskommen.«

»Ach, was ist schon das Leben?«, fragte sie. Doch ich konnte an ihren Augen, ihrem Lächeln, den Händen, die sie über ihre Hüften und durch ihr Haar gleiten ließ, an ihrem Duft und ihrem raschen Atem erkennen, dass sie ihn ins Verderben stürzen wollte – mit Erfolg.

»Komm vor die Tür«, flüsterte Jackie. »Bitte, Amir.«

Man durfte nicht vergessen, dass wir eine kleine Feier veranstalteten und dass Ma gemütlich in ihrem Sessel saß. Man durfte nicht vergessen, dass ich Amir schon einmal wegen dieser Schlampe den Kopf gewaschen hatte.

»Es passt gerade nicht gut«, sagte Amir.

»Es passt nie gut, oder?«

»Nein«, sagte Amir. »Meine ganze Familie ist da, meine Tante und ein wildfremdes Mädchen, das ich vielleicht heiraten werde.«

»Ist sie sehr schön?«

»Ja.«

»Dann haue ich ab«, sagte sie, blieb aber stehen.

Ich ging in die Küche, wo jetzt alle Frauen mit dem Essen beschäftigt waren, und bat meine Tante, Anaya und ihre Mutter in das vordere Zimmer zu führen, damit sie einen Blick auf die Straße werfen konnten. Sie sahen mich verwirrt an. »Auf die Straße?«, fragte Samirah, die den Besuchern nicht zeigen wollte, dass sie mich für übergeschnappt hielt.

»Sie soll ein Gefühl für die Gegend bekommen«, sagte ich und führte sie in das zur Straße gelegene Zimmer.

»Wer ist das?«, fragte mich Wahida leise, als sie den Rücken der Schlampe sah, die immer noch mit Amir in der Tür stand. Ich zuckte mit den Schultern und sagte, dass es vielleicht eine Vertreterin war. Hoffentlich war jedem klar, was sie verkaufen wollte. »O nein«, flüsterte die Tante Samirah zu. »Ist das etwa diese Freundin, die beim letzten Mal hier war?«

Ich verließ sie, während sie über Parkausweise sprachen, ging zur Hintertür hinaus, bog hinter der Gartenpforte rechts ab und huschte durch die Gasse, wo ich den Rücken gegen die Backsteinmauer drückte und das linke Ohr zur Straße drehte. Amir fragte gerade: »Wo?«

»Ich muss putzen. Elle kommt bald. Am Wochenende vor den Ferien. Ich hatte gehofft, sie würde eine ganze Woche bleiben, aber sie darf nur übers Wochenende kommen, damit sie sich nicht mit meinen schlechten Charaktereigenschaften infiziert.«

Ein langes, frustrierendes Schweigen trat ein. Ich konnte nicht sehen, was sie taten. Schließlich sagte die Schlampe: »Darf ich dir einen Ersatzschlüssel für mein Haus dalassen? Ich will mit Elle ein paar Tage wegfahren. In Urlaub. Vielleicht in einen Freizeitpark. Könntest du nach dem Rechten sehen? Ab Freitag?« Sie ratterte diese Sätze herunter, als wären sie ihr gerade erst eingefallen, und auf Amirs Frage, wohin sie wirklich wolle, antwortete sie nur: »Hey! Ich bin jetzt frei. Kein Job, kein Typ, keine Verantwortung. Die Welt steht mir offen. All die Meere, all die Fische.«

Meine Tante klopfte so laut gegen das Fenster, dass ich glaubte, sie wollte die Scheibe einschlagen und meinen kleinen Idiotenbruder am Kragen ins Haus zerren.

Aber es war sinnlos, wütend zu werden. Wir hatten es mit

körperlicher Gewalt versucht, und das hatte nicht geklappt, sondern Amir nur das Gefühl gegeben, der tolle Rebell, der Freiheitskämpfer zu sein. Ich hatte deswegen viel mehr Ärger bekommen als er, weil alle gejammert hatten. Wir mussten etwas anderes probieren.

»Ein bisschen Zeit mit meiner wunderbaren kleinen Tochter zu verbringen ist genau das Richtige, Amir.«

»Ja«, sagte Amir, und sie gab ihm die Schlüssel. Dann wurde ein inniger Kuss auf eine rosige Wange gedrückt, obwohl meine Tante immer noch klopfte und Anaya zusah und sich vermutlich ihren Teil dazu dachte, die Arme.

Amir war so besoffen von dieser Schlampe, dass er seine Familie am Fenster gar nicht bemerkte.

Beim Abschied drückte sich Amir so fest und so lange an sie, als wollte er mich absichtlich provozieren. »Falls das Bügeleisen noch an ist, kannst du es ausschalten, Schätzchen?«, fragte Jackie, als sie sich zum Gehen wandte. »Die Pflanzen im Haus sind nicht so wichtig«, brabbelte sie weiter. »Du hattest recht: Sie sind längst tot.«

Er streckte einen Arm nach ihr aus, und sie stolperte zu ihm.

»Jetzt reicht's!«, brüllte ich und sprang aus der Deckung. Die beiden erschraken sich fast zu Tode. Ich legte Amir eine Hand auf die Schulter, als wäre er sieben Jahre alt, und zog ihn auf dem Bürgersteig hinter mir her. Er klammerte sich trotzdem etwas zu lange an sie. Ich sprach so leise mit ihm wie mit einem gemeingefährlichen Verrückten und löste Jackie aus seinem Griff, als wäre sie ein scharfes Messer.

»Ja, er sollte reingehen, sonst ärgert sich die Fremde«, sagte Jackie und lächelte mich an, und Amir drehte sich endlich zum Fenster um und sah Anaya und ihre Familie, unsere Schwestern und unsere Mutter, die uns erstaunt und besorgt beobachteten.

Ich sah meinem kleinen Bruder an, dass er sich schämte. Ich wusste, dass ich mein Ziel erreicht hatte. Schuldgefühle und Scham waren eine bessere Abschreckung als Schläge. Das hatte ich inzwischen begriffen. Und ich hatte kapiert, dass ich konsequent sein musste. Als diese Schlampe neulich bei uns vorbeigekommen war, hatte ich den Fehler begangen, sie zu nahe an unsere Frauen heranzulassen, sodass sie sich als ganz normale, freundliche Person darstellen konnte, schwatzte, tratschte und alles mit allen teilte. Doch als Amir seinen Blick jetzt von unserer Familie, die besorgt am Fenster stand, zu der auf der Straße stehenden Jackie gleiten ließ, war sonnenklar, dass er sich entscheiden musste – zwischen ihr und uns.

Ich führte Amir fort, und als der Schlappschwanz, der er war, ließ er mich gewähren.

Im Haus waren alle wütend auf ihn. Ich wusste, dass die arme Anaya dieses Erlebnis vielleicht nicht verwinden würde, aber sie war sowieso viel zu naiv und unerfahren für ihn, und die Verzweiflung, die Amir jetzt aushalten musste, nachdem er all das über unsere Familie gebracht hatte, würde ihm helfen, den falschen Pfad zu verlassen, auf dem er bisher gewandelt war. Er würde sich noch lange schämen, und die Schande, die er uns allen gemacht hatte, würde dazu führen, dass er sich selbst viel schlimmer bestrafte, als ich es je hätte tun können. Und schließlich, eines nicht ganz fernen Tages, würden wir eine brave Frau für ihn finden, die nichts von seinem wahren Verlangen ahnte und gegen die er sich nicht mehr sträuben würde.

Amir

Am späten Abend, als ich längst hätte schlafen sollen, fing ich an zu simsen. Ich wusste, dass es sinnlos war, und ich hatte die Sache wieder verbockt, als sich uns vor ein paar Stunden die Gelegenheit geboten hatte, zueinanderzufinden. Ich hatte zwar nicht gehandelt, als wir auf der zugigen Türschwelle gestanden hatten, aber ich hatte die ganze Zeit daran gedacht, mit Jackie durchzubrennen. Die Pässe zu holen und zu verduften. In einem warmen Land zu überwintern. Heimzukehren, wenn Gras über die Sache gewachsen war.

Dann erinnerte ich mich an das Klopfen meiner Tante, ein Geräusch, als würde ein Zweig im Wind gegen die Scheibe schlagen, und als ich mich umgedreht hatte, hatte ich Anayas hübsches, besorgtes Gesicht erblickt. Jackie hatte versucht, uns Scham und Peinlichkeit zu ersparen, indem sie einen Urlaub mit ihrer Tochter erfunden hatte. Weil wir beobachtet worden waren, hatte sie etwas sagen müssen, und sie hatte sich die Geschichte spontan ausgedacht. So wie im April, als ich sie im Hühnerkostüm mit diesem kapitalen Hornochsen angetroffen und so getan hatte, als hätte ich nach einem hartgekochten Ei fragen wollen. Ein hartgekochtes Ei! Es kam mir vor, als wäre das eine Ewigkeit her – bevor wir durchdrehten, den Job verloren, in den Zeitungen durchgenudelt wurden.

Keine Antwort auf meine SMS, und es kam mir so vor, als wäre Jackie wie die Zimmerpflanzen oder das Grün dieses Sommers – tot und verdorrt. So tot wie meine Karriere. Ich erwachte verschwitzt mitten in der Nacht, weil ich geträumt hatte, sie als braunen Strunk an einem weißen Strand zu entdecken, und auf der Treppe traf ich Halima, die fragte, was mich quälte und ob sie für mich beten sollte.

Während ich ruhelos durch das Haus geisterte, stellte ich mir vor, wie Ashfaq durch Pakistan reiste, entfernte Verwandte besuchte, Geld verschenkte und mit seinem beruflichen und privaten Erfolg prahlte, und alle würden sagen, dass sein Vater stolz auf ihn wäre. Ich dachte an den Abschiedskuss, den Jackie mir am Nachmittag gegeben hatte, an ihre heiße Wange, an ihren schlanken, fest an mich gepressten Körper und daran, dass ich von Kopf bis Fuß gezittert hatte. So wie schon mal. Sie hatte sich an mich geschmiegt, und ich hatte sie nicht losgelassen, obwohl meine Tante die ganze Zeit geschrien und gezetert hatte, als wollte sie eine rollige Katze verscheuchen.

Ich ging in mein Zimmer zurück und dachte an die zugewachsene Gasse hinter dem Haus. Das Jahr ging zu Ende, das Unkraut verwelkte, die Blumen erloschen, und es roch nicht mehr nach Staub, Pollen und Honig, sondern nach kaltem Mulch und Moder. Bei dem Gedanken, dass Jackie und ich den warmen Sommer ungenutzt hatten verstreichen lassen, wurde mir fast schlecht. Ich hatte mich nicht für Mut und Hingabe, sondern für die Angst und ihren Begleiter, den Zwang, entschieden, und jetzt gab es kein Zurück mehr.

Um drei Uhr früh, die Zimmerdecke drehte sich wie von einer Stroboskopkugel, leuchtete mein Handy auf. »Komm raus«, stand da. Ich starrte die SMS eine Weile an. Ich wusste, dass sie mit mir schlafen wollte. Ich wusste es genau. Diese Art von Gewissheit hätte ich bei Anaya nie, und ich konnte sie auch nicht von ihr erwarten, egal, wie atemberaubend schön sie war.

Also schlich ich in Boxershorts die Treppe hinunter, obwohl ich wusste, dass es grundfalsch war, und da stand sie, mitten auf der Straße und in einem mondhellen Gewand, das an ein Nachthemd erinnerte. Mein Herz hämmerte zum zweiten Mal an diesem Tag wie verrückt. Ich hatte immer geglaubt, dass sich mein Herzschlag in Jackies Gegenwart beschleunigte, weil ich Angst vor ihr hatte. Aber es war etwas ganz anderes.

»Man hat mich darauf hingewiesen, dass es nicht so einfach ist, ein Wochenende mit Elle wegzufahren. Offenbar muss ich ihren Vater zwei Wochen im Voraus um Erlaubnis bitten. Dann muss ein Richter zustimmen, dann der Premierminister, dann der Chef der Vereinten Nationen. Alle stimmen darin überein, dass sie die Ferien bei ihrem Vater verbringen muss. Also habe ich mich gefragt, ob – äh – du nächste Woche mit mir wegfahren würdest.«

Eine windige, nasse Oktobernacht, aber ich glühte, obwohl ich fast nackt war. Keine Frau hatte mir je eine solche Frage gestellt. Ich hatte sogar schon mit zwei verheirateten Frauen geschlafen, aber es verschlug mir kurz die Sprache. Beides weiße Mädchen, die ich durch die Arbeit kennengelernt hatte – sie waren Kundinnen gewesen. Ich war mit ihnen mitgegangen, weil ich wusste, dass es folgenlos bleiben würde. Wir hatten gevögelt, sie waren zu ihren Ehemännern zurückgekehrt, und ich hatte mein altes Leben weitergeführt, unverändert.

Ich lehnte den Kopf gegen den Türrahmen und schloss die Augen. »Wir sind ja beide arbeitslos, und ich habe etwas Geld auf der hohen Kante.« Jackie sprach langsam und ruhig, und als sie zu zittern begann, sagte sie: »Irgendein warmes Land. Wir besteigen ein Flugzeug und schauen mal, wohin es uns bringt.«

Ich musste daran denken, wie meine Tante am Nachmittag hinter mir mit der Hand gewedelt hatte, als wollte sie einen aufdringlichen Vertreter loswerden. An die arme Anaya, wie sie sich ein Lächeln abrang. An Wahida und Samirah, erschrocken und wie versteinert. Und ich musste an all die Gelegenheiten denken, bei denen ich mich vor meiner Familie als der egoistische, schamlose, herzlose, kleine englische Mistkerl offenbart hatte, der ich mit Sicherheit war.

»Nein«, sagte ich. »Ich kann nicht, ich kann nicht, ich kann nicht.«

»Weißt du das genau?«

»Ja. Ich kann nicht. Tut mir leid.«

»Alles klar«, sagte sie und wandte sich ab. »Ich wollte nur gefragt haben.«

Wenn es ein Traum war, dann einer, in dem ich ertrank und aus dem ich nie mehr erwachen konnte.

Elle

Am ersten Abend lag meine heiße Hand die ganze Zeit auf dem Telefon. Aber Dad rief nicht an, weil er glaubte, dass ich die ganze Ferienwoche bei Mum war, und Mum meldete sich nicht, weil sie davon ausging, dass ich längst wieder bei Dad war. Und wenn sie schon tot war und von Würmern gefressen wurde, konnte sie sowieso nicht mehr telefonieren.

Am letzten Sonntag hatte sie sehr einsam und traurig gewirkt. Irgendetwas war passiert. Ich wollte zwar nicht wissen, was, hatte aber beschlossen, zu bleiben und während der gesamten Woche auf sie aufzupassen.

Als es am ersten Abend dunkel wurde, wäre ich trotzdem am liebsten nach Hause gerannt, um Cherub und Caprice zu erzählen, dass ich eine Nacht allein gewesen war, nicht wusste, wo meine Mum steckte, und dass wir bei der Polizei anrufen müssten. Aber dann stellte ich mir vor, wie Cherub mit ihren fiesen, grünlichen Augen rollte und sagte: »Ah, super – eine Nacht in der Schlampenwelt. Ich bin dermaßen beeindruckt!«

Außerdem waren meine Stiefschwestern während der Ferien ständig zu Hause, schlichen wie riesige, fauchende Katzen durch die Zimmer, rieben sich an ihrer einzig wahren Mum und schnurrten, weil sie Schlittschuh laufen und außer der Reihe shoppen wollten. Dann stellte ich mir vor, wie Claire kreischte, Dad müsste wieder zum Anwalt, denn Mum hätte ihre letzte Chance verspielt, und man könnte ihr nicht mehr vertrauen, und ich hätte von einem Pädophilen ermordet worden oder verbrannt oder in der Badewanne ertrunken sein können.

Wenn's nur so gewesen wäre!

Außerdem hätte es der Polizei nicht gefallen, dass ich hier allein war. Sie waren schon einmal bei Mum gewesen, weil sie George nachgestellt hatte, und dann noch einmal nach dem Vorfall mit Georges Tochter. Es war wohl am besten, wenn ich nichts erzählte. Auch weil der Ofen zwischen Dad und Mum ganz aus gewesen wäre, wenn er gewusst hätte, dass sie mich die ganze Nacht allein gelassen hatte.

Also hielt ich die Klappe.

Als ich kapierte, dass ich Mum durch mein Schweigen beschützte und froh sein konnte, nicht zu Hause bei meinen ätzenden Stiefschwestern zu sein, war ich ein paar Stunden lang oberglücklich.com.

Ich stellte Magic FM auf ihrem superlauten, nagelneuen Digitalradio ein. Ich fand eine halbe Packung Schoko-Hobnobs und eine Schachtel After Eight zum Abendessen. Ich kippte eine ganze Flasche ihres Luxusbadezusatzes in die gefährlich tiefe, randvolle Badewanne. Dann tanzte ich nackt durch die Zimmer, nebelte mich mit ihrem besten Parfüm ein und lackierte meine Zehen in einem schillernden Grün, bei dessen Anblick jede Frau gelb vor Neid geworden wäre. Und dann guckte ich all die krassen Comedyshows, die ich Claires Meinung nach in meinem zarten Alter auf keinen Fall sehen durfte. Ich hätte mir liebend gern auch noch einen brutalen Horrorfilm reingezogen, aber weil ich keine Fernsehzeitung hatte, wusste ich nicht, was lief.

Das brachte mich auf die Idee, »Vibrator« und »Porno« auf Mums neuem Computer zu recherchieren. Die Pornos waren schon eine Nummer härter als Sex im Fernsehen. Es gab alles Mögliche, aber meist waren es knutschende Mädchenhorden, nur mit viel mehr Busen als Cherub. Ich fand das echt witzig und sah mir haufenweise erotische Bilder an, weil ich hoffte, jemanden darauf zu erkennen. Das war total interessant und faszinierend, vor allem, weil ich im Gegensatz zu Ashanti noch nicht so viele Pimmel gesehen hatte, aber es gab mir auch das Gefühl, einer dieser stinkenden, alten Typen zu sein, die, wie Claire erzählt hatte, im Internet nach Schulmädchenfotos suchten. Alle Mädchen waren hübsch und so braungebrannt und glänzend wie Brathühnchen, mit super BHs und Slips, und wenn man ein Mädchen gesehen hatte, wurde man neugierig und wollte noch mehr sehen. Weil man nebenbei superschnell abchecken konnte, wer die schönsten Beine, den knackigsten Po, den prallsten Busen und so weiter hatte und wie man selbst so abschnitt. So konnte man sich durch den ganzen Abend klicken, ohne sich ein einziges Mal einsam oder ängstlich zu fühlen.

Und was man dabei alles lernte! Ich hätte nie geahnt, dass ein Vibrator ein künstlicher Pimmel war, lieferbar innerhalb von vierundzwanzig Stunden! Das Geld hätte ich zwar gehabt, aber ich war nicht besonders scharf auf so ein Teil. Die zwanzig Pfund, die mir Dad für den Fall der Fälle an jedem zweiten Wochenende aufdrängte, steckten in meinem Portemonnaie. Ich hätte auch meine Pornokenntnisse vertiefen können – denn ich merkte bald, dass es wie üblich war: Für das Beste musste man blechen. Ich hätte auch ein

Taxi nach Hause nehmen und sagen können, dass ich es mir anders überlegt hatte. Ich hätte eine Pizza bestellen oder ins Kino gehen können.

Aber wo war Mum? Vielleicht war sie für ein Bewerbungsgespräch nach London gefahren oder besuchte irgendwo einen alten Freund. Vielleicht hatte sie einen Typen aufgerissen und war jetzt bei ihm zu Hause. Vielleicht traf sie sich mit dem Paki. Ob ich in der Badewanne saß oder Pornos sah – ich horchte ständig auf das Knirschen des Schlüssels und das Klappern des Riegels und hielt Ausschau nach dem Lichtstreifen unter der Tür, der mir verriet, dass Mum wohlbehalten heimgekehrt war.

Das Abgefahrenste waren die Dinge im Haus – sie blieben starr und stumm, egal ob die Sonne schien oder der Mond am Himmel stand. Im Gegensatz zu mir waren sie das Alleinsein gewohnt. Ich war nie allein gewesen, und ich war unruhig. Anders als Sideboard, Sofa, Stühle und Lampen kam ich nicht zur Ruhe. In dieser ersten Nacht schlief ich irgendwann während der frühen Morgenstunden in meinen Klamotten auf Mums Bett ein. Die Vorhänge waren auf, der Mond glotzte durch das Fenster, und beim Aufwachen machte ich mir immer noch Sorgen – zum Teil wegen der Mädchen in den Pornos, denn draußen war es kalt, und in diesen Filmen gab es null Anzeichen für warme Kleidung. Vielleicht war ich auch nur neidisch, weil sie in ihrer fröhlichen Pornowelt immer Gesellschaft hatten, während ich an diesem kalten Morgen mutterseelenallein war. Oder lag es daran, dass die Mädchen immer wie unter Schmerzen aufschrien, wenn jemand auch nur ihren Po berührte?

Ich guckte die Morgennachrichten, weil ich etwas zu erfahren hoffte. Wie damals, nach meinem Umzug zu

Claire, als ich immer befürchtet hatte, dass Mum ohne mein Wissen einen Unfall gehabt hatte oder gestorben war. Die Nachrichten waren mein einziger zuverlässiger Freund. Denn wer würde sich schon mit mir in Verbindung setzen, wenn Mum während der vierzehn Tage starb, in denen ich nicht bei ihr war? Woher sollten die Leute wissen, dass ich ihre Tochter war? Im besten Fall würde es vierundzwanzig Stunden dauern, bis man Gran darüber informierte – und das auch nur, wenn Mum ihren Perso dabeihatte. Aber weil sie immer nur mit ihrer kleinen, silbernen Geldbörse durch die Clubs zog, hatte sie ihn nie dabei. Gran würde es Dad sagen, und Dad würde es Claire sagen, und irgendjemand würde es schließlich mir sagen. Solche Gedanken kamen mir oft, und ich war immer überrascht, wenn Mum noch am Leben war und lächelnd, frisch und munter auf mich wartete. Irgendwann hatte ich dann meine Tricks: Ich räumte ihre Fotos, Karten und Briefe weg und versuchte, während ihrer Abwesenheit nicht an sie zu denken und mich mit irgendwelchen anderen Dingen zu beschäftigen.

Am zweiten Tag brütete ich deshalb über einem Schreiben, das ich in ihrer Post entdeckt hatte. Es stammte von jemandem mit dem absurden Namen Oscar Goldstein, bei American Express der für Mitglieder zuständige Vizepräsident. Auf einem breiten, silbernen Feld hieß es: *Bestellen Sie die American Express Platinum Card und führen Sie ein Leben jenseits des Alltäglichen.* Es gab noch einen Krümel Klebstoff, wie ein abgerissener Hautfetzen, mit dem die Karte auf dem Papier befestigt gewesen war. Ich überlegte, ob der Name des Mannes ein Anagramm war, kam aber zu keinem Ergebnis und dachte an meine Stiefschwestern, die vermutlich gerade Biohaferbrei mit Ahornsirup und

Bananenscheiben aßen. Caprice würde wie erstickt würgen, und Cherub würde von ihrem Zimmer aus heimlich irgendwelche Jungs anrufen. Egal, wie besorgt und einsam ich war – ich wusste genau, dass ich zu Mum gehörte und dass *sie* bei Claire zu Hause waren.

So ein Tag musste außerdem organisiert werden. Am dritten Tag konnte ich nicht mehr so viel gammeln oder in den Pornos nach bekannten Gesichtern fahnden, denn ich taute den Kühlschrank ab und putzte. Ich fand heraus, wie die Waschmaschine funktionierte, und obwohl es ein kleiner Verrat an Mum war, Claire zu loben, musste ich zugeben, dass sie uns vieles über den Haushalt beigebracht hatte. Sie nahm die Hausarbeit so ernst wie eine uralte, in Vergangenheit geratene Fertigkeit, zum Beispiel die Höhlenmalerei. Sie sagte immer: Am Ende eines Tages darf kein dreckiges Geschirr mehr herumstehen; man muss abwaschen, Spüle und Abwaschschüssel putzen und das Geschirrtuch ordentlich gefaltet darauflegen. Wenn man dann am nächsten Morgen aufwachte, war das wie Weihnachten. Ich wusste auch, dass man den Schlüssel nach dem Abschließen der Haustür für den Fall eines Feuers im Schloss stecken lassen musste, um schnell verschwinden zu können. Man durfte den Flur nicht blockieren. Man musste die Vorhänge zuziehen, Kleider auf niedriger Stufe bügeln und die Küche nicht mit dem Mopp wischen, sondern zuerst saugen und dann auf den Knien mit einem Tuch schrubben. Ich wusste, wie man nachsah, ob die Herdplatten aus waren, und dass man sie jeden Abend mit ein bisschen Zitronensaft putzen musste.

Während ich allein war, machte ich neue Entdeckungen: Das Elnett-Haarspray roch nach Mum. Das langsam sprudelnde Wasser in der Dusche klang so, als würde sie mich in den Schlaf flüstern. Und wenn man sich drei Tage lang nicht wusch, fing man ganz schön an zu stinken. Dann wurde ich ein bisschen wie Dad: Sorgte mich wegen Gras in der Regenrinne und dem nächtlichen Tropfen des Wasserhahns und fragte mich, was passieren würde, wenn die Toilette verstopft wäre. Und ich hatte inzwischen alle guten Manieren vergessen. Ich bürstete meine Haare nicht mehr, weil mich sowieso niemand sah. Ich verschlang die Tiefkühlkost so rasend und reißend wie ein Wolf und hinterließ einen ganzen Berg Müll. Wenn ich auf dem Klo war, ließ ich die Badezimmertür offen. Entdeckte ich mein wahres, von Claire befreites Selbst? Oder verlor ich mein wahres, von Mum geliebtes Selbst? Manchmal bekam ich eine Riesenangst und weinte, weil ich glaubte, dass schon zu viel Zeit verstrichen war. Entweder war sie wirklich tot, und dann war sowieso alles aus und ich konnte genauso gut den ganzen Tag Pornos gucken, oder Mum hatte einen schlimmen Fehler gemacht, nach dessen Aufdeckung sie gigantischen Ärger am Hals haben würde.

Also musste ich durchhalten. Tagsüber lenkte ich mich mit geschäftigen Claire-Gedanken ab, aber nachts träumte ich Mum-Träume. Ich baute mir wie ein kleines Kind ein Zelt aus dem Oberbett, schnupperte meinen eigenen Geruch. Wir bildeten uns ein, dass die Träume in uns entstanden – aber was, wenn sie von außen kamen? Wenn sie in der Luft hingen wie ein rauchiger Geruch und auf einen schlafenden Körper warteten, in den sie eindringen konnten? Denn obwohl ich nicht wusste, wohin und warum Mum verschwunden war, träumte ich von weißen Stränden und von einem blauen Himmel, und manchmal wälzten sich die Pornomädchen küssend vor dem schäumend blauen Wasser im Sand. Morgens hörte ich dann ein knisterndes Geräusch, als würde jemand ganz in der Nähe Süßigkeiten auswickeln oder über Zweige laufen, und dann glaubte ich, sie wäre wieder da, und wenn ich mich dann umdrehte, stellte ich fest, dass ich immer noch allein war.

Wenn man in jeder Minute und mit jeder Faser seines Körpers vergeblich auf jemanden wartete, konnte man verrückt werden, und am vierten Tag wurde ich wirklich verrückt. Ich schlief angezogen, um vor unerwünschten Besuchern fliehen oder lächelnd Normalität vortäuschen zu können. Ohne Mum fühlte ich mich noch gespenstischer und fremder als in der Zickenakademie. Aber da mich seit Tagen niemand mehr gesehen hatte, war das wohl egal.

Ich wusste genau, dass ich das Haus nicht verlassen durfte. Später lobten die Leute meine Tapferkeit und meine Vernunft, aber in Wahrheit blieb ich nur, weil ich die ganze Zeit wartete.

Am fünften Tag schleppte ich Mums Matratze in das vordere Zimmer. Von da aus konnte ich alles im Auge behalten: die Straße, das Aquarium, den Fernseher, das Telefon, die Haustür, die Uhr, das Internet. Ich hatte alles unter Kontrolle. Man konnte sich immer nur auf sich selbst verlassen, egal, was einem die Leute weismachen wollten. Das wurde mir während der Woche bewusst, die ich allein in Mums Haus verbrachte, und in den folgenden Monaten sollte ich diese Lektion noch bitter nötig haben. Wochen später, als das ganze Drama vorbei war, sagte mein großer, sehr männlicher Arzt zum Beispiel zu mir: »Es muss unerträglich gewesen sein, Elle, einfach unvorstellbar.« Ich schwieg und zog ein sorgenvolles Gesicht, denn ich hatte den Schock längst verdaut und genoss die Aufmerksamkeit, die mir geschenkt wurde. »Wir sind immer für dich da, Elle. Wenn du über die Zeit reden möchtest, in der du allein warst, kannst du immer zu mir kommen, egal wann – während des Schulunterrichts oder abends und auch, wenn du nur über deinen Tag reden willst. Ich werde meine Praxishelferin anweisen, dich sofort einzulassen. Du musst nicht warten. Nenn deinen Namen, und sie bringt dich direkt zu mir.«

Na klar. Als wollte er alles über Internetpornos erfahren!

In der Woche darauf stand ich dann mitten im Unterricht auf und verließ die Klasse, weil ein paar Mädchen flüsterten, dass meine Mum eine geistesgestörte Schlampe sei. Ich lief die zwei Meilen zum Arzt zu Fuß. Die Tür war offen. Ich ging hinein und setzte mich in das Behandlungszimmer. Niemand war da. Ich wartete. Ich betrachtete den niedrigen Tisch, auf dem der Querschnitt eines menschlichen Körpers stand, die leere Vase, den ausladenden Schreibtisch, das hohe Regal mit den paar umgekippt daliegenden Büchern, die halb zugezogene Jalousie. Das Zimmer roch nach Verbänden und Staub. Es war kühl, und ich nahm die Geräusche im Wartezimmer wie aus großer Ferne wahr. Ich hatte das Gefühl, als wäre ich so betäubt, so tief in mich versunken und so bewegungsunfähig wie kurz vor dem Tod.

Mein Berater sagte später, dass man ein solches Gefühl als Depression bezeichne.

Schließlich erschien eine Frau. »Darf ich fragen, wer dir erlaubt hat, hereinzukommen?«, fragte sie ziemlich sauer. Ich antwortete, dass ich zu Mr Cooper, dem Arzt, wolle, und dass er mir gesagt habe, er sei jederzeit für mich da. »Worum geht es?«, fragte die Frau noch verärgerter.

»Das ist privat«, sagte ich.

»Er ist krank«, sagte sie. »Und er wird noch eine ganze Weile weg sein. Also verlass sofort dieses Zimmer.«

Darum sind die Leute so wild auf Pornos: Du bist ganz auf dich gestellt, Baby; kapier es endlich, Zuckerschnute. Im wahren Leben wollen die Erwachsenen nett und hilfreich sein, aber das schaffen sie nur selten. Ärzte werden krank, und Lehrer werden vergesslich, Clowns können nicht mehr alle glücklich machen. Und Mütter haben manchmal so viel um die Ohren, dass sie sich selbst drei Schritte voraus sind und nicht nur Dinge, sondern auch Menschen aus den Augen verlieren und vergessen. Ich weiß Bescheid. So sieht es aus, dieses lausige Leben, du musst es akzeptieren.

Amir

Ich hielt fast eine Woche durch. Dann ertrug ich es nicht mehr, nahm die Schlüssel und ging durch die nächtlichen, nassen, laternenhellen Straßen in ihr Viertel. Gruppen schlafloser, verregneter Jugendlicher standen rum, und Mofas schwirrten durch die Gegend.

Es kam mir seltsam vor, dass sich die Welt nicht verändert hatte, denn ich fühlte mich wie neugeboren. Obwohl ich auf dem Weg zu ihr einen trockenen Mund hatte, und als ich endlich vor ihrer Tür stand, die Kapuze auf dem gesenkten Kopf, zitterte ich. Ich klopfte, weil ich mir wünschte, dass sie zu Hause wäre, lebendig und warm, fast nackt und wartend, als Küken verkleidet und bereit zu tschilpen. Ich wollte dieses Mal weder nervös sein noch Witze machen. Ich hatte meine Worte einstudiert: Ich bin bereit, ich habe meinen Pass in der Tasche, ich bin dein.

Ich war so wild auf sie, dass ich das Gefühl hatte, das Haus zum Einsturz bringen zu können, wenn ich pustete. Aber ich drückte nur fest auf die Klingel. Ich bemerkte das kleine Gesicht hinter den Gardinen erst, als ich den Schlüssel zückte. Da war ein Glitzern, das sowohl Kerzenschein als auch Panik sein konnte, und ich glaubte zuerst, es wäre ein zu kurz geratener Junge. Dann sah ich genauer hin und stellte fest, dass es Jackies ausgebuffte kleine Tochter war, die ich vor ein paar Monaten kennengelernt hatte. Die schon mal schmollend in unserem Wohnzimmer gesessen hatte. Die während der schicksalhaften Brautmodenschau neben ihrer Mum gestanden hatte.

Im Licht der Kerzen glich das Zimmer einem unheimlichen Tempel. Es war fast Mitternacht. »Ist deine Mum da?«, fragte ich, und sie schüttelte den Kopf und wich zurück, als hätte sie Angst vor mir. Hinter den Gardinen sah sie aus wie ein Geist. Wahrscheinlich hielt sie mich für einen Einbrecher, vielleicht für etwas Schlimmeres. »Wo ist deine Mum?«, fragte ich lächelnd und beugte mich zu ihr hinab. »Ich bin ein Freund deiner Mum. Ich bin Amir. Du hast uns neulich besucht.« Sie deutete hinter sich, und ich sah, dass überall Kerzen standen. Auf dem Fußboden lag eine Matratze, umgeben von Dosen, Plastikflaschen und zerwühltem Bettzeug, und der Bildschirm eines Computers leuchtete weißlich.

»Ist deine Mum zu Hause?«, wiederholte ich, dieses Mal etwas verzweifelter.

»Glaubst du, ich würde so leben, wenn meine Mum zu Hause wäre?«, schrie sie durch die Scheibe und zeigte wieder in das chaotische Zimmer. Ich versuchte zu lächeln. Sie sah mich grimmig an, und dann begann ihr Kinn zu beben.

»Darf ich kurz mit dir reden?« Sie schüttelte den Kopf und runzelte die Stirn. »Wo ist deine Mum?«

»Einkaufen«, antwortete sie. »Sie ist gleich wieder da.«

»Es ist Mitternacht.«

»Na ja, vielleicht braucht sie ein bisschen länger«, sagte sie.

»Keine Sorge«, sagte ich. »Ich warte hier.«

»Nein«, erwiderte sie kopfschüttelnd. »Wenn du wartest, gibt es fetten Ärger.«

Der Anblick ihrer wirren Haare und des Bademantels, den sie über der zerknitterten Jeans trug, machte mir auf einmal klar, das irgendwas Schlimmes passiert war, und bei dem Gedanken, dass ihre Mutter tot sein könnte, begann mein Herz zu hämmern. Weil sie ständig den Kopf schüttelte und fast panisch wirkte, ging ich nicht ins Haus, sondern fischte die Telefonnummer aus meiner Brieftasche, die mir Jackies Mutter damals bei dem verrückten Essen gegeben hatte. Ich rief sie vom Handy aus an und sagte ihr, sie sollte sofort zum Haus ihrer Tochter kommen. Ich musste das Handy vom Ohr nehmen, weil sie als Antwort wütend in den Hörer brüllte.

Ich setzte mich auf die Stufen und wartete auf die Ankunft der schrägen, alten Mutter. Als sie zehn Minuten später in einer Wolke aus Zigarettenqualm und Alkoholatem aus dem Taxi fiel, forderte sie mich auf, sofort zu verschwinden. »Wo ist Jackie? Ich muss wissen, ob alles in Ordnung ist«, sagte ich, als Shirley wieder aus dem Haus kam. Ihr kleines, spitzes Gesicht war so weiß wie frisch geschälter Knoblauch.

»Bei Jackie war nie alles in Ordnung, und es wird auch nie alles in Ordnung sein«, erwiderte Shirley, die ihre bleiche, mondgesichtige Enkelin umklammerte. »Daran solltest du dich besser gewöhnen.«

»Ich will nur sichergehen, ob sie wohlauf ist.«

»Unsere Jackie will nicht wohlauf sein. Sie liebt die Gefahr. Darum hat sie sich ja auch an dich herangemacht.«

»Ich will wissen, ob es ihr gut geht.«

»Die Kleine hier war fünf Tage allein zu Hause. Und du machst dir Sorgen um Jackie?«

»Wo ist sie? Was ist passiert?«

»Geh einfach nach Hause und vergiss meine Tochter, Schätzchen«, sagte Shirley und verschränkte die Arme abwehrend vor der Brust. »Du bist nicht der erste Mann, der sie retten will, und es hat nie geklappt. Halt dich lieber an deine Leute. Das wäre in jeder Hinsicht besser für dich.«

Ich verschwand – nicht, weil sie so abweisend war, sondern weil mich das zitternde Mädchen, das die Nase gegen die Hand seiner Großmutter drückte, durch seine Tränen finster ansah.

Zwei Tage später, am ersten November, betrat ich um fünf Uhr früh den eiskalten Laden. Ashfaq hüpfte grinsend zwischen den riesigen Mülltonnen hin und her. Er hatte alle Zeitungen auf dem Tresen, der Eiscremetruhe, ja sogar auf dem Fußboden ausgebreitet, und zwar jeweils zwei Ausgaben derselben Zeitung – einmal war die Schlagzeile zu sehen, dann der dazugehörige Artikel. »Das ist sie doch, oder?«, schrie er. »Schon wieder!«

Vor meinen Augen schienen schwarze Ameisen zu wimmeln, als ich den Blick über die Zeitungen gleiten ließ.

»Amirs Lieblingsschlampe. Guck hin, Mann! Verhaftet. Eine Kriminelle. Schon wieder! Nur ein paar Wochen nach dem letzten Zwischenfall! Deine in den Schminktopf gefallene, ballonbusige, fröhliche Nutte kommt an den Galgen.«

»Diese Engländer kennen keine Scham«, sagte Hamila.

Trinkfeste Mami tief in der Tinte Dumme Blondine »vergisst« zwölfjährige Tochter Ausbruch aus Alltag: Verführerische Verkäuferin verlässt Tochter Auweia, wo ist meine Tochter Mutter fliegt geflüchtetem Lover hinterher … Alles verschwamm miteinander, und ich konnte dem Inhalt nicht folgen.

Und alles war mir neu. Ich hatte auf den Stufen gesessen, bis Shirley zu ihrer Enkelin gekommen war, und dann war ich schnurstracks nach Hause gegangen. Deshalb erfuhr ich erst jetzt alles auf einen Schlag aus den Zeitungen.

Um ehrlich zu sein, freute ich mich unglaublich, ihr Gesicht wiederzusehen.

Während ich die Überschriften las, kommentierte Ashfaq alles ohne Punkt und Komma. Wie ein Showbiz-Agent, der den Star der Boulevardpresse entdeckt hatte, kannte er jeden Artikel auswendig, und er zitierte grinsend und schnaufte dabei vor Stolz. Denn seit jenem frühen Aprilmorgen, als er Jackie zum ersten Mal gesehen hatte, hatte er sie nicht mehr vergessen können, und ihr unverhofftes Erscheinen bei der Brautschau hatte ihm den Kopf nur noch mehr verdreht. Sie war, erzählte er mir, nicht nur bei ihm zu Hause gewesen, sondern auch häufig im Laden, und deshalb könnte er den Reportern alles über diese weiße Schlampe erzählen. Er würde ihnen seine Story verkaufen. Dann meinte er, dass ich sie ja auch gut kennen würde und mein Wissen gegen gutes Geld an die Presse verscherbeln könnte. »Mit dem Gewinn kannst du dir einen eigenen Laden kaufen, Mann. Als Ausgleich für die Schande, mit ihr bekannt gewesen zu sein.«

Er löcherte mich mit Fragen, wollte wissen, ob Jackie mir je etwas richtig Unanständiges erzählt oder etwas angedeutet hätte. Doch es hatte mir die Sprache verschlagen. Ich sank auf meine weichen Knie und las die auf den kalten Fliesen ausgebreiteten Zeitungen. Mein Mund war trocken, meine Kehle rau, und mir war schwindelig. »Und jetzt liefere die Zeitungen an unsere Kunden aus«, sagte Ashfaq. »Ich will, dass jeder die Wahrheit über deine Hure erfährt.«

Ich wollte nicht. Er feuerte mich. Ich solle nie wieder einen Fuß über die Schwelle seines Hauses setzen, sagte er. Ich ging in den Park, las noch einmal alle Artikel und wurde bei jeder Lüge wütender, die diese Schmierblätter verbreiteten. Als es zu dämmern begann, rief Ashfaq mich auf dem Handy an. Die Abendzeitungen müssten ausgeliefert werden, sagte er, und wenn ich mich bei ihm entschuldigen würde, dürfte ich zurückkommen.

Er war viel zu aufgeregt, um mich aus den Fingern zu lassen. Und ich glich einer gescheiterten, abgenudelten Berühmtheit, die sich immer noch in den Fängen ihres fiesen Publikums befand.

Ich ließ ihn erst betteln, dann willigte ich ein. Halima nannte mich beim Abendessen einen Schafskopf, aber Anaya, die zu meiner Überraschung ein zweites Mal eingeladen worden war, meinte, dass ich allmählich wie »verantwortungsvolles Ehegattenmaterial« denken würde. Wahida rief an, weil sie sich Sorgen um mich machte. Yasmin behauptete, sie hätte so was kommen sehen. Samirah riet mir, zum Arzt zu gehen.

Am Ende des Tages gab ich meine Kündigung bekannt. »Ich will keinen Zeitschriftenladen führen«, sagte ich zu Anaya. »Ich hasse Zeitungen. Sie sind voller Lügen.«

»Aber du musst deinen großen Bruder achten«, sagte Anaya.

»Ich achte ihn, aber ich will nicht so sein wie er.«

»Du weißt nicht, was du willst. Irgendeine weiße Schlampe hat dir den hirnlosen Kopf verdreht«, sagte er, obwohl Anaya danebensaß. »Du bildest dir ein, in dieses weltberühmte Luder verliebt zu sein.« Er hielt die Zeitung mit Jackies grobkörnigem Foto hoch und schüttelte sie, dass sie raschelte und wehte wie ein Geist in Grau und Weiß. »Aber in Wahrheit bist du wie einer dieser Autofahrer, die in die Eisen gehen, wenn sie sehen, dass es einen Unfall gegeben hat.«

»Das ist die Frau von neulich«, sagte Anaya, der das Ausmaß ihrer Demütigung allmählich dämmerte. »Diese Hündin draußen auf dem Bürgersteig.«

»Die Weißen faszinieren ihn, obwohl er eigentlich in eine andere, himmlischere Richtung blicken sollte.« Ashfaq zeigte mit einem dicken Daumen auf Anaya.

Wir schauten sie beide an und wussten, dass sie es trotz ihrer makellosen Schönheit nie in die Zeitung schaffen würde, weil sie rein gar nichts Interessantes oder Unvorhersehbares oder Leidenschaftliches an sich hatte.

»Ist das alles wahr?«, fragte Anaya, plötzlich nicht mehr schüchtern und sanftmütig. Ich nickte, und sie nannte mich auf Urdu einen sexsüchtigen Hundesohn, und dann schlug sie mich ins Gesicht. Wahida begann zu weinen, und Halima klatschte laut Beifall.

Ich wusste aus den Zeitungen, dass Jackie wieder da war. Ein Foto zeigte sie bei der Ankunft in Heathrow. Mit der riesigen, mafiadunklen Sonnenbrille sah sie aus wie ein Käfer oder ein aus dem Exil zurückgekehrter VIP, und mein Drang, sie anzurufen, war so groß, dass ich das Telefon gegen die Wand werfen musste, nachdem ich mehrmals versucht hatte, ihre Nummer einzutippen – das musste aufhören. Ich konnte ihr nicht helfen, sondern die Sache nur noch weiter verschlimmern.

In allen Zeitungen stand, dass sie den wartenden Reportern gesagt hatte: »Kein Kommentar.« Das war immerhin ein kleiner Fortschritt.

Einen Tag später bekam ich eine SMS, in der sie sich in aller Kürze bei mir bedankte: »Sorry, Amir. Danke für Elle.« Ich schaffte es tatsächlich, nicht zu antworten. Drei Tage später hatte ich alle Hände voll mit Harpreet zu tun, die bei meiner Tante wohnte und täglich um fünf Uhr früh aufstand, um die paar Schritte bis zu unserem Haus zu gehen und das Familienfrühstück mit vorzubereiten.

Harpreet war so schnell auf Anaya gefolgt, dass es mir wie ein Witz vorkam. Und es war ein Witz. Ich war der Witz. Wie der von halbnackten Frauen gejagte Benny Hill, Mas Lieblingsengländer. Auch ich lief jetzt um mein Leben, denn die Frauen gaben sich in immer rascherer Folge die Klinke in die Hand. Alle waren mit Gold behängt und trugen silbernen Flitter, und sie brachten mich in Versuchung, sie schlauchten mich und trieben mich vor sich her, und irgendwann würde ich aufgeben müssen – und alles zu dem albernen Soundtrack einer Sitcom.

Aber es war nicht lustig.

Harpreet war noch unterwürfiger als Anaya, obwohl sie mit ihrem makellosen Make-up und dem glänzend gestylten Haar wie ein Bollywood-Star aussah. Wenn ich sie ansprach, zuckte sie jedes Mal zusammen.

»Sie verhält sich wie eine nervöse Sklavin«, sagte ich zu Ashfaq.

»Sie tut nur schüchtern. Sobald ihr verheiratet seid, wird sie ein Drachen sein wie alle anderen«, sagte er.

»Na super«, sagte ich.

»Genau das brauchst du, wenn du nicht selbst in die Schlagzeilen kommen willst«, fügte Halima hinzu. »Sie wird dich an der ganz kurzen Leine halten müssen.«

»Sie mag deine Gesellschaft. Und am College wird sie Nähen lernen«, sagte meine Tante.

»Ich habe in einem Modegeschäft gearbeitet. Ich brauche keine Frau, die mir Kleider näht.«

»Und sie geht so wunderbar mit Ashfaqs Kindern um. Ist das nicht genug? Ich finde es begrüßenswert, dass du zuerst den Job im Laden und dann den bei Ashfaq verloren hast«, fuhr meine Tante fort. »So hast du reichlich Zeit, um deine zukünftige Frau kennenzulernen.«

»Welche Frau ist schon scharf auf einen arbeitslosen Mann?«, fragte ich.

»Immerhin bist du nicht mehr Ashfaqs Zeitungsjunge«, sagte sie. »Keine Frau will einen Zeitungsjungen heiraten.«

»Welche Frau will einen Mann, der sie nicht versorgen kann?«, warf ich ein.

»Eine Frau wie Harpreet«, sagte Ashfaq. »Denn ihr Vater hat sein eigenes Geschäft.«

»Ja. Du hast gesündigt, und dies ist deine Strafe«, kicherte Halima.

Ashfaq erzählte mir, er hätte »alle Vorbereitungen getroffen«. Er klang wie mein Sozialarbeiter.

Jeder freute sich ein Loch in den Bauch, weil es für mich so schlecht lief, und vielleicht bewies das ja, dass Allah über uns wachte und die Schlechten bestrafte und die Guten belohnte. Der äußerst entfernt mit uns verwandte »Onkel« Hamid war ein schlecht gelaunter, Mercedes fahrender Millionär – reich und organisiert und also gut. Jackie hatte kein Geld und war eine alleinerziehende Mutter, die ihre Tochter vergessen hatte – arm und chaotisch und also schlecht.

»Hamid wird dich in die Lehre nehmen, bis du ein Manager bist«, sagte meine Tante grinsend.

Unser »Onkel« besaß eine Restaurantkette, und er ließ seine Weicheier von Managern immer ganz unten anfangen. Sie mussten jahrelang bedienen oder Geschirr abwaschen. Das endete erst, wenn der frustrierte Angestellte die Künste des Kuschens und Stiefelleckens aus dem Effeff beherrschte und jedes selbstständige Denken verlernt hatte. »Ich habe keine Erfahrung«, sagte ich verzweifelt.

»Du warst ein Modefachmann in einem der führenden Läden Europas«, sagte Halima lächelnd. »Du müsstest also wissen, wie man diesen dummen Weißen etwas andreht.«

»Wieso ich?«, fragte ich Ashfaq. »Für einen Kellner bin ich viel zu unbeholfen und träge.« Ich konnte mir nur vorstellen, Geschäftsleuten aus Versehen Currysoße in den Schoß zu kippen, auf einer Matratze aus Naan-Broten einzuschlafen und in den Abwasch zu weinen.

»Ach, weißt du, jeder muss eine aussichtslose Sache vertreten«, sagte Ashfaq.

Am späten Abend, als ich kurz davor war, Jackie anzurufen, erwischte mich meine Tante in der Küche und sagte: »Ich habe Harpreet gebeten, noch ein paar Tage zu bleiben.«

So ähnlich musste es sein, wenn man als Terrorverdächtiger achtundzwanzig Tage lang festgehalten und ausgequetscht wurde. Man hielt es schon nach kurzer Zeit nicht mehr aus und sagte zu allem Ja und Amen, Hauptsache, man musste nicht mehr die immer gleichen Fragen danach ertragen, wer man war, was man tat, was man plante.

Also fügte ich mich während der nächsten zwei Tage. Ich ließ Halima reden. Ich hörte den Frauen zu und nickte, und auf einmal schienen mich alle wieder zu mögen. »Ich kann mir wirklich gut vorstellen, dass ihr zusammen alt werdet, du und Harpreet«, sagte Yasmin. Ich schwieg, weil alle, auch meine Ma, so glücklich waren, aber in Wahrheit waren wir längst zusammen alt geworden. Seit Harpreets Ankunft war ich um zwanzig Jahre gealtert; ich hatte das Gefühl, einen Bart zu tragen und einen fitnessstudiogestählten Arm nach dem Fachblatt für Gemüsehändler auszustrecken. »Sie wird dir guttun«, sagte Yasmin.

Harpreet war sehr hübsch, aber sie war auch die schlimmste Schlaftablette, die ich je kennengelernt hatte. Leider war sie eine erfahrene Krankenschwester, was die Sache für Ashfaq besiegelte. Ich konnte mir nicht vorstellen, dass sie mir irgendwelchen Ärger machen würde, den man nicht mit ein bisschen pharmazeutischer Hilfe wieder beseitigen konnte. Also beschloss ich, mich nicht länger zu wehren und sie zu heiraten. Aber drei Wochen nach Jackies Rückkehr, ich war kurz davor, Harpreet einen Antrag zu machen, bekam ich eine SMS: »Auf Kaution frei. Falls du das erste Exklusivinterview willst, triff mich auf einen Kaffee. Bitte.«

Als ich in das Café kam, stand sie auf und gab mir einen Kuss auf jede Wange. Dann hielt sie mein Gesicht in ihren kalten Händen, bis ich fast ohnmächtig wurde. Sie bedankte sich immer wieder dafür, dass ich Elle gefunden hatte. »Mein Held«, sagte sie, und als ich ihr erzählt hatte, womit ich meine Zeit seit ihrem Verschwinden verbracht hatte, sagte sie: »Mein Held, der Zeitungsjunge.« Dann erzählte sie mir, dass Elle während der fünf langen Nächte und trotz ihrer Angst vor dem Brummen des Kühlschranks kein einziges Mal geweint hatte. Sie hatte die Küche gewischt, den Kühlschrank abgetaut, die Schreiben der Bank für das Recycling sortiert und die ganzen Ferien allein im Haus verbracht.

»Zeitungsjunge, hm? Das nennt man Untertreibung, Schätzchen«, sagte sie lächelnd, nachdem ich ihr erzählt hatte, dass ich während Elles heldenhaftem Ausharren in Zwölfstundenschichten für Ashfaq malocht hatte.

»Man nennt es Sauberbleiben«, sagte ich. Sie hielt noch immer meine Fingerspitzen. Sie konnte sie nicht loslassen, meinte sie, weil sie angeblich eiskalt waren.

»Du hast auch kalte Finger«, sagte ich und griff nach ihrer Hand. »Bist du nicht mit dem Auto gekommen?« Ich hielt ihre Finger dicht vor meinen Mund und pustete.

»Beschlagnahmt«, sagte sie, und als ich lachte, weil ich es für einen Scherz hielt, fügte sie hinzu: »Im Ernst. Ich habe mein Konto maßlos überzogen.«

Ich packte den Stier bei den Hörnern und sagte: »Ah ja. Und wie ich höre, hattest du seit unserer letzten Begegnung auch die Polizei am Hals.« Ich hatte das eigentlich nicht ansprechen wollen, doch in ihrer Gegenwart kam mir all das lustig und absurd vor. Ich hatte das Gefühl, als hätten die Gesetze, die Polizei und alle Regeln dieser Welt nichts mit uns zu tun.

Uns.

»Sie hat sich mir nicht gerade an den Hals geworfen, Amir. So scharf ist die Polizei nun auch wieder nicht auf mich«, sagte sie.

Dann erzählte sie mir alles, angefangen damit, dass sie von Georges Griechenlandurlaub erfahren hatte. Sie hatte sich – unglaublich, aber wahr – bei ihm entschuldigen wollen, und dann war sie auf ihrer griechischen Insel von einem Mann in ganz normaler Touristenkluft angesprochen worden, der sie gebeten hatte, ihm Namen, Alter und Adresse zu nennen. Sie hatte es für eine Anmache gehalten und gesagt: »Nicht, wenn ich fast nüchtern bin. Aber wenn Sie mir noch einen Drink spendieren, fällt es mir vielleicht ein.« Als sich der Mann dann als Polizist ausgewiesen hatte, war sie aus Angst um Elle schlagartig erstarrt. »Wenn Elle irgendwas passiert wäre, wäre mein Leben aus und vorbei gewesen.«

»Es geht ihr gut«, sagte ich. »Sie himmelt dich an.« Und ich hielt ihre Hand, während sie weinte und mir wieder erzählte, wie ihre Tochter geputzt und gekocht und die ganze Sache überstanden hatte.

»Immerhin bist du nicht in Haft«, sagte ich, nachdem alle schrecklichen Einzelheiten abgehakt waren.

»Noch nicht. Wie hältst du es mit Knastbesuchen?«

»Ich bin sehr pünktlich«, antwortete ich wahrheitsgemäß.

»Wahrscheinlich bekomme ich eine elektronische Fußfessel. Hast du je einen Kaffee mit einer Frau getrunken, die eine elektronische Fußfessel trägt, Amir?«

»Mit so was kenne ich mich aus. Ich könnte das Teil entschärfen, falls es hochzugehen droht.«

Sie starrte mich an und bedankte sich dann wieder dafür, dass ich Elle gefunden hatte. Sie sagte, sie hätte wissen müssen, dass die Polizei sie gesucht habe, denn am Tag zuvor hatte ein Fotograf in der Bar mehrere Bilder von ihr gemacht. Sie hatte ihren Kopf hinter einer Barrikade aus grünen Flaschen verborgen. Sie war zu benebelt gewesen, um Einspruch zu erheben, hatte sich aber gefragt, warum er sie unbedingt fotografieren wollte, wieso er ihr die Bilder hinterher nicht zum Kauf angeboten und warum er nur sie fotografiert, aber kein einziges Wort gesagt hatte.

Sie beichtete mir alles, als wäre ich ihr bester Freund auf der ganzen Welt. Ich wusste, dass ich ihr von Harpreet und meinen Entscheidungen erzählen musste, und das wollte ich gleich tun.

»Wissen Sie, dass Ihre Tochter allein zu Hause ist?«, hatte die Polizei gefragt, und Jackie hatte nur erwidert: »Oh! Wo zum Teufel steckt ihr Vater?« »Er lebt schon seit mehreren Jahren nicht mehr mit Ihnen zusammen«, hatte der Polizist gesagt. »Sie war fünf Tage allein. Bis Ihre Mutter sie entdeckt hat. Sie hat selbst gekocht und den Gasofen angestellt.« Jackie führte mir vor, wie sie die Augen geschlossen, den Kopf geschüttelt und die Finger auf den Mund gelegt hatte – was passiert war, verblüffte sie immer noch. »Wenn keine Ferien gewesen wären, hätte die Schule schon früher bei der Polizei angerufen«, sagte sie. »Das ist in solchen Fällen die Regel. Manchmal muss sogar die Tür aufgebrochen werden, weil das Kind der Polizei nicht öffnen will.«

Dass es zu einer Situation gekommen war, in der ein Kind – ihr Kind! – allein zu Hause geblieben war, fand sie immer noch unfassbar. Sie war noch nicht ganz aus diesem grellen Albtraum erwacht, und sie erzählte mir, im Flugzeug davon geträumt zu haben, mit Handschellen an einen Polizisten gefesselt zu sein – dann war sie aufgewacht und hatte gemerkt, dass genau das der Fall war. »Immerhin eine

Möglichkeit, einen Mann an mich zu binden, Amir.« Doch ich lachte nicht. »Ich würde vielleicht mit einer Verwarnung davonkommen, meinte er. Aber ich sagte zu ihm: ›Verwarnungen nützen bei mir nichts.‹ Ich sagte zu ihm, ich wüsste auch nicht, warum, aber sie wären wirkungslos. So war es von Anfang an bei mir, Amir. Je eindringlicher man mich vor etwas warnt, desto größer ist die Wahrscheinlichkeit, dass ich es tue. Und weißt du, was er daraufhin zu mir gesagt hat, Amir? Er sagte: ›So ist das mit Psychopathen, Mrs Jackson. Sie tun alles, um Aufmerksamkeit zu erregen. Das ist meist Teil einer Persönlichkeitsstörung.‹«

Ich schwieg.

»Wie ist es, mit einer latent gefährlichen Psychopathin Kaffee zu trinken, Amir?«, fragte sie und bleckte ihre Zähne wie ein Vampir. Ich musste lachen, und sie bedankte sich noch einmal dafür, dass ich Elle gefunden hatte, und wir konnten nicht anders, als einander kurz zu umarmen.

»Es war keine Heldentat. Ich habe nur deine Mutter angerufen.«

»So was ist immer heldenhaft. Viele Männer würden das nicht wagen, Schätzchen.«

»Wenn ich geblieben wäre, hätte ich vielleicht … verhindern können, dass … sich die Zeitungen einschalten.«

Sie streichelte langsam meine Wange, und da musste ich es sagen: »Während du weg warst, hat sich manches verändert, Jackie. Ich habe mich verändert. Ich werde bald heiraten.«

Da ich nicht den Mut hatte, es mit fester Stimme zu sagen, klangen die Worte, wie sie sich anfühlten – wie ein Klavier, das man durch ein Fenster hörte.

»Ich schätze, das kommt nicht überraschend«, sagte sie,

starrte über meine Schulter hinweg und lockerte den Griff, mit dem sie meine Hand hielt.

»Ihr Vater besitzt eine Restaurantkette, und ich brauche einen anständigen Job, Jackie«, sagte ich flehentlich.

»Noch nie vom Arbeitsamt gehört, Schätzchen?«

»Er wird uns ein Haus kaufen. Und meine Ma wird bei uns wohnen. Das Mädchen heißt Harpreet. Sie ist eine nette …«

Ich erzählte ihr niedergeschlagen alle Einzelheiten.

»Heirate keine Frau, die du nicht liebst, Amir«, sagte sie freudlos. Dann verstummte sie kurz. »Außer, du musst.«

»Ich muss«, sagte ich, und sie sah mich forschend an, als wäre ich ein wichtiges Schreiben. »Ich hoffe, dass du irgendwann auch zur Ruhe kommst. Ich würde gern erleben, dass du zur Ruhe kommst, Jackie.«

»Hmm«, sagte sie lächelnd. »Wie ein Hund im Körbchen.«

Wir schwiegen beide eine Weile. Sie hatte recht, denn ich hatte mich kein bisschen verändert: Ich war so heiß auf sie, dass ich mir am liebsten die Kleider vom Leib gerissen hätte, obwohl es draußen eisig war. »Tja, du hast ja mal gesagt, wir seien alle Tiere, Jackie«, sagte ich schließlich.

»Wilde Tiere, Schätzchen, keine braven Haustiere.« Sie starrte den Tisch an, als würde sie tief nachdenken. »Ja, du hast recht, Amir. Ich muss angebunden werden, ich bin wie ein Ballon – irgendjemand muss mich halten, damit ich nicht wegfliege. Wenn ich keinen Ärger mehr bekommen möchte, darf ich mich nicht mehr ständig verlieben und muss mich endlich meiner Verantwortung stellen.«

»Ich auch«, sagte ich. »Genau das habe ich auch gedacht.«

»Ja. Vielleicht wäre Heiraten gut für uns beide. Also natürlich nicht wir einander.«

»Natürlich nicht.«

»Wir sollten einen netten Fremden heiraten.«

»Ja. Und wie wäre es, Jackie, wenn du dieses Mal jemanden heiraten würdest, der keine Angst vor dir hat, sondern dich liebt und achtet?«

»Red keinen Blödsinn, Amir«, erwiderte sie, und ihre Augen wurden feucht, ein Anblick, den ich kaum ertragen konnte. »Ich habe ja selbst Angst vor mir. Ich fürchte mich vor dem, was ich als Nächstes tue.«

Wir blieben noch eine Weile sitzen, weil wir beide weder einen Job noch ein gemütliches Zuhause hatten, nach dem wir uns sehnten. Und obwohl ich Halima gern geglaubt hätte, dass die Familie der Quell der tiefsten und wichtigsten Beziehungen unseres Lebens war, wurde mir auf einmal bewusst, dass ich genauso fest an etwas anderes glaubte: Das Unbekannte, Wagemut und Unabhängigkeit waren auch wichtig. Aber ich konnte all das nicht miteinander in Einklang bringen und meinem Wissen und Glauben gemäß handeln.

Und das brachte mich um.

»Sieh es so wie ich, Jackie: Immerhin weißt du, dass man dich nicht wegen deines Geldes heiratet«, sagte ich.

»Oder wegen meiner Jungfräulichkeit. Oder meiner Karriereaussichten. Oder meiner blendend weißen Weste.«

»Genau. Und deshalb musst du nur herausfinden, was du von einem Mann willst, und dann musst du diesen Mann finden. So halten wir es in meiner Familie.«

Es war natürlich das Gegenteil von Liebe, wenn man genau wusste, was man vom anderen wollte. Aber die Alternative – es nicht zu wissen, die Dinge einfach laufen zu lassen und einer Schwärmerei nach der anderen zu folgen – hatte mit Romantik auch nichts mehr zu tun. Nein, wie Ashfaq gesagt und wie Jackie bewiesen hatte, war es nur ein zielloses Dahintreiben mit katastrophalen Folgen für die Kinder.

Wir hatten uns also beide entschieden: Wir mussten heiraten und ein eigenes kuscheliges Nest bauen. Beim Verlassen des Cafés stellte ich fest, dass es geschneit hatte. Der Schnee dämpfte die Straße mit einem eisigen Fell.

TEIL VIER

Elle

»Wenn das jetzt beschlossene Sache ist, steht uns die Welt offen«, sagt Mum, ballt die Faust und streicht dann mit einer weißen Hand über mein Kleid. Ich stoße ihre Hand weg. Ich will, dass wir anhalten, damit ich mir Cola und Süßigkeiten kaufen kann, aber ich weiß, dass sie das nicht erlauben wird.

»Du solltest jemanden anrufen«, sage ich. »Du kannst nicht einfach mit den Fingern schnippen und verschwinden. Ein paar hundert Meter von hier soll eine Märchenhochzeit stattfinden, und du, liebe Mutter, bist die Märchenprinzessin.«

Schnee und Eis fallen wie Zucker auf die Windschutzscheibe.

Mum hat mir beschrieben, wo sie im Urlaub war und was sie dort gemacht hat. Sie schilderte das warme, dunkle Zimmer, und ich stellte mir vor, wie sie vor den zwei Einzelbetten stand, jedes mit einem dünnen, weißen Oberbett. An den Wänden hingen verblichene Fotos griechischer Inseln, gelbgrün an den Rändern. Und dann tat sie das, was reifere Frauen in den Filmen am Sonntagabend tun, die Claire so gern sieht – sie setzte einen Sonnenhut auf und erkundete die Insel.

Schließlich nickt sie und fragt: »Wen soll ich anrufen?«

»Ruf Gran an und bitte sie, eine Ausrede für dich zu erfinden. Dass du krank bist oder so – denn du bist nicht berechenbar, nicht aufzuhalten und nicht loszuwerden. Vergiss das nicht.«

»Rufst du sie für mich an, mein Schatz?«, fragt Mum leise und streicht mir über das Haar. »Bitte.«

Gran hat sich geweigert, an der Hochzeit teilzunehmen, und als ich ihr am Telefon sage, dass Mum nicht erscheinen wird, schreit sie vor Freude: »Ich wusste es! Es war von Anfang an ein Fehler!«

»Kannst du den Leuten Bescheid sagen?«

»Nein, das muss sie schon selbst tun. Ich räume nicht mehr hinter ihr auf.«

Sie zetert noch eine Weile und wiederholt die Redewendung über gemachte Betten und so weiter, und dann knallt sie den Hörer auf, und ich sage zu Mum: »Sie sagt, dass sie dir gern hilft, weil du jetzt berühmt bist, und sie lässt dich herzlich grüßen.«

»Als ich in deinem Alter war, habe ich wirklich fest daran geglaubt, irgendwann berühmt zu sein«, seufzt sie.

»Robbie Williams hat im Radio gesagt, das Schlimmste an seiner Berühmtheit ist, dass er nicht mehr nach Bridlington fahren und eine Woche ausspannen kann«, sage ich. Bei dem Namen »Robbie Williams« beginnt Mum zu strahlen, entweder weil sie sich freut, dass ihre wilde, jungenhafte Tochter wie ein echtes Mädchen einen Popstar zitierte hat, oder weil sie Robbie für einen echten Freund hält.

»Bridlington!«, ruft sie lachend und klatscht wie ein kleines Kind in die Hände. »Das ist es, Elle!«

Der Fahrer stellt das Scheibenwischerintervall kürzer.

»Oh, Mum! Nur weil irgendein Mann davon redet, musst du es doch nicht tun. Selbst wenn es Robbie Williams ist.«

»Lass uns an die Küste fahren«, sagt sie. »Ja, ja, ja.«

»Bei diesem Wetter!«

»Das haben wir schon mal gemacht. Weißt du nicht mehr? Nachdem ich mit … na ja. Damals in Devon?«

»Es hat die ganze Woche geregnet, und ich durfte nicht raus, weil du behauptet hast, im Wohnwagen nebenan würde ein Pädophiler hausen.«

»Aber wir hatten Spaß, mein Schatz.«

»Wir hatten Kakerlaken.«

»Dieses Mal gibt es Cocktails.«

Ob es an der Küste Igel gibt? Wahrscheinlich nicht, aber ich bebe vor Aufregung und Angst. »Jepp«, sage ich lächelnd, denn mit Dad und Claire fahren wir immer in diese Woodland-Freizeitparks, und sie sind ganz okay, aber damals mit Mum an der Küste war es viel besser. Es war verrückt, denn es war außerhalb der Saison, und bei Mum weiß man nie, was als Nächstes passiert – ob Kakerlaken, Cocktails oder Chaos. »Wir waren jeden Abend essen, und es gab Pommes frites und einen Rummel.«

Sie klopft, und die dunkle Trennscheibe gleitet nach unten. »Können Sie uns ans Meer fahren, guter Mann?«, fragt sie auf die Art, mit der sie Männer dazu veranlassen kann, die absurdesten Dinge für sie zu tun; sie lächelt dann immer, hebt die Augenbrauen und spricht mit süßer Mädchenstimme wie zu einem Ausländer. »Wir wollen doch nicht mehr zur Hochzeit.«

»Das kostet eine Stange Geld, gute Frau«, sagte der Fahrer kopfschüttelnd.

Ich hüpfe vor Freude auf meinem Sitz, weil sie nicht heiratet und weil ich sie jetzt Tag und Nacht für mich allein habe. Sie hat mir erzählt, dass die Pension in Griechenland von einer kleinen, pummeligen, ganz in Schwarz gekleideten Alten mit unaussprechlichem Namen geführt wurde, die kein Wort Englisch sprach – und ich stelle mir die zahnlose, verhutzelte Greisin neben meiner schönen, üppigen Eisprinzessin von Mutter vor.

»Wenn ich etwas habe, dann Geld«, lügt sie. In den Zeitungen stand natürlich alles über ihre Schulden und darüber, dass sie sich Geld von Kollegen geliehen und nie zurückgezahlt hat. Die einzigen Briefe, die sie bekommt, stammen von Banken.

»Ausgebüxte Mutter bis über beide Ohren verschuldet«, flüstere ich. »Was ist mit genauer Planung und persönlicher Verantwortung?«, füge ich in Dads tiefer, besorgter Stimmlage hinzu, und sie lacht und drückt mich so fest, dass ich sie mit ganzer Kraft abschütteln muss. Mum freut sich immer ein Loch in den Bauch, wenn ich mich über Dad lustig mache.

»Persönliche Verantwortung kannst du auf die Kreditkarte setzen, mein Schatz. Ganz im Ernst.«

Auf der Autobahn schiebt sie meine Schulter unter ihre Achsel, streicht mir über das Haar und singt die Songs ihrer alten Freunde, Madonna, Robbie Williams und Olivia Newton-John, während ich schmolle und dann so tue, als würde ich schlafen.

Ich stelle mir vor, dass griechischer Kaffee wie Erde aussieht und auch so schmeckt – und dass wir eines Tages dorthin reisen werden, nur sie und ich. Und ich stelle mir Cherub vor, wie sie vor Neid platzt, wenn sie hinterher sieht, wie braungebrannt ich bin, was für einen super Bikini ich trage und wie pornomäßig toll mein sonnengebleichtes Haar aussieht.

Als ich aufwache, sind wir schon in Bridlington. So ist das mit Mum: Sie hat eine Idee, sie kichert, und dann handelt sie kurzentschlossen. Ganz anders als Dad und Claire, die nach monatelanger Planung zu der Einsicht kommen, dass es zu teuer, zu verantwortungslos, zu anstrengend und ganz sicher zu gefährlich ist – und dann lieber zu Hause bleiben und im Garten arbeiten.

»Igel gibt es doch wirklich, oder?«, frage ich, während ich meine Augen reibe. Aber sie hört nicht zu, sondern beobachtet die Leute, die in letzter Minute mit Misteln und Lametta über einen Weihnachtsmarkt eilen. Kaum jemand dreht sich nach unserer Limousine um, die sich durch die Stadt schlängelt. Es gibt noch einige letzte Weihnachtsbäume für fünf Pfund pro Stück, und Mum sagt, sie hätte gern einen gekauft und mit ins Auto gequetscht, aber der Fahrer habe gesagt, er sei in Eile und wolle sofort wieder zurück. »Wo wohnen Sie?«, fragt der Fahrer. »Haben Sie hier Verwandte?«

»Eigentlich nicht«, sage ich, drücke die Nase gegen die kalte Scheibe und betrachte die Lichter und Bäume und Kunden. »Aber meine Mum ist ganz groß darin, ihren Nächsten zu lieben.«

»Wo soll ich halten?«, fragt er, und man kann hören, dass er langsam die Geduld verliert.

»Ich würde gern sagen, dass Sie uns am Mittelpunkt von allem absetzen sollen, aber im Nirgendwo gibt es vermutlich keine Mitte«, sagt Mum lachend, und der Fahrer schnaubt, und ich hüpfe auf dem Sitz.

»Robbie Williams hat nicht erwähnt, wo er logieren würde«, sage ich.

»Gibt es hier ein großes Hotel?«

»Keine Ahnung«, sagt der Fahrer so genervt wie ein Vater zu seinen Kindern. Mum und ich kichern, die Finger auf den lippenstiftmürben Lippen. Jetzt sind wir wirklich gemeinsam verloren gegangen.

Echt blöd, dass ich in meinem Alter nichts über Igel weiß, aber Schnabeltier, Seepferdchen und Einhorn geben auch Rätsel auf, und ich wünschte, Mum würde mit mir in den Zoo gehen, aber der hat an Weihnachten sicher zu. Ich starre die Ampel an: Wenn sie auf Grün springt, bevor ich bis fünf gezählt habe, werde ich wissen, was zu tun ist. Sie springt auf Grün. »Fahren Sie uns ans Meer«, sage ich, und als wir dort ankommen, schlagen die braunen Wellen einer grauen See gegen die Kaimauer, und ich bitte den Fahrer, zum größten Hotel zu fahren, das in Sicht ist, einem langen, hässlichen, in Beige gestrichenen Klotz, und als wir die Autotür öffnen, schlägt uns ein eisiger, salziger Hagel ins Gesicht. In der Ferne kann ich einen großen, kreisenden Stern sehen, und Mum klatscht vor Freude in die Hände. »O mein Gott«, ruft sie, »das ist ein Leuchtturm. Wie romantisch!«

Ich schüttele den Kopf und lege mir dann ihre Hände über die Augen, denn selbst ein Leuchtturm würde ihr nichts nützen. Sie würde das Licht zwar sehen, aber für die Leuchtreklame eines Clubs auf den Klippen halten und direkt auf die Felsen zusteuern.

Mein Bauch rumort, ein Gemisch aus Aufregung und Angst, und mir schwirrt der Kopf. »Können Sie kurz warten, während wir uns nach einem freien Zimmer erkundigen?«, frage ich, aber der Fahrer hat die Nase voll und sagt, er müsse gleich zurück, denn es sei immerhin Weihnachten, und zu Hause warte seine Familie auf ihn. Ich versuche, auf eine flirtende Art mit ihm zu diskutieren, aber das verärgert ihn nur noch mehr, und er weigert sich.

»Oh, bitte«, flötet Mum, und als sie sich auf die Lippe beißt und mit den Wimpern wedelt und sich vorbeugt, sodass ihre Euter aus ihrem weißen Brautkleid quellen, erklärt er sich doch bereit, noch ein paar Minuten zu warten.

Ich steige aus und knalle die Tür zu, und als ich aufstampfe, rutscht Schneematsch von meinen Brautjungfern-Schuhen und löst sich in den Pfützen auf.

Mum muss ihr Kleid raffen, um durch die Drehtür zu kommen, und ich tapse hinterher und hülle mich wegen des kalten Windes in mein errötungsrotes Kleid.

»Soll das ein Witz sein?«, fragt der Portier. »Wofür halten Sie uns denn?« Ich kann sein öliges, braunes Haar riechen.

»Für die Kleinstadt Bridlington?«, erwidere ich und hebe die Augenbrauen. Ein Ausschlag aus lauter kleinen roten Knospen blüht auf seinem fetten Kinn, und er sieht so klamm aus, als hätte er bis eben draußen im Schnee gestanden.

»In Bethlehem hatten die Drogis nicht jede Pension in ein Crackhaus verwandelt«, knurrt der Portier. »Heute Abend gibt es keine sichere Bleibe in dieser Stadt, Schätzchen.«

»Sorgt denn niemand mehr für seinen Nächsten?«, frage ich.

»Wo hast du denn deinen Esel geparkt, Schätzchen? Und wo stecken die drei Weisen aus dem Morgenland?«

»Weise Männer halten sich fern von meiner Mutter«, sage ich, und sie knufft mich in den Arm und lacht, und ich schreie auf, während der Portier lächelnd zuschaut. Ich finde es toll, wenn die Leute sehen, wie ich sie zum Lachen bringe. Allein zu Hause zu sein war unter anderem deshalb so schlimm, weil niemand sehen konnte, wie tapfer ich war.

»Der Esel ist im Kofferraum unserer Limousine«, sagt Mum, und der Mann wischt über das beschlagene Fenster der Bar und betrachtet unseren Schlitten, der mit laufendem Motor draußen steht. Er guckt uns verblüfft an, dann sieht er noch einmal aus dem Fenster. »Weiden Sie Ihre Augen«, flüstert Mum, »an unserer Luxuskarosse.«

»Wer sind Sie? Zwei Rockstars?«

Mum lächelt ihn an und legt sich langsam und lasziv einen Finger auf die Lippen. »Behalten Sie es für sich«, sagt sie. »Unser Auftritt ist abgesagt worden, und jetzt brauchen wir eine Übernachtungsmöglichkeit.«

»Im Ernst?«, fragt der Mann mit breitem Grinsen. »Wollen Sie zu einer Modenschau oder so?«

»Nein. Meine Mum wollte noch mal heiraten, aber dann hat sie kapiert, dass es schon wieder ein schwerer Fehler gewesen wäre, und hat sich in letzter Minute anders entschieden. Wir mussten fliehen. Das ist die Wahrheit.«

»Ist das euer Ernst?«, fragt er, ohne den Blick von Mum zu lösen, vielleicht, weil er sie gerade erkannt hat. Mum ist wegen ihrer zwei Ehen und »einer ganzen Reihe gescheiterter Beziehungen« in den Zeitungen kritisiert worden, aber ich finde nicht, dass das so schlimm ist. Manche Leute finden niemanden, mit dem sie ausgehen können. Nie. Nicht, dass ich wie Mum werden will, oder wie Claire. Weder eine Schlampe noch eine Hausfrau.

Ein paar zerknautschte alte Leute glotzen uns von der Bar aus an. Vielleicht erinnern sie sich an ihre eigenen gescheiterten Ehen. »Ich weiß wirklich nicht, was ich davon halten soll«, seufzt der Portier, der plötzlich als Barkeeper fungiert.

»Dann kennen Sie meine Mum offenbar nicht«, sage ich, an den ganzen Raum gerichtet, und er sieht mich lächelnd an. »Es ist nämlich absolut typisch für sie, dass sie in solche Situationen gerät.«

»Tja, wir sind ausgebucht, Schätzchen. Und wenn es vor dem Abendessen nicht ein paar Todesfälle gibt, was …« – er beugt sich zu mir runter und deutet auf ein paar alte Frauen an der Ecke der Bar – »… nicht ganz ausgeschlossen ist, wird heute kein Bett mehr für euch frei.«

»Nicht einmal im Stall?«, fragt Mum mit großen Augen und einem Gesicht, so blass und weich wie das des Engels oben auf dem Weihnachtsbaum. »Ein Lager aus sauberem Stroh, ein Eimer Wasser – vielleicht auch ein kleiner Schluck Ale – mehr brauchen wir nicht.«

Sie findet diesen Mistkerl offenbar aufregend. Das ist ekelhaft und besorgniserregend, heißt aber auch, dass sie uns vielleicht ein warmes Plätzchen für die Nacht besorgen kann.

»Ich fürchte, wir haben nur einen P-P-Parkplatz«, stottert der Typ. »Ihr müsst wieder auf euren Esel steigen. In dieser Stadt findet ihr heute Abend keine Bleibe mehr, Schätzchen.«

»Und wenn meine Mum schwanger wäre?«, frage ich, und der Barkeeper schaut verwirrt drein. »Sie wissen schon – ein dicker Bauch mit einem B-B-Baby darin. Ein Braten in der Röhre. Guter Hoffnung.«

»Elle!«, ruft Mum und hebt die Hand, als wollte sie mir eine Ohrfeige verpassen.

»Könnte doch sein!«, erwidere ich. »Das wolltest du doch, oder etwa nicht?«

Als ich allein zu Hause war, dachte ich oft, dass Mum vielleicht schwanger war. Ich stellte mir vor, wie das Möwengeschrei meiner winzigen Halbschwester durch das leere Haus hallte. Als ich Cherub letzte Woche erzählte, dass Mum wahrscheinlich bald ein Baby bekommen würde, sagte Dad zu Claire, das sei »unmöglich«, weil Mum »längst über den Punkt« sei. Claire sagte: »Ja, aber bei deiner Exfrau treten mit schöner Regelmäßigkeit die unmöglichsten Katastrophen ein.« Und eine Zeitung schrieb: »Trotz ihrer wasserstoffblonden Haare, des dicken Make-ups und ihres Teenie-Kleidungsstils ist Jackie Jackson eindeutig eine jener abgehalfterten, trübäugigen, überreifen Mütter des einundzwanzigsten Jahrhunderts, die Verantwortung und Alter glorreich ausblenden und an jedem Wochenende durch die weniger seriösen Nachtclubs unseres Landes stolpern.«

Ich studierte alle Artikel, fand trotz genauer Lektüre aber keine Hinweise auf den Paki. Wahrscheinlich durften sie seine Identität nicht preisgeben. Vielleicht stand er unter Polizeischutz, weil er durch Mum so berühmt geworden war. Caprice meint, dass manche Leute berühmt werden, weil sie ein ganzes Telefonbuch auswendig gelernt haben. Als wäre das irgendwie nützlich!

»Nein, Sie müssen wieder gehen«, sagt der Mann und reibt seine rosa Stirn.

»Aber wir können nicht gehen!«, rufe ich, als würden wir in einem aufregenden Film mitspielen. »Mums Verlobter ist nämlich ein glatzköpfiger, psychopathischer Vertreter, der kaum lesen kann. Er wird uns finden und sie zwingen, ihn zu heiraten. Er ist ein stumpfsinniger Idiot.«

Ich unterschlage den Pakistani. Aber er ist auch irgendwo da draußen. Vermutlich ist er noch gefährlicher als Tony, denn um das zu tun, was er getan hat, muss man nicht nur klug, sondern auch grausam sein.

Schließlich lacht der Mann lasch. Mum lächelt ihn an, und ich bin sauer und gehe aufs Klo, wo ich meine aufgemotzte Erscheinung im Spiegel grimmig anglotze. Dann wird mir klar, dass es mich nicht weiter kratzt, die meiste Zeit wie ein frecher Junge herumzulaufen, weil man als Brautjungfer wie die verrückte große Schwester von Rotkäppchen aussieht.

Wenn es hier Klopapier gibt, bleibe ich bei Mum, wenn nicht, rufe ich Dad an und bitte ihn, mich abzuholen.

Als ich zurückkomme, sitzt Mum an der Bar, schlürft eine klare Flüssigkeit durch einen Strohhalm und unterhält sich leise mit dem Barkeeper, der ihr mit auf den Tresen gelehnten Ellbogen zuhört. Das Gespräch wirkt recht unschuldig; doch bei meiner Mutter kann das, was wie Wasser aussieht, auch Gin sein, und mir wird ein bisschen schlecht vor Sorge. »Ach, was es nicht alles gibt«, seufzt sie, den Strohhalm im Mund, und schaut ihn aus babyblauen Augen an, und ich hole mir einen Barhocker und setze mich neben diesen Vamp, der sich als meine Mutter ausgibt.

»Wissen Sie«, sage ich, »meine Mum hat dieses Problem. Sie sieht nicht, wie die Leute wirklich sind. Ich meine – sie ist wahrscheinlich hier hineinmarschiert und hat Sie angeschaut und sofort einen echt coolen, gutaussehenden, erfolgreichen, sexy Typen in Ihnen gesehen.«

»Ja, ich wünsche dir auch frohe Weihnachten, Süße«, sagt er und bläst die pickligen rosa Wangen auf.

»Elle!«, ruft Mum, und ich wende mich ihr langsam zu

und schaue ihr lange in die Augen – um ihr zu sagen, dass es mir scheißegal ist, wie entsetzt sie ist.

»Sie verliebt sich in Typen, bei denen andere Frauen nur laut lachen und schleunigst zusehen, dass sie Land gewinnen.«

»Du bist wirklich ganz groß darin, das Selbstwertgefühl eines Mannes zu heben.«

»Tja, darin besteht der Unterschied zwischen meiner Mum und mir. Mich interessiert es nicht, das Selbstwertgefühl eines Mannes zu heben.«

Ich schweige, während sie das verdauen. Mum starrt mich an, als hätte ich sie irgendwie verblüfft. »Und ich brauche die Männer auch nicht, um mein eigenes Selbstwertgefühl zu heben«, füge ich hinzu, und Mum sieht mich traurig an. Also setze ich ein fieses Grinsen auf, gleite vom Barhocker und gehe zum Quizautomaten. Vielleicht bin ich unhöflich, aber ich habe ein breites Allgemeinwissen. Wenn ich die ersten vier Fragen richtig beantworte, bekommen wir ganz bestimmt ein Bett für die Nacht.

»Könnten Sie sich anderswo nach Zimmern erkundigen?«, höre ich Mum fragen. Sie will in meiner Anwesenheit offenbar nicht auf die sexy Tour mit einem Fremden flirten, aber falls die Masche nötig sein sollte, dann lasse ich sie machen. Außerdem wissen Cherub und Caprice nicht, was Mum in Griechenland gemacht hat, und ich will auch nicht, dass sie etwas davon wissen – denn sie gehört nur mir, und ich muss sie jetzt mit niemand anderem mehr teilen.

»Ich würde dich ja gern zu mir einladen, Schätzchen«, sagt er leise. »Ich lebe eigentlich allein.«

Während ich am Quizautomaten spiele, versuche ich,

Mums Geplapper nachzuahmen: Ich liebe dich. Komm zu mir. Geh nicht. Du bedeutest mir alles. Ich bestelle dir eine Pizza. Hast du schon Zähne geputzt? Vergiss nicht, aufs Klo zu gehen, Schätzchen.

»Ach ja, das wird total überschätzt«, sagt sie. »Allein zu leben, meine ich. Ich kenne so viele Frauen, die allein leben. Meine Mutter, meine beste Freundin Marilyn, meine frühere Chefin Orla. Heute ist das oft so. Alle wollen viel Platz, alle wollen sich selbst verwirklichen. Zum Teufel mit diesen Egotrips! Ich hasse sie. Klingt das nicht irre traurig? Egotrip? Man wird so einsam. Ich möchte einen Partnertrip. Ich will mit einem Kerl, einem Freund zusammen sein, für ihn sorgen und mein Bett und mein verrücktes, dämliches und einziges Leben mit jemandem teilen.«

Sie hat recht, und während sie spricht, wiederhole ich ihre Worte stumm, blubbere wie ein Topf mit Wasser, brodele vor mich hin. Vor Jahren hat sie mir einmal erzählt, dass sie nur in die Clubs geht, um Leute lachen zu hören. Ich habe fünf Fragen richtig beantwortet – wenn ich bei den nächsten zwei Fragen auch richtigliege, wird Mum nicht als einsame und traurige Frau enden.

Das Schlimmste daran, allein zu leben – so wie ich, während Mum weg war –, ist, dass sich nichts verändert. Wenn man wieder nach unten geht, steht die Tasse immer noch da auf dem Tisch, wo man sie hingestellt hat; im Bad hängen die Handtücher noch über der Wanne, und die einzige Druckstelle auf der Zahnpastatube stammt von einem selbst. Ashanti behauptet, dass ihre Mum gern allein lebt, aber wie kann das stimmen?

»Aber meine alte Mutter ist über Weihnachten bei mir, Schätzchen«, sagt er, und seine Stimme knarrt vor Verlangen nach Mum wie ein altes Stück Holz. Während ich – Champion! – die nächsten zwei Fragen richtig beantworte.

Ja, ich bin ein Genie, danke schön. »Ausreden, Ausreden«, seufzt Mum und lehnt sich ein bisschen nach vorn, sodass er in ihren spitzenbesetzten Ausschnitt blicken kann. Sein Atem geht plötzlich schneller. Männer sind so einfach gestrickt – ich kann verstehen, dass man da in Versuchung gerät.

»Ja, das ist mein übliches Pech. Meine inkontinente Mutter ist ausgerechnet dann bei mir, wenn ich eine so umwerfende Frau kennenlerne«, sagt er, und Mum lacht – sie kann nicht anders, als noch ein bisschen mehr zu funkeln.

»Wir sind hundert Meilen bis hierher gefahren«, sagt sie. »Können wir wenigstens noch einen Drink bekommen?«

»Wie lange hast du es ohne ausgehalten?«, rufe ich vom Automaten aus, ohne mich zu ihr umzudrehen.

»O Elle, jetzt hör schon auf. Ich brauche einen Brandy zum Nachdenken.«

»Dann will ich noch eine Limonade. Und Chips und ein Sandwich, falls es das gibt. Aber bitte keine Trockenfrüchte. Und auf keinen Fall Hackbraten.«

Mum gibt sich natürlich nicht mit Nebensächlichkeiten ab – zum Beispiel damit, Nahrung für ihre einzige Tochter aufzutreiben. Trotzdem finde ich es super, am Weihnachtsabend mit ihr hier zu sein. »Wir hatten noch nie eine entflohene Braut als Gast«, seufzt er. »Sie sind die Erste. Das hier geht auf das Haus, mit weihnachtlichen Wünschen.« Und er bringt mir ein Tablett mit Sandwiches, Chips und einem kompostbraunen Klacks Salat. »Ich glaube, Sie sind eine anständige Frau«, sagt der Barkeeper, schenkt Mum noch einen Brandy ein und lächelt so warmherzig, dass seine Augen tiefgründig und hübsch wirken und sich seine Wangen wie Baumwolle kräuseln. In Gegenwart meiner Mutter sieht jeder Mann plötzlich besser aus, echt wahr.

»Ich gebe mein Bestes«, sagt sie seufzend und leert das Glas auf Ex, woraufhin er sofort wieder nachschenkt.

»Aber das ist nicht leicht, oder?«, nickt er und trinkt selbst einen Schluck. Die ältlichen Frauen an der Bar gehen eine nach der anderen und lassen ihn allein mit meiner Mum zurück, und ich sitze im Schatten, bebend vor töchterlicher Furcht. Wie immer, wenn ein Kerl in der Nähe ist. »Sie sind alleinerziehende Mutter, müssen Rechnungen bezahlen, die Missbilligung von Familie und Freunden ertragen und sich endlose gute Ratschläge anhören. Wie meine Exfrau. Sie lebt allein mit meinem Sohn. Ich weiß schon gar nicht mehr, warum wir uns getrennt haben. Hier, trinken Sie noch einen.«

»Zu Anfang war sie bestimmt die Richtige«, sagt Mum und versucht, langsam an ihrem Drink zu nippen.

»Das ist das Schreckliche«, erwidert der Mann grinsend und schenkt sich auch nach. »Damals habe ich das geglaubt.«

»Auf uns«, sagt Mum und leert den leckeren Brandy, »denn wir haben getan, was wir für richtig gehalten haben.«

»Ich rufe einen meiner Kumpel an, aber freuen Sie sich nicht zu früh, Schätzchen«, sagt er. »Die Sache ist verrückt.«

»Vielen Dank für Ihre Hilfe«, sagt Mum, greift über den Tresen und berührt seine Hand auf eine Art, die man in der Zeitung »verhaltene Zärtlichkeit« nennen würden.

»Mum«, rufe ich, als der dicke Barkeeper weg ist, »denkst du bitte daran, dass ich noch nicht alt genug für Sex im Fernsehen bin, von Sex vor meinen unschuldigen Augen ganz zu schweigen?«

Mum springt vom Barhocker und rennt im Affentempo zu mir, kitzelt mich unter den Armen und flüstert wie der Mann, der am Samstagnachmittag die Fußballergebnisse verkündet: »Wenn Sie die Ergebnisse nicht sehen wollen, müssen Sie jetzt wegschauen.« Ich trete nach ihr, das Kleid um die Hüfte gerafft wie ein durchgeknalltes Kleinkind. Sie ringt mit mir, wirft mich über ihre Schulter, klemmt mich unter den Arm, denn sie ist viel stärker, als sie aussieht, und auf eine verspielte Art kann sie alles, was auch Dad kann. Salat fällt auf den Fußboden, aber sie merkt es gar nicht, und ich würde am liebsten immer so weitermachen, aber als der Typ wieder erscheint, hört sie auf.

»Nichts«, sagt er. »Die Touristeninformation hat zu, und alle sind der Meinung, dass Sie in dieser Stadt heute Abend kein Zimmer mehr bekommen.«

»Was ist mit dem Frauenhaus?«, frage ich atemlos. »Da hilft man doch Frauen wie meiner Mum, oder?« Ich tue weiter so, als würde ich mit ihr boxen, aber sie ist nicht mehr richtig bei der Sache.

Der Mann sieht uns zu. »Normalerweise verlassen Frauen diese Stadt«, sagt er. »Sie kommen nicht hierher.«

»Verdammt, wir sind in die falsche Richtung gelaufen, Mum«, sage ich dramatisch und den Tränen nah.

»Ach, so war es in meinem Leben immer«, sagt Mum, geht zur Bar und leert ihr Glas. »Schenk nach, Barkeeper«, sagt sie.

Ich kann dem Barkeeper ansehen, dass ihn diese Situation ins Schwitzen bringt, und wenn Mum allein wäre, hätte sie längst alles geregelt. Offenbar denkt sie das auch, denn als Nächstes sagt sie leise und heiser: »Ich muss ja für meine Kleine sorgen. Ich könnte hier hinter dem Tresen pennen.

Wäre nicht das erste Mal. Aber das arme Kind braucht ein Dach über dem Kopf.«

Das arme Kind! Als wäre es meine Schuld!

»Pass auf, Schätzchen«, sagt er, »so was hast du sicher nicht im Sinn gehabt, aber einer meiner Kumpel hat einen Wohnwagen oben auf der Landzunge. Heute Nacht ist er leer.«

»Jeder ihrer Schüsse ist ein Treffer«, murmele ich und streiche über den Automaten. Mum tischt derweil ihre Lebensgeschichte auf.

»Ich habe ein schlimmes Jahr hinter mir. Jede Menge Ärger«, sagt sie, »und ich war drauf und dran, den falschen Mann zu heiraten. Aber ich habe mich in letzter Minute anders entschieden. Und bin ans Meer geflohen.«

»Ans Meer? In noch mehr Ärger, meinst du wohl«, rufe ich beunruhigt, denn ich muss sie jetzt von diesem Barkeeper loseisen, nach draußen schaffen und zum Wohnwagen bringen.

»Du hast das Richtige getan, Schätzchen«, sagt er, indem er mich überhört, beugt sich vor und schmatzt meiner glücklichen Mum lautstark auf die Wange. In der Zeitung würde man so etwas als »typisch männliche Unfähigkeit, sich zu beherrschen« bezeichnen.

»He, Mister«, rufe ich, »Hände weg von meiner Mutter. Und falls sie Sie auffordert, mit ihr ins Bett zu gehen, überhören Sie das besser. Den Zeitungen zufolge fordert sie jeden dazu auf.«

»Elle!«

Ich wünsche mir, dass Mum mich auf den Schoß nimmt und knuddelt, aber das tut sie nicht, und deshalb gehe ich pfeifend durch die Bar und kämme mein Haar mit den Fingern. Der Barkeeper ruft währenddessen seinen Kumpel an, der eine Stunde später mit dem Schlüssel kommt. Dieser Kumpel, der Eigentümer einer Fischladenkette, ist so dünn und bleich wie ein Pommes frites. Er sieht Mum und mich grinsend an, und ich bin mir sicher, dass er mich erkennt – die Hurentochter –, denn die beiden Typen wechseln ein paar Witze, die mich daran erinnern, dass Männer wie Pickel sind: am schlimmsten zu mehreren und wenn man ausgeht.

Dann drückt der Fahrer, den wir beide vergessen haben und der eingeschlafen ist, auf die Hupe. Mum legt einen Arm um mich und sagt: »Ich bin erledigt, mein Schatz.«

»Ich weiß«, sage ich und stütze sie von hinten, als wäre sie eine Pappkartonfigur, hinter der ich mich verstecke.

Der Leuchtturm taucht uns alle fünf Sekunden in sein weißes Flutlicht, während sich Mum meinem Griff entwindet, den Barkeeper umarmt und küsst und ihm verspricht, sich zu melden. Er sagt, er werde sie anrufen. Ich bin megafroh, dass sie ihn zurücklässt und mit mir kommt. Dann sagt der Fahrer der Limousine, dass er die Nase voll hat und auf keinen Fall zum Wohnwagen fahren will. Er muss gemerkt haben, dass Mum blau ist, meint aber nur, dass er lange genug gewartet hat und jetzt zurückmuss. Immerhin fährt er uns bis zum Eingang des Campingplatzes, wo Mum ihm jede Menge Scheine in die Hand drückt. Dann schauen wir der Limousine hinterher, die in der salzigen Ferne verschwindet wie eine weiße Katze in einem Traum.

Wir latschen durch hohes Gras. Der Wohnwagenschlüssel steckt in meiner Handtasche, weil Mum ihn bestimmt verloren hätte. Ich laufe mit ausgebreiteten Armen rückwärts und jaule vor Freude, weil wir Tony endlich los sind. Sogar der Paki ist nur noch so was wie der Zweite Weltkrieg – ein rätselhaft schreckliches, lange zurückliegendes historisches Ereignis.

Dann erreichen wir einen steilen Hang. »Trag mich, Elle«, kichert Mum, »es ist so anstrengend!«

»Im Leben, liebe Mutter«, rufe ich ihr laut und ernst und trunken von Weisheit zu, »geht es manchmal bergauf und manchmal bergab, und du musst lernen, alle Wege allein zu gehen. Niemand kann dich tragen.«

»Oh, mach weiter, mein Schatz«, fleht Mum. »Bitte.«

Und sie kommt angerannt und springt auf meinen Rücken – man darf nicht vergessen, dass sie fast vierzig und wie eine Märchenprinzessin gekleidet ist und dass ich nur ein kleines Rotkäppchen bin. Ich kreische auf und stolpere, und dann purzeln wir beide in das eisige, von Schnee durchsetzte Gras, und sie kitzelt mich, während silbern vom Mond beschienene Wolken am schwarzen Himmel dahinsausen, und ich winde mich schreiend, weil es so kalt ist und so kitzelt. »Hör auf, Mum! Genau das passiert, wenn du dich auf andere verlässt.« Aber sie hört mir nicht zu, sondern liegt keuchend auf der Schleppe ihres weißen Kleides, und ihr Gesicht sieht aus wie eine Kirsche hinauf einem Törtchen mit Zuckerguss. Sie schaut zu den Sternen auf, während der Eisregen ihr heißes, rotes Gesicht peitscht. Unter ihr dreht sich die weiße Erde, und sie fragt sich vermutlich, ob sie sich gleich übergeben muss oder abheben wird.

»Gibt es Winterschlaf wirklich? Wie lange klappt das? Wie kann es sein, dass schlafende Tiere so lange überleben?«

»Ich werde mich nicht ändern, Elle«, sagt sie. »Ich schaffe das nicht. Ich meine – es wird nie mehr so sein wie mit Marcel, George oder Tony. Ich weiß, dass all das …«

»Warum halten manche Tiere Winterschlaf und andere nicht? Wie ist das bei diesen blöden Igeln?«

»Aber ich werde mich weiter auf andere verlassen. So viel steht fest.« Sie steht mit meiner Hilfe aus dem verschneiten, hartgefrorenen Gras auf. Dann lässt sie ihr elfenbeinfarbenes Kleid fallen, wischt sich das Eiswasser aus dem geröteten Gesicht und verschmiert dabei den Lippenstift. Sie sieht aus, als hätte man sie geschlagen.

Es ist fünf Uhr früh und stockdunkel. Sunshine Valley, der Campingplatz, ist eine kleine Stadt aus schmutzigen, dicht beieinander stehenden Kästen. Fenster leuchten orange, und rote und weiße Fahnen, die noch von der Weltmeisterschaft stammen, flattern im eisigen Wind. Weder Geschäfte noch Swimmingpools noch andere Unterhaltungsmöglichkeiten. Unterhalb des Hügels liegt das Straßendorf, durch das wir gefahren sind – ein paar Pommesbuden, ein altmodischer Friseur, Pubs mit verrammelten Fenstern. In solchen Dörfern hätte man Mum früher als Hexe verbrannt. Heute vielleicht auch noch.

»Warum sind Wohnwagen immer weiß, Mum?« Es gibt ein paar Weihnachtsbäume und Lichterketten an den Türen, und bei diesem Anblick beginnt Mum zu weinen, was nicht nur beweist, wie groß die Macht des Brandys ist, sondern auch, dass Weihnachten umso mehr Bedeutung hat, je älter man wird – ich fühle mich nämlich nicht wie das heulende Elend. Ich wäre nur gern ins Internet gegangen. Der Lichtstrahl des Leuchtturms gleitet grell und in regelmäßigen Abständen über uns hinweg, und ich stapfe weiter, obwohl ich mir Sorgen mache, weil ich wahrscheinlich bald Dad anrufen und entweder lügen oder beichten muss. Claire hatte einen langen, schwierigen Zeitungsartikel ausgeschnitten.

Er enthielt die von einem Textblock gerahmte Zeichnung eines Kindes, das sich die Hände vors Gesicht schlug und in dessen Kopf zwei Erwachsene stritten. In dem Absatz, den ich las, war die Rede von einer »Zwangslage« – sie weise »auf den zermürbenden, oft traumatisierenden Drahtseilakt von Kindern aus zerbrochenen Ehen hin, die einen brüchigen Frieden zwischen ihren zerstrittenen Elternteilen zu bewahren versuchen«.

»Alles okay, mein Schatz?«, fragt Mum. »Kannst du noch laufen?«

»Es wäre hübscher, wenn die Wohnwagen unterschiedliche Farben hätten«, sage ich.

Morgen werde ich sie fragen, ob wir uns ein Boot mieten und geheime Grotten suchen können. Vielleicht können wir auch zu einer Spielhalle fahren, und sie gibt mir vielleicht zehn Pfund in Münzen für die Automaten. Ich weiß, dass sie das wahrscheinlich nicht tun wird, aber was auch immer wir unternehmen, es wird nur uns beide geben. Ich werde bald Dad anrufen müssen, um ihm zu sagen, dass ich vorerst nicht nach Hause komme, um Datteln und Rosinen mit ihnen zu essen. »Ich finde es irre, Weihnachten am Strand zu verbringen«, rufe ich Mum durch den Nebel zu. »Sollen wir draußen bleiben?«

»Das hier ist nicht die Karibik.«

»Ich finde es super. Versprich mir, dass wir ein Picknick machen.«

»Wenn du deine Meinung änderst, können wir jederzeit zurück«, ruft sie und stolpert mit ausgebreiteten Armen auf mich zu wie ein Kind beim Blinde-Kuh-Spiel, und genau so sieht ihr Leben ja auch aus. Ihr rosiges Gesicht ist voller Regentropfen, ihre windzerzausten Haare sehen aus wie eine verrückte Pusteblume, ihre Schnute ist voller Schnee, und zu meiner Freude ähnelt sie nicht mehr der berüchtigten ausgebüxten Mutter; ich will nicht, dass sie eine dieser Berühmtheiten wird, die nur auf Fotos echt aussehen.

»Nein, wir können nicht zurück, Mum«, sage ich und packe sie am Handgelenk. »Der blöde Tony wartet mit einer Knarre auf uns – nein, nicht mit einer Knarre, denn das wäre viel zu kompliziert für ihn. Mit einer Keule! Er wird uns mit einer Steinkeule jagen. Grunzend.«

Den Paki habe ich darüber nicht vergessen. Aber immerhin wird er sich von den anderen abheben; wir werden ihn von Weitem sehen. »Ja«, knurrt Mum, und dann muss sie kichern, »wir müssen hier gemeinsam ausharren, bis wir alt sind und sterben.«

»Du wirst nie alt werden«, sage ich und fange an zu pfeifen. Mum geht vorwärts, und ich gehe rückwärts und schaue sie selig an.

Der Wohnwagen ist leicht zu finden, jede Reihe ist nummeriert. »Aufgepasst, Diebe und Einbrecher«, steht auf einem Schild im Fenster, »alle Wertsachen sind entfernt worden.« Ich drehe den kleinen, silberfarbenen Schlüssel im Schloss, und die Tür öffnet sich mit einem dumpfen, saugenden Geräusch. Drinnen ist es dunkel und feucht, und es riecht nach Plastik und Kälte, aber das Licht funktioniert, und alles sieht sauber aus. Selbst wenn es Ohrenkneifer gäbe, wäre ich viel zu aufgeregt, um zu schmollen. Man stelle sich die Gesichter meiner Stiefschwestern vor, wenn ich ihnen das erzähle! Alles hat die Farbe von Mehl, und es gibt steife Zierdeckchen und ein Erntegebinde an der Wand, und die aufeinander abgestimmten Teller und

Tassen sind mit Bildern von Wildblumen verziert. All das soll jedoch nicht das »Innere ausdrücken«, wie Claire es von Dekorationen verlangt. Wäre das so, meint Mum, dann würde das Innere von Claire aus Schablonenzeichnungen von Gänseblümchen und Seepferdchen bestehen.

Ich kann Frittierfett riechen, und mir fällt ein, dass ich Hunger habe. Ich sage es Mum, aber sie tänzelt ins Schlafzimmer und schnippt das Licht an, wirft Stola, Schuhe und Halskette auf das Bett und hüpft und kreischt wie ein aufgedrehtes kleines Mädchen. Das nervt ein bisschen, aber ich habe nichts anderes erwartet. »Ist das nicht herrlich, Elle?«, ruft sie, um die Sache zu beschönigen, etwas, das Eltern vor ihren Kindern immer tun müssen, vor allem, wenn es sich um ein nutzloses und schuldiges Elternteil handelt. Immerhin ist das Bett lustig: Eine Ecke ist gekappt worden, damit man die winzige Toilette betreten kann. Caprice würde für so ein Bett sterben.

»Komm her, mein Schatz«, sagt Mum später. »Du bist bestimmt hundemüde.« Ich lege meinen Kopf auf ihren Schoß und die Füße auf das niedrige, beigefarbene Sofa, das drei Wände einnimmt. Mum tut so, als würde sie meine Haare mit den Fingern kämmen. Wenn sie weitermacht, bis ich bis fünf gezählt habe, sind wir in Sicherheit. Ich schnüffele den Wohnwagengeruch, betrachte unsere dünnen Blechwände und die Stellen, auf die der Mond scheint. Mum will meine kurzen Haare flechten. Es ist Heiligabend, und wir haben weder Bettzeug noch Essen, nicht einmal Klopapier. »Wenn du deinen Dad anrufen willst, damit er dich abholt, ist das völlig in Ordnung«, sagt sie, als könnte sie Gedanken lesen.

»Warum glaubst du mir nicht, dass ich bei dir sein möchte?«, frage ich mit geschlossenen Augen und spüre, wie sie an meinen Haaren zupft, wie ihre weichen Fingerspitzen meine Kopfhaut berühren. »Claire ist echt nett … aber …«

»Aber Weihnachten bei Claire – das ist bestimmt ziemlich kitschig.« Sie streichelt meine Stirn wie früher, als ich noch ein kleines Kind war. »Engel und Pasteten, Weihnachtslieder und Cracker.«

Sie hat gerade Lust, Claire schlechtzumachen, aber ich will sie nicht dazu ermutigen. »Nur viele Rosinen, mehr nicht.« Auf Mums Schoß dämmere ich ein. Als ich aufwache, liegt ihr Satinkleid in dicken Wellen auf meinem Gesicht. »Außerdem müssen wir am nächsten Tag in die Kirche und danach ihre alte Mutter besuchen – sie ist genau wie Claire, nur mit mehr Falten. Und gleich nach dem Essen machen wir den Abwasch, und Dad schläft in seinem Sessel ein.«

»Ich will wirklich nicht angeben, mein Schatz, aber bei mir ist dein Dad abends nie eingeschlafen«, sagt sie mit einem amerikanischen Akzent, der lustig und sexy klingt. Dann streichelt sie mit den Fingerknöcheln sanft über meine Wange. »Also echt – kein einziges Mal.«

»Ja, Mum, aber nur, weil er so angestrengt überlegt hat, wie er dich umbringen kann.«

»Stimmt.«

Sie lacht zwar, aber ich weiß, dass der Scherz sie an das erinnert, was die Zeitungen ihre »zwei Ehekatastrophen samt nachfolgendem Scheidungskrieg« genannt haben. Ein Blatt spürte sogar ihren ersten Mann auf, von dem sie nie erzählt; er sah alt und verwirrt aus und sagte, als wäre er abgrundtief beschämt: »Ich habe mit Jackie Jackson abgeschlossen.« Kein Reporter fahndete nach Marcel, er ist ein Geheimnis geblieben.

Bis jetzt.

Und der Paki schien gar nicht mitzuzählen. Ich befürchte auf einmal, dass Marcel in Afghanistan von der Sache erfährt und seine Story verkauft, dass alles noch einmal hochgekocht wird, vielleicht morgen, vielleicht übermorgen. Oder der Paki bietet einen Augenzeugenbericht aus erster Hand an und verscherbelt all ihre Geheimnisse – und meine – an den Meistbietenden.

»Ich werde nie bereuen, deinem Dad begegnet zu sein«, sagt sie bewegt, »ohne ihn hätte ich dich nicht.«

»Darf ich dich daran erinnern, Mum, dass wir keinen amerikanischen Wohlfühlfilm gucken, sondern in Yorkshire in einem Wohnwagen hocken?«

Sie hat die Augen zu und lächelt. »Ich habe dir ja gesagt, dass ich erledigt bin. Ich bin blau. Ich bin total zugedröhnt, mein Schatz.«

»Ich weiß, Mum.«

Sie schläft natürlich als Erste ein, obwohl sie mich eigentlich in den Schlaf wiegen müsste. In ihrem Schoß liegend, horche ich während ihres Geschnorchels auf Diebe und Einbrecher. Dann entdecke ich eine Zigarette, die in einem ihrer weiten Ärmel steckt, und gehe auf den Balkon, um an dem Rauch zu ersticken. Ich wäre am liebsten ins Internet gegangen, muss stattdessen husten, als hätte ich Krebs, und rufe dann mit dem Handy bei Dad an. »Ich bleibe über Nacht bei Mum«, sage ich, und seine aufgebrachte Frage danach, wo ich stecke, ist genau das, was ich erwartet habe. Nachdem ich ihm meine Lüge aufgetischt habe, besteht er darauf, dass ich mir die Sache anders überlege und das tue, was er und Claire von mir verlangen. So reagieren alle auf Mum: ängstlich und wütend.

Schließlich beruhigt er sich ein wenig und sagt: »Es ist doch ihre Hochzeitsnacht. Will sie da nicht mit ihrem neuen Mann allein sein?«

»Bist du ihm je begegnet, Dad?«

»Na, na«, sagt er und lacht wie Heinrich VIII., weil er ganz genauso ist – er findet es super, wenn ich über Mum herziehe.

»Sagen wir mal so: Ich bin Tony inzwischen begegnet, und das ist noch ein Grund mehr, bei ihr zu bleiben. Ich werde mich nicht umentscheiden, Dad. Ich bleibe heute Nacht bei ihr.«

Wenn ich eines inzwischen ganz sicher weiß, dann das: Ich habe mich viel zu lange an die Regeln gehalten, die Dad und Claire für meine Besuche bei Mum aufgestellt haben. Als sie meinten, Marcel würde wegen seines Alters und seines Jobs bei der Army eine Bedrohung für mich darstellen, hatte ich Angst. Aber damals war ich erst zehn, und ich war noch nie länger als eine Nacht allein gewesen. Jetzt bin ich größer und mutiger, und ich werde bald meine eigene Meinung über andere Leute haben.

Draußen ist es bitterkalt, und es ist seltsam, dass niemand außer Mum weiß, wo ich bin. Trotz aller neuen Technologien und tollen Geräte ist es babyleicht, weiterhin zu lügen, Leute aus den Augen zu verlieren, sich zu verstecken, andere zu täuschen und unbemerkt ganz neu anzufangen.

Als ich wieder hineingehe, steht Mums Mund offen, und eine Spinnenwebe aus Speichel verbindet ihre Lippen mit dem zerknitterten Sofa. Ich bin unglaublich froh, allein mit ihr zu sein. Sie ist so alkoholwarm wie früher, als ich noch klein war und nachts manchmal zu meinen Eltern ins Bett gekrochen bin. Ich suche Laken und Oberbetten, aber im hohen Schrank ist nur eine kratzige Decke, die ich behutsam über ihr ausbreite. Dann finde ich noch eine kratzige Decke für mich und lege mich im Schlafzimmer auf die unbezogene Matratze, weil ich mich nicht wie ein Baby an Mum kuscheln will. Wer braucht schon Wärme und saubere Laken, Kopfkissen und Oberbetten? Höchstens Verlierer.

Amir

Zweiundzwanzig Uhr, und keine Spur von Jackie Jackson an diesem Heiligabend. Stattdessen redet ihr Verlobter, der tumbe Tony, auf dieser Nicht-Hochzeitsparty auf mich ein. Wir sitzen in der reservierten Ecke in The Bar, zwischen den Luftballons und unter dem Banner, auf dem Orla bestanden hat: VIEL GLÜCK, TONY UND JACKIE. Nur sechs Leute sind da, alles Gäste des Bräutigams – und natürlich Orla, die sich den Höhepunkt dieser Katastrophe nicht entgehen lässt. Der alte Knacker hat mich zum Gesprächspartner erwählt, wahrscheinlich, weil außer mir keiner mehr nüchtern ist, und er erzählt mir zuerst, dass er Jackie vor dem Antrag nur von einem Abend kannte, an dem es zwei Flaschen Rotwein und einen Tisch voller Cocktails gegeben hatte. Wenn er sie länger gekannt hätte, sagt der Säufer, hätte er diesen Fehler nicht begangen. Er arbeitet als Verkäufer in gehobener Position und ist normalerweise ein sehr genauer Mensch. Er hätte sie schnell durchschaut.

Ich bin mitgekommen, falls Jackie auftauchen sollte, verwirrt, beduselt und tanzbereit. Was durchaus möglich ist, denn sie lässt sich so leicht keine Party entgehen. Ich habe vergeblich versucht, sie auf dem Handy zu erreichen, und jetzt würde ich am liebsten zu ihr gehen, um zu sehen, ob es ihr gut geht, und um ihre Freiheit zu feiern, aber ich weiß, dass das ein Fehler wäre. Also sitze ich wie üblich blöd rum und warte an einem Ort auf sie, an dem ich gar nicht sein sollte, obwohl ich in einigen Tagen einer ganz anderen Frau einen Antrag machen werde.

Währenddessen erzählt Tony, dass er sie nur zehn Mal getroffen habe, und bei neun Gelegenheiten hätten sie gesoffen, eingekauft oder gevögelt. Aber er gesteht, dass es Anzeichen gab. »Hast du einen Freund?«, fragte er sie am Abend ihrer ersten Begegnung in The Bar.

»Mein letzter Freund hat mit mir Schluss gemacht – aber er musste ins Ausland fliehen und mich verhaften und anklagen lassen, bis ich's gecheckt habe«, erzählte sie Tony.

»Das hast du überstanden«, sagte Tony scherzhaft und streichelte ihren Rücken. Er konnte die Erhebungen ihrer Wirbel unter dem klammen Seidentop spüren.

»Die Anklage noch nicht, Schätzchen«, sagte Jackie, und weil sie so lachen musste, kam Tony nicht auf die Idee, dass sie es ernst meinte. »Elle, meine zwölfjährige Tochter, war eine ganze Woche allein.«

Aber wie sie sich zu ihm umwandte und an der Zigarette zog, ihr Lächeln und der lederbezogene leere Barhocker neben ihr – all das wirkte auf Tony wie eine Einladung. Er wusste zwar, dass sie blau war, nahm aber an, dass sie aus dem gleichen Grund betrunken war wie er: Sie hatte wenig gegessen und wollte ihren Spaß haben. Ich sehe alles vor mir – ihre zerbissene Lippe, ihre verschränkten, weißen Arme – und mag nichts mehr hören, aber dieser weiße Trottel quasselt weiter, und er hat mich fest im Visier seines wässrigen Blicks.

Er ist wirklich keine Augenweide. Das müsste mich eigentlich freuen, aber nein, es macht mich noch trauriger, wenn ich an Jackie und ihre Tochter denke. Er hätte damals gehofft, sagt er, dass Jackie nicht schluchzend die Polaroidbilder ihrer Tochter hervorholen würde, und ich würde ihm am liebsten eine verpassen, ja, ich fühle mich versucht, weil ich nüchtern bin und diesen hässlichen, stockbesoffenen Blödmann problemlos plattmachen könnte.

»Hast du Ärger?«, fragte daraufhin Tony, der nach eigenem Bekunden rasch väterliche Gefühle für Frauen entwickelt, sogar für solche, die er flachlegen möchte.

»Ob ich Ärger habe?«, erwiderte sie lächelnd. »Nach allem, was ich dir erzählt habe, musst du das noch fragen?«

Ich lache – nicht über seine Worte, sondern über ihren Scherz –, doch er missversteht mein Lachen als Ermunterung, und ich drehe mich weg und betrachte die nasse Stadt. Ein Fenster von The Bar bietet einen Blick auf die glänzende Straße, auf Kirchen und Hochhäuser und die eisbedeckten, im Schneckentempo fahrenden Busse. Gruppen winziger Menschen mit Luftballons. Überall strahlt die Weihnachtsbeleuchtung, nackte Glühbirnen, die zu Silhouetten von Engeln, Bäumen, Efeublättern und Torten arrangiert sind, und immer wieder gefährlich schiefe, große Bälle aus Stahl, Draht und Lichtern. Das Jahr geht zu Ende; das ist für viele die letzte Chance.

Warum bin ich wieder auf Achse, warum sitze ich nüchtern zwischen betrunkenen Weißen, wenn ich mit Harpreet zu Hause den Ikea-Katalog durchblättern sollte?

Als sie ihm angeboten hatte, mit ihm zu vögeln, habe er beschlossen, sich aus dem Staub zu machen, denn er habe sie für verrückt gehalten. Damit hätte sie sicher kein Problem gehabt, sagt er, denn sie hätte wohl damit gerechnet. Er hätte das bei ähnlich gestrickten Frauen auch schon getan.

Tony weiß ganz eindeutig nichts über Jackie, und sie hat einfach schnell eine Hochzeit mit einem fremden Typen organisiert. Genau, wie ich vorgeschlagen hatte.

Dann erzählt er mir, dass er den Frauen nicht gern die erste Initiative überlässt, und ich muss daran denken, wie Jackie im Nachthemd vor unserem Haus auf der Straße stand und mich bat, gemeinsam mit ihr zu verschwinden. Damals war ich genauso ängstlich und erschüttert wie dieser Trottel jetzt.

Ich will gerade gehen, als er mir anvertraut, dass sein Vater an Alzheimer leidet. Meine Mutter auch, sage ich, und Tony schüttelt den Kopf und sagt »Ts, ts«, und ich verstehe auf einmal besser, wieso er der wilden Jackie Jackson einen Antrag gemacht hat.

»Zu Hause bin ich ganz brav«, erzählte Jackie ihm lächelnd. »Zu Hause bin ich wie ein Kätzchen – ich muss nur die Katzenklappe meiden. Wenn ich das Haus nicht verlassen hätte, hätte ich auch Elle nicht vergessen.« Dann wurde noch eine Flasche geköpft, und Jackie beichtete diesem Trottel, wie und warum sie ihren Job verloren hatte.

Jetzt, wo er allein lebe, erzählt Tony mir, schaue er sich alles Mögliche im Internet an, aber Kämpfe zwischen Mädchen seien nicht sein Ding.

»Ich habe keinen Tanga getragen und war auch nicht von Kopf bis Fuß mit Schlamm beschmiert, falls du das denkst. Außerdem hat sie angefangen. Und es ist schon Monate her«, sagte sie zu ihm.

»Lebst du allein?«, fragte er sie.

»Ach, leben kann man das eigentlich nicht nennen«, sagte sie mit ihrer tiefen Stimme, schwarz geteert wie eine Straße, aber durch unzählige Zigaretten, und er musste lachen. Dann stand sie wortlos auf, ging zur Bar und kehrte mit zwei Gratiscocktails zurück, irgendeiner üppigen Mixtur in eigentümlich geformten Gläsern mit einem glitzernden, weißen Pulver am Rand. Als sie ihre Handtasche öffnete (ja, er spricht von »Handtasche«), sah er ein dickes Bündel Zwanzig-Pfund-Scheine und fragte sich, ob sie gerade eine Bank ausgeraubt hatte.

Dann erzählt er weiter von diesem kreidigen Drink und wie sauer er geschmeckt habe. Dazu diese körnige Konsistenz, die von dem Salz auf dem Rand geschickt verdeckt wurde. Was zum Teufel trank er da? Warum hatte sie nichts dafür bezahlt? Er ließ zu, dass sie ihn vergiftete, sagt er, todsicher. Außerdem, erzählt Tony mir, hatte er das Gefühl, dass sie ihm die Kontrolle entzog und das sagte, was eigentlich der Mann hätte sagen sollen – »was ich bei Frauen nicht sehr sexy finde«.

»Die Bar in meinem Hotel hat bis in die Nacht auf«, sagte er als Nächstes zu ihr. »Ist nicht weit.«

»Ich hab was Näheres«, erwiderte sie lächelnd und fuhr mit dem Handrücken und den Fingernägeln über seine Schmirgelpapierwange.

Ich dachte an die gütige Samirah. Gestern kam sie auf mich zu und sagte: »Was ist los mit dir, Amir? Du warst immer so ein guter Junge.« Ich zuckte mit den Schultern, und sie nahm lächelnd meine Hand und sagte: »Ich weiß. Mir ist das auch passiert.« Ich wusste, dass sie auf den rätselhaften weißen Postboten anspielte, den wir nie erwähnen, der sich aber seit zwei Jahren wie ein Geist an den Rändern unseres

Lebens herumtreibt. »Was tust du? Was soll ich tun?«, fragte ich sie. »Das, was du für richtig hältst«, antwortete sie. »Aber für wen soll es richtig sein? Für mich selbst oder für die Familie? Es ist immer das gleiche Problem.« »Vielleicht ist das, was für dich richtig ist, auch richtig für die Familie«, sagte sie lächelnd. »Du kannst jedenfalls nicht so weitermachen. In dieser Verfassung nützt du niemandem etwas.«

»Jackie meinte, ich hätte das passende Alter. Sie sei in einen viel jüngeren und in einen viel älteren Mann verliebt gewesen und zuletzt in einen Kerl, der in jeder Hinsicht genau richtig für sie gewesen sei«, erzählt der Vollidiot.

»Was hat sie über den Kerl erzählt, der genau richtig war?«, frage ich und beuge mich zu ihm hin, während mein Herz wie ein Reh über den Tisch hüpft.

»Dass er eine andere heiraten wollte.«

»Oh«, sage ich. Und um nicht loszuheulen, füge ich hinzu: »Klingt so, als wäre er knapp davongekommen.«

»Ich glaub schon. Sie sagte, sie habe sein Leben nicht zerstören wollen. Er sei ein guter Kerl, aber viel zu umsichtig und nett für sie.«

Tony erzählt, dass er gedacht habe, er hätte vorher besser Geld am Automaten ziehen sollen. Er glaubte, dass er Jackie Jackson für diesen … Fick bezahlen müsste. Er vermutete, dass sie eine Nutte war, eine Cracknutte, die so tat, als wäre sie in der Bar angestellt, und mit dem Barkeeper unter einer Decke steckte, der vergiftete Drinks für die Opfer mixte. Daher das viele Geld in ihrer Handtasche. Und sie hatte die Polizei nicht etwa erwähnt, um ihm Angst einzujagen, sondern um ihn zu beruhigen und anzudeuten, dass sie Kontakt mit den Behörden hatte und also ungefährlich war. Sie wollte zeigen, dass ihr verkorkstes Wesen keine Gefahr darstellte. Vielleicht, erzählt Tony mir, wollte sie nicht offen Geld für den Sex verlangen, sondern nur für ein Taxi oder so was. Vielleicht wollte sie ein kleines Geschenk. Zum Beispiel Schmuck. Vielleicht hatte sie Drogen in ihrer Handtasche. Die sehr teuer gewirkt habe, sagt er, jedenfalls würde ihm das im Rückblick so vorkommen. Vielleicht war sie ihr vom letzten Freier geschenkt worden. Ja, kein Zweifel. Das hätte er schon früher erlebt, erzählt er mir – diese Erwartung eines Geschenks, »als würden sie mit dem Weihnachtsmann ausgehen«.

Er hält mich jetzt offenbar für seinen besten Kumpel, und er plaudert aus dem Nähkästchen und offenbart mir all seine schmutzigen Geheimnisse. Man muss ihnen etwas schenken, sagt er, zum Trost dafür, dass sie sich mit einem so alten, ergrauten Knaben einlassen. Ho, ho, ho. Darauf muss man gefasst sein, sagt er. Wenn er, was gelegentlich passiert, eine Frau im Food Court eines Einkaufszentrums aufreißt, schlägt sie ihm sofort ein Essen vor, führt ihn dann in ein Geschäft und bittet um ein neues Kleid.

Jackie darf nichts mehr mit diesem hirnlosen Idioten zu tun haben. Ich glotze ihn an, doch er erzählt, dass er die ganze Zeit überlegt habe, wie viel Geld er bei sich hatte. Dann lacht er laut und meint, er habe versucht, ihren Wert abzuschätzen. »Ich muss noch Geld abholen«, hatte er zu ihr gesagt. »Können wir unterwegs kurz halten? Ist es weit?«

»Ganz in der Nähe«, erwiderte sie. »Sehr nah.«

Er hätte gern ein kleines Wörtchen mitgeredet, als es darum ging, was als Nächstes passieren sollte, sagt er. Sie hielt seine Hand fest wie ein Schraubstock und entschied alles, bevor er auch nur Piep sagen konnte. Das Ganze habe ihm das Gefühl gegeben, nicht bei einer Geliebten, sondern bei seiner Mutter zu sein. Eine Falle, in die er des Öfteren getappt sei, erzählt er. Ehe er sich's versah, hatten sie die Bar verlassen und standen in einem dämmrigen Flur – »der Mutterleib«, hätte die böse Fee gesagt. Ja, da war der Mutterleib der Familie, direkt vor ihnen: das Bild eines Mannes und einer Frau auf den Türen, jeder mit einem kleinen Kind an der Hand, der Junge etwas größer als das Mädchen. Jede Person hatte einen kugelrunden Kopf und ein Strichmännchenlächeln. Sie stieß ihn in den Mutterleib, in dem es seltsamerweise zwei Toiletten gab, eine große und eine kleine. Das war ihm neu – und ich erzähle ihm, dass der Laden einen Preis für die edelsten öffentlichen Toiletten Europas gewonnen hatte. Die Tür schloss sich mit sattem Klicken. »Und dann«, sagt er mit seinem breiten, besoffenen Grinsen und leert sein Lager, bevor er seine schmutzige Geschichte weitererzählt.

Aber ich will nicht hören, wie meine Freundin von ihrem eierlosen zukünftigen Ehemann gevögelt wurde und im Anschluss in der Toilette des Ladens einen Antrag von ihm bekam. Wie Jackie Jackson ihrem zukünftigen Gatten in der edelsten europäischen Geschäftstoilette begegnete.

Elle

»Elle«, ruft sie und rüttelt wie wild an meiner Schulter. »Es ist Weihnachten.« Sie hält mir ein kleines Päckchen hin, in dem ich ein silbernes Armband mit meinem Namen in verschlungenen Großbuchstaben finde. Sie tut so, als wäre es mein Weihnachtsgeschenk, obwohl ich weiß, dass es mein Brautjungferngeschenk sein sollte. Sie tut so, als hätte es die Beinahe-Hochzeit nie gegeben.

Ich versuche, meine Enttäuschung zu verbergen, als ich ihr mein Geschenk gebe, ein Lotterielos. »Ich habe es gekauft, weil ich glaube, dass du bald Glück haben wirst, Mum. Ich habe das Gefühl, dass du richtig glücklich wirst. Wenn du mit dem Trinken aufhörst und nicht mehr mit Männern ausgehst.«

Ich bin müde. Ich habe kaum geschlafen, erstens wegen der Eiseskälte und zweitens, weil ich auf die Schritte eines Mannes auf den frostigen Klippen horchte. Aber wir haben die Nacht überstanden, ohne dass gefährliche Feinde aufgetaucht wären, und am helllichten Tag wird es einfacher sein.

»Hier im Schrank gibt es noch Cornflakes. Sie sind bestimmt ein bisschen pappig«, sagt sie und wischt sich eine

Träne aus dem Augenwinkel. »Die Milch müssen wir uns dazudenken. Als du klein warst, habe ich immer so getan, als ob die Cornflakes Kartoffelchips wären, weißt du noch? Ich wollte unbedingt, dass du dich gesund ernährst.«

»Tja, weißt du was? Ich esse meine Cornflakes immer noch ohne Milch! Trifft sich gut, oder?«

»Ich gehe nach nebenan und frage, ob sie uns ein bisschen Brot leihen können.«

»Aber wir haben diese komischen Klamotten an«, sage ich.

»Ich werde behaupten müssen, dass wir aus der Irrenanstalt geflohen sind.«

»Du ganz bestimmt«, sage ich, und Mum nickt und sieht mir tief in die Augen. Sie erinnert sich vermutlich an Tony, so wie man sich an ein Monster aus einem Traum erinnert: in winzigen, grauenhaften Bruchstücken. »Hey, Mum – sag ihnen doch einfach, dass wir uns an Weihnachten immer als Bräute verkleiden!«

»Ja, ich werde ihnen erzählen, dass es Familientradition ist.«

»Genau«, sage ich und äffe Claire nach, »Traditionen sind sehr wichtig, denn sie halten die Familie zusammen.«

»Kommst du mit, mein Schatz?«

»Du musst dich langsam daran gewöhnen, die Dinge selbst in die Hand zu nehmen, Mum.«

»Bitte«, bettelt sie und zieht einen Schmollmund. Als wir den Wohnwagen verlassen wollen, packt sie meinen Satin-Puffärmel und ruft: »O mein Gott! Wir haben Tony vor dem Traualtar vergessen!« Dann beißt sie sich auf die Lippe und wiehert durch die Nase wie ein Pferd.

»Ich fass es nicht, dass du das lustig findest«, sage ich.

Manchmal bin ich wütend, wenn sie glücklich ist und über ihr Sexleben lacht. Ich will, dass sie traurig, verweint und zerknirscht wegen ihrer unzähligen Exfreunde ist, vor allem aber, weil sie mich zu Hause vergessen hat. Dann reißt sie sich vielleicht zusammen, wenn es sie wieder juckt, sich in ein Abenteuer zu stürzen.

»Jetzt kann ich drüber lachen, aber gestern habe ich mich schrecklich gefühlt, mein Schatz.«

»Und er? Wie schrecklich muss es wohl für ihn gewesen sein? Hör endlich auf, immer nur an dich zu denken, Jackie Jackson«, sage ich, und sie nickt und bittet mich um Verzeihung und schluckt ein Kichern hinunter.

»Wir sind zu einer Kostümparty eingeladen«, sagt Mum an der Tür des Nachbarwohnwagens. Der Geruch nach Bratspeck lockt die durch die Luft wirbelnden Möwen an. Ihre Schreie durchschneiden den Morgen wie scharfe Klingen. Sie machen mir Angst, aber Mum merkt natürlich nichts.

»Fröhliche Weihnachten, Schätzchen«, sagt der in die Jahre gekommene Mann. »Tretet ein, tretet ein. Meine Frau macht gerade Frühstück. Nur herein. Ihr seht bezaubernd aus und werdet bestimmt einen Preis gewinnen.«

Der Typ riecht so muffig wie ein alter Teddybär, und der Wohnwagen gleicht unserem wie ein Ei dem anderen – der gleiche Stil, die gleichen Farben, die gleiche Einrichtung –, und das gefällt mir. Der Fernseher läuft, und ich esse meinen Speck, während ich das Weihnachtsprogramm für Kinder gucke. Claire hätte das nie erlaubt; bei ihr müssen wir immer zwei Stunden schuften, um zehn Minuten vor der Glotze sitzen zu dürfen. Mum sitzt am Tisch, trinkt einen Kaffee, raucht eine Zigarette und erzählt dem Ehepaar ein paar wahre Geschichten aus unserem Leben.

»Sie haben ihn einfach stehenlassen!«, sagt die alte Frau. »Wie herrlich!«

»Tja, ich weiß nicht, was ich davon halten soll«, sagt ihr Mann mit gerunzelter Stirn. »Der arme Kerl.«

»Wenn er Mum geheiratet hätte, wäre er jetzt noch ärmer dran«, rufe ich vom Sofa aus und füge dann so leise hinzu, dass sie nichts hören können: »Wenn man den Zeitungen glauben kann, reden Sie gerade mit dem ›kirchenmausarmen Vamp‹.«

»Aber sie hat ihn nicht geliebt, Reg! Es wäre eine Schande gewesen. Und ihr Leben eine Lüge.«

Ich schaue die beiden an und sage: »Alles, was meine Mum erzählt hat, ist wahr. Bei anderen Frauen würde es vielleicht unfassbar klingen, aber meine Mutter lebt wirklich so. Wenn Sie bei Google ›unfassbare Frau‹ eingeben, erscheint ein Bild meiner Mum.«

»Und wenn Sie ›rotzfreches Mädchen‹ eingeben, erscheint ein Bild meiner Tochter«, erwidert Mum, die verärgert klingen will, aber nur schnaubend lacht. Ich würde jetzt gern ins Internet gehen und den seidigen, solariumgebräunten Pornomädchen fröhliche Weihnachten wünschen, aber die beiden Alten haben keinen Computer.

»Wir könnten Ihnen Kleider leihen«, sagt die Frau. »Und ich kann meine Tochter fragen, ob Sie bei ihr zu Mittag essen können.«

Ich habe das Gefühl, gleich heulen zu müssen. Vielleicht, weil die Leute so selten nett zu Mum sind, ohne gleich gute Ratschläge parat zu haben oder Mitleid zu heucheln oder sie am ausgestreckten Arm emotional verhungern zu lassen. »Wir brauchen auch ein paar Laken«, sage ich. »Wir haben kein Bettzeug.« Mum schaut mich so verdutzt an, als hätte sie das Wort noch nie gehört oder als würde sie nie an so etwas wie Bettzeug denken. Sie fragt sich wahrscheinlich, wie sie eine so schräge, bettwäschebesessene Göre in die Welt setzen konnte.

Der alte Mann setzt sich neben mich, und ich frage: »Gibt es wirklich Igel?«

»Natürlich«, sagt er. »Ich habe hier ein Buch.« Er holt einen Naturführer, und ich lese den Abschnitt über Igel, während ich Schokolade aus einer großen Schüssel futtere. Dann erzählt er mir von der Gegend und den Wikingern, was die andere Elle, die bei ihrem Vater wohnt und Tagesausflüge zu Schlössern unternimmt, sehr interessiert. Er zeigt mir Bilder von Langbooten und bärtigen Männern in Fellen und sagt, dass die Wikinger an genau diesem Küstenabschnitt in England eingefallen sind.

»Und die Heizung im Wohnwagen? Wisst ihr, wie sie funktioniert, Schätzchen?«, fragt mich der Mann, als wüsste er, dass ich in Wahrheit die Erwachsene bin. Ich wünschte, er würde weiter von den Wikingern erzählen, aber er denkt jetzt vermutlich an Mum und fragt sich, wer zum Teufel wir sind. »Wenn man sich mit der Heizung nicht auskennt, können Wohnwagen tödlich sein. Das liegt am Fußboden. Der Fußboden kann kälter sein als ein zugefrorener See.«

»Passt auf«, sagt seine Frau lachend und klopft ihrem alten Grinsekater auf die Schulter. »Jetzt, wo er weiß, dass ihr keinen Mann habt, wird er alles in die Hand nehmen.«

»Ich will ja nur helfen«, erwidert er verwirrt.

»Sie halten dich für eine arme, ausgebeutete Frau«, flüstere ich, als ich mich neben Mum auf das Sofa setze, das genauso aussieht wie das in unserem Wohnwagen. Ich schmolle, weil sie so gute Laune hat und sich nicht für ihre Schandtaten schämt, aber in Wahrheit finde ich es auch super bei diesen alten Leuten, weil es mir das Gefühl gibt, dass Mum und ich eine heile Familie sind. »Sie rufen wegen uns bestimmt beim Sozialamt an. Du kennst doch diese Filme, in denen Leute so tun, als wollten sie anderen helfen, obwohl sie im Grunde nur Zeit schinden, oder?«

»Sie heißen Reg und Joan«, sagt Mum, »und sie sind bezaubernd.«

»Die Polizei hat bestimmt schon den ganzen Campingplatz abgeriegelt.«

»Auf die beiden kann man sich verlassen.«

»Genau das wollen sie dir vormachen, damit die Behörden genug Zeit zum Handeln haben. Sie telefonieren bestimmt gerade mit Dad und Claire.«

»Warum so misstrauisch?«, fragt Mum, streicht mir die Haare aus dem Gesicht und sieht mir mit einem festen Filmstarblick in die Augen. Ich schiele, und sie verdreht mir sanft die Nase. »Reg ist so lange weg, weil er die Polizei holt, die für den Fall unserer Flucht gerade einen Hubschrauber klarmacht. Claire ist mit einer Knarre draußen. Dad hat eines dieser Gewehre mit Betäubungsgeschossen, wie man sie für Tiger benutzt.«

»Bin ich schuld daran, mein Schatz? Dass du Liebe und Zärtlichkeit misstraust?« Ich zucke mit den Schultern und wende mich wieder dem Fernseher zu, aber alles, was darin läuft, ist irgendwie blöd. Ich pfeife Weihnachtslieder, und Mum zieht ein besorgtes Gesicht. »Wärst du lieber wieder zu Hause?«

»Ich will ins Internet«, sage ich mürrisch, weil ich mein Pornoleben plötzlich schwer vermisse, die vielen hübschen Mädchen, die so was wie meine große, nackte Familie sind, und außerdem will ich die Wikinger und die Dänen und das alte England googeln.

»Bei Dad und Claire, meine ich?«, fragt sie.

»Ach, weißt du, das Paradies kann eine Pest sein«, sage ich. Dann bin ich auf einmal beunruhigt, weil ich Dad eine Ausrede für die zweite Nacht auftischen muss.

»Warte ab. Wenn du alt genug bist, wirst du auch die Hölle ausprobieren«, sagt sie lächelnd und streicht ihr Haar glatt. »Die Hölle ist nicht mehr das, was sie einmal war.«

Höllen-Mum verlässt Tochter für Rentnerlover.

Zuerst ein Hauch von alten Keksen, und dann erscheint Joan mit einem Berg Wolle in den Armen und sagt: »Irgendwas wird schon passen, und wenn nicht, dann richte ich das mit Sicherheitsnadeln.« Mums Kinnlade klappt runter, als sie den Berg von Klamotten entgegennimmt. Sie fragt sich vermutlich gerade, ob sie tatsächlich einmal in einem der führenden Modeläden Europas gearbeitet hat.

Wenn der alte Knabe zurückkehrt, bevor ich bis zwanzig gezählt habe, wird Dad mir erlauben, noch eine Nacht zu bleiben.

»Die Heizung läuft«, sagt Reg, der zitternd aus der Kälte hereinkommt.

»Was braucht ihr beiden noch? Bettzeug habe ich notiert.« Joan serviert uns einen schlammbraunen Kuchen und sagt: »Wenn ich mich recht erinnere, gibt es nebenan keinen Fernseher. Ihr könnt jederzeit bei uns gucken, wenn ihr wollt.«

»Seit sie im Fernsehen war, schalten wir das Ding nicht mehr ein«, flüstere ich, während sich Mum unaufhörlich bedankt und mich in die Rippen knufft. Dann schüttele ich den Kopf und ahme zu Mums Belustigung Claire nach: »Ich mag es nicht, wenn Mum zu viel Fernsehen guckt. Das bringt sie nur auf dumme Gedanken. In ihrem Alter ist man zu empfänglich für schlechte Einflüsse. Sie ist fast vierzig und geht auf die vierzehn zu, müssen Sie wissen.«

Joan lacht und sagt: »Ich könnte euch ein Radio leihen.«

»Das wäre viel besser«, sage ich nickend. »Wir machen uns immer Sorgen wegen der Bilder.«

»Mit diesem Gerät bekommt ihr sogar Dänemark rein«, sagt Joan und holt ein großes, braunes Radio aus einer Kiste.

»Das erinnert mich an deinen Dad«, sagt Mum und zeigt auf das Radio. »Wenn ich versucht habe, ihm zuzuhören, hatte ich auch oft das Gefühl, Dänemark reinbekommen zu haben.«

»Es ist wissenschaftlich erwiesen, dass Männer und Frauen auf unterschiedlichen Wellenlängen liegen«, sage ich. »Das ist kein Grund zur Beunruhigung.«

»Ja, solange man nicht versucht, ein Gespräch zu führen«, erwidert Mum lachend, und Joan lächelt sie rätselhaft an.

Bei ihrem Lächeln muss ich an die alte Grandma denken, die uns auf der Party der Pakistanis so liebevoll und traurig umarmt hat.

Mum und ich gehen in einem Pub Mittag essen, weil Joans Tochter schon zu viele Gäste hat. Ich bin mir insgeheim sicher, dass sie von der ›Abgefüllten, flüchtigen Mutter‹ und ihrer ›Im Stich gelassenen, willensstarken Tochter‹ gehört hat und uns deshalb nicht bei sich haben will. Aber das sage ich Mum nicht, weil ich froh bin, dass wir beide allein sind. Wenn Dad auch noch da wäre, wäre es perfekt.

»Warum bin ich nur so blöd?«, fragt Mum den Mond auf dem Weg zum Pub.

»Du bist nur blöd, wenn es um Liebe geht«, antwortet der Mond.

Wir tragen Jogginghosen, die von Sicherheitsnadeln gehalten werden, und zehn Tonnen schwere, kratzige Pullover. Aber das scheint niemanden zu interessieren, und ich frage mich, was das Gegenteil von pornomäßig ist, denn genauso sehen wir aus. Ich mag unser abgefahrenes Outfit, aber Mum hätte lieber ihr Hochzeitkleid über den Knien gekappt. Joan hielt sie mit den Worten davon ab: »Nicht abschneiden. Vielleicht brauchst du es noch.« Ich sagte, das würde ich wirklich nicht hoffen, doch Mum willigte ein.

Caprice meint, es wäre das größte Pech, drei Mal verheiratet zu sein, aber im US-Fernsehen sagte eine Frau mal: »Die dritte Ehe ist der Bringer, Schatz.«

Der Pub ist total verqualmt, obwohl das Rauchen verboten ist, staubig und gammelig und heiß vom Bratendunst, viel zu üppig geschmückt und krachend laut, weil irgendwelche Weihnachts-Evergreens laufen. Ich wittere den beißenden Geruch zahlloser Glückskekse. Manche Männer sind so bärig wie Wikinger und tragen Heuhaufenbärte, und ich fange an zu schmollen, weil es mir peinlich ist, zwischen solchen Kerlen an der Bar eine Limonade zu bestellen. Mum sollte lieber ein Bier oder einen Wein für mich bestellen, aber das tut sie natürlich nicht. Sie verweigert mir sogar ein Radler, und deshalb zicke ich rum, als ich Cola bekomme. Dann bin ich von mir selbst genervt und wähle in der Jukebox Olivias »Summer Lovin'« aus. »Fröhliche Weihnachten«, sage ich und stoße an. »Auf uns«, sage ich. Ringsumher erheben sich dicke, beduselte Mamis mit Papierkronen auf dem Kopf und stimmen Weihnachtslieder an.

Dad wäre im Erdboben versunken.

Der einzige Tisch, den sie für uns haben, ist klein und wackelig und steht unter einem riesigen Fernseher. Ein rotes, hinter uns angebrachtes Spotlight erhellt Mums Haar. Ich finde im Glückskeks eine Scherzfrage: »Welchen Kater finden Katzen am tollsten? Den Muskelkater.« Vor ein paar Jahren hätte ich das Mum nicht gezeigt, weil es mit Männern zu tun hat, aber jetzt sagt sie nur: »Ist dir klar, dass du deinem armen Dad diese ganze Sache erklären musst?«

»Warum sprichst du eigentlich halbwegs nett über Dad, aber immer noch so supergemein über Claire?«

»Sie ist total mies zu mir«, zischt sie wie die schlimmste Zicke in der ganzen Klasse.

»Wolltest du nicht versuchen, nett über sie zu sprechen?«

»Ich bin eifersüchtig auf sie, weil sie dich so oft bei sich hat, obwohl sie nicht mal mit dir verwandt ist. Ich finde das unglaublich unfair.«

Und mir wird zum ersten Mal bewusst, dass sie sich insgeheim die gleichen Sorgen wegen Claire macht wie ich: Wenn Dad eine Frau liebt, die in allem das Gegenteil von Mum und mir ist, wie kann er mich dann wirklich lieben?

Ich küsse Mum auf ihre warme, weiche Schulter. Ich tue das, ohne darüber nachzudenken. Mit Angst und Eifersucht kenne ich mich bestens aus; sie sind wie Hitze und Hunger, uralte Gefühle, gegen die man nichts tun kann, auch wenn man weiß, dass sie falsch und schäbig sind.

»Ich bleibe noch eine Nacht«, sage ich zu Dad, als ich ihn während des Essens anrufe, und er rastet natürlich erst mal aus. Dann lockt er mich mit den Geschenken, die unter dem Weihnachtsbaum auf mich warten, mit Dosen voller Schokolade und selbstgebackenen Keksen. »Aber Mum hat mich in diesem Jahr kaum gesehen.«

»Kein Wunder«, erwidert er.

»Ich möchte sie glücklich machen.«

»Das haben schon viele vor dir versucht«, schnaubt er, aber sein Tonfall verrät mir, dass er sie mal geliebt hat, und ich ahme die sanfte Stimme meines Beraters nach und sage mit trockenem Mund: »Ich werde es weiter versuchen, Dad. Ich bleibe noch ein bisschen hier.«

Ich gehe wieder rein und sage Mum, dass ich noch bleibe. Sie fängt an zu heulen, und ich muss sie daran erinnern, dass ich das emotional beschädigte Kind bin, nicht sie.

»Ich habe so viel passiv geraucht, dass mir nicht mehr viel Lebenszeit bleibt«, sage ich, als wir aus dem verqualmten Pub in die Meeresbrise treten. »Claire sagt, Passivrauchen ist legalisierter Mord.«

»Ich komme mal vorbei und puste ihr Rauch ins Gesicht«, erwidert Mum.

»Mit genau diesem kindischen Verhalten muss endlich Schluss sein, Mum.«

»Ich weiß.«

»Es gibt keinen Grund zur Eifersucht. Sie ist nur Dads Frau, nicht meine Mutter. Sie kann dich nie ersetzen.«

»Komm, wir gehen am Strand spazieren und lassen unsere Lungen durchlüften«, sagt sie und legt einen Arm um mich.

Mehrere Familien lassen Steine über das Wasser springen, obwohl schon das lila Dunkel des Abends anbricht. Es ist Flut, und die Wellen klatschen gegen weiße Felsen. »Ich hasse Claire nicht«, sagt sie. »Ich bin froh, dass sie sich so gut um dich kümmert. Stell dir vor, Dad hätte noch so eine Frau wie mich geheiratet.«

»Es gibt keine andere Frau wie dich«, sage ich aufrichtig, und sie lächelt leise.

Ich verschränke die Arme vor der Brust und blicke zu Boden, halte Ausschau nach Igeln oder Pfeilspitzen der Wikinger. Ein paar Jungs im Teenageralter klettern hoch oben auf den Kreideklippen herum, und ein kleines Mädchen baut eine Sandburg. Ich würde gern mitmachen, aber ich bin irgendwie älter geworden und nach all den Pornos auch irgendwie schüchterner. Trotzdem hätte ich gern einen Metalldetektor.

Mum läuft stumm vor mir her und sammelt Muscheln auf. Der Anorak, den Joan ihr geliehen hat, reicht fast bis zu den Knien. Sie wirkt jünger und ein bisschen irre, und sie tut mir leid. Dad hat mir letzte Woche erzählt, dass Marcel, der Soldat, Mums wahres Alter gar nicht gekannt hat; er hatte geglaubt, sie wäre Mitte zwanzig. Ich folge Mum mit einigem Abstand, um ihr Raum zu lassen, und als es richtig dunkel wird, gehen wir auf dem schmalen Weg zum Campingplatz zurück. Der regelmäßig rotierende Strahl des Leuchtturms taucht uns immer wieder in silbernes Licht. Ich kann Mums Parfüm riechen, diesen süßen Schnapsdunst, und fange wieder an zu schmollen, weil sie so warm und beschwipst ist. Ich bin nur das unansehnliche, dicke, kleine Kind, das nie eine Rolle in einem Porno bekommen wird, nicht in einer Million Jahre.

Sie bemerkt es zuerst. »Hast du das gesehen?«, fragt sie. Ich verdrehe nur die Augen, aber sie beharrt: »Wirklich – vor unserem Wohnwagen hat sich jemand bewegt.«

»Wahrscheinlich Joan und Reg, die uns Bettzeug bringen.«

»Nein, es war jemand Größeres. Ich glaube, es ist ein Mann.«

»O Mum«, sage ich und ziehe sie an mich. Wir beobachten den Wohnwagen vom Straßenrand aus. Nach allem, was in letzter Zeit passiert ist, passe ich auf wie ein Schießhund, sehe genau hin, bleibe stehen, warte ab. Nicht gleich in Panik verfallen. Immer mit der Ruhe. Erst die Lage peilen.

Während der einsamen Nächte habe ich gelernt, ganz still zu sein, die Angst so fest in der Hand zu halten wie einen Vogel und auf das beruhigende Geräusch von vorbeirollenden Autoreifen auf nassem Asphalt zu warten. Im Dunkeln auf verdächtige Laute zu horchen, auf Schritte und Atmen. Nach einer Weile konnte ich das Kühlschrankbrummen vom Boilergrollen und das Knarren von Holz vom Klicken der Elektrogeräte unterscheiden. Im weißen, kreisenden Leuchtturmstrahl bewegt sich der männlich wirkende Schatten vor unserem Wohnwagen auf und ab wie ein wildes Tier. Dann reckt er sich und setzt sich auf die Stufen. »Hier ist es nicht sicher. Wir müssen weiter«, sagt Mum, und sie meint es ernst.

»Wir sind nicht auf der Flucht, Mum«, sage ich. »Es ist nicht verboten, sich gegen eine Heirat zu entscheiden.«

»Ja, aber es ist auch keine Art«, sagt sie, »und es ist sein gutes Recht, stinksauer zu sein.«

»Ich glaube nicht, dass wir etwas zu befürchten haben«, krächze ich heiser – mein Mund ist ganz trocken.

Autos fahren auf der Straße zum Campingplatz, und einige Leute verlangsamen ihr Tempo, um uns zuzulächeln oder zu winken, weil sie glauben, dass wir ihnen ausweichen. Es ist Weihnachten, und die Leute sind hilfsbereit und bester Laune. »Ob er es ist, Mum?«

»Wir müssen zum Pub zurückkehren und …«

»Wir müssen Dad anrufen. Ich weiß, dass du nicht scharf drauf bist, aber es wäre das einzig Vernünftige. Dad holt mich ab, egal, wo ich bin.«

»Warum hast du ihn dann nicht angerufen, als du allein bei mir warst?«, faucht sie mit hochgezogenen Augenbrauen.

»Das hier ist kein Abenteuer. Das hier ist Tony.«

»Na gut«, sagt sie. Sie muss große Angst haben, sonst würde sie nicht einwilligen.

Also kehren wir auf dem finsteren Weg zurück. Wenn wir allen Pfützen ausweichen, wird uns nichts passieren. Irgendjemand folgt uns, seine Schritte klatschen im Schneematsch. Ich zerre an Mums Arm, und wir halten beim Laufen die viel zu großen Hosen am Bund fest, damit sie uns nicht auf die Knöchel rutschen. »Schnell! Das ist er!«, sage ich. Die Schritte hinter uns klingen schwer, und sie kommen näher. Ich ziehe Mum mit, zerre immer wilder an ihrem Anorak. Sie folgt mir stolpernd und japst panisch, wenn sie in eine Pfütze tritt oder einen Felsen streift.

»Kannst du ihn erkennen?«, keucht Mum, die sich unterwegs umschaut.

»Weiterlaufen, Mum.«

»Und wenn es nicht Tony ist?«, fragt sie. »Vielleicht ist es der Typ aus dem Pub.«

»Na super, Mum! Jetzt fühle ich mich richtig sicher!«

»Oder der aus der Pommesbude.«

»Vielleicht ist es Dad. Vielleicht hat er uns aufgespürt.«

»He!«, ruft jemand. »Jackie! Jackie! Ich bin es.«

»Lauf!«, rufe ich. »Lauf, Mum, lauf!« Ich werde schneller und laufe voran. Ich richte den Blick auf die Straßenlaternen und fliehe zu der schmalen Straße, auf der ein paar Leute stehen.

»Anhalten«, ruft jemand dicht hinter mir. »Ich bin's doch nur. Anhalten.«

Mum beschleunigt und packt mich, sodass ich stolpernd stehenbleibe. Ich drücke sie fest an mich. Sie keucht wie wild und bläst warme Whiskywolken in die Winterluft.

»Ich bin es, Jackie.«

Mein Magen ist wie erfroren, und wenn ich kotzen muss, werde ich Eiswürfel spucken. Er steht vor mir und lächelt mich an, weil er hofft, dass ich dann wie beim letzten Mal still bin. Irgendwie kriege ich mit meinem trockenen Mund Dads tiefe Stimme hin: »Lass uns in Ruhe. Oder wir rufen die Polizei.«

»Ich dachte schon, es wäre der falsche Wohnwagen, aber dann hab ich eure Hochzeitskleider nebeneinander über der Schranktür gesehen. Also hab ich gewartet.«

»Komm«, sage ich und ziehe an Mums Pullover, »lass uns weitergehen.« Meine Lippe blutet, und ich habe das Gefühl, als hätte jemand meine Lungen mit Gummibändern zusammengeschnürt. Obwohl ich weiter zerre, grinst Mum ihn an. Ich brülle wie Dad, dass ich abhauen werde. Umsonst.

»Ich habe es gestern Abend beim Limousinenverleih erfahren, aber ich habe erst heute Morgen beschlossen zu kommen. Ich war vorsichtig«, lügt er.

»Das hoffe ich«, sagt Mum lachend.

»Bitte nicht, Mum«, sage ich. »Lauf einfach.«

»Man hat mir erzählt, dass der Fahrer euch an diesem

Campingplatz abgesetzt hat. Also habe ich euch gesucht. Das alte Ehepaar hat behauptet, euch nicht gesehen zu haben, aber ich wusste, dass sie gelogen haben, um euch zu beschützen.«

»Irgendjemand muss immer lügen, um Mum zu beschützen. Vor Leuten, die ihr Böses wollen.« Ich heule, während ich sie anschaue. Als ich merke, dass sie mir wieder entgleitet, sage ich: »*Er* hat den Zeitungen und der Polizei von mir erzählt, Mum. Er war es!«

»O nein, mein Schatz«, sagt sie kopfschüttelnd. »Nein, nein, nein.«

Ich hätte nie mit ihr herkommen dürfen. Ich hätte wissen müssen, dass es in einer Katastrophe endet. »Gut, dann hole ich Hilfe«, sage ich und laufe in die Dunkelheit. Der Wind peitscht mir ins Gesicht, ich springe über kleine Hügel und Pfützen mit Schneematsch, aber sie folgt mir nicht, und ich hasse sie dafür und renne weiter. Sie ruft in der Ferne nach mir, aber ich bleibe nicht stehen. Als ich die Straße erreiche, bin ich überrascht über meine Ausdauer, und ich laufe und laufe und springe wie eine Gazelle in der Savanne. Der Wind lässt meine Mähne flattern, mein Herz schaltet einen Gang höher, sodass meine Knie und Fesseln noch geschmeidiger werden, und ich renne wie noch nie, ich renne, als würde mich ein Motor antreiben, und schließlich ist mir so heiß, dass ich den Anorak abwerfe. Die eisige Nacht bläst auf meine Arme, auf meine Brust und meinen harten Bauch, und ich hasse Mum und möchte von einem Auto überfahren werden, damit sie sich richtig mies fühlt. Ich will, dass sich meine Stiefschwestern bei meiner Beerdigung die Augen ausweinen. Ich will, dass Dad sich vor Trauer erhängt. Vögel sehen mich rennen und sammeln sich in der Luft, und Ponys erschrecken auf der Weide, denn ich bin jung und fit, und sie sind alt und erledigt. Ich werde erst langsamer, als ich die Hauptstraße erreiche. Männer starren mich an, und ich glotze zurück, denn wenn sich ein Pädophiler an mir vergreift, hat Mum Schuld. Ich möchte ermordet werden, weil sie dann aus dem Bett steigen muss, um meine verstümmelte Leiche zu identifizieren. Oder vor ein Auto laufen, denn die Straße ist rutschig und spiegelt den knallbunten Weihnachtsschmuck. Schließlich bleibe ich vor einem Friseur stehen. Daneben ist ein miefig warmer chinesischer Take-away, und während ich keuchend dastehe, kann ich Musik aus einem Pub hören.

Ich habe gesehen, wie sie den Paki angelächelt hat. Wenn Dad das wüsste, würde er sagen: »Wieso gehst du schon wieder mit einem Farbigen?« Das hat er auch bei Marcel gesagt. Sie hat damals nur erwidert: »Keine Ahnung. Das passiert einfach manchmal, Paul.« Auf einmal begreife ich, warum Dad sie hasst. Es liegt nicht an dem, was sie tut, sondern daran, dass sie sich nie wirklich für das entschuldigt, was sie tut. Ich weiß auch plötzlich, was Gran meint – es ist beleidigend, wenn man sich nicht an seine eigenen Leute hält, sondern Typen fremder Herkunft vorzieht, die sozusagen auf der anderen Seite stehen. Es ist, als würde Mum damit sagen wollen, dass wir, ihre Familie, nicht gut genug für sie und außerdem zu engstirnig, dumm und total von gestern sind. Sie muss ihre Fühler unbedingt weiter ausstrecken, egal, was wir denken oder wollen.

Eine Gruppe von Jugendlichen in meinem Alter drängt sich im fahlen, orangefarbenen Schein einer Straßenlaterne zusammen. Sie sehen zu mir rüber. Ich stelle mir vor, wie sie mich fertigmachen, weil sie wissen, dass meine Mum mit einem Paki flirtet. Sie stehen halb im Schatten, deshalb kann ich erst nach einer Weile feststellen, dass sie wirklich Teenager sind. Sie gucken mich so trübe und überrascht an, als wäre ich in ihr Schlafzimmer gestürmt und hätte sie geweckt. Ein Junge kaut am Gesicht einer Tusse herum, ein anderer streichelt immer wieder Hüfte und Taille eines anderen Mädchens, als wäre sie ein Baum, dessen Rinde er prüfen muss. Ein dickes, einsam dastehendes Mädchen starrt mich an, und plötzlich tut mir der Kopf weh und meine Beine zittern. Ich muss wachsam sein. Angesichts des Blicks, mit dem sie mich abschätzt, weiß ich, wieso man Mädchen Zicken nennt. Und ich kapiere einmal mehr, warum die Pornos im Internet so viel Spaß machen – da wirken alle immer freundlich und herzlich, und es geht nur um feuchte Küsse und öliges Grapschen, und die Mädchen sind ganz anders als die Tussen, die hier auf der Straße stehen.

Alle paar Sekunden scheint ein milchiges Licht in der Nacht auf, der kreisende Lichtstrahl des Leuchtturms. Das dicke Mädchen im weißen Jogginganzug kommt über die Straße auf mich zu und fragt: »Was glotzt'n du so?« Es regnet wieder, der Eisregen prasselt wie mit winzigen Nägeln auf mein Gesicht, und meine Füße tun weh vom Laufen. Ich schaue in jede Richtung, aber Mum ist mir nicht gefolgt. Ich kann sie nirgendwo sehen, obwohl meine Sinne jetzt mehr als geschärft sind. Wenn sie irgendwo in diesem Halbdunkel wäre, würde ich sie sehen. Im Laternenschein fällt der Regen bronzefarben und wie Champagner auf die Jungs und Mädchen. »Wie heißt'n du?«, ruft das Mädchen, das gestreichelt wird. Ich glaube, sie will nur, dass ich sie bemerke; mein Name interessiert sie nicht. Die Teenager taxieren mich von den dreckigen Hochzeitsschuhen bis zu den feuchten Augen. »Ist das ’ne Zigeunerin?«, fragt der Junge, der das Mädchen streichelt. »Vielleicht versteht sie nichts.« Jetzt kommen alle auf mich zu, ziehen Fäuste aus den Taschen und streichen ihr Haar rattenglatt über den weißen, wieselartigen Gesichtern zurück. Mein Magen krampft sich in der Kälte zusammen, denn ich bin nicht besonders tapfer. Ich zittere, weil ich keinen Anorak mehr habe. Ich wünschte, ich wäre online. Ich schlinge meine Arme um mich und ziehe die Schultern bis zu den Ohren hoch. Die Zeitungen, meine Gran und meine Mum haben geglaubt, ich wäre eine Heldin, aber ich bin nur zu Hause geblieben. Ich habe mich einfach nur an das Alleinsein gewöhnt und gewartet, ich bin kein besonders tapferes Mädchen.

»Kannste sprechen?«, fragt die Dicke und guckt mich grimmig an. »Haste dich verlaufen?«

»Sie ist wohl an den Strand gespült worden«, sagt der Junge, und das Gelächter klingt wie ein eisiges Zittern. »’n Stück Treibholz.«

So haben die Einheimischen damals vermutlich auch die Wikinger begrüßt, bevor sie einen Hagel von Steinen und Pfeilen auf sie niedergehen ließen.

Dann schießt ein Auto platschend um die Ecke. Die Mädchen und ich sehen, wie Mum herausspringt und mich anschreit. Ich bin total erleichtert, aber ich ignoriere sie und gehe auf wackeligen Beinen weiter, und sie muss mir nachlaufen und mich am dünnen Handgelenk packen. Ich wehre mich wie wild, hauptsächlich wegen der Mädchen, aber auch wegen der Jungs, und trete schreiend um mich. Sogar das Pärchen hört auf, sich zu küssen, und schaut zu, als ich mich krümme und Mum anbrülle, die mich schließlich ins Auto verfrachtet, als wollte sie mich entführen.

Ich kämpfe weiter, obwohl sie mir dadurch, dass sie mir hinterhergekommen ist, bewiesen hat, dass sie mich liebt, weil ich den Mädchen zeigen will, wie wild und mutig ich bin und wie sehr ich Mum hasse, und angesichts meiner Kraft steht ihnen vor Staunen der Mund offen, und sie glotzen wie Kinder bei einer Zaubervorstellung. Der Pakistani fährt gelassen weiter, während ich die einsame Dicke durch die Scheibe anstarre. Sie sieht mir nach, und als ich mich noch einmal umdrehe, steht sie immer noch auf der verschneiten Hauptstraße und schaut dem Auto hinterher.

Mum tobt, bis der Pakistani sagt: »Weißt du, was dieses Fleckchen Land hier nötig hat, Jackie?« Mum schreit mich weiter an. Als er schließlich sagt: »Eine Filiale von Lullen & Stullen«, fängt sie doch an zu kichern.

»Das ist der Laden von seinem Bruder«, erklärt sie mir.

»Irre spannend«, sage ich.

»Sie sind wie Feuer und Wasser, mein Schatz.«

»Muss mich das interessieren?«, fragte ich. »Außer wir wären demnächst alle miteinander verwandt.«

Als wir beim Wohnwagen ankommen, will ich nicht aussteigen. »Ich rede mit ihr«, sagt Mum zu dem Paki, und er nickt und holt die Einkaufstüten aus dem Kofferraum.

»Sieht aus, als würde er bei uns einziehen«, sage ich.

»Er hat ein bisschen Proviant mitgebracht«, sagt sie wütend. »Das ist sehr umsichtig von ihm.«

»Das ist der Typ, der der Polizei von dir erzählt und bei den Zeitungen angerufen hat, Mum.«

Aber ich bin müde und hungrig, und das Streiten ist viel zu anstrengend.

»Ach, Elle«, sagt sie, senkt ihren Kopf auf die Hände und stöhnt. »Glaubst du das wirklich?«

»Klar. Er hat bei den Zeitungen angerufen. Sie halten dich für eine Schlampe und eine schlechte Mutter und wollen, dass du dafür bestraft wirst. Begreifst du das nicht?«

»Das ist nicht wahr. Er hat die Polizei nicht verständigt. Gran hat bei der Arbeit angerufen, und dort hat man ihr die Nummer eines Vertreterkollegen von George gegeben, und dann hat sie die Polizei informiert. Babs hat wahrscheinlich bei der Zeitung angerufen. Sie ist diejenige, die mich nicht leiden kann hat. Amir ist mein Kollege und mein Freund.«

»Und wo sind deine anderen Freunde?«

Sie sieht mich an, als wäre sie plötzlich nackt. Aber nicht stolz und pornomäßig nackt, sondern als wäre es ihr peinlich. Sie beißt sich auf die Lippe, und ich weiß, dass dieser Mann ihr einziger Freund ist. »Er ist scharf auf dich, Mum, oder?« Sie zuckt mit den Schultern und versucht, mich zu streicheln, und wir sehen zu, wie Amir die Einkaufstüten auf die Schwelle stellt, als wäre er unser Butler. Dann stapelt er einige Klappstühle von der Veranda und stellt die Blumentöpfe zusammen, um sich zu beschäftigen, während er auf uns wartet.

»Ich muss ihm aufmachen«, sagt Mum. »Ich habe den einzigen Schlüssel.«

»Bitte nicht«, sage ich. »Ich will nicht, dass er mit reinkommt.«

»Es geht nicht anders, mein Schatz. Er steht draußen in der Kälte.«

»Bitte nicht.«

»Hör auf mit dem Unsinn.«

»Bitte nicht!«

»O Elle.«

»Wenn du ihn in den Wohnwagen lässt, gehe ich zu Dad zurück.« Sie starrt erst mich an, dann den Pakistani. »Er hat doch kaum Geld«, sage ich. »Er ist zu jung.«

»Geld hat noch nie jemanden glücklich gemacht, Elle«, sagt Mum. »Es ist nicht das Wichtigste im Leben. Hab ich dir das nicht beigebracht?«

»Super!«, sage ich. »Dann gehe ich mal kurz los und besorge kostenloses Essen und Gratis-Alk in dem Laden, in dem es alles umsonst gibt.«

Sie lacht nicht, schließt nur die Augen und reibt ihren Kopf. Der Lichtstrahl des Leuchtturms geht drei Mal über sie hinweg, nimmt sein langsames Foto auf. »Warum fahren wir nicht einfach weg?«, frage ich und zeige auf den Zündschlüssel, der noch steckt. »Wir wären um Mitternacht zu Hause.«

Mum starrt in die Dunkelheit und denkt an ihr Zuhause: der Laptop, die Lampe, die Schreiben von der Bank – das geduldig wartende Sofa, die treuen Kissen, der freundliche Stuhl. Ich denke an Dad, der mit der gelben Papierkrone auf dem Sofa schläft, während sich meine Stiefschwestern in ihren farblich aufeinander abgestimmten Partykleidern aus rotem Samt über den Berg teurer, elektronischer Geschenke beugen und dabei Tanzen im Fernsehen gucken, während Claire in der Küche Kirchenlieder trällert und die Reste des Essens kreativ verbrät. Ich spüre einen Ruck, als der Paki noch mehr Sachen aus dem Kofferraum holt, und sehe, wie er geschäftig an der Scheibe vorbeigeht. Sogar Klopapier. Und Spülmittel. Männer haben Mum oft was mitgebracht, aber nie das, was sie wirklich gebraucht hätte.

»Na schön, Elle. Wenn du deine Meinung später immer noch nicht geändert hast, fahren wir nach Hause.« Und sie steigt schwerfällig aus und lässt die Tür offen für den Fall, dass ich ihr folgen möchte.

Ich höre, wie der Paki sagt: »Ich habe auch Kleider und Bettzeug mitgebracht, Jackie, weil ich nicht genau wusste …«

Die Worte verfliegen wie Rauch, als sie gemeinsam die Stufen hinaufgehen und im Wohnwagen verschwinden. »Ich rufe Dad an!«, brülle ich ihnen nach. Wenig später kommen sie wieder heraus, um noch mehr Sachen aus dem Kofferraum zu holen, und als Mum am Fenster vorbeigeht, höre ich sie sagen: »Sie tut nur so, als wäre sie tapfer, Amir. Als sie allein war, ist sie nicht vor die Tür gegangen. Sie hat die ganze Zeit das Haus geputzt und aufgeräumt.«

»Klingt sehr vernünftig, wenn man die Situation bedenkt«, erwidert der Paki. Er wuchtet eine schwere Kiste aus dem Kofferraum und klemmt sie sich unter den Arm.

»Was soll vernünftig daran sein, allein zu bleiben und sich fünf Tage lang mit Hausputz zu beschäftigen? Wenn sie nicht so ängstlich gewesen wäre, hätte sie einfach zu ihrem Dad gehen können.«

Sie verschwinden wieder im Wohnwagen, und ich rufe Dad an.

Ich muss an das dicke Mädchen auf der Hauptstraße denken. Vielleicht wohnen die Kinder auch auf dem Campingplatz, und vielleicht suchen sie mich. Sie werden mich mögen, weil ich irgendwie angeknackst, aufgewühlt und wild wirke, und sie werden wissen wollen, warum ich auf der Straße so geschrien habe. Sie werden mich für einen halben Jungen halten, zäh und verrückt, und mich bitten, ihnen noch eine Vorstellung zu geben.

»Dad«, jaule ich. »Mir ist so langweilig.«

»Ich habe mich schon gefragt, wie lange du es aushältst«, sagt er mit leisem Lachen, und ein Klicken verrät mir, dass Claire das Telefon im Schlafzimmer abgenommen hat. »Sollen wir dich holen, Liebling?«, fragt sie. »Ich habe ein paar leckere Sachen zum Tee gemacht.«

»Wir können in fünf Minuten bei deiner Mutter sein«, sagt Dad. Ich höre, wie Cherub im Hintergrund fragt, wann ich heimkomme.

»Ich kann dir ein Naan-Brot aufwärmen, und es gibt auch die kleinen Zwiebel-Pakoras, die du so gern isst«, sagt Claire. »Cherub vermisst dich. Soll ich sie dir geben?«

»Meinetwegen«, sage ich, während im Schlafraum des Wohnwagens das Licht angeht. Ich sehe, wie der Paki ein sauberes, rosa kariertes Bettlaken ausschüttelt, das aussieht, als hätte er das verdammte Ding selbst gebügelt. Dann knipst er das Licht aus und kehrt in die Küchenecke zurück, um die Supermarkttüten auszupacken.

»Hallihallo«, sagt Cherub, die das nette Kindchen spielt. »Dein Geschenk ist hier. Wann kommst du zurück?«

»Keine Ahnung. Hier gehen echt krasse Sachen ab«, sage ich cool und vertraulich, und sie sagt wie meine allerbeste Busenfreundin: »O Gott, du Arme! Komm her und erzähl mir alles.« Dann sagt Claire, dass sie einen Kuchen im Ofen habe und gleich den Schinken anschneiden wolle. Mum lehnt mit einem Glas in der Hand am Küchentresen und unterhält sich lachend mit dem Paki, und Dad erzählt mir, wie toll ihr Weihnachten sei – aber wie schrecklich sie mich vermissen würden. Claire sagt, sie habe einen vollen Strumpf für mich auf den Kaminsims gelegt. Dad habe Truthahn für mich eingefroren. Claire habe den Brief vom Weihnachtsmann für mich aufgehoben.

Ich unterhalte mich noch ein bisschen mit ihnen. Ich habe das Gefühl, älter zu sein und selbst entscheiden zu können, wen ich liebe, und als ich das Gespräch beende, atme ich wieder normal.

»Er ist nicht so jung, wie er aussieht«, sagt Mum fünf Minuten später und trommelt von außen mit Messer und Gabel gegen die Autoscheibe. »Er soll zwangsverheiratet werden, Elle.«

»Na, und? Bis gestern Vormittag wolltest du dich auch zwangsverheiraten.«

Sie lächelt – nichts kann ihr jetzt, da ein hübscher Mann da ist und ihre Welt wieder einen Sinn ergibt, die gute Laune verderben.

»Nein, bei mir war es anders, mein Schatz«, sagt sie. »Seine Heirat ist von vernünftigen Leuten arrangiert worden, die keinen Schluck trinken.« Sie bittet mich reinzukommen, aber ich weigere mich und sage, dass sie das Essen wieder mitnehmen kann, weil ich es nicht will, und sie sagt, dass es zu kalt ist, um draußen zu warten, während ich schmolle, und geht wieder hinein.

Dann kommt der Paki, und ich sage: »Weißt du, dass meine Mum schon mal mit jungen Schwarzen zusammen war?« Er steht nur da, ein Geschirrtuch über der Schulter. »Bist du hier, weil du sie vögeln willst?« Er seufzt halb verärgert und halb überrascht und wendet sich ab. Dann dreht er sich noch mal um und sagt: »Alleinsein kann ganz schön einsam werden, Elle.«

»Äh – glaubst du, das weiß ich nicht?«

»Ich meine damit, dass es einsam wird, wenn du dein ganzes Leben allein bleiben willst, um niemanden vor den Kopf zu stoßen. Ich habe das ungute Gefühl, dass es meiner

Schwester Samirah so gehen wird, wenn wir nicht aufpassen.«

Ich bemerke wieder seine Mandelaugen, die muschelartigen, langen Fingernägel und seine Haut, die an geschmolzene Milchschokolade erinnert. »Mum sucht sich immer die falsche Gesellschaft aus«, sage ich und bin froh, dass er keine spitze Bemerkung macht wie: »Bis jetzt, Schätzchen«, oder: »Abwarten, Kürbiskopf.« Stattdessen zuckt er mit den Schultern, und ich sage: »Sie war mit einem Siebzehnjährigen zusammen, einem Soldaten. Sie ist ihm im Park begegnet. Marcel. Wusstest du das?« Er schüttelt den Kopf. »Darum musste ich zu Hause ausziehen. Dad meinte, solche Typen seien zu gefährlich für mich. Er war nur sieben Jahre älter als ich. Es war alles ein bisschen wie in der Klatschpresse.«

»Mein Bruder liest so was«, sagt er.

»Vielleicht lerne ich deinen Bruder ja bei der Hochzeit kennen«, sage ich, und Amir kehrt lächelnd in den Wohnwagen zurück. Und als er an Mum vorbeikommt, die kreuz und quer über den Rasen läuft, höre ich, wie er sagt: »Sei nicht so streng mit ihr, Jackie. Sie ist ein gutes Kind, und sie hat viel durchgemacht.«

»Ja«, erwidert Mum, »aber sie kann so unglaublich fies sein.«

»Raus mit der Sprache, Mum: Ist er gekommen, um dich zu vögeln?«

»Oh, das hat er schon getan, mein Schatz«, antwortet sie fröhlich und legt eine Hand auf das Autodach, um sich zu beruhigen. »Aber leider nur einmal.«

»Die Zeitungen hatten recht, Mum«, seufze ich.

»Ja, ich bin eine schlampige, nutzlose und durch und

durch moderne Mutter«, sagt sie so laut, dass es der ganze Campingplatz hören kann, »die den Ärger verdient, den sie am Hacken hat.«

»Sehr richtig.«

»Aber ich bin leider die einzige moderne Mutterschlampe, die du hast, mein Schatz. Also komm bitte rein. Sofort!«

Sie grinst. Und sie ist schon wieder angesäuselt. Ich sage: »Tut mir echt leid, dass ich so fies bin. Wahrscheinlich habe ich mich deshalb fünf Tage lang allein gelassen.«

Aber ich sage es ohne Überzeugung. Bald wird das neue Jahr anbrechen.

Mum krümmt sich vor Lachen, als sie hineingeht. Ich warte und warte, aber sie kommt nicht wieder raus. Ich sterbe fast, als ich mir vorstelle, was die beiden drinnen treiben. Ich möchte sie bei etwas erwischen, und gleichzeitig möchte ich es nicht. Ich habe genug Pornos gesehen, um zu wissen, dass es jede Menge Spielarten gibt, und Ashanti hat ihre Mutter schon auf dem Sofa in flagranti erwischt, was tausendmal krasser ist, als auf dem Computer Fremden zuzuschauen. Ich habe immer geglaubt, sie hätte sich die Geschichte ausgedacht, obwohl sie mit vielen Details rüberkam, aber inzwischen glaube ich, dass sie die Wahrheit gesagt hat. Ashantis Mutter hat jede Menge unterschiedlicher Geliebter, obwohl sie noch älter ist als Mum.

Vielleicht ist Mum noch schlimmer; das ist zwar unwahrscheinlich, aber möglich.

Schließlich halte ich es vor Neugier nicht mehr aus, schleiche zum Wohnwagen und linse durch das Fenster. Da sind sie, aber sie treiben es nicht miteinander, sondern lächeln sich nur an, und Mum hält eine Flasche Wein in der Hand, die er für sie besorgt hat. Ich schleiche auf Zehenspitzen zur Tür und beobachte eine Weile, wie sie schweigend dasitzen. Sie erinnern mich an Reg und Joan – offenbar ist alles gesagt. Trotzdem setze ich mich auf das Sofa, um ihr Techtelmechtel zu stören. Sie schauen einander supertief und endlos lange in die Augen. Dann sage ich: »Entschuldigung, darf ich euch kurz beim Gedankenlesen stören?« Als sie das nicht aus der Ruhe bringt, sage ich: »Darf jeder bei diesem Glotz-Wettbewerb mitmachen, oder sind nur abgeliebte Erwachsene zugelassen?« Danach sitze ich eine Ewigkeit da, damit sie sich weiter zusammenreißen müssen. Schließlich sage ich: »Dad wird bald hier sein. Mit Claire.« Beide fahren herum und starren mich an. »Ich habe ihn gerade angerufen, und er holt mich ab. Er hat gesagt, er will so schnell wie möglich kommen. Er klang ziemlich sauer.«

Mum fängt wie von der Tarantel gestochen an, im Wohnwagen herumzulaufen. Amir putzt den Kaffeetisch mit einem Tuch und wäscht und trocknet im Anschluss das Geschirr ab, während Mum an einer Zigarette zieht und auf den Campingplatz starrt. »Wenn du fahren willst ...«, sagt sie zu Amir, aber er unterbricht den Abwasch nicht.

»Für Orla hat sich dein Hochzeitsempfang übrigens gelohnt«, sagt Amir. »Sie ist mit zu Tony gefahren.«

»Du machst Witze!«, sagt Mum, und sie starren einander an, als wären ihre Stirnen starke Magnete. Dann sagt sie: »Ich bin fast vierzig. Du bist genau der Fehler, den ich immer wieder mache.«

»Pssst«, sagt er und streicht mit einem Finger über ihre geöffneten Lippen. »Wir lieben nie zwei Mal auf die gleiche Art.«

»Ich bin immer noch da«, sage ich. Es ist, als wäre ich unsichtbar. Ich könnte das Sofa in Brand stecken, ohne dass sie was merken. »Fährst du mit Dad und mir zurück, Mum?«

Sie schaut mich an. Wie vor den Kopf gestoßen. »Ich kann mich da nie wieder blicken lassen, Elle«, sagt sie.

»Vielleicht willst du das auch gar nicht, Jackie. Diese Gegend macht einen ziemlich guten Eindruck. Frisch«, sagt er.

»Fischig.«

»Abgelegen.«

»Ja, das dachte ich auch gerade«, sagt Mum.

»Mir sind ein paar schräge Typen über den Weg gelaufen, die ein bisschen wie Terroristen aussahen, aber davon abgesehen wirkt es friedlich.«

»Wahrscheinlich haben sie dich für ziemlich mutig gehalten. Ich meine – weil du mit deiner Mum in Urlaub fährst«, sagt sie, und er wirft das Geschirrhandtuch nach ihr, drückt sie dann an sich und küsst sie.

Sie erwähnen Dad nicht mehr. Nachdem er abgewaschen hat, setzt sich Amir und schwärmt wieder Mum an, die plötzlich aufsteht und sagt: »Weißt du, dass ich bald vor Gericht erscheinen muss, Amir?«

Die Lüge, dass Dad bald kommt, hat den Wohnwagen aufgeschnitten wie ein Dosenöffner, alle Geheimnisse kommen raus.

»Vergiss nicht, dass ich dein Komplize war, Jackie. Vielleicht lande ich auch im Knast.«

»Wir könnten um eine gemeinsame Zelle bitten«, sagt sie. Er scheint wirklich in sie verknallt zu sein, denn er muss bei der Vorstellung lachen.

»Ich werde den Richter anflehen, mir lebenslänglich zu geben.«

»Ich habe ihm von Marcel erzählt«, werfe ich ein.

»Danke, mein Schatz«, sagt Mum mit seltsamem Grinsen.

»Jetzt weiß ich alles«, sagt er.

»Von meinen gut zwanzigtausend Pfund Schulden weißt du noch nichts«, sagt Mum und schlägt sich eine Hand vor das Gesicht.

Ich wechsele einen Blick mit Amir, und er zuckt mit den Schultern und meint: »Was soll's, hier finden sie dich nie.«

»Ja, vielleicht ist die finanzielle Freiheit nur ein Facelifting entfernt, Mum«, sage ich, und Amir lacht.

»Lass dir die Haare schneiden, ändere deinen Namen«, sagt er. »Ich glaube, du bist reif für eine Namensänderung«, fügt er zärtlich hinzu.

»Wie meinst du das?«, fragt sie, aber sogar ich habe kapiert, dass man ihr zum zweiten Mal in diesem Monat einen Antrag macht. Ich war dabei, als Claire einer Freundin erzählte, sie hätte »ziemlich schuften« müssen, um Dad zu einem Antrag zu bewegen. Kein Wunder, dass so viele Frauen meine Mum ätzend finden – alles blöde Stutenbeißerei. Das erklärt so einiges im Leben, aber aus diesem Leben wachse ich gerade raus, und es wird mir schon bald nicht mehr passen. In neun Monaten bin ich ein echter Teenager!

»Er ist bestimmt in einer Dreiviertelstunde hier«, sagt Mum mit fester Stimme und schaut auf ihr Handgelenk, als würde sie eine Armbanduhr tragen.

»Keine Sorge«, sagt Amir, der kein bisschen ängstlich wirkt. Dann verkündet er, hinausgehen und das Auto wegfahren zu wollen, damit der Weg für Dad frei ist.

Ich weiß nicht genau, welches Gefühl ich erwartet habe, als ich Amir draußen in der eiskalten Dunkelheit sehe, aber ganz bestimmt nicht, dass ich den Typen nett finden würde, verdammt noch mal.

Eigentlich will ich Mum die Wahrheit sagen, während Amir draußen ist – dass Dad gar nicht kommt. Dann sehe ich, wie Mum lächelnd hin und her läuft, dabei an ihrem Wein nippt und auf den dunklen Rand der Klippen schaut, auf dem sich die hellen Quadrate der Fenster abzeichnen. So mag sie das Leben – ein Hauch drohender Gefahr und eine Spur Angst, die sie von der gewöhnlichen Häuslichkeit abheben, von dieser tödlichen Gemütlichkeit à la Claire. »Komm her«, sagt sie, und sie zieht mich an sich, sodass wir beide Amir zusehen können, der sein Auto dichter an den Wohnwagen fährt und die Treppe anders hinstellt, damit Dad sicher zur Tür gelangen kann. Er schaut lächelnd zu uns auf.

»Er ist in Ordnung«, sage ich.

»Meinst du?«, fragt Mum und gibt mir einen Kuss.

Als Mutter darf man eigentlich nicht scharf sein auf Angst, Aufregung und Spannung, weil das gefährlich für die Kinder ist, doch sie richtet sich auf und strahlt erst mich und dann ihn mit nervöser Anspannung an. Sie nimmt mich noch fester in den Arm und winkt Amir rein. Dann dreht sie mich um, die Hände auf meinen Schultern, bückt sich zu mir runter und erzählt mir ernst, was sie Dad und Claire in aller Vernunft und sehr freundlich sagen wird. Sie strahlt Freude aus, und egal, was sie sagt – draußen im verschneiten Dunkel ist ein junger Mann, ihre Tochter ist bei ihr, und eine Ahnung von kommendem Chaos liegt in der Luft. Ja, an diesem Abend hat meine Mum alles, was sie braucht, hier versammelt.

Ich freue mich irgendwie für sie. Und bin gleichzeitig ein Stückchen weiter weg von ihr.

Also gehe ich allein und ohne zu fragen nach draußen. Ich

gehe durch das weiße, gefrorene Gras hinter dem Wohnwagen bis zum Donnern und Rauschen. Die Kälte schlägt gegen meine Brust, die eisige Gischt sprüht in mein Jungsgesicht, und der Wind zerwühlt meine kurzen Haare. Die Wikinger haben sich bestimmt genauso gefühlt, aufgeregt und verängstigt, verschreckt und erstaunt wegen Meer und Mond und dem neuen Leben in England. Und als ich meinen Speer ablege und meinen eisernen Helm abnehme, kann ich unseren Wohnwagen in der Ferne sehen, sein Fenster ein winziger, leuchtender Bildschirm, auf dem ein Film über eine Zeitreise läuft, in dem sich zwei Menschen des einundzwanzigsten Jahrhunderts ineinander verlieben.

Ich gehe bis zum Ufer, aber gar nicht wie ein Wikingerjunge, sondern eher wie ein komplett neuer Mensch, der ein klein wenig neben und über sich steht mit einer rätselhaften, aufregenden Zukunft vor sich, die noch keiner kennt.

Dank

Ich danke dem Arts Council England für das International Fellowship am Banff Centre, Canada, wo dieses Buch seinen Anfang nahm, sowie dem British Council und seinen Mitarbeitern und Studenten an der University of Mumbai, wo dieses Buch beendet wurde.

Ich danke Deborah Rogers und allen Mitarbeitern bei RCW sowie Alexandra Pringle und allen Mitarbeitern bei Bloomsbury für ihre unverzichtbaren Einsichten, ihre Inspiration und Ermutigung. Mein besonderer Dank gilt Victoria Millar, Gillian Stern und Sarah-Jane Forder für ihre klugen Urteile und Vorschläge.

Wie immer stehe ich in der Schuld von Andy, Kendra und Cleo wegen ihrer Geduld, Unterstützung, Hilfe und Liebe.